Walla Walla
County Libraries

D0761608

Linda Lael Miller

Vidas Paralelas

Melodía para Dos

Editado por HARLEQUIN IBÉRICA, S.A.
Núñez de Balboa, 56
28001 Madrid

I.S.B.N.: 978-84-671-8058-9
Depósito legal: B-7190-2010
Editor responsable: Luis Pugni
Impresión y encuadernación: LITOGRAFÍA ROSÉS, S.A.
C/. Energía, 11. 08850 Gavá (Barcelona)
Fecha impresión Argentina: 28.9.10
Distribuidor para México: CODIPLYRSA
Distribuidores para Argentina: interior, BERTRAN, S.A.C. Vélez
Sársfield 1950 Cap. Fed./ Buenos Aires y Gran Buenos Aires,
VACCARO SÁNCHEZ y Cía, S.A.
Distribuidor para Chile: DISTRIBUIDORA ALFA, S.A.

ÍNDICE

VIDAS PARALELAS

LINDA LAEL MILLER

I

Presente

—Quédate en el coche, Liam —le dijo Sierra McKettrick a su hijo, que tenía siete años.

El niño la miró a los ojos a través de sus gafas.

—Yo también quiero ver las tumbas —le dijo agarrando el picaporte de la puerta del coche.

—Otro día —le contestó Sierra.

Tal vez fuese irracional por su parte temer que a Liam pudiera darle un ataque de asma por visitar el cementerio, pero cuando se trataba de la salud de su hijo, no corría el más mínimo riesgo.

—No es justo —dijo Liam con resignación.

Generalmente no se daba por vencido tan fácilmente, pero habían viajado sin parar desde Florida al norte de Arizona, y estaba cansado.

—¡Así es la vida! —respondió Sierra.

Puso el freno de emergencia, dejó el motor en marcha y salió del viejo coche que hacía años había comprado a crédito. Con nieve hasta el tobillo, miró a su alrededor.

La gente común era enterrada en cementerios públicos cuando se moría. Los McKettrick no. No se contentaban con eso. Tenían que tener un lugar propio y con vistas. ¡Y qué vistas!

Sierra se metió las manos en su abrigo de algodón, tan decrépito como su coche, y observó el Rancho Triple M. Se extendía en todas las direcciones, más lejos de lo que podía llegar su visión. Rojas colinas salpicadas de nieve, bosques con robles que crecían a intervalos a lo largo de un arroyo ancho y brillante. Extensiones de pasto, y los ocasionales cactus, algo extraño en aquella tierra alta, como si fuera un error de la naturaleza.

Como ella.

Sintió resentimiento. Pasó un momento hasta darse cuenta de que aquella emoción no era suya, sino que era la opinión de su padre, Hank Breslin. Cuando se trataba de los McKettrick, ella no tenía opinión, porque no conocía a aquella gente, más que por su reputación.

Ella había aceptado usar aquel apellido por una sola razón: porque era parte del trato. Liam necesitaba un cuidado especial para su salud, y ella no podía dárselo. Eve McKettrick, su madre biológica, había abierto un fideicomiso médico para su nieto. Pero había una contrapartida.

«Con los McKettrick siempre hay una contrapartida», había oído decir a su padre. Agradecía la ayuda de Eve, y si como condición tenía que llevar el apellido McKettrick y vivir en el Rancho Triple M durante un año, lo haría. Al fin y al cabo, no tenía un lugar mejor donde ir.

Resueltamente se acercó a la entrada del cementerio y pasó por debajo del arco metálico formado con la palabra McKettrick.

En el centro había una estatua de bronce de un hombre montado a caballo con un pañuelo al cuello y una pistola a la cintura.

Era Angus McKettrick, el patriarca, el fundador del Triple M y de la dinastía. Sierra sabía poco sobre él, pero al mirar aquella cara decidida, esculpida con los rigores de la vida del siglo XIX, sintió una cierta solidaridad con él.

«Maldito bastardo», oyó la voz de su padre en su mente. «De él es de donde sacan su arrogancia los McKettrick».

Se quedó mirando un momento en silencio.

Luego se dio la vuelta y vio los ángeles que adornaban las tumbas de las esposas de Angus McKettrick, Georgia, madre de Rafe, Kade y Jeb; y Concepción, madre de Kate.

«Busca a Holt y a Lorelei», le había dicho Eve. «Ésa es la parte de la familia de la que descendemos».

De pronto descubrió otras estatuas, más pequeñas que la de Angus, pero igualmente impresionantes. Eran obras de arte, y de no estar ancladas en cemento las habrían robado. Se trataba de Jeb, el hijo menor de Angus, y de Chloe, esposa de Jeb. Sus hijos, nietos, bisnietos y tataranietos estaban representados también. Junto a ellos estaban Kade McKettrick y su esposa, Mandy. Y a un lado, Rafe y su esposa Emmeline.

Sierra sonrió y se emocionó al ver la estatua de Holt, hermanastro de Rafe, Kade y Jeb, y de Kate. Sintió que ella provenía de aquel hombre. Tenían el mismo ADN.

Liam tocó el claxon del coche, impaciente por llegar a la casa del rancho que sería su hogar durante doce meses. Sierra lo saludó con la mano, pero se acercó a la estatua de Lorelei. Estaba montada en una mula, y miraba con ojos de amor a su esposo, Holt.

Liam volvió a tocar el claxon.

Con miedo de que a su hijo se le ocurriese ponerse al volante y conducir hasta la casa, Sierra se dio la vuelta, reacia, y volvió al coche.

—¿Están todos los McKettrick muertos? —preguntó Liam cuando Sierra se sentó al volante y se abrochó el cinturón de seguridad.

—No —respondió ella—. Nosotros también somos McKettrick y no estamos muertos. Tampoco lo están tu abuela ni Meg.

Ella sabía que había primos también, por parte de Rafe, Kade y Jeb. Pero era un tema muy complicado para explicárselo a un niño de siete años. Además, ella misma estaba intentando hacer un esquema de todos ellos en su mente.

—Creí que mi nombre era Liam Breslin —dijo el niño.

Debería haber sido Liam Douglas, pensó Sierra, recordando a su primer y único amante. Como siempre, cuando a su mente acudía el padre de Liam, Adam, ella sentía una mezcla de pasión, tristeza y furia. Adam y ella no habían llegado a casarse, así que Sierra le había dado a Liam su apellido de soltera.

—Ahora somos McKettrick —respondió Sierra con un suspiro—. Lo comprenderás cuando seas mayor.

Sierra dio marcha atrás con cuidado y se metió en la carretera que los llevaría al rancho.

—Puedo comprenderlo ahora —dijo Liam—. Después de todo, soy superdotado.

—Es posible que lo seas, pero aún tienes siete años.

—¿Tendré que ser un vaquero y montar a caballo?

—No —respondió Sierra estremeciéndose.

—¡Qué pena! —respondió Liam—. ¿Qué gracia tiene vivir en un rancho si no puedes ser un vaquero?

II

EL viejo coche entró con un estruendo en el jardín. Las ruedas gastadas sonaron en la grava y se detuvieron bruscamente con un ruido seco.

Travis Reid se paró detrás del trailer para transportar caballos unido al camión de Jesse McKettrick. Se echó atrás el sombrero con la mano enguantada y sonrió, esperando que el vehículo se desintegrase. Pero no sucedió nada, lo que probó que no había pasado la época de los milagros.

Jesse apareció por detrás del trailer, llevando al viejo Baldy de la soga.

—¿Quién es? —preguntó, mirando hacia el coche.

Travis lo miró un momento y respondió:

—Un familiar tuyo perdido hace mucho tiempo, si no me equivoco.

El viejo coche echó humo y dejó de sonar. Travis pensó que no volvería a moverse. Miró con interés a la mujer que salió del coche y le dio una patada a la puerta de su lado.

Era una McKettrick, sin duda.

Jesse dejó a Baldy un momento y preguntó:

—¿Es la hermanastra de Meg? ¿La que se crió en México con su padre loco y borracho?

—Sí —afirmó Travis.

Él se comunicaba regularmente con Meg, mayormente por e-mail, y ella lo ponía al tanto sobre Sierra. Nadie de la familia la conocía bien, incluida su madre, Eve, así que la información sobre ella era escasa. Tenía un niño de siete años, que en aquel momento estaba saliendo del coche, y ella había estado sirviendo cócteles en Florida en los últimos años. No sabían nada más. Travis era el hombre de confianza de Meg y entrenador de los caballos, además de amigo. Se había ocupado de llenar los armarios y el frigorífico con comida, y se había asegurado de que el horno funcionase bien y que las cañerías no se hubieran helado.

Y, a juzgar por la apariencia de aquel viejo coche, había sido buena idea seguir las órdenes de su jefa.

—¿Vas a ayudarme con este caballo o vas a seguir ahí de pie, mirando? —preguntó Jesse.

Travis sonrió.

—Ahora mismo estoy muy entretenido mirando.

Sierra McKettrick era alta y delgada. Tenía el pelo castaño, corto y brillante, y los ojos grandes, probablemente azules, aunque estaba demasiado lejos para poder asegurarlo.

Jesse juró y subió nuevamente la rampa del trailer haciendo sonar sus pasos sobre el metal. Como la mayoría de los McKettrick, Jesse estaba acostumbrado a hacer su voluntad, y aunque era un mujeriego, evidentemente había descartado a Sierra desde el principio. Después de todo, era una pariente. No tenía sentido dirigir su instinto en esa dirección.

Travis dio un paso en dirección a la mujer y el niño, quien lo estaba mirando con la boca abierta.

—¿Es ésta la casa de Meg? —preguntó Sierra.

—Sí —dijo Travis, quitándose el guante de trabajo y dándole la mano—. Soy Travis Reid —se presentó.

—Soy Sierra Bres... McKettrick —se corrigió Sierra.

Le dio la mano con fuerza. Sus ojos eran definitivamente azules, pensó Travis. La mujer sonrió, pero no muy generosamente, como si hubiera aprendido a no prodigar sonrisas.

—Éste es mi hijo, Liam —siguió Sierra.

—Hola —dijo Liam.

Travis sonrió.

—Hola —respondió.

Meg le había dicho que el niño tenía problemas de salud, pero a él le parecía un niño muy sano, pensó Travis.

—¡Qué caballo tan feo! —dijo Liam, señalando el trailer.

Travis se dio la vuelta. Baldy estaba de pie en mitad de la rampa. Era un espécimen gris con ojos enrojecidos y manchas de color marrón en la piel.

—Sí —dijo Travis mirando con el ceño fruncido a Jesse por haber dejado la tarea del caballo a medias. Era típico de Jesse.

Jesse sonrió y, por un momento, Travis sintió un instinto territorial, y deseó interponerse entre Sierra y su niño y uno de sus más viejos amigos. Tuvo la impresión de perder el equilibrio, como si le hubieran tendido una emboscada. ¿Qué diablos le ocurría?

—¿Es un macho? —preguntó Liam acercándose a Baldy.

Sierra lo agarró rápidamente de la capucha del abrigo y tiró de él hacia atrás.

Jesse se rió y respondió:

—En sus tiempos mozos, Baldy era un caballo de rodeo. Los vaqueros temblaban cuando lo tenían que montar. Pero ahora, como puedes ver, ha perdido su fiereza.

—¿Y tú eres...? —preguntó Sierra con cierto tono de frialdad.

—Tu primo Jesse.

Sierra lo miró de arriba abajo. Se fijó en sus vaqueros gastados, la camisa de trabajo, el abrigo con forro de piel vuelta y las botas caras.

—¿Descendiente de...?

Los McKettrick hablaban así. Podían seguir el rastro de su descendencia hasta el viejo Angus, por distintos caminos, y aunque les irritaba que los tildasen de clan, la mayoría se mantenía unido a su árbol genealógico.

—De Jeb —dijo Jesse.

Sierra asintió.

La atención de Liam permaneció fija en el caballo.

—¿Puedo montarlo?

—Claro —respondió Jesse.

—En absoluto —dijo Sierra exactamente al mismo tiempo.

Travis sintió pena por el niño, y debió notársele en la cara porque Sierra lo miró entrecerrando los ojos y dijo:

—Ha sido un viaje muy largo. Creo que es mejor que entremos en la casa.

—Poneos cómodos —dijo Travis haciendo una seña hacia la casa—. No os preocupéis por vuestro equipaje. Jesse y yo lo meteremos.

Ella se preguntó si aquello la comprometería en algo. Luego asintió. Volvió a tirar de la capucha del niño para que dejara de mirar al caballo y lo dirigió hacia la puerta de entrada de la casa.

—Es una pena que seamos parientes —dijo Jesse, siguiendo a Sierra con sus ojos.

—Una pena... —repitió Travis.

Aunque interiormente no lo lamentó.

La casa era grande. Tenía dos plantas y un porche alrededor. A Sierra le pareció más práctica que elegante, y tuvo una sensación extraña de haber llegado a su hogar.

—Esos hombres son vaqueros de verdad... —dijo Liam cuando estuvieron dentro.

Sierra asintió distraídamente mientras se fijaba en las puertas de madera que brillaban con la pátina de su antigüedad, la puerta doble y la escalera, los techos altos, el reloj antiguo colgado en la pared y que marcaba la hora con su tictac, al lado de la puerta. Espió por la puerta de un amplio salón y admiró la enorme chimenea. Gastadas y coloridas alfombras daban un toque de color a aquella decoración masculina de sofás de piel y mesas de pino oscurecido, al igual que lo hacía el piano, colocado en una alcoba con ventanales que iban del techo hasta el suelo.

Sierra sintió una cierta nostalgia. Era la primera vez que pisaba el Triple M y que entraba en la casa de Holt y Lorelei, pero podría haberlo hecho toda su vida, si su padre no la hubiera apartado de su madre, Eve, cuando ésta había pedido el divorcio, y si no se la hubiera llevado a vivir con él a San Miguel de Allende, una vida de expatriados. Ella podría haber pasado los veranos allí, como Meg, recogiendo frambuesas, vadeando arroyos de montaña, montando a caballo. En cambio había corrido descalza por las calles de San Miguel, sin más recuerdo de su madre que la esencia de un perfume caro, a veces evocado entre las oleadas de turistas que frecuentaban los mercados, tiendas y restaurantes del pueblo.

Liam tiró de la manga de su abrigo.

—¿Mamá?

Sierra volvió a la realidad y miró a su hijo.

—Tienes hambre, ¿verdad? —sonrió.

Liam asintió solemnemente, pero sus ojos se iluminaron cuando entró Travis con el equipaje.

Travis carraspeó, como si se sintiera incómodo.

—Hay mucha comida en la cocina —les informó—. ¿Llevo esto arriba?

—Sí, gracias —respondió Sierra.

Así sabría cuáles eran sus habitaciones sin tener que preguntar. Podría haber estado preocupada por compartir la casa con Travis, pero Meg le había dicho que él vivía en un trailer, al lado del granero. Lo que Meg no había dicho era que su capataz tenía treinta y pocos años, no los sesenta que ella había imaginado, y que era demasiado atractivo para quedarse tranquila. Era un hombre muy sexy, con aquellos ojos azules verdosos y aquel pelo rubio.

Se puso colorada al pensar aquello y llevó a Liam rápidamente a la cocina.

Era una habitación grande, equipada modernamente, pero a la vez tenía una cocina antigua en el extremo izquierdo. La mesa era larga y rústica, con banquetas a los lados.

—Estas mesas son una tradición en los McKettrick —dijo una voz masculina detrás de ella.

Sierra se sobresaltó, y se dio la vuelta. Vio a Jesse en la entrada.

—Lo siento —dijo Jesse.

Era apuesto, pensó Sierra. Tenía el mismo color de cabello y de ojos aproximadamente que Travis, y una figura parecida, pero no se parecían en nada.

—No hay problema... —dijo Sierra.

Liam abrió el frigorífico.

—¡Hay salami! —gritó el niño.

—¡Qué bien! —exclamó Sierra con poco entusiasmo, aunque su hijo no lo notó—. Si hay salami, debe haber pan blanco en algún sitio también...

—¡Jesse! —se oyó la voz de Travis—. ¡Ven a echarme una mano!

Jesse sonrió, asintió a Sierra afablemente y desapareció.

Sierra se quitó el abrigo, lo colgó en un perchero al lado de la puerta trasera, y le hizo un gesto a Liam para que se lo quitase también. El niño

lo hizo y volvió al frigorífico. Encontró una reba-
nada de pan y empezó a hacerse un sandwich.

Sierra sintió una cierta tristeza al observarlo.
Liam hacía muchas cosas solo. Había tenido
mucha práctica puesto que ella había tenido
que trabajar de noche y dormir de día. La vieja
señora Davis, del piso de enfrente, había sido
una buena niñera, pero no una figura materna.

Sierra preparó café mientras Liam se acomo-
daba en una banqueta frente a la mesa. Había
escogido el lado de la mesa contra la pared para
observarla moverse por la cocina.

—Es una casa bonita —dijo el niño—. Pero está
encantada.

Sierra tomó una lata de sopa de un estante, la
abrió y vertió el contenido en una cacerola. La
puso al fuego antes de contestarle. Liam era un
niño con mucha imaginación, y a veces decía
cosas sorprendentes. Y prefería no contestarle
inmediatamente.

—¿Qué te hace pensar eso?

—No lo sé —respondió Liam, masticando el
sándwich.

Habían desayunado en el viaje. Pero de eso
hacía horas, y estaba muerto de hambre.

Sierra sintió una nueva punzada de culpa,
más clara que la anterior.

—Venga... debes tener una razón para decirlo.

Por supuesto que tenía una razón, pensó Sierra. Acababan de estar en un cementerio, así que

era natural que la muerte estuviera en su mente. Ella debía haber esperado para hacer aquella visita. Debía haber hecho la peregrinación sola en lugar de llevar a Liam.

Liam parecía pensativo.

—El aire... Un zumbido... —dijo el niño—. ¿Puedo hacerme otro sándwich?

—Sólo si me prometes que tomarás un poco de sopa primero.

—Trato hecho —dijo Liam.

Había un armario para cosas de porcelana apoyado contra la pared más alejada, cerca de la cocina antigua, y Sierra se acercó a él, aunque no pensaba usar ninguno de los platos que había dentro, preciadas antigüedades todos ellos.

Sierra miró una tetera. La habrían usado generación tras generación. Abrió el armario y la tocó.

—La sopa está hirviendo —dijo Liam.

Sierra se dio la vuelta rápidamente y corrió a la cocina moderna para quitar la cacerola del fuego.

—¿Mamá? —le dijo Liam.

—¿Qué? —respondió Sierra, sobresaltada.

—Tranquila. Es sólo sopa —dijo Liam.

Se abrió la puerta de la cocina y apareció Travis.

—Las cosas están arriba —dijo—. ¿Necesitas algo más?

Sierra lo miró un momento como si hubiera hablado en un idioma desconocido.

—Mmm... No, gracias —dijo finalmente. Hizo una pausa y agregó—: ¿Te apetece comer algo?

—No, gracias. Tengo que ocuparme de ese maldito caballo —respondió Travis y se marchó.

—¿Por qué no puedo montar a caballo? —preguntó Liam.

Sierra suspiró, poniendo un plato de sopa delante de él.

—Porque no sabes hacerlo.

Liam suspiró también.

—¿Y cómo voy a aprender si tú no me dejas intentarlo? —preguntó—. Eres muy protectora. Vas a hacer que tenga problemas psicológicos.

—A veces preferiría que no fueras tan inteligente...

—Lo he heredado de ti —respondió el niño alzando una ceja.

—No.

Liam tenía su mismo color de ojos, su pelo grueso y su perseverancia, pero su coeficiente intelectual era herencia de su padre.

«No pienses en Adam», se dijo.

De pronto pensó en Travis. Fue peor aún.

Liam se tomó la sopa y siguió con el segundo sándwich, y salió a explorar el resto de la casa mientras Sierra bebía café y reflexionaba.

Sonó el teléfono.

Sierra levantó el inalámbrico y apretó el botón.

—¿Sí?

—¡Ya has llegado! —exclamó Meg.

Sierra se dio cuenta de que había dejado el armario de la porcelana abierto y fue hacia allí para cerrarlo.

—Sí —dijo.

Meg había sido muy amable con ella en la distancia, pero Sierra sólo tenía dos años cuando había visto a su hermanastra por última vez, y realmente eran dos extrañas.

—¿Te gusta el rancho? Quiero decir, la casa...

—No la he visto bien todavía —contestó Sierra—. Liam y yo acabamos de llegar y nos hemos puesto a comer... —su mano se dirigió a la tetera automáticamente—. Hay muchas antigüedades aquí... —agregó, pensando en voz alta.

—No tengas miedo de usarlas —respondió Meg—. Es una tradición familiar.

Sierra cerró el armario.

—¿Tradición familiar? —repitió.

—Reglas de los McKettrick —dijo Meg con una sonrisa en su voz—. Las cosas son para usarlas. Da igual los años que tengan.

Sierra frunció el ceño, incómoda.

—Pero si se rompen...

—Se rompen —Meg completó su frase—. ¿Has conocido a Travis ya?

—Sí. No es como había imaginado.

Meg se rió.

—¿Qué imaginabas?

—Un hombre más viejo, supongo —admitió Sierra, a tono con la calidez que le estaba mos-

trando su hermana–. Dijiste que cuidaba el rancho y que vivía en un trailer junto al granero, así
que creí... –se calló, sintiéndose un poco tonta.

–Es apuesto...Y es soltero...

–¿La tetera también?

–¿Qué?

Sierra se puso una mano en la frente.

–Lo siento... Creo que me he distraído. Hay
una tetera en el armario de la porcelana de la
cocina.Y me estaba preguntando si podría usarla también...

–Sé cuál es –contestó Meg con ternura–. Era
de Lorelei. Se la regalaron para la boda.

«Lorelei, la matriarca de la familia», pensó
Sierra.

–Úsala –dijo Meg.

–No podría. No tenía idea de que fuera tan
vieja. Si se me cae...

–Sierra, no es porcelana. Es hierro fundido
con una capa de esmalte.

–Oh.

–A las mujeres de la familia les gustaba mucho, dice mamá –dijo Meg–. Suave por fuera,
dura como el hierro por dentro.

«Mamá», pensó Sierra cerrando los ojos.
Aquella palabra le producía un conflicto de
emociones.

–Te daremos tiempo para que te instales
–dijo Meg–. Luego mamá y yo te haremos una
visita, si tú estás de acuerdo, por supuesto.

Tanto Meg como Eve vivían en San Antonio, Texas, donde ayudaban a dirigir la empresa de la familia, una multinacional con intereses en muchos ramos, desde software a satélites de comunicación, así que no le harían una visita sin avisarla con tiempo.

Sierra tragó saliva.

—Es vuestra casa —dijo.

—Y la tuya —le señaló Meg.

Después de aquello, Meg le hizo prometer a Sierra que la llamaría si necesitaba algo, se despidieron y colgaron.

Sierra fue a buscar la tetera.

Liam exclamó entusiasmado:

—¡Te he dicho que este lugar está encantado!

—¿De qué estás hablando?

—Acabo de ver a un niño. ¡Arriba! ¡En mi habitación!

—Son imaginaciones tuyas.

Liam agitó la cabeza.

—¡Lo he visto!

Sierra se acercó a su hijo y le tocó la frente.

—No tienes fiebre —murmuró, preocupada.

—Mamá, no estoy enfermo, ni estoy delirando —protestó el niño.

«Delirando». ¿Cuántos niños de siete años usaban esa palabra?, pensó Sierra.

Agarró la cara de su hijo y le dijo:

—Oye, está bien tener amigos imaginarios, pero...

—¡Él no es imaginario!

—De acuerdo —contestó Sierra con otro suspiro.

Era posible que algún niño vecino hubiera estado por allí antes de que llegasen ellos. Pero era improbable, puesto que las únicas otras casas del rancho estaban a kilómetros de allí.

—Investiguemos... —dijo ella

Subieron juntos las escaleras de atrás, y Sierra echó una ojeada al piso de arriba. El pasillo era ancho, con los mismos suelos de madera de abajo. Había seis puertas abiertas, lo que indicaba que Liam había estado investigando.

Liam la llevó a una de ellas. No había nadie. Sierra dejó escapar el aire, admirando la estancia. Era una habitación espaciosa, perfecta para un niño. Tenía dos ventanales que daban a la zona del granero, donde Baldy, el caballo poco atractivo, ocupaba el centro del corral. Travis estaba a su lado, acariciando al animal mientras le quitaba el ronzal.

Sierra sintió un estremecimiento.

—Mamá. El niño estaba aquí. Llevaba pantalones cortos, tirantes y zapatos muy graciosos.

Sierra se volvió a mirar a su hijo, con cierto temor.

—Te creo —dijo.

Liam estaba junto a la ventana, observando un telescopio antiguo.

—No me crees —dijo el niño—. Me estás complaciendo, simplemente.

Sierra se sentó en la cama antigua, pero sólida.

—Tal vez un poco —admitió ella—. No sé qué pensar. Eso es todo.

—¿No crees en fantasmas?

«No creo en nada prácticamente», pensó tristemente Sierra.

—Creo en ti —respondió palmeando el colchón a su lado para que se sentara su hijo—. Ven y siéntate.

Reacio, Liam se sentó. Cuando su madre le rodeó los hombros con su brazo, se puso rígido.

—Si crees que voy a dormir una siesta, te equivocas —dijo el niño.

—Todo irá bien, ya verás.

—Me gusta esta habitación —comentó Liam.

Sierra volvió a sentir dolor en su corazón. Siempre habían vivido en apartamentos o habitaciones de pensiones baratas.

¿Querría Liam vivir en una casa como aquélla? ¿Querría establecerse en algún sitio y vivir como un niño normal?

—A mí también.

—¿Se supone que eso es un ropero? —Liam señaló el armario de pino que ocupaba casi toda la pared.

Sierra asintió.

—Sí.

—A lo mejor es como el de ese cuento...Y la parte de atrás se abre a otro mundo...Podría haber un león y una bruja... —sonrió Liam.

Al parecer, aquello le gustaba más de lo que le asustaba.

Sierra lo despeinó.

—Es posible —dijo.

Liam volvió su atención nuevamente al telescopio.

—Ojalá pudiera ver a Andrómeda a través de esto... ¿Sabías que toda la galaxia está en vías de colisionar con la Vía Láctea? Y va a llegar hasta aquí también...

Sierra se estremeció al imaginarlo. La mayoría de los padres se quejaban de que sus hijos veían demasiados videojuegos. Lo que a ella le preocupaba en relación a Liam era el Discovery Channel y el Canal de la Ciencia. Su hijo pensaba en cosas como que la tierra perdía campo magnético, y tenía pesadillas con criaturas que estaban nadando en océanos oscuros que había debajo del hielo que cubría una de las lunas de Saturno.

—No te preocupes, mamá —dijo el niño—. Eso será dentro de millones de años.

—Ah...

Liam bostezó.

—Tal vez duerma una siesta —la estudió—. Pero no te acostumbres a que lo haga, ¿eh?

Sierra le revolvió el pelo otra vez y le dio un beso en la cabeza.

—Lo tengo muy claro —respondió Sierra y agarró la manta que había a los pies de la cama para cubrirlo.

Liam se quitó los zapatos y se acostó. Bostezó otra vez, se quitó las gafas y las dejó encima de la mesilla.

Sierra lo tapó, resistió la tentación de darle un beso en la frente y se dirigió a la puerta. Antes de abrir, se dio la vuelta y vio a Liam profundamente dormido.

1919

Hannah McKettrick oyó la risa de su hijo antes de rodear la casa con su caballo rumbo al granero. Había varios centímetros de nieve, y soplaba el duro viento de enero.

Tensó la mandíbula cuando vio a su hijo a la intemperie, con el frío que hacía, con una fina chaqueta y sin sombrero. El niño y Doss, el cuñado de Hannah, estaban construyendo lo que parecía ser un fuerte contra la nieve bajo el aire helado.

Hannah sintió tristeza al ver a Doss, tan parecido a Gabe, su hermano y fallecido esposo de ella. Era algo que la sobresaltaba a menudo, a pesar de que vivían bajo el mismo techo y debería haberse acostumbrado a ello.

Hannah dio en el flanco de la mula Seesaw-Two con los pies para que fuera más deprisa para llegar hasta su hijo, pero la yegua no lo logró.

—¿Qué estás haciendo aquí? —gritó Hannah.

Tobias y Doss se quedaron callados y la miraron con cara de culpabilidad.

Tobias cuadró sus estrechos hombros. Tenía sólo ocho años, pero desde que un día de verano había llegado el féretro de Gabe envuelto en una bandera y escoltado por Doss, el niño había tomado el papel de hombre de la casa.

—Estamos construyendo el fuerte, mamá —dijo.

Hannah reprimió unas lágrimas repentinas.

Gabe había sido soldado, y había muerto de gripe en la enfermería del ejército, sin haber pisado jamás el campo de batalla. Pero Tobias pensaba en términos militares y Doss se lo incentivaba, algo que no le gustaba a Hannah.

—Hace mucho frío aquí fuera —dijo ella—. ¿Quieres morirte?

Doss se echó atrás el sombrero y la miró.

—Vete dentro —le dijo Hannah a su hijo.

Tobias dudó. Luego obedeció.

Doss se quedó observándola.

La puerta de la cocina sonó elocuentemente.

—No haces bien en meterle esas ideas en la cabeza —dijo Doss. Agarró las riendas de Seesaw y la sujetó mientras ella la desmontaba, con cuidado de que no se le subiera la falda de lana.

—Es un poco hipócrita viniendo de tu parte —respondió Hannah—. Tobias tuvo neumonía el otoño pasado. Casi se muere. Es frágil, y lo sabes, ¡y en cuanto me doy la vuelta, le haces salir fuera a construir un fuerte para la nieve!

Doss extendió la mano hacia las alforjas y Hannah hizo lo mismo. Hubo una breve guerra de tirones hasta que ella las soltó.

—Tobias es un niño —dijo Doss—. ¡Si fuera por ti, jamás haría nada más que mirar a través de ese telescopio!

Hannah sintió que le hervía la sangre.

—¡Hará lo que yo le diga! Tobias es mi hijo, ¡y no vas a decirme tú cómo tengo que criarlo!

Doss se echó las alforjas al hombro y dio un paso atrás. La miró entrecerrando los ojos y dijo:

—Es mi sobrino, el hijo de mi hermano. ¡Y no permitiré que lo transformes en un enfermo enclenque pegado a tus faldas!

Hannah se puso rígida.

—Ya has hablado suficientemente —le dijo.

Él se inclinó de forma que su nariz casi la tocaba.

—No he dicho ni la mitad, señora McKettrick.

Hannah se apartó y se marchó a la casa, pero la nieve le llegaba a la rodilla y era difícil desaparecer rápidamente.

Giró la cabeza y dijo por encima del hombro:

—La cena estará dentro de una hora. Pero tal vez prefieras comer en el cobertizo.

—Es más fácil tratar con el viejo Charlie que contigo, pero hace un mes que no está, por si no te has dado cuenta.

—Como quieras —respondió ella.

Tobias estaba llevando a rastras un leño gordo para la cocina de leña cuando ella entró en la casa.

—Sólo estábamos construyendo un fuerte —se quejó el niño.

Hannah no respondió. Después de una pausa comentó:

—Puedo hacer galletas y salsa para salchichas, si quieres —dijo ella.

—Has ido a la carretera en busca del vagón del correo... —dijo el niño—. ¿Tengo alguna carta? —Tobias se limpió las manos en los bolsillos de los pantalones.

Tenía el cabello rubio oscuro y brillante y el aspecto que debía de haber tenido su padre a su edad.

—Una carta de tu abuelo.

Hannah dejó el sombrero mecánicamente en un perchero, se quitó los guantes tejidos y los metió en los bolsillos del abrigo de Gabe. Luego se lo quitó. Era lo último que se quitaba, puesto que siempre le costaba separarse de él.

—¿Qué abuelo? —Tobias estaba al lado del fuego, calentándose las manos sin mirarla.

La familia de Hannah vivía en Missoula, Montana, en una casa grande en una calle residencial llena de árboles. Ella los echaba de menos, y le dolía que Tobias sólo esperase carta de Holt, y no de su abuelo materno.

—Tu abuelo McKettrick —contestó Hannah.

—Bien —dijo Tobias.

Se abrió la puerta de atrás y apareció Doss, aún con las alforjas. Normalmente se detenía fuera para quitarse la nieve de las botas para no ensuciar el suelo de barro, pero aquel día estaba de mal humor.

Hannah se acercó al fuego y echó un poco de agua caliente del caldero en una palangana, para lavarse antes de empezar a preparar la cena.

—Agárralas —dijo Doss animadamente.

Ella se dio la vuelta y vio volar las alforjas cargadas de correo por el aire. Tobias las agarró al vuelo con una sonrisa.

¿Cuándo había sido la última vez que su hijo le había sonreído de aquel modo?

El niño metió la mano ansiosamente en la alforja. Sacó un sobre gordo con el sello de San Antonio, Texas. Su suegro y su suegra, Holt y Lorelei McKettrick, eran dueños de un rancho en las afueras de aquella distante ciudad, y aunque el Tripe M era aún su hogar, habían pasado mucho tiempo fuera desde el principio de la guerra. Hannah apenas los conocía, y Tobias tampoco, pero los tres mantenían una vívida correspondencia, desde que Tobias había aprendido a leer, y las cartas habían estado llegando semanalmente desde que Gabe había muerto.

La familia de Gabe había ido al funeral de su hijo, por supuesto, y en los meses de ausencia de

Gabe. Holt y Lorelei veían a su hijo en Tobias, lo mismo que ella, y le habían ofrecido llevarse al niño a Texas. Hannah no había tenido que rechazar su oferta. Tobias lo había hecho por ella, pero claramente se había visto dividido entre dos deseos. Una parte de él había deseado marcharse con ellos. Y hasta que los padres de Gabe se habían marchado, Hannah había tenido un nudo en la garganta. Ahora, cada vez que llegaba una carta, volvía a sentirse ansiosa.

Miró a Doss, que se estaba quitando el abrigo en ese momento. Doss se había marchado al ejército con Gabe, había enfermado de gripe como su hermano, pero se había recuperado. Y después de haber regresado con el cuerpo de su hermano para enterrarlo, se había quedado en el rancho. Aunque nadie se lo había dicho, Hannah sabía que Doss se había quedado en el Triple M, en lugar de irse con sus parientes de Texas, fundamentalmente para cuidar a Tobias.

Quizás los McKettrick pensaran que con el tiempo ella se lo llevaría a Montana y que perderían el rastro del chico.

Ahora Tobias estaba devorando la carta con los ojos, llegando a la última página y volviendo a leerla desde el comienzo.

Deliberadamente, Hannah desvió su atención, y fue entonces cuando vio la tetera en la encimera. Miró el armario de piezas de porcelana al otro lado de la habitación. No había tocado la pieza, porque sabía que era especial para Lorelei, y no creía que pudieran haberlo hecho ni Doss ni Tobias. Ellos habían estado jugando en la nieve mientras ella había ido a buscar el correo.

—¿Alguno de vosotros ha sacado esto? —preguntó distraídamente agarrando la tetera y llevándola al armario. Era de metal, pero el esmalte podría estropearse, y Hannah no quería arriesgarse.

Tobias apenas la miró antes de agitar la cabeza. Todavía estaba inmerso en la carta de Texas.

Doss miró a Hannah con curiosidad y luego dirigió la vista a la tetera.

—No —contestó finalmente lavando la cafetera en el fregadero antes de llenarla con café recién molido.

Hannah cerró el armario de la porcelana frunciendo el ceño.

—¡Qué raro...! —dijo suavemente.

III

Sierra bajó la escalera trasera que iba a la cocina con cuidado de no despertar a Liam. Hacía casi un mes que no tenía un ataque de asma, pero necesitaba descansar.

Decidió tomar un té relajadamente para recuperar su equilibrio. Cuando fue a buscar la tetera se encontró con que no estaba.

Miró hacia el armario y la vio detrás del cristal.

Jesse o Travis debían de haber entrado en la casa mientras ella había estado arriba, pensó.

Pero eso no era muy probable. Los hombres, sobre todo los vaqueros, no andaban con teteras, ¿no? Aunque ella no era una experta en hombres, ni en vaqueros en particular.

Había visto a Travis trabajar con el caballo

desde la ventana de Liam y estaba segura de que no había vuelto a la casa después de meter su equipaje.

—¿Jesse? —gritó.

No le contestó nadie.

Fue al frente de la casa, y miró por entre las cortinas de encaje del salón. El camión de Jesse no estaba, y había huellas de sus ruedas en la nieve.

Extrañada, Sierra volvió a la cocina, agarró su abrigo y salió por la puerta de atrás, metiéndose las manos en los bolsillos y agachando la cabeza para resguardarse de la gruesa nieve que caía y del helado viento que la acompañaba. No estaba acostumbrada a aquel clima. Había crecido en México, se había mudado a San Diego después de morir su padre y había pasado los últimos años en Florida. Pasaría un tiempo hasta acostumbrarse al cambio de clima, pero si había algo que había aprendido a hacer, era a adaptarse a distintas situaciones.

Las puertas del granero estaban abiertas y Sierra entró, temblando. Hacía menos frío allí, pero aún se podía ver el aliento en el aire.

—¿Señor Reid?

—Travis —la corrigió él, taciturno, desde un establo cercano—. No respondo a otra cosa.

Sierra atravesó el suelo de serrín y vio a Travis al otro lado de la puerta, aseando al viejo Baldy con un cepillo. Él la miró de lado y sonrió levemente.

—¿Te has instalado ya?

—Supongo —dijo Sierra y se apoyó en la puerta del establo para observarlo.

Había algo relajante en el modo en que atendía a aquel caballo, como si la estuviera acariciando a ella, pensó Sierra.

Se sobresaltó ante aquel pensamiento y lo borró de su mente.

Travis se incorporó. El caballo se estremeció.

—¿Ocurre algo? —preguntó Travis.

—No —dijo Sierra rápidamente, tratando de sonreír—. Sólo me preguntaba...

—¿Qué? —Travis volvió a cepillar al caballo, aunque siguió mirando a Sierra.

El caballo resopló de placer.

De pronto el tema de la tetera le pareció una tontería. ¿Cómo iba a preguntarle si él o Jesse la habían cambiado de sitio? Y si lo habían hecho, ¿qué? Jesse era un McKettrick y las cosas que había en la casa eran tan suyas como de ella. Travis era, obviamente, un amigo de confianza de la familia, si no era algo más.

Esto último la inquietó. Meg le había dicho que era soltero y que no tenía novia, pero confiaba ciegamente en Travis, lo que podía significar que hubiese otra relación entre ellos.

—Me estaba preguntando si... bebes té alguna vez —dijo finalmente Sierra.

Travis se rió.

—No muy a menudo, a no ser que lo prepare con la tetera eléctrica —respondió.

Aunque Travis estaba sonriendo, su expresión mostraba confusión. Debía preguntarse qué clase de loca le habían encomendado.

—¿Me estás invitando a tomar té?

Sierra se puso colorada.

—Bueno... Sí, supongo que sí.

—Yo prefiero café —dijo Travis—. Si no te importa...

—Iré a calentar el agua —respondió Sierra, estúpidamente aliviada.

Debía irse de allí, pero era como si estuviera pegada al suelo con cola. Travis terminó de asear al caballo, pasó la mano enguantada por el cuello del animal y esperó educadamente que Sierra se moviera para poder abrir la puerta del establo y salir.

—¿Qué es lo que sucede realmente? —preguntó él cuando estaban frente a frente en el pasillo—. Supongo que no has venido hasta aquí para invitarme a un té...

Sierra dejó escapar un suspiro y se metió las manos en los bolsillos.

—De acuerdo —admitió Sierra—. Quería saber si tú o Jesse habíais entrado en la casa después de llevar el equipaje.

—No —contestó Travis.

—Si lo habéis hecho, no hay problema, por supuesto...

Travis agarró el codo de Sierra y la movió hacia las puertas del granero. Las cerró y puso el cerrojo cuando estuvieron fuera.

—Jesse se ha marchado enseguida. Yo he estado con Baldy durante la última media hora. ¿Por qué?

Sierra deseó no haber empezado aquella conversación, porque ahora tendría que explicárselo.

—Saqué una tetera del armario y la dejé en la encimera. Volví a la habitación de Liam para acostarlo a dormir la siesta, y cuando bajé...

Travis sonrió ampliamente.

—¿Qué?

Travis se acercó a Sierra para cortarle el viento y apuró su paso hacia la casa.

—Estaba en el armario otra vez... Yo juraría que la había puesto en la encimera.

—Qué raro... —dijo Travis limpiándose la nieve de las botas en los escalones de la escalera de atrás.

Sierra entró, temblando, se quitó el abrigo y lo colgó.

Travis la siguió. Se quitó el abrigo, y guardó los guantes en los bolsillos. Luego lo colgó al lado del de Sierra.

—Debe haber sido Liam... —comentó Travis.

—Está dormido —contestó Sierra.

El café que había hecho antes aún estaba caliente, así que llenó dos tazas, mirando incómodamente hacia el armario de la porcelana. Liam no podía haber bajado sin que ella lo hubiera visto, y aunque lo hubiera hecho, no habría llegado al estante de arriba del armario sin poner una silla. Y ella habría oído el ruido mientras la arrastrase. Y conociendo a Liam, no habría vuelto a poner la silla en su sitio.

Travis aceptó la taza de café.

—Debes haberla guardado tú misma, entonces —dijo él razonablemente—. Y luego te habrás olvidado de que lo has hecho.

—Estoy segura de que no lo he hecho —dijo ella.

Travis se concentró en su café un momento y luego dijo mirándola:

—Ésta es una casa extraña...

Sierra pestañeó.

Recordó que Liam había dicho que la casa estaba encantada.

—¿Qué quieres decir con que es una casa extraña?

—Meg va a matarme por esto —dijo Travis.

—¿Qué?

—No quiere que te asuste.

Sierra frunció el ceño y esperó.

—Es un sitio agradable —dijo Travis mirando la hogareña cocina con cariño.

Evidentemente, él había pasado mucho tiempo allí.

—Pero ocurren cosas raras a veces.

Sierra oyó la voz de Liam nuevamente en su mente: «Vi a un niño arriba en mi habitación».

Agitó la cabeza y dijo:

—Es imposible...

—Si tú lo dices... —respondió afablemente Travis.

—¿Qué clase de cosas raras ocurren en esta casa?

Travis sonrió, y ella tuvo la sensación de que la estaba manejando, hábilmente, como al caballo.

—Cada tanto, oirás que el piano toca solo... O entras en una habitación y tienes la impresión de pasar junto a alguien, aunque estés solo.

Sierra tembló otra vez, pero aquella vez no tuvo nada que ver con el tiempo helado de enero. La temperatura de la cocina era cálida, aun sin estar encendida la cocina.

—Te agradecería que no hablases de esas tonterías delante de Liam. Es muy impresionable.

Travis levantó una ceja.

De pronto, Sierra quiso contarle lo que Liam le había dicho acerca de que había visto a otro niño en su habitación, pero no pudo. No quería que Travis Reid, o cualquier otra persona, pensara que Liam era... diferente. Su hijo ya tenía bastante con su inteligencia superior y su asma, para sentirse diferente.

—Debí haber movido yo misma la tetera —dijo finalmente Sierra—. Y se me ha olvidado. Como has dicho tú...

Travis la miró, poco convencido.

—Vale —dijo.

1919

Tobias llevó la carta a la mesa junto a la cual

estaba sentado cómodamente Doss, en una silla que todo el mundo reconocía como la de Holt.

—Compraron trescientas cabezas de ganado —dijo el niño a su tío, excitado, y le mostró la carta—. Las llevaron desde México a San Antonio.

Doss sonrió.

—¿De verdad? —sus ojos azules brillaron a la luz de la lámpara de aceite mientras leía.

La casa tenía electricidad en aquel momento, pero Hannah intentaba ahorrarla siempre que podía. La última factura había llegado a un dólar, sólo por un par de meses de servicio, y ella se había horrorizado ante aquel gasto.

Hannah estaba al lado de la cocina poniendo la masa de las galletas en el molde.

Al parecer, a Tobias no se le había ocurrido que a ella también pudiera apetecerle ver la carta. Ella también era una McKettrick, aunque sólo fuese por matrimonio.

—A papá y mamá les ha gustado mucho ese búfalo que tallaste para ellos —observó Doss cuando terminó de leer. Dejó la carta a un lado—. Dicen que es el mejor regalo de Navidad que han tenido.

Tobias asintió, orgulloso. Había trabajado todo el otoño en ese búfalo, aun cuando había estado en cama. Lo había hecho con un trozo de madera que Doss había cortado especialmente para él.

—Les haré un oso el año que viene —dijo Tobias.

Jamás se le había ocurrido hacerles nada a sus padres, pensó Hannah, aunque ellos le habían enviado una bicicleta y un camión de bomberos de juguete en diciembre. Los McKettrick, desde la casa principal del rancho, le habían enviado un potrillo con una flamante silla y una brida la mañana de Navidad, y aunque Tobias había escrito a los padres de ella obedientemente para agradecer los regalos, jamás jugaba con el coche de bomberos. Lo había dejado en un estante de su dormitorio y se había olvidado de él. Y la bicicleta no le sería muy útil hasta la primavera, ciertamente, pero no había mostrado demasiado interés en ella desde que había llegado el potrillo.

—Lávate las manos para la cena, Tobias —dijo Hannah.

—La cena no está lista —protestó el niño.

—Haz lo que dice tu madre —le ordenó Doss.

Tobias obedeció inmediatamente, lo que debía haber complacido a Hannah. Pero no fue así.

Doss mientras tanto abrió las alforjas del caballo, recogió las cartas y periódicos y los pequeños paquetes que Hannah había visto antes de que el carro del correo rodease la esquina. Ella se había sentido aliviada y decepcionada a la vez al ver que no había nada con su nombre.

Una vez, a finales de octubre, había recibido una carta de Gabe. Para entonces llevaba muerto cuatro meses y su corazón había dejado de latir al ver su letra en el sobre. Por un momento de mareo y confusión había pensado que había habido un error. Que Gabe no había muerto de gripe, sino que había sido un extraño quien había fallecido. Cosas así sucedían durante y después de la guerra, y ella no había visto el cuerpo, puesto que el ataúd estuvo cerrado.

Se había quedado de pie en la calle, con la carta en la mano, llorando y temblando un rato largo, hasta que había podido romper el sello y abrir el sobre. Cuando había visto la fecha se había querido morir.

Gabe había estado bien de salud en aquel momento y había esperado poder volver a casa para aumentar la familia y ver al ganado corriendo en el Triple M.

Ella había caído de rodillas, demasiado impresionada como para levantarse. La mula había vuelto sola a casa, y Doss había ido a buscarla. La había encontrado con la carta apretada aún contra el pecho, y la garganta tan llena de tristeza que no podía hablar.

Doss la había levantado en brazos sin decir una palabra, la había puesto en su caballo, se había subido detrás de ella y la había llevado a casa.

—¿Hannah?

Ella pestañeó y volvió al presente, a las galletas de mantequilla que estaba haciendo. Tenía un paquete de salchichas en la mano.

Doss estaba a su lado, con olor a pino y a nieve, y a hombre. Él le tocó el brazo.

—¿Estás bien?

Ella tragó saliva y asintió.

Era mentira, por supuesto. Hannah no había estado bien desde el día en que Gabe se había ido a la guerra. Y le gustase o no, no volvería a estar bien otra vez.

—Siéntate —dijo Doss—. Yo me ocuparé de la cena.

Ella se sentó porque se sentía débil.

—¿Dónde está Tobias? —preguntó.

Doss se lavó las manos, abrió el paquete de salchichas, y echó el contenido en una sartén grande que había en el fuego.

—Arriba —respondió él.

¿Tobias se había marchado de la habitación sin que ella se hubiera dado cuenta?

—Oh —respondió ella.

¿Se estaría volviendo loca? ¿Su tristeza la estaba enloqueciendo?

Pensó en el misterioso movimiento de la tetera de su suegra.

Doss cortó la masa de las galletas con el borde de un vaso. Lorelei McKettrick había enseñado a sus hijos a cocinar, a coserse los botones y a hacer sus camas por la mañana.

Doss sirvió a Hannah una taza de café y se la dio. Empezó a mover la mano para ponerla en su hombro, pero se lo pensó mejor y la apartó.

—Sé que es duro —dijo.

Hannah no podía mirarlo. Las lágrimas le quemaban los ojos, pero no quería que la viera, aunque él supiera que estaba llorando.

—Hay días en que me parece que no puedo dar un paso más. Pero tengo que hacerlo, por Tobias.

Doss se agachó al lado de la silla de Hannah, le agarró las manos y la miró.

—Muchas veces he deseado ser yo ser quien estuviese en esa tumba, en lugar de Gabe. Daría cualquier cosa por ocupar su lugar, para que él pudiera estar aquí contigo y con el niño.

Hannah sintió una sensación de pérdida.

—No debes pensar cosas así —dijo ella.

Se soltó de las manos de Doss y le agarró la cara. Luego se arrepintió y las quitó.

—No debes hacerlo, Doss. No está bien —continuó Hannah.

En aquel momento apareció Tobias.

Doss se puso de pie, sonrojado.

Hannah se dio la vuelta, fingiendo tener interés en el correo, la mayoría del cual era para Holt y Lorelei, a quienes tendrían que enviárselo a San Antonio.

—¿Qué sucede, mamá? —preguntó Tobias, preocupado—. ¿No te sientes bien?

Ella hubiera deseado que el niño no hubiera visto a Doss agachado junto a ella, pero evidentemente lo había hecho.

—Estoy bien —respondió Hannah bruscamente—. Sólo ha sido una astilla en el dedo. Me la he clavado poniendo leña en el fuego, y Doss me la ha quitado.

Tobias miró a su madre y a su tío.

—¿Es por eso por lo que estás haciendo la cena? —el niño preguntó a Doss.

Doss dudó. Como Gabe, lo habían criado odiando la mentira, hasta la más inocente, inventada para tranquilizar a un niño que había perdido a su padre y que temía, en lo más profundo de sus sueños, perder a su madre.

—Estoy preparando la cena, porque sé hacerlo.

Hannah cerró los ojos, luego los volvió a abrir.

—Pon la mesa, por favor, Tobias —dijo Doss.

El niño corrió a buscar platos y cubiertos.

Hannah miró a Doss.

Una carga eléctrica pareció pasar entre ellos, como antes, como cuando Hannah había llegado de recoger el correo y había encontrado a Tobias fuera, construyendo un fuerte para la nieve en un invierno tan crudo.

—Esta casa está muy oscura —dijo Doss.

Caminó hacia el centro de la habitación y encendió la luz.

La bombilla brilló tanto que Hannah tuvo que pestañear, pero no se quejó.

Algo en la cara de Doss le impidió hacerlo.

Presente

Travis hacía mucho tiempo que había terminado el café y se había ido cuando Liam se levantó de la siesta.

—Ese niño estuvo en mi habitación otra vez —dijo—. Estaba sentado frente al escritorio. ¿Puedo ver la televisión? Hay una televisión en la habitación del frente. También hay un ordenador, con un monitor de pantalla plana.

Sierra sabía que había bonitos aparatos electrónicos porque había explorado la casa cuando se había marchado Travis.

—Puedes ver la televisión durante una hora —respondió ella—. Pero no encender el ordenador. No es nuestro.

—Sé cómo usar un ordenador, mamá —dijo el niño—. En el colegio los tenemos.

Entre la renta, la comida y las facturas de médicos, Sierra nunca había podido tener un ordenador propio. Había usado el de la oficina del bar en el que trabajaba, en Florida. Así había sido como Meg se había puesto en contacto con ella.

—Tendremos uno, en cuanto encuentre otro trabajo.

—Mi correo probablemente esté lleno —contestó Liam—. Todos los niños del programa de los «Super» iban a escribirme.

Sierra, que estaba poniendo el pollo congelado a descongelar en el microondas sintió como si la tocasen con un palo afilado.

—No lo llames el programa de los «Super», por favor —dijo ella.

Liam se encogió de hombros.

—Así lo llama todo el mundo.

—Ve a ver la televisión.

Liam lo hizo.

Oyó un ruido en la puerta de atrás y sierra miró por el cristal porque estaba oscuro. Travis estaba en el porche trasero.

—Pasa... —dijo ella, y se marchó al fregadero a lavarse las manos.

Entró Travis con una bolsa de comida preparada en la mano.

Llevaba el cuello de su abrigo levantado para resguardarse del frío, y el sombrero inclinado hacia adelante.

—Pollo frito —dijo levantando la bolsa para mostrárselo.

Sierra hizo una pausa, cerró el grifo del fregadero y se secó las manos. El temporizador del microondas sonó.

—Iba a ponerme a cocinar —dijo.

Travis sonrió.

—Me alegro de haber venido a tiempo —respondió—. Si eres como tu hermana, no deberían permitirte acercarte a una cocina.

Sierra sintió tristeza al escuchar sus palabras. En realidad no sabía si era como su hermana o no. Hasta hacía unas semanas, cuando Meg le había enviado una foto suya, no la habría reconocido.

—¿He dicho algo malo? —preguntó Travis.

—No... Has sido... muy considerado al traer el pollo.

Liam debió oír la voz de Travis porque apareció sonriendo.

—Hola, Travis...

—Hola, campeón —contestó Travis.

—El ordenador está haciendo un ruido raro —le dijo Liam.

Travis sonrió, dejó la bolsa del pollo en la encimera, pero no se quitó el sombrero ni el abrigo.

—Meg lo ha programado para que haga ese ruido para acordarse de mirar el correo cuando está aquí —dijo Travis.

—Mi madre no me deja usarlo —Liam se quejó.

Travis miró a Sierra, se volvió nuevamente a Liam y dijo:

—Las reglas son las reglas, campeón.

—Las reglas son absurdas.

—El noventa y cinco por ciento de las veces, pero no siempre —dijo Travis.

—¿Vas a quedarte a comer con nosotros?

Travis negó con la cabeza.

—Me gustaría mucho, pero me esperan a cenar en otro sitio —respondió.

Liam pareció decepcionado.

Sierra se preguntó qué otro sitio sería ése.

—Quizás otra vez —dijo Travis.

Liam suspiró y volvió al estudio con la televisión.

—No debiste hacerlo —Sierra le señaló la cena con la cabeza.

—Es vuestra primera noche aquí —contestó Travis, abriendo la puerta para salir—. Los vecinos deben ser hospitalarios.

—Gracias —dijo Sierra, pero él ya había cerrado la puerta.

Travis fue hacia su camión, por si Sierra estaba esperando oír su motor, lo condujo por detrás del granero y aparcó. Después de ver cómo estaba Baldy y los otros tres caballos a su cuidado, entró en su trailer.

Sus aposentos eran más pequeños que los de su hogar en Flagstaff, pero él no necesitaba mucho espacio. Tenía una cama, una cocina, un cuarto de baño y un lugar para su ordenador portátil. Era suficiente.

Más de lo que Brody tendría jamás.

Se quitó el sombrero y el abrigo y los tiró en

un banco tapizado que servía como sofá. Intentaba no pensar en Brody durante el día, y solía estar suficientemente ocupado como para lograrlo. Por la noche era diferente. En aquel lugar no había mucho que hacer cuando anochecía.

Pensó en Sierra y el chico allí en la casa grande, comiendo el pollo que había comprado en el único supermercado del lugar. No había tenido intención de cenar con ellos. Aún se estaban instalando, pero podía imaginarse sentado a la mesa con los dos.

Miró el frigorífico. Sólo había un filete de Salisbury.

Mientras la comida se estaba calentando preparó café y recordó la última visita de Rance McKettrick. Viudo, Rance vivía solo en la casa que su legendario antecesor, Rafe, había construido para su esposa, Emmeline y sus hijos en mil ochocientos ochenta. Tenía dos hijas, a quienes ignoraba por completo.

—Este lugar es un bonito ataúd —había dicho Rance cuando había visto su trailer—. Brody es el que está muerto, Trav, no tú.

Travis se frotó los ojos con el pulgar. Brody estaba muerto, era cierto. Diecisiete años, toda una vida por delante, y se había matado en un tugurio de Phoenix, cuando le explotó el alcohol metilado al que era adicto.

Se miró en la ventana que había encima del fregadero. Vio su cara.

En aquel momento sonó el móvil.

Pensó en dejar que saltara el contestador. Pero no pudo hacerlo. Si hubiera contestado la noche que había llamado Brody...

—Soy Reid... —contestó.

—¿Por qué no me dices «hola»? —dijo Meg.

Sonó el timbre del microondas, y Travis abrió la puerta para sacar la cena. Casi se quema y maldijo.

Meg se rió.

—Cada vez mejor... —dijo.

—No estoy de humor, Meg —respondió Travis abriendo el grifo con la mano libre y metiendo la mano debajo.

—Nunca lo estás...

—Los caballos están bien.

—Lo sé. Me habrías llamado si no lo estuvieran.

—Entonces, ¿qué quieres?

—¡Oh, cómo estamos hoy! He llamado para preguntar por mi hermana y mi sobrino. ¿Están bien? ¿Cómo se les ve? Sierra es tan reservada... Es casi fría...

—Sí...

—Bueno, no me enrollaré, en honor a la brevedad.

—¿Y desde cuándo te importa la brevedad? —preguntó Travis, pero estaba sonriendo.

Meg se rió. Y una vez más Travis deseó haber sido capaz de enamorarse de ella. Lo habían intentado, ambos, en más de una ocasión. Meg quería tener un hijo, y él no quería estar solo, así que era ideal. Pero el problema era que no había funcionado.

No había química.

No había pasión.

Jamás serían más de lo que eran, muy buenos amigos. Él estaba resignado a ello, pero en momentos de soledad, deseaba que las cosas fueran diferentes.

—Cuéntame algo de mi hermana —insistió Meg.

—Es guapa —dijo Travis sinceramente—. Es orgullosa y sobreprotectora con su hijo.

—Liam tiene asma —dijo Meg—. Según Sierra, ha estado a punto de morir un par de veces.

—¿Qué? —Travis se olvidó de sus dedos quemados, de su filete y de su tristeza.

Meg suspiró profundamente.

—Ésa es la única razón de que Sierra quiera tener algo que ver con mamá y conmigo. Mamá la puso en el plan de salud de la empresa y acordó que Liam viera a un especialista en Flagstaff con frecuencia. A cambio, Sierra tuvo que aceptar vivir un año en el rancho.

Travis se quedó inmóvil, tratando de digerir aquello.

—¿Por qué aquí? ¿Por qué no en San Antonio contigo y con Eve?

—A mamá y a mí nos hubiera encantado eso,

pero Sierra necesita... distancia. Un tiempo para acostumbrarse a nosotros.

—Tiempo para acostumbrarse a dos mujeres de la familia McKettrick. Así que para el dos mil cincuenta, ¿no?

—Muy gracioso. Sierra es una mujer de la familia McKettrick, ¿te olvidas?

—Sí, lo es —dijo Travis—. ¿Cómo la encontraste?

—Mamá rastreó a Sierra y a Hank cuando ella era pequeña —respondió Meg.

Travis se sentó en la cama. Estaba sin hacer, las sábanas revueltas y las migas de pizza le rozaron la mano. Un día las cambiaría.

—¿La rastreó?

—Sí. No te he contado esa parte.

—No.

Travis conocía la historia de su secuestro, de cómo su padre se la había llevado el día que Eve había presentado los papeles del divorcio, y que Sierra y su padre habían terminado en México.

—¿Eve lo sabía y no hizo nada para conseguir tener nuevamente a su hija? —preguntó Travis.

—Mamá tenía sus razones —contestó Meg.

—Oh, de acuerdo, entonces —contestó Travis—. Eso aclara todo. ¿Qué razón pudo tener?

—No es asunto mío decírtelo, Trav —le dijo Meg con tristeza—. Es un asunto que tienen que arreglar mamá y Sierra primero. Y es posible que pase un tiempo hasta que Sierra esté dispuesta a escucharla.

Travis suspiró y se pasó una mano por el pelo.

—Tienes razón —dijo.

Meg pareció animarse otra vez, pero había algo que le decía a Travis que la situación no era sencilla.

—Dime, ¿te parece que mamá tiene posibilidades? Me refiero a volver a conectar con Sierra...

—¿La verdad?

—La verdad.

—Cero. Sierra ha sido amable conmigo, pero es muy suya, como todas las McKettrick.

—Gracias...

—Me has dicho que querías la verdad...

—¿Cómo estás tan seguro de que mamá no podrá llegar a ella?

—Es un presentimiento, simplemente.

Meg se quedó callada. Travis era famoso por sus presentimientos. Era una pena que no hubiera hecho caso al que le había dicho que su hermano pequeño estaba en apuros, y que Travis tenía que dejar todo e ir a buscarlo.

—Oye, quizá yo esté equivocado... —dijo él.

—¿Cuál es tu verdadera impresión sobre Sierra, Travis?

Él se tomó un tiempo para contestar.

—Es independiente. Se ha construido un

muro alrededor de ella y de su hijo, y no dejará que nadie se acerque demasiado. Es asustadiza también. Si no fuera por Liam, y por el hecho de que probablemente no tenga un céntimo, definitivamente no estaría en el Triple M.

—Maldita sea. Sabíamos que era pobre, pero...

—Su coche está destartalado totalmente. El mejor mecánico no podría hacer nada con él.

—Puede usar mi Blazer.

—Para eso tendrías que convencerla. No es una mujer a la que le guste sentirse en deuda. Probablemente tengas que conformarte con que no agarre a su hijo y se suba al primer autobús que aparezca.

—Es muy deprimente... —dijo Meg.

Travis se levantó de la cama.

—Eh, mira el lado bueno, Sierra está aquí, ¿no? Está en el Triple M. No está mal para empezar.

—Cuídala, Travis.

—¿Y si ella no quiere?

—Hazlo por mí.

—Oh, Meg...

—Entonces, hazlo por Liam...

IV

1919

Doss salió de la casa después de la cena. Dejó a Tobias y a Hannah la tarea de lavar los platos. Él fue a echar un último vistazo a las aves de corral. Se quedó de pie un momento en el aire frío de la noche para subirse el cuello del abrigo.

En aquellos momentos echaba de menos a Gabe con una intensidad que lo habría quebrado doblemente de no poseer el orgullo típico de los McKettrick, algo a lo que aludía su madre muchas veces.

Aquello le hizo pensar en sus padres. También los echaba de menos. Todos sus parientes se habían marchado de allí.

No había ningún McKettrick que se hubiera

quedado en su lugar de origen, excepto él mismo, Hannah y Tobias. Aquello le hacía sentir más solo aún.

Miró hacia la ventana de la casa y vio el brillo de la llama de la lámpara. Sonrió.

Hannah debía haber apagado la luz. Él se había dado cuenta de que estaba preocupada por los gastos, aunque provenía de una familia próspera y había ingresado en otra.

Sintió un nudo en la garganta. Había sabido que ella estaba distinta aun antes de que hubiera traído a Gabe en un ataúd de pino. Gabe había dejado un gran vacío en la familia. «El tiempo lo cura todo», había dicho su madre muchas veces, después de la muerte de Gabe. Pero para ella especialmente no había sido fácil, ni para su padre.

En la enfermería del ejército, antes de morir, Gabe le había pedido que cuidara de Hannah y de su hijo. «Prométemelo, Doss...», le había dicho.

Y Doss se lo había prometido. Pero su promesa no era fácil de cumplir. A Hannah no le gustaba que la cuidasen, y todos los días Doss temía que ella decidiera volver con su familia a Montana y quedarse allí.

El ruido de la puerta trasera lo sobresaltó. Doss dudó un momento, luego siguió en dirección al granero, tratando de parecer un hombre dispuesto a cumplir con su propósito. Hannah lo alcanzó, envuelta en un chal y con una lámpara en la mano.

—Creo que me estoy volviendo loca —dijo.

Doss la miró, preocupado.

—Es el duelo, Hannah. Se pasará...

—Tú tampoco crees que se vaya a pasar... —le dijo Hannah.

Doss se acercó a ella.

—Tengo que creerlo. No puedo pensar que me voy a sentir tan mal toda la vida...

—He guardado la tetera. Sé que la he guardado. Pero debo haberla sacado nuevamente sin darme cuenta, y eso me asusta, Doss, realmente me da miedo.

Llegaron al granero. Doss tomó la lámpara que llevaba ella y abrió una de las puertas con una mano. No fue una tarea fácil, ya que se había amontonado mucha nieve en el corto tiempo que había empleado para dar de comer y beber a los animales.

—Quizás estés un poco olvidadiza estos días —dijo Doss después de que la hiciera entrar.

El olor del granero era como un sedante para él.

—Eso no quiere decir que estés loca, Hannah.

Presintió que en cualquier momento le diría que se marcharía a Montana.

«No lo digas», pensó. «No me digas que te marchas a Montana». Sabía que era egoísta de su parte. En Montana, Hannah podía volver a tener una vida de ciudad y no tener que montar una mula ocho kilómetros para recoger el correo, ni tener que romper la capa de hielo que se formaba en el agua para dar de beber al ganado. No tenía que alimentar a los pollos ni vestirse como un hombre.

Si Hannah abandonaba el Triple M, él no sabía qué haría. En primer lugar tendría que romper la promesa que le había hecho a Gabe, por ausencia, al menos. Pero eso no era todo. Había mucho más.

—Hay algo más también —dijo Hannah.

Doss se entretuvo yendo de establo en establo, echando un ojo a cada uno de los caballos.

—¿Qué? —preguntó.

—Tobias me acaba de decir... Me ha dicho...

—¿Qué? —preguntó Doss, impaciente.

—Doss, Tobias ve cosas...

—¿Qué clase de cosas?

—Un niño —Hannah agarró su brazo fuertemente.

Y él sintió una sensación extraña al sentir la presión de sus dedos.

—Doss, Tobias dice que ha visto un niño en la habitación.

—Eso es imposible —respondió Doss, mirándola.

—Tienes que hablar con él.

—Oh, hablaré con él —respondió Doss y se marchó a la casa.

Hannah tuvo que levantarse las faldas para poder seguir su paso.

Presente...

—Cuéntame lo del niño que viste en la habitación —dijo Sierra cuando habían comido el pollo frito, la ensalada de macarrones, el puré con salsa y el maíz.

—Es un fantasma —dijo Liam mirándola, como si esperase que refutasen su afirmación.

—¿Un amigo invisible para jugar, tal vez? —aventuró Sierra.

Liam era un pequeño solitario. El estilo de vida que habían llevado hasta entonces era el culpable. Después de la muerte del padre de ella, a consecuencia de la bebida, en una cantina de mala muerte de San Diego, Sierra y Liam habían vagado como dos gitanos. Habían estado en San Diego, Carolina del Norte, Georgia y finalmente en Florida.

—No tiene nada de imaginario —dijo Liam—. Lleva ropa graciosa, como esos niños de las películas antiguas de la televisión. Es un fantasma, mamá. Convéncete.

—Liam...

—¡Nunca crees nada de lo que te digo!

—¡Yo creo todo lo que me dices! —insistió Sierra—. Pero tienes que admitir... que esto es mucho.

Ella volvió a pensar en la tetera. Luego trató de olvidarla.

—Yo nunca miento, mamá.

Sierra le palmeó la mano, pero él se echó atrás y la miró con desconfianza.

—Sé que no mientes, Liam. Pero estás en un lugar nuevo y extraño y echas de menos a tus amigos y...

—¡Y tú ni siquiera me dejas ver si me han enviado e-mails! —gritó Liam.

Sierra suspiró, apoyó los codos en la mesa y se frotó las sienes con la punta de los dedos.

—De acuerdo —respondió—. Puedes meterte en Internet. Pero ten cuidado, porque ese ordenador es muy caro. No podemos arriesgarnos a tener que reemplazarlo por otro.

El gesto de Liam se relajó.

—No lo voy a romper —le prometió.

Sierra se preguntó si Liam no la habría engañado. Si toda aquella historia del niño en su habitación no sería una treta para conseguir lo que quería.

Inmediatamente se avergonzó. Su hijo realmente creía que había visto un niño en su cuarto. Consultaría el tema con su nuevo médico de Flagstaff para ver qué opinaba un profesional sobre el asunto. Esperaba que su coche funcionase, porque seguramente el médico querría ver a Liam.

Cuando terminó de recoger la cocina, Sierra fue donde estaba Liam.

—¡Lo que yo pensaba! ¡Mi correo está lleno de mensajes!

La televisión seguía encendida. El periodista estaba hablando de los efectos del calentamiento de la tierra.

Sierra la apagó. ¡Liam no necesitaba más información sobre cosas así!

—¡Eh! ¡No lo apagues! ¡Yo lo estaba escuchando!

—Tienes sólo siete años. ¡No deberías preocuparte tanto por el futuro del planeta!

—Alguien tiene que preocuparse —respondió Liam sin mirarla—. Tu generación lo está destruyendo... —estaba concentrado en la pantalla—. ¡Mira, todo el Grupo de Geek me ha escrito!

—Te pedí que no...

—De acuerdo —suspiró Liam—. «Los niños del Programa para superdotados han mantenido comunicación».

—Así está mejor.

—Tú también tienes algunos e-mails —le dijo Liam.

Ya estaba contestando los mensajes.

—Los leeré más tarde —respondió Sierra.

Ella no tenía tantos amigos, así que la mayoría de los correos serían anuncios para «alargamiento de pene» y cosas así.

—¡Van a observar el lanzamiento de un cohete de verdad! —gritó Liam sin envidia alguna—. ¡Guau!

—¡Guau! —exclamó Sierra también, mirando la habitación.

Según Meg había sido originalmente un estudio. Había viejos libros en las paredes y tenía una chimenea.

Sierra encontró cerillas encima del hogar y encendió el fuego.

Se oyó un sonido en el ordenador.

—Tía Meg acaba de enviarte un mensaje —dijo Liam.

¿De dónde había sacado aquel «tía Meg»?, se preguntó Sierra.

—Míralo rápido, porque todavía tengo pilas de mensajes que contestar —le advirtió Liam.

Sierra sonrió y se sentó en la silla donde había estado sentado Liam y leyó el mensaje: «Travis me ha dicho que tu coche se ha estropeado. Usa mi Blazer. Las llaves están en la azucarera que está al lado de la tetera».

Sierra, sintiendo su orgullo herido, le contestó que su coche sólo estaba «un poco cansado», y que su Blazer no tendría batería después de estar parado tanto tiempo.

Se comunicaron por chat un rato. Su hermana finalmente se despidió con un «Buenas noches, hermanita», y le dijo que siempre había querido decírselo.

Sierra simplemente le dijo «Buenas noches» y se levantó de la silla.

—Date prisa y termina lo que estás haciendo

—le dijo Sierra a Liam, que volvió a ocupar su silla—. Te queda media hora para irte a la cama.

—He dormido una siesta —le recordó Liam mientras escribía en el teclado.

—Termina —repitió Sierra.

Se marchó del estudio y subió las escaleras hasta la habitación de Liam. Sacó el pijama favorito del niño de una de las maletas. Tuvo intención de meterlo en la secadora de ropa y calentarlo un poco, pero algo la distrajo al otro lado de la ventana.

Vio las luces en el trailer de Travis. Su camión estaba aparcado cerca de allí. Evidentemente no había estado mucho tiempo en el pueblo o donde hubiera ido.

¿Por qué le alegraba saberlo?

1919

Hannah observó a Tobias desde la puerta. Estaba dormido plácidamente. Pero ella sabía que muchas noches Tobias tenía pesadillas. Porque iba a su cama y se apretaba contra ella y le susurraba, angustiado, que no se muriese.

Hubiera querido despertarlo y abrazarlo y protegerlo de lo que le hiciera ver niños donde no los había...

Tobias era un niño solitario, eso era todo. Necesitaba estar con otros niños. Iba a una escuela donde todos los niños estaban juntos en un aula, y la mayoría de los siete alumnos que había eran mayores que él. Y a veces no tenían clase debido a la nieve...

Tal vez tuviera que llevárselo a Montana. Allí tenía primos. Además, allí vivirían en la ciudad, donde había tiendas, bibliotecas... Podría montar en bicicleta en la primavera y jugar al béisbol con otros niños.

Hannah sintió un nudo en la garganta. Gabe había querido que su hijo creciera en aquel rancho, como lo había hecho él, montando a caballo, llevando al ganado, siendo parte de la tierra. Por supuesto que no había imaginado morir joven, y había pensado que tendrían montones de niños que habrían acompañado a Tobias.

Una lágrima se deslizó por la mejilla de Hannah, y ella se la borró.

Gabe se había marchado, y no habría más niños.

Hannah oyó a Doss subir las escaleras y se apartó de la entrada de la habitación. Doss pensaba que era demasiado protectora, que siempre estaba encima de Tobias. Pero, ¿cómo iba a comprender un hombre lo que era tener un niño en el vientre y alimentarlo?

Hannah cerró los ojos y se quedó donde estaba.

Doss se detuvo detrás de ella, inseguro, notó ella.

—Deja dormir al niño, Hannah —dijo.

Hannah asintió, cerró la puerta de la habitación de Tobias y miró a Doss en la oscuridad del pasillo. Doss tenía un libro en una mano y una lámpara apagada en la otra.

—Es porque está muy solo...

Él sabía que se refería a las alucinaciones del niño.

—Los niños se inventan amigos invisibles —dijo Doss—. Y estar solo es parte de la vida. Es algo por lo que tiene que pasar una persona, no algo de lo que hay que huir.

Ningún McKettrick huía de nada, le faltó decir. Pero ella no era McKettrick por sangre. Seguía firmando con el apellido de Gabe, pero ya no sentía que le pertenecía.

No sabía por qué.

—¿Alguna vez has deseado vivir en otro sitio? —preguntó Hannah de pronto.

—No —respondió Doss rápidamente, como si hubiera leído su pensamiento, pensó Hannah—. Éste es mi lugar.

—Pero los otros... Tus tíos y primos... No se quedaron...

—Pregúntale a cualquiera de ellos dónde está su hogar —respondió Doss—. Y te dirán que es el Triple M.

Hannah pensó decir algo. Luego asintió y le dijo «Buenas noches». Y él inclinó la cabeza y se marchó a su dormitorio.

Ella había sido muy feliz en el Triple M en vida de Gabe. Pero él no volvería.

Se dirigió a la habitación donde habían pasado la noche de bodas y donde habían nacido todos los bebés de la familia, incluido Tobias.

Se sentó en la mecedora de Lorelei y esperó. Simplemente esperó. No sabía qué.

Presente...

Sierra encontró un e-mail de Allie, la hermana melliza de Adam. Deseó haber dejado la lectura de los e-mails para el día siguiente. Siempre se sentía más fuerte durante el día. Después del asesinato de Adam, durante un trabajo en Sudamérica, Allie se había quedado desconsolada y había desarrollado una enfermiza fijación por el hijo de su hermano.

Sierra suspiró y abrió el e-mail.

Su cuñada le ofrecía un lugar a Liam y a ella en San Diego, y todo lo que le hiciera falta, desde cuidados médicos al mejor colegio para el niño. Y le pedía que si no iba, por lo menos le hiciera saber que había llegado bien a Arizona.

Aunque Allie y Adam se habían criado en una relativa pobreza, Adam había sido fotógrafo en distintos periódicos y actualmente a Allie y a su esposo les iba muy bien económicamente.

Allie dirigía una empresa y su esposo era neuro-cirujano. Tenían de todo, menos lo que más deseaban: hijos.

Sierra le contestó que estaban bien y que de momento seguirían allí. Pulsó el botón de «Enviar» y apagó el ordenador.

Estaba agotada. No tenía fuerzas ni para subir y acostarse. Cerró los ojos. Se preguntó si aún habría luz en el trailer de Travis.

Se durmió profundamente, pero empezó a soñar. Se vio en la cocina del rancho, pero ésta estaba diferente y ella tenía puesta una falda de lana larga... En el sueño se oyó preguntar por la tetera, como repitiendo la escena de la realidad en que la tetera se había cambiado de lugar.

Sabía que estaba soñando y quería despertarse, pero no podía.

Se quedó mirando la tetera. Sintió una mezcla de emociones: soledad, anhelo por el hombre que ya no estaba, amor por su hijo...

Y algo más. Un deseo prohibido que no tenía nada que ver con el hombre que la había dejado.

Sierra se despertó por su fuerza de voluntad, y sintió las lágrimas de la mujer del sueño, de la otra Sierra.

La habitación estaba fría. El fuego de la chimenea se había apagado. Se ajustó la chaqueta y se levantó de la silla. Fue a la ventana y vio que el trailer de Travis estaba oscuro.

«Ha sido sólo un sueño», se dijo.

Entonces, ¿por qué tenía el corazón roto?

Se marchó a la cocina por el pasillo oscuro. Necesitaba una taza de té.

Encontró un interruptor al lado de la puerta trasera y lo encendió.

La realidad volvió a través de la luz.

Decidió prepararse un té.

Cuando estaba bebiendo el té apareció Liam.

—¿Es de mañana ya? —preguntó.

—No. Vuelve a la cama.

—¿Puedo tomar té?

—No, otra vez.

Liam se sentó en una silla.

—Pero si hay cacao, te preparé una taza—dijo su madre.

—Hay cacao —dijo Liam—. Lo vi en la despensa. Es instantáneo.

Sierra le sonrió, se levantó y fue a la despensa. Gracias a Travis había leche en el frigorífico. Calentó una taza de leche en el microondas y le puso cacao.

—Me gusta este sitio —dijo Liam—. Es mejor que cualquier lugar en los que hemos vivido.

—¿De verdad piensas eso? —preguntó Sierra—. ¿Por qué?

Liam tomó un sorbo de cacao.

—Parece un verdadero hogar. Aquí ha vivido mucha gente. Y todos eran McKettrick, como nosotros.

Sierra se sintió herida, pero lo disimuló con una sonrisa.

—Dondequiera que vivamos, está nuestro hogar, porque estamos juntos.

Liam la miró escépticamente.

—Nunca hemos tenido tanto sitio... Ni hemos tenido un granero con caballos... Y fantasmas... —susurró con entusiasmo.

Sierra estaba pensando cómo hablarle del tema de los fantasmas, cuando se oyó el delicado sonido del piano.

V

—¿Oyes eso? —le preguntó a Liam. El niño frunció el ceño, se acomodó en la banqueta y tomó otro sorbo de cacao.

—¿Si he oído qué?

La música del piano siguió sonando desde la habitación del frente.

—Nada —mintió ella.

Liam la miró, perplejo y con gesto de desconfianza.

—Termina tu chocolate. Es tarde.

La música terminó y ella se sintió aliviada y paradójicamente triste, con reminiscencias del vívido sueño que había tenido antes, mientras había cabeceado en la mecedora.

—¿Qué era, mamá? —preguntó Liam.

—Me pareció oír un piano —admitió ella, porque sabía que su hijo no dejaría el tema tan fácilmente hasta que ella le dijera la verdad.

Liam sonrió.

—¡Esta casa es sensacional! Les he dicho a los niños... que está encantada. A tía Allie también.

Sierra dejó la taza en la mesa temblorosamente.

—¿Cuándo has hablado con tía Allie?

—Me ha enviado un -mail, y le he contestado.

—Estupendo —dijo Sierra.

—¿Realmente quería mi padre que me criase en San Diego? —preguntó Liam seriamente.

La idea, por supuesto, provenía de Allie. Sierra comprendía a la mujer, pero sintió que ésta había violado algo. Allie no tenía derecho a seducir mañosamente a Liam a sus espaldas.

—Tu padre querría que te criases a mi lado —dijo Sierra firmemente, y sabía que era verdad, aunque Adam la hubiera engañado.

—Tía Allie dice que a mis primas les gustaría que yo estuviera allí —dijo Liam.

Los «primas de Liam» eran realmente hermanastras de él, pero Sierra no estaba preparada para decírselo todavía, y esperaba que Allie no lo hiciera tampoco. Aunque Adam le hubiera dicho a Sierra que estaba divorciado cuando se habían conocido, y ella se hubiera enamorado perdidamente de él, se había enterado seis meses más tarde, cuando ya estaba embarazada, de que todavía vivía con su esposa. Había sido la hermana de Adam, la fervorosa y entrometida Allie, quien había viajado a San Miguel para decírselo.

Sierra jamás olvidaría las fotos de la familia de Adam que le había mostrado Allie aquel día: Adam rodeaba tiernamente los hombros de su esposa, Dee, y las dos niñas, con vestidos iguales y mirada de inocencia completaban la foto.

—Olvídalo, niña —le había dicho Hank cuando Sierra había ido llorando a contarle la historia.

Ella le había escrito una carta a Adam inmediatamente, pero le habían devuelto la carta por cambio de domicilio, y no había contestado nadie a sus llamadas a los números de teléfono que le había dado Adam.

Había dado a luz a Liam, atendida por la querida de toda la vida de Hank, Magdalena. Tres días más tarde, Hank le había llevado un periódico americano y se lo había tirado en el regazo sin decirle una palabra.

Lo había hojeado y se había encontrado con la muerte de Adam Douglas en la página cuatro. Lo habían matado de un disparo, según el artículo, en las afueras de Caracas, después de infiltrarse en un cartel de droga para sacar fotos para un reportaje en el que se hacían importantes revelaciones.

—¿Mamá? ¿Otra vez estás oyendo esa música?

Sierra pestañeó y agitó la cabeza.

—¿Crees que yo les gustaría a mis primas?

—A mí me parece que puedes gustarle a todo el mundo —Sierra dejó las tazas en el fregadero y agregó—: Y ahora, sube, lávate los dientes otra vez y acuéstate.

—¿Tú no te vas a acostar?

—Sí —no pensaba que se dormiría, pero no quería decírselo a Liam—. Tú acuéstate. Yo cerraré las puertas y apagaré las luces...

Liam asintió y obedeció sin protestar.

Sierra fue a la habitación del piano en cuanto Liam se fue a dormir.

El piano estaba con la tapa bajada y todo estaba en orden, como si nadie hubiera estado tocando aquella noche.

Con el ceño fruncido, Sierra cerró la puerta de entrada con llave.

Todas las ventanas estaban cerradas, y no había ninguna huella en la gruesa capa de nieve. No había rastro de nadie ni de nada por allí.

Finalmente subió, se baño y se acostó. Enseguida se durmió.

1919

Hannah cerró la tapa del piano y se levantó de la banqueta. Había tocado suavemente, expresando su tristeza y su deseo en la música.

Cuando pasó por la puerta de la habitación de Doss vio luz. Se preguntó qué haría Doss si ella entrase, se quitase la ropa y se acostase con él.

Por supuesto, no lo haría. Porque ella había amado a su esposo y aquello no estaba bien. Pero había momentos en que deseaba terriblemente ser abrazada y acariciada, y aquél era uno de ellos.

Tragó saliva, angustiada por sus propios pensamientos de deseo.

Doss la echaría y le diría que era la viuda de su hermano, si es que volvía a hablarle alguna vez...

—¿Mamá? —la llamó Tobias por detrás de ella.

Hannah no lo había oído levantarse y asomarse a su habitación.

—¿Qué ocurre? ¿Has tenido alguna pesadilla?

Tobias agitó la cabeza y miró hacia la habitación de Doss y luego la volvió a mirar.

—Me gustaría tener un papá... —dijo finalmente.

Hannah sintió una opresión en el pecho.

Hannah se acercó al niño y lo abrazó.

—A mí también me gustaría que lo tuvieras —dijo—. ¡No sabes cuánto me gustaría que tu papá estuviera aquí!

—Pero papá está muerto. Quizá Doss y tú os podrías casar... Así Doss no sería mi tío, ¿no? Sería mi padre.

—Tobias, eso no estaría bien —dijo Hannah, y rogó que Doss no lo hubiera oído.

—¿Por qué no?

Hannah se agachó y miró al niño a los ojos.

—Yo era la esposa de tu papá. Y lo amaré toda mi vida.

—Eso es mucho tiempo... —dijo Tobias. Luego bajó la voz y agregó—: No quiero que Doss se case con otra persona, mamá. Todas las mujeres de Indian Rock son simpáticas con él. Y un día de éstos va a buscarse una esposa.

—Tobias, tienes que quitarte esta tontería de la cabeza. Doss tiene derecho a buscar una esposa. Pero no seré yo con quien se case. No es fácil de explicártelo ahora, pero Doss era el hermano de tu papá. Yo no podría...

—Te casarás con alguien de Montana, ¿no? —preguntó Tobias, enfadado—. ¡Un extraño con traje!

—¡Tobias!

—¡No pienso ir a Montana! ¿me oyes? ¡No me voy a ir del Triple M a no ser que Doss se vaya también!

Hannah se puso colorada de incomodidad y de rabia. Doss seguramente lo habría oído. Se puso de pie y dijo:

—¡Tobias McKettrick, te vas a la cama ahora mismo! ¡Y no se te ocurra volver a hablarme de ese modo!

Tobias levantó la barbilla, con aire de desafío.

—Vete donde quieras —el niño se dio la vuelta—. ¡Pero yo no me iré contigo! —y cerró la puerta de un portazo.

Hannah dio un paso hacia ella, y hasta puso la mano en el picaporte. Pero no se atrevió a enfrentarse a su hijo.

—Hannah...

Era Doss.

Ella se puso rígida pero no se dio la vuelta. Doss habría visto demasiado en su rostro si lo hubiera hecho.

Doss le agarró el brazo y la obligó a darse la vuelta. Ella susurró su nombre. Él le agarró la mano, la llevó al otro extremo del pasillo, y abrió la última puerta, la habitación donde ella tenía la máquina de coser.

—¿Qué estás haci...?

Doss le agarró la mano y tiró de ella. La hizo entrar y cerró la puerta.

—Doss... —dijo.

Él le agarró la cara con ambas manos, inclinó la cabeza y la besó en la boca.

Un dulce escalofrío la recorrió de los pies a la cabeza. Ella sabía que tenía que apartarse, que él no iba a presionarla ante la más mínima muestra de resistencia, pero ella no pudo decir una palabra. Su cuerpo volvió a la vida al sentir la presión del cuerpo de Doss.

Él le quitó las horquillas del pelo y le soltó el cabello, que cayó hasta la cintura. Gruñó de de-

seo, enterró su cara en la cabellera de seda, y
buscó el lóbulo de su oreja. Cuando lo encontró lo mordisqueó suavemente.

Hannah exclamó con tanto placer como
sentimiento de culpa. Sintió que las rodillas se le
aflojaban, y Doss la mantuvo erguida con la
parte de abajo de su cuerpo. Ella gimió suavemente.

—No podemos... —susurró.

—Si no, nos volveremos locos... —respondió
Doss.

—¿Y si Tobias...?

Doss se echó atrás, abrió los botones de la
parte de arriba de su vestido, y metió las manos
por debajo de su camisola para agarrar el peso
de sus pechos. Luego acarició suavemente los
pezones con sus pulgares.

—No nos oirá —dijo Doss.

Doss se agachó y agarró uno de sus pezones
con la boca, lo mordió suavemente como había
mordido el lóbulo de su oreja.

Hannah hundió sus dedos en el cabello de
él, gimió y echó hacia atrás la cabeza, entregándose...

Intentó imaginar la cara de Gabe para ver si
la imagen le daba la fuerza suficiente para parar,
antes de que fuera demasiado tarde. Pero no lo
logró.

Doss le acarició los pechos con la lengua
hasta volverla loca. Ella se apoyó en la puerta;

apenas podía respirar. Y entonces él se puso de rodillas.

Hannah tembló. Y aunque la habitación estaba fría, empezó a sudar. Se estremeció cuando Doss le levantó la falda, se internó debajo y le bajó la ropa interior.

Sintió que le abría su lugar más íntimo con los dedos, que la tocaba con la lengua, como si fuera fuego. Ella sollozó su nombre. Él bebió de ella desesperadamente.

Sus caderas se movieron frenéticamente, buscándolo, y sus rodillas perdieron consistencia.

Él la apretó contra la puerta, puso sus piernas encima de sus hombros, primero una, luego la otra, y se internó en ella.

Hannah se retorció contra él, tapándose la boca con la mano, para que no salieran al exterior sus gritos de placer.

Él succionó.

Ella sintió un calor irradiándola desde su centro a todo su cuerpo. Entonces se puso rígida con un espasmo que la liberó tan violentamente que tuvo miedo de romperse en mil partículas.

—Doss... —le rogó, porque sabía que iba a volver a suceder una y otra vez.

Y ocurrió otra vez.

Cuando todo terminó, él salió de debajo de su falda y la apretó para sujetarla, mientras ella se aflojaba, exhausta, y caía de rodillas. Estaban uno frente a otro. Hannah con sus pechos al descubierto, su cuerpo aún estaba temblando con la ola de pasión que se había apoderado de ella.

—Podemos parar aquí –dijo Doss

Ella agitó la cabeza. Ya no había vuelta atrás.

Doss abrió sus pantalones, levantó su falda y agarró sus caderas. La alzó levemente para hacerla suya.

Hannah se acomodó para que él entrase en ella. Cuando Doss lo hizo, ella exclamó al sentir su sexo, su calor y su dureza. Gimió y él la besó apasionadamente hasta que la dejó sin sentido, mientras se movía hacia arriba y hacia abajo. La fricción era lenta y exquisita. Hannah hundió sus dedos en sus hombros y galopó encima de él sin pudor hasta que la satisfacción se apoderó de ella, la convulsionó y no la abandonó hasta que fue incapaz de mover un solo músculo, por su agotamiento.

Sólo cuando ella exclamó de satisfacción, Doss llegó al final. Lo sintió derramarse dentro de ella y notó que se reprimía los gemidos mientras se entregaba totalmente.

Él le borró las lágrimas con los pulgares, aún estando dentro de ella, y la miró a los ojos.

—Tranquila, Hannah... Por favor, no llores.

Él no lo comprendía, pensó ella. No estaba llorando por vergüenza, aunque seguramente aquel sentimiento llegaría, sino de felicidad.

—No —dijo ella suavemente. Entrelazó sus dedos con el cabello de Doss y lo besó fervientemente—. No es eso... Siento...

Él se estaba excitando dentro de ella.

—Oh —gimió ella.

Él jugó con sus pezones y ella se excitó más aún.

—Doss... —exclamó Hannah— Doss...

Presente

Sierra se despertó sobresaltada. Había tenido un sueño tan erótico que había estado a punto de llegar al orgasmo. La luz la deslumbró, y el silencio pareció llenar no sólo la habitación sino el mundo más allá de ella.

Se quedó acostada un momento, recuperándose, escuchando su propia respiración, esperando que el latido de su corazón se aquietase.

Liam espió por la entrada que unía su habitación con la de su madre.

—¿Mamá?

—Entra —le dijo Sierra.

—¡Ha nevado! —corrió a la ventana entusiasmado—. ¡Ha nevado de verdad!

Sierra sonrió y se levantó de la cama. Tembló de frío.

—¡Hace mucho frío aquí!

—Travis dice que el horno no funciona.

—¿Travis?

—Travis está abajo. Lo va a arreglar.

—¿Qué está haciendo aquí? —preguntó Sierra buscando una bata en su maleta.

Lo único que tenía era una bata de nylon y al verla supo que sería peor que no ponerse nada, así que quitó la colcha de la cama y se envolvió en ella.

—No seas gruñona. Travis nos está haciendo un favor, mamá. Probablemente ahora seríamos cubitos de hielo si no fuera por él. ¿Sabías tú que esa vieja cocina funciona? Travis la encendió e incluso puso a calentar el café... Me pidió que te dijera que va a estar listo en un momento y que estamos bloqueados por la nieve.

—¿Bloqueados?

—Hubo una tormenta de nieve anoche. Por eso ha venido Travis, para asegurarse de que estábamos bien. Yo oí que golpeaba la puerta y le abrí.

Sierra se acercó a la ventana, al lado de su hijo, y admiró el paisaje nevado. Jamás había visto nada igual, y por un momento se quedó sin habla. Luego afloró su parte racional.

—Menos mal que no se ha ido la luz —comentó.

—Se ha ido. Pero Travis puso a funcionar un generador enseguida. No tenemos luz, pero Travis dice que ahora lo que importa es el horno.

—¿Cómo ha podido hacer café? —preguntó Sierra frunciendo el ceño.

—En la cocina de leña, mamá —respondió Liam poniendo los ojos en blanco.

Sierra se dio cuenta de repente de que su hijo estaba vestido.

—Voy a ir a ayudar a Travis a traer la leña —comentó Liam—. Ponte algo de ropa, ¿no? —le dijo a su madre.

Cinco minutos más tarde, Sierra bajó a la cocina. Estaba caliente, afortunadamente.

—¿Estamos aislados por la nieve? —preguntó Sierra mirando a Travis servir el café.

—Depende de cómo lo interpretes... Para Liam y para mí es una aventura.

—Una aventura... —repitió, contrariada, pero aceptó el café que le ofreció él.

—No te preocupes. Te adaptarás a ello.

—¿Sucede a menudo esto? —preguntó ella.

—Sólo en invierno —respondió Travis.

—¡Qué divertido! —dijo ella con ironía.

Liam se rió.

—¿Te divierte esto? —acusó Sierra al niño.

—¡Es genial! ¡Hay mucha nieve! ¡Ya verás cuando se lo cuente a los «Super»!

—¡Liam!

—No le gusta que diga «Super» —le explicó Liam a Travis.

Travis agarró su café, tomó un sorbo con los ojos risueños.

Luego se dirigió a la puerta.

—¿Te marchas? —preguntó Liam, horrorizado.

—Tengo que ir a ver a los caballos —explicó Travis.

—¿Puedo ir contigo? —le pidió Liam.

Pareció tan desesperado que Sierra se tragó el «no» que instantáneamente se formó en sus cuerdas vocales.

—No tienes suficiente abrigo —dijo.

—Meg suele tener uno por aquí... En el armario del vestíbulo tal vez... —dijo Travis.

Liam corrió a buscarlo.

—No te preocupes, Sierra, lo cuidaré —le dijo Travis cuando el niño se fue.

—Más te vale que lo hagas... —respondió Sierra.

1919

Hannah supo, por el profundo silencio, que había estado nevando toda la noche. Estaba sola en la cama doble que había compartido con Gabe.

Estaba dolorida. Satisfecha. Era una cualquiera.

Casi se había echado en brazos de Doss la noche anterior. Le había dejado hacer cosas que no le había dejado hacer a nadie más que a Gabe.

Pero ahora era de día y tendría que verse cara a cara con él.

Pero no se sentía apesadumbrada. Al contrario, estaba risueña.

Abajo se oía el fuego de la cocina. Doss debía estar encendiéndolo, como todas las mañanas. Pondría el café en el fuego y luego se marcharía al granero a atender a las aves de corral... Sería una mañana como cualquier otra. A excepción de que ella se había comportado como una zorra la noche anterior.

Pero no volvería a suceder.

Decidió calentar agua para bañarse después de que desayunasen. Mandaría a Tobias a hacer los deberes del colegio y a Doss al granero.

Se vistió rápidamente, se cepilló el cabello y se lo recogió como siempre.

Cuando entró en la cocina se encontró con que Doss no se había marchado al granero como ella había supuesto. Todavía estaba en la cocina. Cuando ella entró, la miró.

Tobias se estaba poniendo el abrigo junto a la puerta trasera de la casa.

—Doss y yo vamos a ir a la casa de la viuda de Jessup. Es posible que su bomba de agua esté congelada... Y no sabemos si tiene suficiente leña para el fuego... —dijo el niño como si fuera un hombre que tomaba las decisiones por su cuenta.

Con el rabillo del ojo, Hannah vio a Doss observándola.

—Sal a ver cómo está la vaca —dijo Doss a Tobias—. Asegúrate de que no hay hielo en su abrevadero.

Era una excusa para hablar con ella a solas; Hannah lo sabía. Y se puso nerviosa.

—Tobias no está suficientemente fuerte como para ir a casa de los Jessup con este tiempo —dijo Hannah—. Está a seis kilómetros por lo menos. Y tendréis que cruzar el arroyo.

—Hannah, el niño estará bien... —dijo Doss.

Ella se puso colorada, recordando todo lo que habían hecho por la noche en la habitación de invitados.

—En cuanto a lo de anoche... —empezó a decir Doss. Parecía turbado.

Hannah hubiera querido que se la tragase la tierra.

—Lo siento —dijo Doss.

—Fingiremos... que no ha sucedido nada.

—Pero sucedió, Hannah, y el fingir no cambiará las cosas.

—¿Qué otra cosa podemos hacer, Doss? —preguntó ella.

—¿Y si hay un niño?

A Hannah no se le había ocurrido tal posibilidad, aunque fuese algo totalmente posible. Se llevó la mano a la boca.

¿Cómo se lo explicarían a Tobias? ¿Y a los McKettrick y a la gente de Indian Rock?

—Tendría que irme a Montana —dijo ella después de un momento.

—No. Con un hijo mío en tu vientre, no —respondió Doss firmemente.

—¡Doss! ¡Sería un escándalo!

—¡Al diablo con el escándalo!

Hannah se sentó en la silla de Holt.

—Es posible que no esté embarazada. Una sola vez...

—Pero también es posible que lo estés —insistió Doss.

Hannah siempre había deseado tener más hijos, pero no de ese modo, y con el hermano de su marido. La gente la llamaría lagarta con motivo, y la vida de Tobias sería un infierno.

—¿Qué vamos a hacer, entonces? —preguntó Hannah.

Él cruzó la habitación y se sentó a horcajadas en un banco cerca de la mesa, tan cerca que ella podía sentir el calor de su cuerpo.

—Hay una sola cosa que podemos hacer, Hannah: Casarnos.

—¿Casarnos? —Hannah se quedó con la boca abierta.

—Es lo único decente que podemos hacer.

La palabra «decente» fue como una punzada para Hannah. Ella era una persona orgullosa, y siempre había vivido una vida respetable. Hasta la noche anterior.

—No nos amamos. Y de todos modos, es posible que no esté... embarazada.

—No quiero arriesgarme —le dijo Doss—. En

cuanto el camino se despeje un poco, iremos a Indian Rock y nos casaremos.

—Yo también tengo algo que decir en esto.

Afuera, en el porche de atrás, Tobias se estaba limpiando las botas contra un escalón para quitarse la nieve.

—¿De verdad? —preguntó Doss.

VI

Presente...

Cuando Travis y Liam se marcharon al granero, Sierra inspeccionó la cocina de leña. Luego sacó beicon y lo frió. Estaba cocinando en una cocina del siglo XIX, se dijo. Y de pronto se sintió conectada con todas las McKettrick que la habían precedido.

Cuando volvió la electricidad, se sobresaltó y casi se lamentó.

Encendió la televisión para ver las noticias de la mañana. Toda la parte norte de Arizona se había inundado y estaba sin luz.

Sonó el teléfono y contestó. Sujetó el auricular entre el hombro y la oreja.

—¿Sí?

—Soy Eve... ¿Eres tú, Sierra?

Sierra se quedó petrificada. Travis y Liam volvieron de fuera riéndose, pero se quedaron callados al verla.

—¿Sierra, estás ahí?

—Sí... Estoy aquí.

Travis le hizo señas de que se marchase a hablar a otro sitio.

—Yo me ocuparé del fuego —le dijo.

—¿Es mal momento para que hablemos? —preguntó Eve, insegura.

—No... no hay problema.

—He oído por el Canal del tiempo que habéis tenido una tormenta allí... —dijo Eve.

Sierra asintió, y luego se dio cuenta de que aquella mujer a la que no conocía, su madre, no podía verla.

—Sí... ahora tenemos luz nuevamente, gracias a Travis. Ha puesto el generador...

—¡Pobre Travis! —dijo Eve.

—¿Pobre Travis? ¿Por qué?

—¿No te lo ha contado? ¿No te lo ha dicho Meg?

—No. Nadie me ha dicho nada.

Hubo un silencio.

—Quizá sea una indiscreción decirlo, pero hemos estado un poco preocupados por Travis. Es como de la familia. Su hermano menor, Brody, murió en una explosión hace unos meses, y realmente aquello derrumbó a Travis. Se apartó un poco de la gente... Meg tuvo que hablar con él para convencerlo de que volviera y se quedara en el rancho.

Sierra se alegró de estar hablando por teléfono fuera de la cocina.

—No lo sabía...

—No sé si he hecho bien en contártelo... Pero bueno, he llamado para ver qué tal estáis Liam y tú. Sé que no estáis acostumbrados al clima frío, y cuando vi lo de la tormenta en la televisión, me he preocupado...

—Estamos bien... —dijo Sierra.

Si hubiera conocido mejor a aquella mujer le hubiera confiado su preocupación por Liam y «sus fantasmas».

—Noto una inseguridad en tu voz... —dijo Eve.

—Liam dice que la casa está encantada...

—Oh, es por eso... Son inofensivos... Los fantasmas, quiero decir, si es que son eso...

—¿Estás al tanto de los fantasmas?

Eve se rió.

—Por supuesto. Yo me crié en esa casa. Pero no sé si «fantasmas» es la palabra apropiada. Para mí siempre ha sido más bien como sentir que estaba compartiendo la casa con otra gente... Siempre me ha parecido que estaban tan vivos como yo...

Sierra recordó el sonido del piano.

—¿Quieres decir que crees...?

—Digo que he tenido algunas experiencias... Nunca he visto a nadie... Pero siempre he tenido la sensación de que había alguien más... Y por supuesto, también estaba el tema de la tetera que desaparecía...

Sierra se sentó, turbada.

—¿Sierra?

—Sí, estoy aquí.

—A veces dejaba la tetera fuera y me iba a hacer algo... Y la tetera desaparecía, y la encontraba en el armario de la porcelana. A mi madre le pasaba lo mismo, y a mi abuela... Ellas estaban convencidas de que era Lorelei.

—¿Cómo es posible?

—¡Quién sabe! La vida es misteriosa...

Era verdad, pensó Sierra.

—Me gustaría ir a verte —dijo Eve—. Pero lo haré cuando estés preparada para que lo haga...

—Supongo que lo estoy... —respondió Sierra.

Nunca estaría realmente preparada.

—Bien. Entonces iré a verte en cuanto pueda aterrizar el jet.

«¿El jet?», pensó Sierra.

—¿Tenemos que ir a buscarte a algún sitio?

—Haré que me espere un coche —dijo Eve—. ¿Necesitas algo, Sierra?

Si se lo hubiera preguntado durante su infancia le habría contestado que «una madre», y le hubiera dicho lo mismo cuando había tenido a Liam y su padre había actuado como si no hubiera cambiado nada.

—No, gracias. Estoy bien.

—Te volveré a llamar antes de ir —le prometió Eve.

Sierra se quedó en la silla un rato con el teléfono en la mano, y no se habría movido si no hubiera entrado Liam para decirle que el desayuno estaba listo.

1919

Hacía mucho frío y el camino a casa de los Jessup parecía interminable. Doss miraba cada tanto a su sobrino deseando haberle hecho caso a Hannah.

Cada tanto pensaba: «Tengo intención de casarme con tu madre». Era la verdad, pero no era fácil decirlo ni hacerlo.

—¿Has pensado alguna vez en vivir en el pueblo? —preguntó Tobias, sorprendiéndolo.

—A veces... Sobre todo en invierno.

—No hace más calor allí...

—Es verdad. Pero hay otra gente. Puedes ir al correo a recoger la correspondencia, en vez de esperar una semana a que pase el vagón del correo... Y comer en un restaurante de vez en cuando. Y la biblioteca es muy interesante...

—Mamá quiere marcharse a Montana... Si me obliga a ir, me escaparé... —dijo Tobias sin mirarlo.

Doss se estremeció al oírlo, a pesar de saber cuáles eran los deseos de Hannah.

—¿Adónde te marcharías? Si te escapas, quiero decir.

—Me escondería en algún sitio en la montaña...

Doss disimuló una sonrisa.

—Allí hace mucho frío... Tendrías que refugiarte en una cueva... ¿Y de dónde sacarías la comida?

—Podría cazar. Papá me enseñó a disparar...

—Los McKettrick no huyen.

—No iré allí, sea como sea...—respondió el niño.

—Tal vez no tengas que hacerlo.

Aquellas palabras llamaron la atención del niño y éste lo miró, expectante.

—¿Qué te parecería que yo me casara con tu madre?

—¡Eso me gustaría mucho!

—Pensé que no te gustaría la idea, siendo yo el hermano de tu padre y todo eso...

—Estoy seguro de que a mi padre también le gustaría la idea. Sé que se alegraría.

Internamente, Doss también lo sabía.

Gabe había sido un hombre práctico, y habría querido que todos ellos siguieran adelante. Además, le había pedido a él que cuidara a Hannah y a su hijo...

—¿Te ha dicho mamá que se casaría contigo? —preguntó Tobias—. Anoche le dije que debería hacerlo, y ella me dijo que no estaría bien que lo hiciera.

—Las cosas pueden cambiar.

—¿Quieres a mi madre?

Era una pregunta difícil de responder.

Había amado a Hannah desde que Gabe la había llevado a su casa como esposa suya. Su hermano se había dado cuenta y un día que estaban solos en el granero le había dicho:

—No tengas vergüenza. Es fácil amar a Hannah...

—Por supuesto que la quiero —dijo Doss—. Es familia mía.

Tobias puso cara de desagrado.

—No me refiero a eso.

Doss sintió un nudo en el vientre.

—¿A qué te refieres, entonces?

—Papá solía besar a mamá todo el tiempo. También solía tocarle el busto cuando pensaba que no lo veían. Y ella se reía y le rodeaba el cuello...

Doss sintió un dolor en su vientre. No sólo por saber cuánto se habían amado Gabe y Hannah sino por la pérdida de su hermano.

—Trataré bien a tu madre, Tobias —dijo Doss.

—Lo dices como si estuvieras muy seguro de que te dirá que sí —comentó el niño.

—Lo ha hecho —contestó Doss.

Presente...

Sierra tuvo miedo de que se fuera la luz nuevamente y puso una lavadora por la mañana mientras Travis y Liam estaban poniendo el lavaplatos. Había llamado al médico de Flagstaff pero no le había hablado de las alucinaciones. Tenían cita para la consulta el siguiente lunes por la tarde.

Liam estaba viendo la televisión en el estudio.

Travis llegó con más leña cuando ella estaba temiendo que se terminase.

Lo miró y recordó lo que Eve le había contado acerca de su hermano pequeño, y el hecho de que Travis había dejado su trabajo y se había ido a vivir al rancho en su trailer, cuidando caballos.

—¿Qué tipo de trabajo hacías antes de estar aquí? —preguntó Sierra. Y se arrepintió inmediatamente de haber sacado el tema.

—Ninguno en especial —dijo él.

—Yo era camarera —comentó ella.

Porque pensó que tenía que decirle algo después de aquella pregunta tan indiscreta.

—Lo sé. Meg me lo ha dicho.

—Claro... —dijo Sierra mientras ponía a calentar sopa en lata en una cacerola.

Travis no dijo nada durante un rato y luego comentó:

—Era abogado de la empresa McKettrickCo.

Sierra lo miró.

—Impresiona... —comentó ella.

—No mucho. Es una tradición en mi familia

ser abogado. Bueno, en todos menos en Brody,
mi hermano. Él en cambio se hizo adicto al alcohol metilado, y le explotó.

—Lo siento —dijo Sierra

—Sí, yo también —Travis se dirigió a la puerta.

—¿Te quedas a comer?

—Otra vez será —respondió y se marchó.

1919

Doss y Tobias llegaron al atardecer de la casa
de los Jessup. Hannah había estado nerviosa
toda la tarde, esperándolos. Podría haber habido
una avalancha, lobos hambrientos en el camino,
que mataban al ganado y a la gente a veces.
Doss ni siquiera se había llevado el rifle.

Cuando Hannah oyó el ruido de los caballos, corrió a la ventana, desempañó el cristal
con su delantal y los observó desmontar y llevar
las monturas al granero.

Había hecho bizcochos aquella tarde para no
volverse loca mientras esperaba. Y la cocina olía
bien.

Pasó casi una hora hasta que entraron, y
Hannah tenía puesta la mesa, las lámparas encendidas y el café listo. Quería examinar bien a
Tobias para asegurarse de que estaba bien, pero
no iba a hacerlo.

En cambio les preguntó por la viuda de Jessup. La mujer estaba bien, pero se le estaba acabando la leña, le dijeron. Habían hecho bien en ir a ayudarla.

Cuando lo tuvo a su alcance, Hannah agarró de las orejas a Tobias y le besó toda la cara. Luego lo mandó a lavarse las manos para cenar.

El niño parecía contento, relajado y comió con apetito.

Cuando terminó, Doss se levantó y lo llevó en brazos hacia la escalera.

Hannah sintió un nudo en la garganta al verlos.

—¿Le has puesto el camisón y la colcha de más que hay en la habitación? Tobias no tiene que pillar frío...

—Lo he acostado como estaba, salvo por los zapatos —la interrumpió—. Pero me aseguré de que estuviera abrigado, así que deja de preocuparte...

Hannah había dejado los platos en remojo, y se quedó bebiendo té.

—He hablado con Tobias sobre nuestra boda —dijo Doss—. Y está a favor de ello.

Hannah se puso colorada y exclamó:

—No debiste hacer eso. Yo soy su madre y me correspondía a mí...

—Ya está hecho, Hannah. Déjalo así.

—No me digas lo que está hecho y lo que tengo que dejar... No pienso obedecer órdenes tuyas ni ahora ni cuando estemos casados.

Él sonrió.

—Es posible. Pero eso no quiere decir que yo no las dé...

Ella se rió, sorprendiéndose a sí misma.

—Me parece que va a haber otra tormenta —comentó él—. Me parece que no vamos a poder casarnos hasta la primavera, como el tiempo siga así. Espero que no estés gorda como un traficante de sandías para entonces.

Ella se sorprendió de su forma de describir un embarazo y se lo reprochó.

—Voy a ir a ver al ganado. Si pudieras venir a echarme una mano, terminaríamos antes.

Hannah lo miró.

—Hay heno fresco, y si pusiéramos una manta encima... —dijo Doss.

Hannah se puso roja, pero se excitó. Le dijo algo para cambiar de tema y Doss se marchó.

Hannah se molestó. Si Doss pensaba que iba a conseguir lo que quería de ella, y en el granero, estaba... en lo cierto.

Hannah se envolvió con el chal más grande que tenía y salió tras él.

Presente

En cuanto Sierra puso la cena en la mesa aquella noche, la luz se fue otra vez. Mientras buscaba velas, Liam corrió a la ventana más cercana.

—El trailer de Travis está oscuro. Va a tener hipotermia ahí fuera...

Sierra suspiró.

—Estoy segura de que vendrá a controlar la cocina de leña, como hizo esta mañana. Le preguntaremos si quiere cenar con nosotros.

—¡Ahora lo veo! —gritó Liam—. ¡Está saliendo del granero con una linterna! —corrió a la puerta y antes de que su madre pudiera detenerlo estaba fuera, sin abrigo, galopando por la nieve y llamando a Travis.

Sierra se puso su abrigo, agarró el de Liam y fue tras él.

Travis lo estaba haciendo volver a la casa cuando lo alcanzó.

—Mamá ha preparado carne al horno, y dice que si quieres probarla.

Sierra lo envolvió con el abrigo e iba a regañarle cuando se encontró con la mirada de Travis mientras agitaba la cabeza.

Ella se tragó todo lo que le iba a decir y metió a su hijo en la casa.

—Pondré el generador... —dijo Travis.

Sierra asintió y cerró la puerta.

—¿Cómo se te ocurre salir sin ponerte un abrigo? —protestó Sierra.

El labio inferior de Liam tembló.

—Travis dice que así no lo hacen los vaqueros. Él iba a ponerme su abrigo cuando apareciste tú.

—¿Qué es lo que no hacen los vaqueros?

—Salir sin abrigo. Los vaqueros siempre están preparados para los cambios de tiempo...

Sierra se relajó un poco y sonrió.

—Travis tiene razón.

Liam se alegró y preguntó:

—¿Comen carne asada los vaqueros?

—Seguro... —contestó su madre.

El horno se encendió y Sierra se alegró de que Travis estuviera allí.

Sierra había puesto otro plato en la mesa y todos se sentaron al mismo tiempo, como si fuera algo natural que se reunieran a comer, algo que a Sierra la conmovió.

—Estoy muerto de hambre —comentó Travis.

—Los vaqueros comen carne asada, ¿no? —preguntó Liam.

—Éste, sí —sonrió Travis.

Sierra se rió, pero a su rostro asomaron unas lágrimas al mismo tiempo. Se alegró de la relativa oscuridad de la cocina.

—Una vez vi un programa en el Canal de la ciencia en el que había un hombre de una caverna en un bloque de hielo. ¡Tenía como catorce mil años de antigüedad! ¡Apuesto a que podían tomar una muestra de su ADN y clonarlo! —Liam se sirvió un trozo de carne—. Y estaba todo azul... Así te quedarás tú, si duermes en tu trailer esta noche... —le dijo a Travis.

—Tú no eres un niño —bromeó Travis—. Tú

eres un hombre de cuarenta años con ropa de niño.

—Soy realmente inteligente —dijo Liam—. Así que tienes que escucharme.

Travïs miró a Sierra un momento.

—El generador tiene poco combustible —dijo Travis—. Así que tenemos dos opciones. Podemos subir a mi camión e ir al motel de la zona rogando que haya habitaciones, o podemos hacer fuego en esa cocina antigua y acampar en la cocina.

—¡Acampar en la cocina! —exclamó Liam—. ¡Acampar! —gritó moviendo el tenedor.

—No es posible que hables en serio —dijo ella.

—Oh, claro que hablo en serio —respondió Travis.

—Yo prefiero el motel —dijo Sierra.

—Las carreteras son malas, realmente malas —respondió Travis.

—Una vez vi en la tele una noticia de un hombre que se había congelado en su coche —dijo Liam.

—Ocurre muchas veces —aseguró Travis.

Y así fue como los tres terminaron en sacos de dormir, con cojines de los sofás como colchones, uno al lado del otro, al calor del fuego de la cocina.

VII

1919

Hannah y Doss volvieron separadamente del granero. Hannah tenía las rodillas débiles del placer residual, y sentía un poco de culpa.

Llevó agua de la bomba para calentarla en la cocina.

Doss la había convencido para que se quitase la ropa y se echase en el heno, sorprendentemente cálido. La había acariciado y besado y mordido hasta que ella le había rogado que la hiciera suya.

Sí, rogado...

Ahora que Doss acababa de entrar no se atrevía a mirarlo.

—Mírame, Hannah —dijo él.

Hannah lo miró y se dirigió a la despensa a

buscar la bañera grande que había debajo de un estante.

—No puedes borrar lo que hemos hecho —insistió Doss.

—Vete arriba y déjame bañarme. Necesito intimidad —respondió ella.

—Me parece que lo que te hace falta es un poco más de lo que hemos compartido en el granero.

—Shh... Tobias puede oírte —susurró Hannah.

—No sabría de qué estamos hablando aunque nos oyese —respondió Doss.

Se acercó a Hannah y le hizo cosquillas con un mechón de pelo en la barbilla.

Ella se sintió como si hubiera pasado una corriente eléctrica.

Él se rió roncamente, se inclinó y le mordió el labio inferior.

—Buenas noches, Hannah —le dijo.

Ella se estremeció. El deseo se había apoderado de ella nuevamente. Las dos veces, Doss la había llevado a un placer tan alto que ni siquiera había alcanzado con Gabe.

La diferencia era que Gabe había sido su esposo, frente a Dios y a los hombres, y ella lo había amado. Pero ella no sólo no estaba casada con Doss, sino que no lo amaba. Sólo lo deseaba. Eso era todo, y darse cuenta de ello la asustaba.

—Me has convertido en una cualquiera —dijo ella.

—Si tú lo dices, debe ser verdad —contestó él.

Doss le besó la frente y se marchó de la cocina. Ella siguió el ruido de sus movimientos en la planta de arriba. Y cuando por fin Doss cerró la puerta de su dormitorio, respiró.

Cuando el agua estuvo caliente, Hannah preparó la bañera.

Pero Doss tenía razón, no podía borrar con un baño lo que había sucedido.

Presente

Travis estaba encendiendo el fuego cuando Sierra se despertó al día siguiente.

—Quédate en tu saco de dormir —le dijo a Sierra—. Hace mucho frío.

Liam, que había dormido entre ellos, todavía estaba durmiendo. Sierra se incorporó.

Liam abrió los ojos, pestañeó y dijo:

—Mamá, no puedo...

«Respirar», completó Sierra la frase.

Sierra saltó del saco de dormir, agarró su bolso, que estaba en la encimera, y buscó el inhalador de Liam. El niño empezó a ahogarse, y cuando su madre corrió hacia él, vio el pánico en sus ojos.

—Tranquilo, Liam —dijo Sierra y le dio el inhalador.

Liam lo agarró con familiaridad y apretó el tubo en su boca y en su nariz. Sierra se agachó

al lado del niño y rogó que funcionase. Liam
bajó el inhalador y miró a Sierra como discul-
pándose. No podía ni hablar.

Travis los observó.

—Creo... creo que... está roto, mamá...

—Iré calentando el camión —dijo Travis y salió de la casa.

Desesperada, Sierra agarró el inhalador, lo
agitó y se lo dio nuevamente a Liam. No estaba
vacío, pero debía estar defectuoso.

—Inténtalo de nuevo —dijo su madre.

Pero el inhalador no funcionaba.

Volvió Travis, agarró al niño en sus brazos
con saco de dormir y todo y salió. Sierra tuvo
que darse prisa para alcanzarlo después de tomar su abrigo y su bolso.

Había dejado de nevar. Travis puso su camioneta a tracción y las ruedas finalmente se aga-
rraron al suelo.

—Tranquilo, muchacho —le dijo Travis a
Liam, que estaba en el regazo de Sierra. El cinturón de seguridad los envolvía a los dos.

Liam asintió solemnemente. Estaba tratando
de respirar, pero apenas tomaba aire. Los labios
se le estaban poniendo azules. Sierra lo abrazó
fuertemente, apoyó el mentón en su cabecita y
rogó al cielo por su hijo.

No habían apartado la nieve de las carreteras; sin embargo el camión pasaba por ellas con
fluidez.

¿Qué habría sucedido si hubieran estado solos ella y Liam?, se preguntó Sierra. Su viejo coche, actualmente un bulto cubierto de nieve aparcado frente a la casa, no habría arrancado, y si lo hubiera hecho, no habrían ido muy lejos.

—Todo irá bien —le dijo Travis.

—¿Hay algún hospital en Indian Rock? —preguntó ella.

El día que había pasado por el pueblo, en dirección al rancho, no había visto más que casas, un par de bares, una tienda y una estación de servicio.

—Hay un consultorio —dijo Travis.

Miró nuevamente a Liam, y luego fijó la vista en la carretera otra vez. Sacó el móvil del bolsillo de su abrigo y se lo dio a Sierra. Ésta marcó el teléfono de urgencias y pidió que le dieran conexión. Cuando contestaron, Sierra explicó la situación, tratando de controlar su tono por Liam. Habían vivido al menos doce episodios similares en su corta vida y nunca había sido fácil. Sierra se ponía histérica cada vez que ocurría, aunque lo disimulaba para no poner más nervioso a Liam, porque aquello empeoraba la situación.

La recepcionista de la consulta respondió:

—Estaremos preparados cuando lleguen.

Sierra le dio las gracias a Travis y dejó el teléfono en el asiento.

Para cuando llegaron a la consulta, Liam estaba luchando por permanecer consciente. Travis paró delante del edificio y tocó el claxon con fuerza. Antes de que Sierra se desabrochase el cinturón, Travis abrió la puerta de su lado.

Los estaban esperando dos ayudantes médicos y un doctor de pelo cano con una camilla. Se llevaron a Liam inmediatamente. Sierra intentó seguirlos, pero Travis y una enfermera se lo impidieron. Su primer instinto fue pelear.

—¡Mi hijo me necesita! —quiso gritar. Pero finalmente sólo le salió en forma de sollozo.

—Necesitamos su nombre y el del paciente —dijo una empleada que fue hacia ella con un sujetapapeles—. Y también está el tema del seguro médico...

Travis se adelantó a Sierra y le dio los nombres a la enfermera, y ésta le dio una hoja para que rellenaran. Luego Sierra le pidió a Travis que fuese a buscar su bolso, que se había dejado en el coche. Pero antes, Travis la hizo sentar.

Sierra dejó caer unas lágrimas de frustración y terror. ¿Qué le estaba sucediendo a Liam? ¿Estaría respirando?

Travis le agarró la cara con ambas manos. Estaban frías y ásperas del trabajo en el rancho.

—Vendré enseguida. Espera aquí —le dijo.

Y así lo hizo.

Sierra agarró su bolso con desesperación y sacó la tarjeta del seguro médico, que Eve le había enviado por correo privado el mismo día que ella había aceptado vivir un año en el Triple M con Liam. Hubiera besado la tarjeta si Travis no la hubiera estado observando.

Cuando rellenó los datos, Sierra dudó en el apellido del paciente. Ahora era Liam McKettrick. Tuvo que pedirle a Travis la dirección del rancho. «¿Ocupación?» ¿Desempleada? No podía poner eso. Travis, que la estaba mirando, agarró el sujetapapeles y puso «Madre excepcional». Las lágrimas volvieron al rostro de Sierra.

Travis llevó la hoja al mostrador. Cuando estaba volviendo, apareció el médico.

—Hola, Travis —dijo el hombre, pero estaba mirando a Sierra.

—Soy Sierra McKettrick —dijo ella. El nombre aún le sonaba falso—. Mi hijo...

—Se va a poner bien... —dijo el médico—. De todos modos, será mejor que lo enviemos al hospital de Flagstaff, al menos para que pase la noche allí, en observación. Y porque allí tienen mayor energía eléctrica...

—¿Está despierto? —preguntó Sierra.

—Está parcialmente sedado —respondió el médico mirando a Travis—. Tuvimos que ponerle el tubo...

Sierra sabía que Liam odiaba el tubo, y que estaría asustado aun estando sedado.

Sierra quiso verlo y el médico la acompañó. Travis le dio la mano, y ella la agarró fuertemente en lugar de rechazarla.

Desde la cama, Liam agrandó sus ojos al ver a su madre. Le señaló la máscara de oxígeno sobre su boca.

Ella asintió y trató de sonreír. Agarró su mano y le dijo:

—Tienes que pasar la noche en el hospital de Flagstaff. Pero no te asustes, porque yo voy a ir contigo.

Liam se relajó visiblemente, volvió los ojos a Travis como pidiéndole algo. Y Travis le prometió que él también iría.

Liam asintió y se durmió.

Sierra se trasladó al hospital en la ambulancia con Liam. Travis los siguió con su camioneta.

Sierra estaba más tranquila aquella vez para rellenar la instancia. Lo hizo sentada en una silla junto a la cama de Liam. Cuando estaba terminando, Travis le llevó un café de máquina.

Sierra se lo agradeció y Travis le dijo:

—Los rancheros como Liam y yo somos una piña cuando se presenta algún problema —agarró otra silla y se sentó a su lado—. ¿Sucede esto a menudo? —preguntó.

—No, gracias a Dios. No sé qué habríamos hecho sin ti, Travis.

—Te habrías arreglado de algún modo, como siempre lo has hecho, si no me equivoco... ¿Dónde está el padre de Liam, Sierra?

Sierra tragó saliva y miró al niño para asegurarse de que estaba dormido.

—Murió unos días antes de que naciera Liam —respondió.

—¿Has estado sola todo este tiempo?

—No —respondió Sierra, poniéndose a la defensiva, aunque lo disimuló—. He tenido a Liam.

—Sabes que no es a eso a lo que me refiero —dijo Travis.

—No he querido complicar las cosas con una relación. Quiero decir, Liam y yo hemos estado bien juntos.

Travis asintió y tomó un sorbo de café.

—¿No tienes que volver al rancho a alimentar a los caballos o algo así? —preguntó Sierra.

—Más tarde —respondió Travis. Miró la habitación y se estremeció.

—Supongo que odias los hospitales —dijo Sierra recordando a su hermano—. Por... Brody —recordó su nombre.

Travis negó con la cabeza.

—Si hubiera llegado a un hospital, habría habido esperanza.

Sierra extendió la mano para tocar la mano de Travis, pero antes de hacerlo sonó el móvil de éste.

—Hola, Eve... Creí que ni tu piloto sería capaz de aterrizar con este tiempo...

Sierra se puso tensa.

Eve dijo algo y Travis respondió:

—Te lo explicará Sierra —le dio el teléfono a ella.

Sierra tragó saliva y contestó.

—¿Dónde estáis? —preguntó su madre—. Estoy en el rancho, y da la impresión de que habéis estado durmiendo en la cocina...

—Estamos en el hospital de Flagstaff —de pronto Sierra se dio cuenta de que habían salido con la misma ropa con la que habían dormido. Ni se había peinado. Y de pronto se sintió muy desaliñada y sucia.

Eve se sobresaltó, preocupada, imaginando que se trataba de Liam. Sierra le explicó que había tenido un ataque de asma y que tenían que quedarse hasta el día siguiente.

—Iré en cuanto pueda. ¿Qué hospital es? —preguntó Eve.

—Espera... No hace falta que vengas, sobre todo porque las carreteras están muy mal. Estoy segura de que estaremos en casa mañana...

—¿Segura?

—Bueno, habrá que adaptarle la medicación, y tendrá que bajarle la inflamación de los bronquios...

—Parece serio, Sierra. Creo que debería ir. Podría estar allí...

—Por favor, no vengas —la interrumpió Sierra.

Hubo un silencio.

—De acuerdo, entonces —respondió Eve finalmente—. Nos instalaremos aquí y esperaremos. El fuego está encendido y hay luz. Dile a Travis que no hace falta que vuelva corriendo. Yo puedo dar de comer a los caballos.

Sierra apenas pudo asentir, así que Travis agarró el teléfono. Y evidentemente Eve le dio una retahíla de órdenes.

—Sí, señora, lo haré... —terminó diciendo Travis.

—¿Que harás qué? —preguntó Sierra.

—Cuidarte a ti y a Liam.

1919

Aquella mañana amaneció todo nevado. Hannah corrió a la ventana de la cocina a admirar aquella belleza. Aunque en su interior deseaba que llegasen los colores de la primavera y su fragancia.

Tobias apareció vestido con su camisola y descalzo.

—Mamá, no me siento bien.

Hannah se secó las manos en el delantal y corrió hacia el niño. Le tocó la frente y dijo:

—Estás ardiendo.

Doss, que había estado leyendo el periódico de la semana anterior, se levantó de la silla y preguntó:

—¿Voy a buscar al médico?

Hannah lo miró con ojos de reproche. Si no lo hubiera llevado a casa de la viuda de Jessup...

Pero no era momento para reproches. No serviría de nada.

—Vuelve a la cama —dijo Hannah a Tobias, aterrada por dentro.

El ataque de neumonía que casi lo había matado el otoño anterior había empezado así.

—Te prepararé una mascarilla de mostaza para quitarte la congestión, y tu tío Doss irá a buscar al doctor Willaby al pueblo. Muy pronto estarás como una rosa.

Tobias la miró, no muy convencido. Tenía la camisola húmeda de sudor aunque la cocina estaba en la parte más fría de la casa. El niño parecía un poco turbado, como si estuviera aturdido.

—Volveré cuanto antes —dijo Doss poniéndose ya el abrigo—. Hay whisky que sobró de Navidad. Está en la despensa, detrás de la lata de galletas —agregó, haciendo una pausa antes de abrir la puerta—. Hazle algo caliente y mézclaselo con whisky y miel. Papá siempre nos preparaba un brebaje así cuando enfermábamos, y siempre nos ayudó.

Doss, Gabe, y su hermano mayor adoptado, John Henry, jamás habían enfermado seriamente, sin contar la sordera de John Henry. ¿Qué sabían ellos de cuidar a un enfermo?

Hannah asintió y se calló. Ella había perdido tres hermanas durante su infancia, dos por difteria y una por escarlatina, sólo su hermano David y ella habían sobrevivido. Estaba acostumbrada a cuidar enfermos.

—Ponte un camisón seco... Y acuéstate en

nuestra cama, que tus sábanas deben de estar húmedas también –le dijo Hannah a Tobias.

«Nuestra cama», pensó Hannah. La de Gabe y ella. Pero pronto dormiría Doss allí.

Hannah agarró dos viejas camisas de franela de una bolsa y cortó dos trozos para proteger a Tobias del calor de la cataplasma. Pero seguramente igual tendría ampollas.

Cuando Tobias la vio llegar con el preparado de mostaza se negó a que se lo pusiera, aduciendo que todos sus antepasados se habrían negado.

Hannah intentó convencerlo, diciéndole que todos sus antepasados se lo habrían puesto.

–El abuelo Holt me habría preparado un whisky...

Hannah suspiró. Los McKettrick querían arreglar todo con un whisky, pensó.

–Lo que vas a tomar es un plato de cereales.

–Eso quema –se quejó el niño señalando la pasta de mostaza.

Hannah le besó la frente. Tobias no se apartó como solía hacer, y aquello la tranquilizó y la preocupó a la vez.

Hannah miró hacia la ventana. Vio los carámbanos colgando de las hojas. Doss tardaría muchas horas en volver. Tal vez no volviese hasta el día siguiente de Indian Rock con el doctor Willaby. La espera sería una agonía, pero no podía hacer otra cosa que esperar.

Cuando Tobias cerró los ojos y se durmió,

Hannah se fue de la habitación y bajó. Fue a la despensa. Haría una buena sopa con caldo de gallina. Se sorprendió cuando apenas una hora más tarde apareció Doss con otro hombre, que ella reconoció como uno de los empleados del rancho de Rafe. Ella frunció el ceño y los observó desmontar desde la ventana.

Doss no podía haber ido a Indian Rock en tan poco tiempo.

—Willie se va a quedar a cuidar el rancho y los caballos. Envuelve a Tobias en una manta y nos lo llevaremos a Indian Rock.

—¿Qué? ¿Pretendes llevar a Tobias todo el camino hacia Indian Rock?

—Me he encontrado con Seth Baker en el camino. Me ha preguntado adónde iba y cuando se lo he dicho me ha comentado que Willaby tiene gota, pero que está su sobrino, que también es médico. Está en su consulta, así que no va a poder venir hasta aquí.

Hannah sintió un nudo en la garganta.

—Un viaje como ése puede ser el fin de Tobias —dijo ella.

—No podemos quedarnos aquí esperando... Prepara al niño o lo haré yo mismo.

—¿Tengo que recordarte que Tobias es mi hijo?

—Es un McKettrick —respondió Doss, como si eso lo explicase todo.

Y para él seguramente lo haría.

VIII

Presente

Travis esperó a que Sierra se durmiera en la silla junto a Liam. La tapó con una manta que le pidió a la enfermera, y se marchó.

De camino compró algunas cosas en el supermercado, por si la estancia de Sierra y Liam en el hospital se prolongaba.

Cuando entró en la habitación, encontró a Liam y a Sierra despiertos. El niño tenía un oso en la mano y un globo que ponía: *Que te mejores muy pronto.*

—¿Los ha enviado Eve? —preguntó Travis.

—Sí —contestó Sierra y agarró las bolsas que llevaba Travis—. ¿Qué traes?

—Un poco de todo para todos... —respondió Travis, cansado de pronto.

—¿También para mí? —preguntó Liam.

—Especialmente para ti —dijo Travis y le dio a Liam una de las bolsas.

Liam sacó un reproductor de DVD, y los episodios de Nova que había comprado con él.

—¡Guau! —exclamó el niño—. Siempre he querido uno de éstos.

—Es muy caro —se quejó Sierra—. No podemos aceptarlo.

Travis no le hizo caso, le dio otra de las bolsas y dijo:

—Dúchate... Pareces una persona que ha tenido una urgencia médica... —sonrió.

Sierra abrió la bolsa y soltó una exclamación. Le había comprado un chandal, pasta de dientes, un cepillo, jabón y un peine.

—Gracias —dijo Sierra.

Él asintió.

Mientras Sierra estaba en el cuarto de baño de Liam, duchándose, Travis ayudó a Liam a sacar el reproductor de DVD de la caja, a enchufarlo y ponerlo a funcionar.

—Es posible que mamá no deje que me lo quede —dijo el niño.

—Estoy seguro de que te lo dejará tener...

Cuando Sierra salió del cuarto de baño, Liam estaba viendo un episodio sobre abejas asesinas. Sierra tenía el pelo húmedo todavía. Travis sintió una mezcla de emociones al verla.

Sierra vio a su hijo tan entusiasmado con el

regalo de Travis, que puso cara de ternura y resignación. Travis, al verla, la hubiera estrechado en sus brazos.

—Me gustaría comer algo —dijo Travis.

—A mí también —dijo Sierra. Tocó el hombro de su hijo, que apenas desvió la vista de las abejas, y agregó—: Travis y yo querríamos ir a tomar algo a la cafetería, ¿te puedes quedar solo un momento?

El niño asintió, distraídamente y volvió a concentrarse en las abejas. Sierra sonrió.

Cuando estaban esperando el ascensor, le dijo:

—Travis, te estoy muy agradecida por lo que has hecho por Liam y por mí. Pero no debiste comprarle algo tan caro.

—No voy a echar de menos ese dinero, Sierra. El niño ha pasado por un trago muy amargo, y necesita pensar en otra cosa además de en tubos para respirar, pruebas médicas e inyecciones.

Sierra asintió levemente. Era aquel gesto orgulloso de los McKettrick, pensó Travis.

Llegó el ascensor y bajaron a la cafetería.

Sierra eligió una mesa en un rincón. Después de hacer la cola en la caja se sentaron. Travis la miró. Recién duchada, Sierra parecía un ángel, y se preguntó si ella sabría lo guapa que era.

—Me sorprende que Eve no haya aparecido

todavía —dijo Travis para empezar la conversación.

—No sé qué le voy a decir... Además de «gracias», quiero decir.

—¿Y si le dices «hola»? —bromeó Travis.

A Sierra no pareció hacerle gracia. Parecía una rata acorralada por un gato de granero.

Travis le apretó suavemente la mano.

—Oye, Sierra, esto no tiene por qué ser duro. Seguramente será Eve quien hable sobre todo, al menos al principio.

Sierra sonrió débilmente. Comieron en silencio durante un rato.

—No es que la odie... a Eve, me refiero... Es que no la conozco. Es mi madre y no la conozco. Vi su foto en la página web de McKettrick-Co, pero ella me ha dicho que no se parece en nada a la foto... ¿Cómo es Eve?

Travis, que había estado esperando que se desahogara dijo:

—Es una mujer guapa —«como tú» hubiera agregado—. Es inteligente, y cuando tiene que hacer un negocio es muy dura. Es una mujer que sobresale del montón, Sierra. Dale una oportunidad.

El labio inferior de Sierra tembló levemente. Sus ojos azules estaban llenos de emoción. Y él deseó zambullirse en ellos y explorar el paisaje interior que intuía dentro de ella.

—Sabes lo que sucedió, ¿verdad? —le preguntó

Sierra suavemente—. Me refiero a cuando mi padre y mi madre se divorciaron...

—Algo —dijo Travis con cautela.

—Papá me llevó a México cuando yo tenía dos años, inmediatamente después de que el abogado de Eve le enviase los papeles...

Travis asintió.

—Meg me contó eso...

—Aunque era muy pequeña, me acuerdo de cómo olía, de cuando me abrazaba, de su voz —Sierra se estremeció de dolor—. Pero nunca he podido recordar su cara, aunque lo he intentado. Papá se aseguró de que no hubiera ninguna foto suya y...

Travis sintió pena por ella.

—¿Qué clase de hombre...? —se calló. Porque no era asunto suyo.

Ella sonrió.

—Mi padre no fue nunca un padre modelo, fue más bien un compañero. Pero me cuidó bien. Crecí con una libertad que pocos niños conocen, corriendo por las calles de San Miguel sin zapatos... Conocía a todos los vendedores del mercado. Escritores y artistas solían reunirse en nuestra casa todas las noches. La amante de papá, Magdalena, me enseñó en casa en lugar de ir a la escuela. Traía a todos los perros abandonados que encontraba, y papá me los dejaba tener...

—No fue una infancia traumática —observó Travis.

—No, en absoluto —dijo ella agitando la cabeza—. Pero echaba de menos a mi madre terriblemente. Durante un tiempo pensé que ella iría a buscarme. Que un día pararía un coche a la puerta de la casa y que ella me esperaría con los brazos abiertos. Luego, al ver que no había noticias suyas ni cartas, bueno, decidí que debía estar muerta. Y hasta que no he sido mayor y la he buscado en Internet, no he sabido que estaba viva.

—¿No escribiste ni llamaste?

—Fue muy duro saber que estaba viva, que si había podido encontrarla, ella podría haberme encontrado. Y no lo hizo. Con los medios que ella debe haber tenido...

Travis sintió una punzada de rabia en solidaridad con Sierra, apartó la bandeja y dijo:

—Yo trabajaba para Eve. Y la conozco de toda la vida. No sé por qué no quiso ir a buscarte con un ejército cuando supo dónde estabas...

Travis vio sus ojos llenos de lágrimas. Era demasiado orgullosa para esconderse, al menos de ella misma. Debía haber llorado mucho por Liam, sospechaba. Y él se quedaba paralizado cuando veía llorar a una mujer.

—Será mejor que vaya con Liam —dijo Sierra.

Él asintió.

Cuando entraron en la habitación del niño, encontraron a Liam dormido. El reproductor de DVD seguía encendido en su regazo.

Travis fue a hablar con una de las enfermeras, una mujer que conocía de la universidad, y cuando volvió encontró a Sierra echada al lado de su hijo, dormida también.

Travis suspiró observándolos. Hacía mucho que no tenía ninguna historia importante con ninguna mujer. Se había ocupado de no meterse en nada que lo complicase. Y ahora de repente se daba cuenta de que estaba en peligro.

1919

El aire era tan frío que se colaba a través de las capas de lana que llevaba Hannah.

Su niño estaba acurrucado entre ella y Doss, mientras el trineo se movía por un trecho con hielo, tirado de los fuertes caballos, Caín y Abel. Donde otros caballos, e incluso mulas, habrían fracasado, los hijos de Adán, como le gustaba llamarlos a Gabe, se deslizaban sin mayor dificultad. Hannah se alegró de que así fuese.

Doss agarró las riendas con las manos enguantadas y miró en dirección a Hannah, pero en general miraba a Tobias. Le había preguntado varias veces si estaba suficientemente abrigado. Cada vez que lo había hecho, Tobias le había contestado asintiendo con la cabeza. Pero Hannah sabía que el niño le habría contestado afirmativamente a cualquier pregunta que le hubiera hecho Doss. Idolatraba a su tío. Siempre lo había hecho.

¿Se olvidaría de Gabe cuando Doss y ella se casaran?, se preguntó Hannah, y se estremeció al pensarlo.

¿Por qué no se había ido a Montana? Ahora se iba a atar a un hombre al que deseaba, pero al que no amaba ni amaría nunca.

Por supuesto que ella aún podía volver con su familia. Los recibirían con los brazos abiertos, pero, ¿y si estaba embarazada de un niño de Doss? En ese caso sería evidente que ella se había comportado vergonzosamente.

No. Seguiría adelante con Doss. Él sería su cruz y ella la suya. Trataría de pensar en el aliciente de compartir su cama. Y aguantaría todo lo demás. Como que quisiera darle órdenes, o que deseara a otras mujeres, porque Doss no había elegido una esposa por amor, sino por una cuestión de honor.

Llegaron a las afueras de Indian Rock al final de la tarde, cuando estaba yéndose el sol. Doss se dirigió directamente a la casa del médico, ató a los caballos y fue al trineo a buscar a Tobias antes de que Hannah se hubiera quitado el abrigo que la envolvía.

Constance, la hija del doctor Willaby, los recibió en la puerta.

—Necesitamos un médico —dijo Doss con Tobias en brazos.

—Papá está enfermo, pero está mi primo aquí. Él verá al niño.

Hannah sintió alivio de saber que atenderían a su hijo. Todo iría bien. Eso era lo único que importaba.

—Es un catarro grave —dijo el médico después de examinar a Tobias en una habitación destinada a ello—. Les recomiendo que se queden unos días en un hotel, porque no debe ser expuesto a este clima.

Doss preparó su cartera para pagar, pero Hannah se adelantó. Era la madre de Tobias y responsable del niño económicamente.

—Es un dólar —dijo el médico mirando a uno y a otro alternativamente.

Hannah le dio el dinero.

—Dele whisky al niño —agregó el médico—. Mezclado con miel y zumo de limón, si el comedor del hotel puede dárselo.

Doss no miró a Hannah con aire de triunfo porque el médico le hubiera prescrito algo que él ya le había aconsejado y que ella había desdeñado. Pero ella le dio un codazo en la costillas de todos modos, como si Doss lo hubiera hecho.

Se registraron en el Hotel Arizona, que como muchos negocios de la zona, pertenecía a la familia McKettrick. La suegra de Rafe, Becky Lewis, había llevado el lugar hacía años, con ayuda de su hija, Emmeline. Ahora estaba en manos de un administrador, un tal Thomas Crenshaw, contratado de Phoenix.

Doss fue recibido con respeto. Aún llevaba a Tobias en brazos. Un empleado se ocupó del trineo y de los caballos, a los que llevó al establo, y a los McKettrick los llevaron a las mejores habitaciones del hotel. Las habitaciones se comunicaban por una puerta.

Doss puso a Tobias en la habitación más cercana.

—Iré abajo a buscar ese brebaje de whisky —dijo Doss cuando los dejaron solos.

Tobias no había estado nunca en un hotel y aunque estaba enfermo, estaba entusiasmado con la experiencia.

—Haz lo que quieras —le dijo Hannah, quitándose la pesada capa.

—Mientras estemos en la ciudad, será mejor que nos casemos —dijo Doss después de un elocuente suspiro.

—Sí. Y será mejor que no nos olvidemos de comprar comida, pagar la factura de la luz y renovar la suscripción del periódico —comentó ella.

Doss chasqueó la lengua y agitó la cabeza.

—Será mejor que también te duerma a ti con whisky... A lo mejor así puedes aguantar la luna de miel...

Hannah sintió rabia al escucharlo. Pero antes de que pudiera contestarle habló Tobias.

—Me gusta este sitio... ¿Qué es «luna de

miel»? ¿Y cómo es que necesitas whisky para aguantarla? —preguntó el niño.

Hannah se hizo la sorda.

Ella había preparado algunas cosas para Tobias y para ella antes de salir, pero nada apropiado para una luna de miel.

Doss volvió con los bolsos, acompañado de una mujer que llevaba una bandeja con dos tazas de algo que humeaba. La dejó en una mesa, aceptó una propina de Doss y se marchó.

Hannah probó el brebaje y se sorprendió de lo bien que sabía.

—¿Dónde está el tuyo? —preguntó Hannah.

—Yo no lo necesito esta noche.

—¿A qué te refieres? —preguntó ella, aunque lo sabía.

Doss cerró la puerta y examinó la cama.

—Es bueno saber que la cama no chirría —observó Doss. Hizo una pausa y agregó—: El cura estará aquí dentro de una hora. Nos casará abajo, en la oficina que hay detrás de la Recepción. Si Tobias está lo suficientemente bien como para estar presente, puede hacerlo. Si no, se lo contaremos más tarde.

—¿Has organizado todo sin consultármelo?

—Creí que ya habíamos hablado de todo lo que había que hablar.

—A lo mejor yo necesitaba tiempo para acostumbrarme a la idea. ¿Has pensado alguna vez en ello?

—Tal vez no te acostumbres nunca a la idea —razonó Doss, sentado al borde de la cama—. Voy a salir un momento...

—¿Adónde?

Doss se acercó a ella.

—A comprar alianzas, entre otras cosas. Enviaré un telegrama a mi familia y otro a la tuya también, si quieres.

Hannah tragó saliva y agitó la cabeza.

—Les escribiré yo a mis padres, cuando nos hayamos casado.

—Como quieras —dijo Doss y se marchó.

Lo oyó hablar con Tobias en voz baja. Luego oyó el ruido de la puerta que se abría y cerraba. Entonces ella volvió a la otra habitación.

A Tobias se le estaban cerrando los ojos. Hannah lo arropó y le dio un beso en la frente.

—¿Será mi papá tío Doss cuando os caséis? —preguntó.

—No. Será tu tío. Y tu padrastro, por supuesto.

—¿Entonces será... una especie de padre?

—Sí —dijo Hannah.

—Supongo que no nos iremos a Montana ahora —dijo Tobias.

—Quizás en primavera.

—Ve tú —respondió Tobias, medio dormido—. Yo me quedaré aquí con el tío papá...

A Hannah le dolió que Tobias prefiriese a su tío a ella y a su familia. Pero el niño estaba enfermo y no iba a discutir con él.

—Duérmete, Tobias.

Hannah lo observó dormir. Era un McKet-trick, después de todo. Una lágrima cayó por su mejilla. Se iba a casar, y debería estar feliz. Pero en cambio sentía que estaba traicionando la memoria de Gabe.

Para cuando volvió Doss, ella se había lavado la cara, cepillado el pelo y recogido, y también se había cambiado de ropa.

Doss se había comprado ropa nueva. Era un traje tan urbano como el del sobrino del doctor. También se había cortado el pelo y afeitado.

Extrañamente, ella se sintió conmovida por esos detalles.

—Te hubiera comprado un vestido para la boda, pero no habría sabido cuál te iba a ir bien. Y tampoco si te parecía fuera de lugar ir de blanco.

Ella sonrió, sintiendo una especie de pena tierna.

—Este vestido servirá —dijo Hannah señalando el que tenía puesto.

—Estás muy guapa.

Hannah se puso roja. Era mentira, por supuesto. Con aquel vestido gris abotonado hasta el cuello debía parecer una directora de escuela. Pero le gustó oír aquellas palabras. Casi se había olvidado de cómo sonaban, después de tanto tiempo sin Gabe.

Doss le tomó la mano tímidamente, y Hannah se preguntó si él tendría tanto miedo como ella.

—No tienes que hacerlo por obligación, Doss —le dijo.

—Es lo que se debe hacer —respondió él.

Ella tragó saliva y asintió.

—El sacerdote debe estar aquí ya...

—Está esperando abajo. ¿Despertamos a Tobias?

Hannah negó con la cabeza.

—Es mejor que lo dejemos dormir.

—Iré a buscar a una criada para que lo cuide en nuestra ausencia —dijo Doss.

Hannah asintió. Y aquella vez se sintió un poco sola cuando se marchó.

Doss volvió con una mujer mayor vestida de uniforme y delantal.

Volvería a convertirse en la señora McKettrick, y pensó con ironía, que al menos no tendría que acostumbrarse a un nuevo nombre.

IX

Presente…

El tiempo no había mejorado, reflexionó Sierra al día siguiente mirando a través de la ventana del hospital.

La doctora O'Meara había visto a Liam y le había dado el alta. A Sierra le gustaba la mujer y confiaba en ella, a pesar de ser más joven de lo que había imaginado.

Con una receta en la mano, Sierra estaba lista para marcharse con su hijo.

Era el momento de enfrentarse a Eve.

Cuando se dio la vuelta, vio que entraba Travis. Éste le había dicho que tenía una casa en Flagstaff, y Sierra sabía que había ido a pasar la noche allí.

Liam se puso contento al verlo y le dio la buena noticia de que se marchaba del hospital.

—¡Me puedo ir a casa ya! —exclamó.

La palabra «casa» dio en el corazón de Sierra como un dardo. El rancho era la casa de Eve, y la de Meg, pero no la de ella y Liam. El niño sufriría cuando se marchasen de allí si se encariñaba con la casa del rancho.

—¡Estupendo! —dijo Travis—. Según me han dicho, hay electricidad nuevamente, la despensa está llena de cosas ricas y tu abuela te está esperando... —agregó.

Liam miró a Travis y le dijo:

—Hoy no tienes aspecto de vaquero...

Travis se rió.

—Tú tampoco.

—Sí, pero yo nunca lo tengo —respondió Liam, decepcionado.

—Un día de éstos tendremos que hacer algo para arreglarlo —dijo Travis.

Estarían sólo doce meses en el rancho, pensó Sierra. Y no quería que su hijo empezara a echar raíces en él y que un día tuviera que arrancarlo de allí.

—Liam está bien con el aspecto que tiene —respondió ella.

—Es verdad. Mi amigo Liam es un vaquero muy apuesto... De hecho, se parece mucho a Jesse cuando tenía su edad.

Sierra volvió a sentirse molesta, pero siguió recogiendo las cosas de Liam como si no sucediera nada.

Un rato más tarde estaban en el coche de Travis en dirección al rancho.

Durante el viaje apenas hablaron. Travis había sido un gran apoyo para ella, pero no podía depender de él, ni emocionalmente ni de ningún otro modo. Pero tal vez fuera tarde. Porque Liam ya se había encariñado mucho con él.

—¿Sierra? ¿En qué estás pensando? —preguntó Travis de repente.

—En Eve —mintió Sierra.

—Desea veros a Liam y a ti más que nada en el mundo. Pero no será fácil tampoco para ella...

—No quiero que le sea fácil —respondió Sierra.

—Tal vez haya tenido buenas razones para hacer lo que hizo —dijo Travis, después de un momento de duda.

Sierra no contestó.

—Dale una oportunidad, Sierra.

—Es lo que estoy haciendo. He hecho un viaje muy largo desde Florida, he aceptado quedarme en el Triple M durante un año...

—¿Lo habrías hecho si no hubiera sido por el seguro médico?

—Probablemente, no.

—Por Liam harías cualquier cosa... Pero... ¿Y por Sierra? ¿Qué harías?

—¿Vamos a hablar de mí en tercera persona?

—No des rodeos... Quiero saber qué harías si no tuvieras un niño, sobre todo uno con problemas de salud.

—No hables de él como si... fuera un deficiente.

—No lo estoy haciendo. Liam es un chico fantástico, y será un hombre excepcional. Pero estoy esperando que me hables de tus sueños.

—Nada espectacular. Me gustaría sobrevivir.

—Eso no es vida, ¿no? Ni para ti ni para Liam.

—Tal vez me haya olvidado de soñar.

—¿Y eso no te preocupa?

—Hasta ahora, no.

—Es una pena. Porque Liam copiará tu actitud frente a la vida. ¿Es eso lo que quieres para él? ¿Sólo que sobreviva?

—¿Y tú qué? —se revolvió ella—. ¿Cuáles son tus sueños? Eres abogado, pero entrenas caballos y limpias establos para ganarte la vida...

Travis la miró, serio. Y la pena que vio en sus ojos la hizo avergonzarse de haberle hablado de aquel modo.

—Supongo que tendría que haber esperado que me hicieras esta pregunta... —dijo Travis—. Y aquí está mi respuesta. Me gustaría volver a tener sueños. Ése es mi sueño.

—Lo siento —dijo Sierra después de un momento—. No he querido ser brusca. Es que me he sentido...

—¿Acorralada?

—Tal vez.

Después de eso la conversación volvió a ser

amable. Pero Sierra se quedó reflexionando mucho tiempo.

Las luces estaban encendidas en el rancho.

—Parece Navidad... —dijo Travis.

Al oír la palabra «Navidad», Liam se despertó.

Travis aparcó al lado de la puerta trasera. Se abrió la puerta de la casa y apareció Eve McKettrick, una mujer muy guapa, vestida con ropa cara.

—¿Es ésa mi abuela? —preguntó Liam—. ¡Parece una estrella de cine!

Era verdad que parecía una estrella de cine, una especie de Maureen O'Hara joven. Y Sierra se dio cuenta de que había visto a aquella mujer en San Miguel, no una vez, sino varias. Era la huésped habitual de un hotel cuando Sierra era pequeña, y varias veces habían comido helado juntas en un café cerca de su casa.

Por un momento, Sierra se olvidó de respirar.

Era «la señora». Sierra siempre la había llamado así. Y secretamente había pensado que era un ángel. Pero hacía años de aquello, y se había olvidado de ella. Ahora le volvía todo a la memoria.

—¿Sierra? —Travis le abrió la puerta del coche, pero ella no se movió.

—¡Hola! —gritó Liam—. ¡Soy Liam y tengo siete años!

Eve sonrió con emoción en los ojos.

—Yo me llamo Eve y tengo cincuenta y tres años —respondió—. ¡Ven aquí a darme un abrazo!

Sierra por fin pudo moverse y salir del coche.

Liam pasó por su lado tan deprisa que ocasionó un remolino en el aire.

Eve se agachó para abrazar a su nieto. Le besó la frente y miró a Sierra nuevamente mientras se erguía.

—Iré a atender a los caballos —dijo Travis.

—No te vayas —dijo Sierra antes de que pudiera reprimirse.

Eve observó la escena mientras llevaba a Liam a la cocina.

—Todo irá bien —la tranquilizó Travis.

Travis y Sierra se miraron un momento. Hubo una sensación entre ellos difícil de definir.

Pero Travis rompió el hechizo marchándose. Sierra respiró profundamente y fue hacia la puerta de la cocina.

—Hay una sorpresa en el salón —le dijo Eve a Liam cuando estuvieron todos dentro.

El niño corrió a investigar.

—Eres «la señora» —dijo Sierra.

—¿«La señora»? —preguntó Eve.

Pero Sierra vio en su mirada que la pregunta era sólo retórica.

—La que solía ver en San Miguel.

—Sí —dijo Eve—. Siéntate, Sierra. Prepararé té y charlaremos.

—¡Guau! —exclamó Liam desde la sala—. ¡Mamá, hay un árbol de Navidad aquí! ¡Con muchos regalos!

—¡Oh, Dios! —exclamó Sierra y se sentó en una de las banquetas.

—¡Son todos para mí! —gritó Liam.

Sierra vio a su madre sacar la tetera de Lorelei del armario y meter hojas de té en ella. Luego puso a calentar la tetera eléctrica.

—¿Regalos de Navidad? —preguntó Sierra.

Eve sonrió con un poco de culpabilidad.

—Hace siete años que soy abuela y tengo que ponerme al día con los regalos...

Sierra pensó que contaba mal, pero no tenía sentido decirlo.

—Yo creía que eras un ángel —confesó Sierra—. En San Miguel, me refiero.

Eve siguió preparando el té.

—Te has transformado en una mujer muy guapa —dijo. Terminó con el té y agregó—: ¡Es... tan maravilloso verte...!

Sierra no contestó.

Liam volvió del salón y preguntó:

—¿Puedo abrir los regalos?

—Sí, si a tu madre le parece bien... —dijo Eve.

—Adelante —suspiró Sierra—. Y tranquilízate, por favor. Acabas de salir del hospital, ¿lo recuerdas? No es bueno para tu asma que te excites tanto...

Liam gritó de alegría y salió corriendo sin prestar atención al reproche de su madre.

La tetera eléctrica silbó y Eve puso el agua en la tetera de Lorelei.

Luego se sentó y preguntó, tan nerviosa como Sierra:

—¿Cómo está Liam?

—Está bien. Pero acaba de salir de una crisis, como sabes. Así que tiene que irse a la cama en cuanto abra los regalos.

El oso y el globo estaban en la parte de atrás de la camioneta de Travis. Sierra se imaginó a su madre comprándolos para un nieto que no conocía.

—Hay tantas cosas que decir... Que no sé por dónde empezar... —suspiró Eve.

—¿Por qué no me dijiste quién eras cuando nos conocimos en San Miguel?

Eve sirvió el té.

—Si te lo decía, se lo habrías contado a Hank, y él podría haberte llevado y haber desaparecido otra vez contigo. Me llevó casi cinco años encontrarte la primera vez, así que no quería volver a perderte la pista.

—Si yo hubiera estado en esa situación, si me hubieran arrebatado a Liam, y lo hubiera encontrado, me lo habría llevado conmigo.

Los ojos de Eve se llenaron de lágrimas, pero pestañeó para borrarlas.

—¿Sí? ¿Aunque lo vieras feliz y saludable y supieras que no te recuerda? ¿Lo habrías secuestrado simplemente? ¿Lo habrías separado de todo y de toda la gente que lo rodease? ¿Sin pensar en las repercusiones psicológicas?

Sierra pestañeó. Ella habría estado aterrada si Eve la hubiera robado de manos de Hank, si se la hubiera llevado del país de algún modo clandestino. Y tendría que haber hecho eso, porque aunque el padre de Sierra parecía no tener demasiado interés en ella, se habría enterado enseguida, habría llamado a las autoridades federales y municipales, donde tenía muchos amigos, y Eve estaría aún en una cárcel de México. Eve tenía que pensar en otra hija. Hubiera abandonado otra hija, un hogar y un negocio...

—Hace tiempo que soy mayor de edad —le señaló Sierra después de una larga reflexión—. ¿Por qué no te pusiste en contacto conmigo después de que se murió papá y de que Liam y yo viniéramos a los Estados Unidos?

Eve miró su taza. Liam irrumpió en la habitación, sobresaltando a ambas mujeres.

—¡Mira, mamá! —gritó Liam, llevando un telescopio muy caro con su trípode—. ¡Con esto, podré ver hasta el Big Ben!

—¡Te estás excitando demasiado! —repitió Sierra—. Será mejor que te acuestes un rato...

—¡Pero no he abierto ni la mitad de los regalos!

—Más tarde —Sierra se levantó, puso una mano en los hombros de su hijo y se lo llevó hacia las escaleras.

El niño protestó todo el camino.

—Míralo de este modo: Todavía tienes un montón de regalos que abrir. Descansa un rato, y luego sigues... —le dijo a Liam.

—¿Me lo prometes? ¿No harás que mi abuela se los lleve de nuevo o algo así?

—¿Cuándo te he mentido, Liam?

—Cuando me dijiste que no existía Santa Claus.

—De acuerdo. Nómbrame otra vez...

—Cuando me dijiste que no teníamos familia. Tenemos a abuela y a tía Meg...

—¡Me rindo!

Liam sonrió.

—Si ese niño vuelve, voy a mostrarle el telescopio.

—Liam, no existe ese niño...

—Eso es lo que crees tú —respondió Liam mientras se apoyaba en las almohadas.

—Ésta es su habitación. Ésta es su cama, y ése es su viejo telescopio.

Sierra le quitó los zapatos, lo arropó debajo de la vieja colcha y se sentó a su lado hasta que se quedó dormido.

No quería oír más razones por las que su madre la había abandonado.

1919

Hannah no podía dejar de comparar su primera boda con la segunda. Todo era distinto. Pero no le habría importado nada si ella hubiera amado a Doss.

Mientras el sacerdote pronunciaba las palabras sagradas, Hannah miró a Doss de reojo. Estaba muy atractivo y serio.

¿Qué sería de ellos?, se preguntó.

Se sentía triste.

Repitió las promesas cuando tuvo que hacerlo, y mantuvo la frente alta. Cuando la ceremonia estaba a punto de acabar, se abrió la puerta de la oficina y apareció Jeb, el tío de Doss. Era un hombre atractivo, a pesar de ser de mediana edad, y sonrió al ver a la pareja.

—Pensé que iba a perdérmela —comentó.

Doss se rió, evidentemente satisfecho de que hubiera alguien de la familia McKettrick.

El cura carraspeó, no muy contento con la interrupción.

—Os declaro marido y mujer... —dijo rápidamente.

—Puedes besar a la novia —le dijo Jeb a Doss.

Hannah se puso roja.

Doss la besó.

—¿Y las flores? —preguntó su tío—. ¿Y los invitados?

—Fue una decisión de último momento —le explicó Doss.

Hannah se volvió a poner roja.

Jeb se sorprendió. Luego los felicitó.

—Que seas feliz, Hannah —le dijo Jeb al oído—. Gabe querría que así fuera.

Los ojos de Hannah se llenaron de lágrimas. ¿Se le notarían sus verdaderos sentimientos o Jeb era muy intuitivo?

Ella asintió, incapaz de hablar.

—Creí que estabas en Pnoenix —dijo Doss a su tío.

—He venido para ocuparme de un asunto de negocios —explicó Jeb—. He llegado en el tren de la tarde. Voy a pasar la noche aquí y salir para Phoenix mañana. Estaba en el restaurante y alguien me dijo que os estabais casando —miró a Hannah y ésta vio preocupación en sus ojos—. He decidido invitarme a la boda yo mismo, aunque no sea de buena educación...

Doss rodeó la cintura de Hannah con su brazo.

—Nos alegra que hayas venido, ¿no, Hannah?

—Sí.

—¿Dónde está Tobias?

Doss se lo explicó.

—¿Por qué no subes y le dices al chico si puede recibir una visita de su tío Jeb?

Doss dudó. Luego asintió y se marchó.

—Voy a preguntarle a Doss lo mismo que te preguntaré a ti... —dijo Jeb cuando estuvieron solos—. ¿Qué es lo que pasa aquí?

Hannah tragó saliva.

—Bueno, nos pareció razonable casarnos.

—¿Razonable?

—Como estamos viviendo solos en el rancho...Ya sabes lo que dice la gente...

—Lo sé... Pero pensé que si había un plan de
boda la familia lo sabría...

—Doss envió un telegrama a la familia. Y yo
iba a escribirle a la mía...

—Sois adultos y es asunto vuestro lo que ha-
céis... Pero, ¿amas a Doss, Hannah?

—Es familia...

—También es un hombre. Un hombre joven,
con toda una vida por delante. Se merece una
esposa que se alegre de serlo.

—Hace un momento me has dicho que Gabe
se alegraría de esto... Y probablemente tengas
razón. Así que lo he hecho por él y por todo el
mundo... —comentó Hannah.

—Hay una sola persona a la que tienes que
complacer en esto, Hannah, y ésa eres tú.

—Tobias necesita a Doss...

—No lo dudo... Pero... ¿Y tú? ¿Necesitas a
Doss?

—Me preocuparé de que sea feliz, si eso es lo
que te preocupa —dijo ella.

—Él será feliz —dijo Jeb con seguridad—. ¿Y
tú?

—Aprenderé a serlo.

Jeb le puso las manos en los hombros y le
besó la frente.

Luego se marchó de su lado.

Minutos más tarde apareció Doss con gesto tímido. Evidentemente, Jeb había hablado con él.

—Supongo que tenemos que comer algo —dijo Doss—. Tobias ya ha comido. La criada ha ido a la cocina y le ha llevado algo.

Hannah bajó la mirada y dijo con vergüenza y tristeza:

—Te mereces alguien que te ame...

—No sé si tu corazón me ama, Hannah McKettrick, pero tu cuerpo sí me ama, y tal vez le enseñe al resto de ti cómo amarme.

—Gabe querría que nos casáramos... —dijo ella.

—Amaba a mi hermano, pero no quiero hablar de él esta noche.

—De acuerdo.

Doss la llevó al comedor. Hannah estaba hambrienta. Jeb apareció cuando estaban comiendo el postre.

—Tobias va a pasar la noche en la habitación que está al lado de la mía. Ya lo he arreglado con la criada para quedarme con él... —dijo Jeb.

Hannah dejó el tenedor en la mesa.

—Supongo que está bien... —dijo ella.

Doss había comido tan poco como Hannah. Hacer el amor furtivamente en el granero era una cosa, y estar casados, otra muy distinta.

Jeb los felicitó una vez más y se marchó. Doss pagó la cuenta y no quedó otra cosa que hacer que iniciar la noche de bodas.

X

La cama de Tobias estaba vacía y sus cosas habían sido llevadas a otra habitación.

Doss se aflojó la corbata y suspiró.

Ella se sentía desgraciada.

Él también.

—Podemos anular el matrimonio... —sugirió Hannah.

—Creí que ya habíamos hablado de esto...

—Quiero decir que todavía no hemos... Bueno, consumado el matrimonio, y...

—A mí me parece que te equivocas...

«Maldito sea», pensó ella.

—Te recuerdo que fuiste tú quien me sedujo, Doss McKettrick...

—Tú podrías haber dicho que no...

—¡Basta! —exclamó ella—. ¡Si eres un caballero, no me eches en cara eso!

—¿Y qué sucederá dentro de seis meses cuando tengas tripa de embarazada?

—¿Por qué estás tan seguro de ello? Gabe y yo queríamos tener más hijos después de Tobias, pero no sucedió nada.

Doss iba a decir algo, pero se calló. Y Hannah de pronto sintió que le hubiera hecho escupir las palabras, aunque sabía que escucharlo la pondría tan furiosa como imaginar lo que había pensado decir.

Pero se quedaron allí, mirándose frente a frente.

Hannah gruñó, se dio la vuelta y se marchó a la habitación de al lado dando un portazo. No había llave para cerrarla. Caminó de un lado a otro para quitarse la furia.

Miró hacia la cama y vio su camisón extendido encima de ella. Probablemente lo habría dejado allí la criada que había estado con Tobias. Sería mejor acabar con aquello cuanto antes, pensó, resignada, se desvistió y se soltó el pelo.

Luego esperó...

¿Dónde estaba Doss?

Esperó y esperó. Pero Doss no apareció.

Hannah espió por el agujero de la cerradura y no lo vio. Pero eso no quería decir que no estuviera allí.

La habitación estaba fría. Hannah se acercó a un radiador que había debajo de la ventana de la habitación. Giró la llave hasta que oyó un reconfortante ruido de aire. Al parecer, los radiadores tenían aire y no subía el calor. En aquel momento vio algo por la ventana que le llamó la atención. Se incorporó, limpió el vaho de la ventana con la manga de su camisón y miró hacia la oscuridad de la noche.

¿Era Doss el que estaba de pie, debajo de la luz de la entrada del Saloon Blue Garter que había en la esquina? Parecía él, aunque no llevaba el traje de la boda. En aquel momento el hombre encendió un puro con una cerilla y ella pudo ver su cara.

Era Doss, y estaba mirando en dirección a ella también. La había visto.

No podía ser. Era verdad que tenían que solucionar muchas cosas, pero aquélla era su noche de bodas, pensó Hannah.

Se alejó de la ventana y caminó nerviosamente. Luego decidió abrir la ventana y decirle algo. Pero cuando se acercó lo vio entrar en el saloon.

Presente

Sierra observó la montaña de regalos junto al árbol de Navidad. Jerséis, una chaqueta de piel como la de Travis, botas de vaquero y un sombrero, pistolas de juguete... Era más de lo que Sierra había sido capaz de regalarle a Liam en toda su vida.

Lo había preparado todo Eve, por supuesto, incluso la decoración.

Sierra intuyó la presencia de Eve y se dio la vuelta.

—Las pistolas tal vez hayan sido un error... Tendría que haberte preguntado...

—Todo es un error. Es demasiado —respondió Sierra—. No tenías derecho...

—Liam es mi nieto...

—¡No tenías derecho a hacer esto! —repitió Sierra, furiosa.

—¿De qué tienes miedo, Sierra? ¿De que le caiga bien?

—¿No lo comprendes? Yo no puedo regalarle a Liam cosas como éstas. No quiero que se acostumbre a esta forma de vida. Luego, cuando tengamos que dejarla, será peor.

—¿Qué forma de vida?

—¡La forma de vida de los McKettrick! —gritó Sierra—. Esta casa grande, esta tierra, el dinero...

—Sierra, tú eres una McKettrick, y Liam también.

Sierra cerró los ojos un momento tratando de recobrar su compostura.

—Acepté venir aquí por una sola razón: porque mi hijo necesita cuidados médicos, y yo no puedo dárselos. Pero el trato ha sido por un año, Eve. ¡Y no vamos a pasar un día más aquí!

—¿Y cuando pase ese año crees que me olvidaré de que tengo otra hija y un nieto, aceptes mi ayuda o no?

—¡No necesito tu ayuda!

—¿No?

Sierra meneó la cabeza, más para aclarar su mente que para negar lo que Eve estaba diciendo. Buscó una silla y se sentó, abatida.

—Agradezco lo que haces —dijo luego—. Pero si esperas algo más que lo que hemos acordado, será un problema.

Eve se acercó a la chimenea. Tomó las cerillas y encendió un periódico que había dentro de ella. Esperó a que se encendieran las llamas.

—¿Qué te contó Hank sobre mí, Sierra? —preguntó Eve mirándola—. ¿Te dijo que estaba muerta? ¿O te dijo que yo no te quería?

—No tuvo necesidad de decirme que no me querías. Eso era evidente.

—¿Sí? —Eve se sentó también—. Quiero saber lo que te contó, Sierra. Después de todos estos años, después de todo lo que me quitó, creo que tengo derecho a saberlo.

—Nunca me dijo que no me querías. Dijo que no lo querías a él.

—Bueno, eso era cierto.

—Creo que tendría unos cinco o seis años

cuando empecé a notar que las otras niñas tenían madre, no sólo padres. Empecé a hacer muchas preguntas, y creo que papá se cansó de ello. Me dijo que había habido un accidente, que habías resultado gravemente herida y que probablemente te irías al cielo...

Eve bajó la cabeza, se pasó el dorso de la mano por su mejilla y exclamó:

—¿Quién iba a pensar que Hank Breslin diría dos verdades de tres en su vida?

—¿Hubo un accidente? —preguntó Sierra, tensa.

Eve asintió.

—¿Qué clase de accidente?

—Estaba comiendo con mis abogados en una terraza de un restaurante de San Antonio... Te habíamos encontrado después de dos años de investigaciones, es decir, lo habían hecho los detectives que habíamos contratado, y yo te había visto con mis propios ojos, en San Miguel... Había hablado contigo... Quise ponerme en contacto con Hank, tratar de llegar a algún arreglo...

Sierra sintió un zumbido en sus oídos.

—Tenía que hacerlo con mucho tiento... Sabía que a tu padre podía darle por llevarte más lejos dentro de México... O trasladarse incluso a Latinoamérica... Y que la segunda vez iba a tener más cuidado de desaparecer de modo que yo no pudiera encontrarte...

Sierra esperó.

—¿Y el accidente? —preguntó.

—Un coche se salió de la carretera e invadió la acera. Mi abogado murió instantáneamente. Se llamaba Jim Furman y tenía cinco niños... Yo tardé casi dos años en recuperarme y en poder caminar... Para cuando me recuperé... me di cuenta de que era demasiado tarde, de que tendría que esperar a que tú fueras mayor y pudieras decidir por ti. Eras una niña feliz, tenías salud y eras inteligente... Eras tan pequeña aún, que no podía entrar en tu vida de repente y decirte «Hola, soy tu madre». Yo seguía temiendo la reacción de Hank... Y yo aún estaba luchando para reconstruir mi vida después del accidente. Meg estaba casi todo el tiempo con niñeras, y yo tuve que dejar el control de la compañía en manos de la junta directiva porque no podía concentrarme en nada... Con todo eso, ¿cómo iba a separarte del único hogar que habías conocido, para traerte conmigo y dejarte en manos de extraños?

Sierra se quedó callada.

—De acuerdo —dijo finalmente—. Es posible que sea cierto. Pero todavía hay un tiempo largo entre aquel momento y el mes y medio que hace que te pusiste en contacto conmigo...

Eve se quedó callada.

—Tenía vergüenza —dijo luego.

—¿Vergüenza?

—Después del accidente tuve que tomar muchos analgésicos para combatir el dolor... Cada vez me hacían menos efecto, y empecé a beberlos con alcohol...

—Meg no me contó nada...

—Por supuesto... Era yo quien tenía que contártelo, y además no es algo que se cuente por e-mail...

—¡Dios santo! —susurró Sierra.

—Si no hubiera sido por Rance, que me ayudó cuando la empresa volvió a quedar bajo mi control, la habría llevado a la ruina...

—¿Rance?

—Tu primo.

—¿De qué parte de la familia es?

—Rance es descendiente de Rafe y Emmeline —respondió Eve—. Rafe era el hijo del viejo Angus.

—¿Te ha llevado todo este tiempo recomponer tu vida?

—No... Ya te lo he dicho... Tenía vergüenza. ¡Había pasado tanto tiempo! Y no sabía qué decirte, cómo empezar... Era un círculo vicioso. Cuanto más lo postergaba, más difícil se me hacía acercarme a ti.

—Pero finalmente me encontraste... ¿Qué cambió?

—No tuve que encontrarte. Siempre he sabido dónde estabas —suspiró Eve—. Me enteré del asma de Liam y no pude esperar más... —hizo

una pausa—. Te he contestado todas las preguntas, Sierra... Aunque debe haber más, supongo.
Ahora te toca a ti. ¿Por qué te has pasado la
vida de un lado a otro, sirviendo copas en lugar
de echar raíces en algún sitio y hacer algo con
tu vida?

Sierra pensó en su pasado. Era verdad que no
había echado raíces.

—No tiene nada de malo servir copas.

—Por supuesto que no. Pero ¿por qué no
fuiste a la universidad?

—El día sólo tiene veinticuatro horas, Eve. Tenía que mantener a un niño.

Eve asintió.

—Pero eso no explica que fueras de un lado a
otro.

—Supongo que no podía estarme quieta...

Eve no dijo nada.

—¿Por qué te divorciaste de mi padre? —preguntó Sierra.

—Hank era un hombre de ésos que creen
que pueden mandar por el simple hecho de tener un pene. Dejó su trabajo un mes más tarde
de que nos casamos, vendía propiedades, con la
idea de convertirse en un profesional del golf.
Pero no llegó ni a presentarse al puesto, por supuesto. Habría sido realmente un fraude haberlo
hecho y que lo contratasen, de todos modos,
porque no tenía ni idea de golf.

Sierra se humedeció los labios, incómoda.

—Era muy inmaduro emocionalmente. Pero supongo que eso ya lo sabes, ¿no, Sierra? —comentó Eve.

Sierra lo sabía. Pero le costaba reconocerlo en voz alta. Asintió rígidamente, no obstante.

—¿Cómo se ganaba la vida Hank? Aunque viviera en México tenía que pagar la renta y comer...

Sierra se puso roja. Hank había atendido la barra de la cantina de la esquina, y había jugado mucho al póquer en la trastienda...

—Al parecer se las arreglaba...

—Pero... ¿Tenías ropa, zapatos, servicio médico... tartas de cumpleaños? ¿Y juguetes en Navidad?

Sierra asintió. Su infancia había estado marcada por dos cosas: una vaga soledad y un tipo de libertad muy bohemia. Finalmente cayó en la cuenta de algo.

—Tú le mandabas dinero de algún modo... —dijo Sierra.

—Yo te enviaba dinero a ti, a través de la hermana de Hank. Lo hice desde el día en que Hank te llevó con él. Nell, tu tía, era muy lista. Siempre cobraba el cheque y luego se lo enviaba a Hank a distintos sitios. Un día mis investigadores lograron seguir el rastro de los giros, pero no fue fácil en aquellos días en que no había ordenadores.

Sierra recordó vagamente a su padre yendo a

casas de cambio donde se cambiaban cheques de viaje o dinero extranjero por pesos. Ella era muy pequeña, pero recordaba haberlo visto llevando un fajo de billetes y metiéndoselos en el bolsillo, y haberle llamado la atención a ella. Sintió vergüenza ajena, recordando la sonrisa de su padre en aquellas ocasiones.

Eve tenía razón. Su padre se había sentido con derecho a aquel dinero. Y aunque se había ocupado de que Sierra tuviera cubiertas sus necesidades básicas, no había sido demasiado generoso.

De hecho, había sido Magdalena, no su padre, quien la había provisto siempre de cosas extra. La dulce, regordeta y paciente Magdalena, que siempre sonreía y olía a especias.

Las emociones de Sierra debieron hacerse evidentes en su cara, porque Eve se levantó y puso una mano en su hombro.

Luego, sin decir nada, se dio la vuelta y se marchó de la habitación.

Sierra había querido a su padre, a pesar de todo, y ver aquella imagen de él destruía un montón de fantasías. Y peor aún, se dio cuenta de que Adam, el padre de su hijo, había sido una versión joven de Hank. Oh, era verdad que había tenido una profesión. Pero ella había sido una diversión para él, nada más. Había sido capaz de engañar a su mujer, a sus hijas y a ella para pasárselo bien. Como su padre, se había sentido con derecho a disfrutar de todos los placeres a su alcance sin importarle el daño que pudiera hacer a otras personas mientras lo hacía.

De pronto sintió odio contra todos los hombres.

Se había sentido atraída por Travis. Pero era mejor decir «no» antes de que pudiera ocurrir algo.

XI

1919

Doss volvió a la habitación pasada la medianoche, con olor a tabaco y whisky. Hannah estaba acostada, totalmente inmóvil y callada. Si
abría la boca, diría muchas cosas.

Lo vio quitarse los zapatos y el sombrero.

Si pensaba que iba a disfrutar de los privile-
gios de un esposo, se equivocaba, pensó ella.

Pero para su asombro, no se quitó la ropa.

—Sé que no estás dormida —dijo.

—Te odio, Doss McKettrick —dijo ella, recordando cómo la había humillado públicamente
pasando la noche de bodas fumando y bebiendo
en un bar.

—Tendremos que llevarlo lo mejor posible
—dijo él.

—No, porque en cuanto Tobias esté mejor, nos marcharemos.

—Si eso te consuela, sigue pensándolo. Pero la verdad es que ahora eres mi esposa, y mientras haya alguna posibilidad de que estés embarazada de mí, no vas a irte a ningún sitio.

—Te odio... Me iré cuando quiera...

—Yo te iría a buscar cada vez que escapases, Hannah. Y créeme, el juego podría durar mucho tiempo...

—Entonces, me tendrás prisionera.

—No voy a encerrarte en el desván, si eso es lo que piensas. Pero no te dejaré marchar.

—Espero no estar embarazada...

Pero la verdad era que deseaba tener otro hijo, una niña esta vez. Anhelaba tener una vida creciendo en su vientre, aunque no quería que el padre fuera Doss McKettrick.

En silencio lloró toda la noche junto a Doss.

Por la mañana, Doss no estaba en la cama. Subía olor a beicon desde algún sitio, y ella sintió náuseas. «¡No!», se dijo. Había tenido la misma reacción diez días más tarde de la concepción de Tobias.

Su hijo apareció en la entrada de la habitación, junto a Doss.

—¿Quieres desayunar, mamá? —preguntó Tobias.

Seguía con aspecto febril, pero parecía más fuerte. Llevaba ropa nueva: unos pantalones de lana, una camisa de franela azul y blanca, hasta tirantes...

Hannah negó con la cabeza. Doss se llevó al niño a la otra habitación, y en cuanto lo hizo, Hannah se levantó y agarró rápidamente el orinal que había debajo de la cama. Devolvió hasta que se derrumbó en el suelo.

Oyó que se abría nuevamente la puerta, y que Doss pronunciaba su nombre. Pero ella no podía responder. Doss se arrodilló a su lado, la levantó y la dejó en la cama nuevamente. Luego la tapó y le lavó la cara con un paño húmedo.

—Iré a buscar al médico.

—No lo hagas. Sólo necesito descansar.

Doss tomó una silla y se sentó junto a la cama. Ella deseó que se marchase, y a la vez temía que lo hiciera.

Apareció una criada con un orinal limpio y se llevó el sucio.

—Creo que abrigaré bien a Tobias y lo llevaré a la tienda del pueblo. Le compraré algo para que juegue, tal vez un libro... ¿Quieres que te traiga algo?

—No —dijo ella y cerró los ojos.

Cuando los volvió a abrir, Doss había vuelto, y Tobias hablaba con alguien en la habitación de al lado.

—¿Te sientes mejor? —preguntó Doss. Llevaba un paquete en las manos, envuelto en papel marrón, atado con un hilo.

—Tengo sed —dijo Hannah.

Doss asintió, dejó el paquete y le sirvió un vaso de agua de la jarra que había encima del escritorio.

—Será mejor que comas algo, si puedes —dijo Doss.

Hannah asintió.

Doss desapareció nuevamente y tardó mucho en volver. Tobias entró en la habitación para pedirle permiso para ir a comer un sándwich al restaurante con Jeb. Ella se lo dio.

Antes de marcharse, el niño se acercó a su cama y le dijo:

—Doss dice que no te estás muriendo...

—Tiene razón...

—Entonces, ¿qué ocurre? Nunca te quedas en la cama...

Hannah extendió la mano y después de un momento de duda, Tobias la tomó.

—Estoy un poco perezosa.

—Sé que has estado mareada...

—Mañana ya estaré bien, ya verás...Vete a comer el sándwich con Jeb...

Tobias sonrió, más relajado, y se marchó.

Hannah oyó la voz de Doss hablando con Jeb. Al rato entró en la habitación con una bandeja con té con leche y un plato con algo. La puso frente a ella y la observó comer.

Hannah bebió el té y Doss le quitó la bandeja cuando terminó.

Doss cada tanto miraba el paquete que había dejado en la mesilla. Hannah había supuesto que no era para ella, porque le había dicho que no quería que le comprase nada, pero igualmente sentía curiosidad.

—Hannah, en relación a lo de anoche... —empezó a decir él.

—¡Basta! —exclamó ella.

—Me imagino que te imaginas lo que te ocurre... —dijo Doss—. No he llamado al médico por eso...

Hannah asintió.

—Sé que preferirías que fuera Gabe quien estuviera sentado aquí —siguió Doss—. Y quien te hubiera dejado embarazada... Que fuese él quien te acompañase al rancho, quien te ayudara a criar a Tobias para que se hiciera un hombre... Pero la realidad es que seré yo quien lo haga, y será mejor que lo aceptes...

Doss agarró el paquete y lo dejó en su regazo. Luego se marchó.

Hannah sintió que debía rechazarlo, pero una parte de ella deseaba un regalo, algo frívolo, sin ningún uso práctico, algo que la hiciera sonreír simplemente. Abrió el regalo con dedos temblorosos. Era un libro sobre flores de América.

Hannah saboreó su olor y luego leyó la dedicatoria:

En el día de nuestro matrimonio, y porque sé

*que esperas con ansias que la primavera alegre tu
jardín.*

Doss McKettrick.
17 de enero de 1919

Hannah sintió un nudo en la garganta. Apenas podía respirar.

¿Se había dado cuenta Doss cuánto deseaba ver las primeras hojas verdes en los árboles? ¿Cuánto deseaba que se rompiera el hielo del estanque que había detrás de la casa?

Hannah cerró el libro y lo apretó contra su pecho. Luego lo volvió a abrir y se encontró con coloridas ilustraciones de flores que devoró con la mirada. Cerró los ojos y soñó con la primavera.

Cuando los abrió, soñolienta y confusa, la habitación estaba con la luz del atardecer. Oyó a Tobias y a Doss hablar en la otra habitación. Tobias se rió.

Hannah se levantó, usó el orinal y se lavó las manos en la palangana esmaltada. Se puso una bata, se dirigió hacia la puerta y la abrió.

Tobias y Doss estaban jugando a las cartas. La miraron.

—He ganado cuatro veces al tío Doss —dijo Tobias.

Doss la acompañó a una silla.

—Iré a buscar algo para cenar —anunció.

—¿Se ha ido el tío Jeb? —preguntó Hannah a Tobias cuando estuvieron solos.

Tobias asintió, se arrodilló en el suelo y empezó a extender las cartas y colocarlas.

—Tomó el tren de la tarde para Phoenix —dijo Tobias—. Me pidió que te dijera que te mejoraras pronto.

—Me hubiera gustado despedirme de él —dijo Hannah.

¿Le contaría Jeb a su mujer, Chloe, que Doss había pasado la noche de bodas en el bar? ¿Se enteraría toda la familia?

—¿Ma?

Hannah se dio cuenta de que su mente se había quedado divagando.

—¿Sí, cariño?

—¿Es el tío Doss mi papá ahora que tú y él os habéis casado?

—Te lo he dicho antes, Tobias. Doss sigue siendo tu tío. Tu padre será siempre... tu padre.

—Pero papá está muerto —Tobias frunció el ceño.

—Sí.

—El tío Doss está vivo.

—Evidentemente...

—Yo quiero un papá. Alguien que me lleve a pasear y que me enseñe a disparar.

—Los tíos pueden hacer esas cosas...

Hannah no quería que su hijo tocase un arma, pero en aquel momento no tenía fuerzas para discutir con él.

—No es lo mismo —dijo Tobias.

—Tobias, hay algunas cosas en esta vida que tenemos que aceptar. Tu padre ya no está. Doss es tu tío, no tu papá. Tendrás que aceptarlo.

—Sería mejor que él fuera mi papá y no mi tío...

—Tobias...

—Una vez dijiste que Doss podría ser mi padrastro, y quitando la última parte de la palabra, es casi lo mismo...

Hannah se llevó las manos a las sienes.

Tobias sonrió.

Se abrió la puerta de la habitación y apareció Doss, seguido de dos criadas que llevaban la comida en una bandeja.

—¡Papá ha vuelto! —dijo Tobias.

Hannah miró a Doss, y una corriente pasó entre ellos, silenciosa e intensa.

Hannah desvió la mirada primero.

XII

Presente

—Necesitas tiempo para asimilar esto —le dijo Eve a Sierra durante el desayuno, al día siguiente—. Así que voy a marcharme...

Liam se estaba preparando para ir a su primer día de escuela en Indian Rock, y Sierra no estaba segura de que el niño estuviera bien como para pasar todo un día en la escuela. Sierra tenía sentimientos contradictorios en relación a la marcha de Eve. No sabía nada de su madre, y quería saber no solamente cosas referidas a su separación sino cómo era, qué libros leía, a quién había amado...

Por otra parte necesitaba estar sola para pensar y encajar la realidad.

—Hay algo que quiero mostrarte antes de irme —dijo Eve.

Se dirigió al armario de la porcelana y sacó algo rectangular envuelto en terciopelo. Era un álbum de fotos.

Sierra lo desenvolvió con emoción.

—Éstos son tus ancestros. En el desván hay fotos, diarios y cosas que hay que catalogar. Me harías un favor si los recogieras y los ordenases.

Sierra asintió, reacia a verse demasiado involucrada con una familia con la que tenía relación biológica, pero con la que estaría de paso.

—Siento no poder desarmar el árbol de Navidad, pero el avión llegará en una hora, y no me dará tiempo. Las cajas correspondientes están a un lado de la escalera —dijo Eve.

Sierra asintió.

¡Cuántas Navidades de los McKettrick se había perdido!, pensó. Su padre apenas había festejado la Navidad, aunque siempre le había hecho algún regalo. Pero Sierra no se había sentido mal, porque no había sabido que otra gente lo festejaba más.

Eve le dio un beso en la frente a Sierra y se marchó arriba.

Sierra recogió la mesa y llenó el lavaplatos.

Cuando terminó, miró hacia el álbum. Parecía pedirle que lo abriese. «Somos parte de ti», parecía decirle.

En Indian Rock no había ningún programa para niños superdotados y Liam estaba contento de ir al colegio y ser «un niño normal», no un niño enfermo, ni superdotado.

De niña, ella había deseado terriblemente ir al colegio, pero no la habían enviado. Magdalena se había encargado de enseñarle en casa. Ahora se daba cuenta de que Hank la había estado escondiendo, probablemente por miedo a que algún visitante, o algún maestro se diera cuenta de que la había secuestrado, e investigara el caso.

Por un momento sintió mucha rabia.

Liam bajó para decirle que su abuela le proponía que usaran el coche de Meg.

—¿Cuándo vamos a comprarnos un coche nuevo? —preguntó Liam poniéndose el abrigo de «vaquero» que le había regalado Eve.

—Cuando nos toque la lotería.

En aquel momento bajó su abuela.

—Vamos a abrir una oficina de McKettrick-Co en Indian Rock —dijo, sin importarle que se notase que había estado escuchando—. La llevará Keegan, pero estoy segura de que habrá un lugar para ti en la organización, si lo quieres. Tú hablas español, ¿verdad?

—Keegan… —susurró Sierra—. ¿Otro primo?

—Descendiente de Kade y Mandy —le confirmó Eve, sonriendo y asintiendo hacia el álbum—. Está todo en el libro.

—¿Cómo vas a ir al hangar, o donde aterrice el jet?

—Me llevará Travis —Eve dejó las maletas al lado de la puerta y sacó unas llaves del armario de la porcelana—. Usa el coche de Meg. Tu coche te dejará colgada —le puso las llaves en la mano.

Sierra las agarró finalmente.

—Dame un abrazo —dijo Eve a Liam—. Volveré dentro de unas semanas, y si el tiempo es bueno, podremos dar un paseo en el jet de la empresa, si te apetece...

Liam exclamó de alegría.

Sierra no tuvo tiempo de protestar porque apareció Travis.

—¡Eh, vaquero! ¡Estás muy guapo con tu nuevo traje! —exclamó mirando a Liam.

—Quería ponerme el sombrero también, pero mamá no me ha dejado porque dice que puedo perderlo en el colegio...

—El mundo está lleno de sombreros —respondió Travis mirando a Sierra.

—¿Y eso qué quiere decir? —preguntó Sierra a la defensiva.

Travis suspiró. Eve y él se miraron con complicidad. Y luego Travis se dio la vuelta sin contestar, rumbo a la camioneta.

Eve abrazó a Liam; luego a Sierra, y se marchó.

Sierra fue al garaje y encendió la luz. El brillante Blazer de su hermana la estaba esperando.

1919

Dos días después de la boda, Hannah, Doss y

Tobias regresaron a casa en el trineo, con Tobias entre ellos.

Doss permaneció en silencio la mayor parte del viaje.

Cada tanto, Hannah lo miraba y pensaba: «Estoy casada», pero no se sentía así.

Cuando llegaron, la cocina del rancho estaba helada.

Doss encendió la luz y subió con Tobias.

Cuando volvió Doss, ella ya había encendido el fuego y las lámparas. Estaba buscando los ingredientes para preparar una tortilla.

—¿Dónde está Willie? —preguntó Hannah.

Willie era un peón que habían contratado para cuidar el rancho aquellos días, y como no era un empleado fijo, temía que se hubiera marchado.

—Cuando llegamos lo vi cerca del cobertizo, recogiendo leña.

Hannah suspiró, aliviada.

—La cena estará lista en media hora —dijo—. Si Willie quiere cenar con nosotros, será bienvenido.

Doss asintió, se subió el cuello del abrigo y salió a atender al ganado y los caballos.

Un rato más tarde apareció solo.

—Willie se ha ido a la casa principal del rancho, pero me ha dicho que te diera las gracias por tu invitación.

Hannah se limpió las manos en el delantal y

puso la mesa. Cuando abrió el armario de la porcelana notó que había un álbum dentro, y se quedó petrificada.

—¿Qué sucede, Hannah? —preguntó Doss.

—El álbum —dijo ella.

—¿Qué?

—Willie no creo que se haya puesto a mirarlo, ¿no? La casa estaba fría, y no creo que haya entrado nadie aquí... ¿No... No has tenido nunca la impresión de que no estamos solos en la casa?

—No —respondió Doss.

—Ya era bastante con que se moviera la tetera...Y ahora el álbum...

—Hannah... —le tocó el hombro— Pareces Tobias, que dice que ha visto un niño en la habitación...

—A lo mejor no imagina cosas. Tal vez no haya sido la fiebre.

Doss la hizo sentar. Pero cuando se sentó, le pareció que el álbum, que era nuevo. se volvía viejo. La sensación duró un momento, pero fue tan intensa que la estremeció.

—Estamos todos muy cansados, Hannah. Alguno de nosotros debió mover el álbum.

—No... Tobias estaba muy débil para hacerlo. Las galletas se van a quemar si no las sacas del horno... —agregó Hannah.

Doss se levantó y sacó las galletas del horno.

—Tobias debe de tener hambre.

—Iré a verlo —respondió Doss—. Come algo...
—agregó.

Cuando regresó, Doss sirvió un plato de comida para el niño y se lo llevó. Ella hizo un esfuerzo por comer algo, pero no tenía mucha hambre. Al rato bajó Doss y cenó. Después de recoger, Hannah decidió ir a ver a Tobias. Su hijo estaba incorporado en la cama cuando entró.

—El niño ya no está. ¿Se habrá marchado? —preguntó Tobias.

—¿Qué niño?

—El que veo a veces. Ése que lleva ropa tan rara...

Hannah le acarició la cabeza y se sentó en el borde de su cama.

—¿Te habla ese niño?

—No. Sólo nos miramos. Me parece que está tan sorprendido de verme como yo de verlo a él —hizo una pausa—. ¿Me crees?

—Por supuesto, Tobias.

—Pa dice que es imaginario.

—Tobias, Doss es tu tío no tu papá.

—¿Por qué no dejas que sea mi papá? Es tu marido, ¿no? Si tú puedes tener un marido, ¿por qué yo no puedo tener un papá?

—Una mujer puede tener más de un marido, pero un niño sólo tiene un padre. Y ése fue Gabriel Angus McKettrick. No quiero que lo olvides.

—No lo olvidaré... Pero... aunque laves mi boca con jabón, seguiré llamando a Doss «papá».

Tengo muchos tíos, Jeb, Kade, Rafe, John Henry... Pero lo que necesito es un papá.

Hannah estaba muy cansada para discutir.

—Siempre que no te olvides de quién es tu verdadero padre...Y te agradecería que incluyeras a tu tío David, mi hermano, en la lista.

—Trato hecho —dijo Tobias, feliz, y chocó su mano.

—Duérmete —le dijo Hannah.

Hannah le dio un beso en la frente, le dio las buenas noches, apagó la lámpara y se marchó.

—Puedes bañarte tú primero, si quieres —le dijo Doss a Hannah cuando ésta bajó.

—Báñate tú —respondió Hannah.

¿Pensaría acostarse con ella?

Él asintió.

Hannah se dio la vuelta, algo ruborizada, y subió las escaleras.

Se acostó, se tapó y esperó.

Al rato oyó a Doss subir las escaleras y pasar por delante de su habitación en dirección a la de él.

Hannah se sintió aliviada y frustrada a la vez. Y se durmió.

Presente

Sierra condujo el Blazer secretamente orgullosa.

Cuando llegaron al colegio, Liam se despidió de su madre y salió corriendo. Sierra se quedó con un gran sentimiento de abandono. Pero trató de quitárselo. Liam tenía el inhalador, la enfermera del colegio estaba al tanto de su asma, y ella tenía que ir soltando a su hijo...

De vuelta al rancho, decidió dar una vuelta por el pueblo. Había poco que ver, y en media hora lo había visto todo, incluida la oficina de McKettrickCo, donde Eve le había ofrecido un puesto.

Decidió abrir una cuenta en el banco del pueblo.

—Usted ya tiene una cuenta, señora McKettrick —le dijo la empleada—. Y es muy sustanciosa —agregó cuando vio la pantalla.

Sierra frunció el ceño.

—Debe haber un error... Sólo llevo unos días en el pueblo, y no he...

Entonces se dio cuenta de que debía haber sido Eve.

La empleada giró el monitor y le hizo ver la suma.

«¿Dos millones de dólares?», pensó Sierra cuando lo vio.

—Por supuesto que tendrá que firmar... —dijo la chica.

—Necesito un teléfono —balbuceó Sierra, algo mareada.

—¿No tiene teléfono móvil? —se extrañó la empleada.

—No. No tengo.

—Allí tiene un teléfono público —dijo la chica.

—Quiero una llamada a cobro revertido —agregó Sierra.

Cuando Eve atendió el teléfono, Sierra le dijo:

—¡Tengo dos millones de dólares en una cuenta bancaria!

—Lo sé...

—No voy a aceptarlos...

—Es tu fideicomiso.

—¿Mi fideicomiso?

—Sí. También tienes acciones en McKettrick-Co, por supuesto.

—No voy a aceptar tu caridad —respondió Sierra.

—Díselo a tu abuelo —respondió Eve—. Claro que no te será fácil, porque está muerto desde hace quince años.

—¿Mi abuelo me dejó dos millones de dólares?

—Sí. Los dejamos a salvo en una cuenta de Suiza para que tu padre no los tocase.

Sierra cerró los ojos.

—¿Cariño? ¿Estás ahí? —preguntó su madre.

—Sí —respondió Sierra—. ¿Por qué no me lo has dicho cuando estuviste en el rancho?

—Porque sabía que no estabas preparada para oírlo, y no quería perder el tiempo discutiendo.

—¿Cómo es que puedes hablar por el móvil durante el viaje? —preguntó Sierra.

Eve se rió.

—Porque hice un ajuste con el teléfono antes de despegar —respondió—. Soy una loca de la técnica... ¿Alguna otra pregunta?

—Sí. ¿Qué voy a hacer con dos millones de dólares?

XIII

1919

Cuando Hannah bajó, Doss ya había encendido el fuego, preparado el café y salido al granero, como hacía todas las mañanas. Ella se puso el viejo abrigo de Gabe, que ya no guardaba nada de su esencia, y fue al gallinero.

—Creo que voy a ir con el trineo a casa de la viuda de Jessup otra vez —dijo Doss—. Es posible que se le haya acabado la leña.

—Tendrás que desayunar bien primero —dijo Hannah—. Mientras te preparo el desayuno, ¿por qué no traes algo de la despensa y se lo llevas a la señora Jessup? A ella le encantan las peras en almíbar que preparé para Navidad.

Doss asintió y sonrió de un modo que a Hannah le produjo un dulce cosquilleo.

—¿Cómo está Tobias hoy?

—Está durmiendo —dijo ella mirando el cuenco en el que echaba los huevos—. Y no se te ocurra ni por un momento que puedes llevarlo... Hace demasiado frío y está cansado de ayer.

Pensó que Doss estaba en la despensa, pero de pronto, él le agarró los hombros y la sobresaltó.

Ella se puso rígida. Él le dio la vuelta y la miró a los ojos. El corazón de Hannah latió más rápidamente.

¿Iba a besarla? ¿Iba a decirle algo importante?

—Antes de volver a Phoenix, Jeb dijo que nos quedásemos con algunos jamones del secadero de la casa de Rafe y Emmeline... Y con una pieza de beicon también. Eso significa que tardaré un poco más que de costumbre.

Hannah asintió simplemente.

Se quedaron mirándose un momento, luego Doss la soltó y ella siguió batiendo los huevos.

Cuando Doss se marchó, Hannah le llevó el desayuno a su hijo.

—Estoy preocupado por ese niño —dijo Tobias—. Tendría que haber vuelto...

—Estoy segura de que volverá pronto —dijo Hannah—. Recuerda que me has prometido avisarme enseguida cuando lo veas...

Tobias asintió.

Hannah besó su frente y se marchó, dejando la puerta abierta por si la llamaba.

Luego bajó, fregó los platos y ordenó la cocina.

Después buscó el diario que Holt y Lorelei le habían regalado una Navidad. No lo había usado hasta ahora. Fue al estudio a buscar tinta y la asaltaron los recuerdos de Gabe. Casi nunca entraba en aquella habitación, y aquel día estaba más vacía que nunca. Aunque fue la ausencia de Doss lo que más notó, no la de Gabe. Tomó la tinta y salió.

Después de instalarse en la cocina, abrió el diario y escribió:

Mi nombre es Hannah McKettrick, y hoy es 19 de enero de 1919...

Presente

Lo primero que notó Sierra cuando llegó a la casa fue que Travis no estaba. Lo segundo, que el álbum que Eve le había dado había desaparecido. Ella lo había dejado en la mesa de la cocina.

Se quedó de pie, tratando de oír ruidos. No, la casa estaba vacía.

Metió las bolsas del supermercado, las vació y puso todo en su sitio. Se preparó un sándwich e hizo café. Cuando terminó de comer y empezó a recoger, notó que el álbum estaba otra vez en su sitio: en el cajón del armario de la porcelana.

Frunció el ceño y se estremeció. Más tarde miraría las fotos. Ahora recogería el árbol de Navidad. Cuando terminó, ya era hora de ir a buscar a Liam al colegio.

Al sacar el coche marcha atrás, casi atropelló a Travis, que estaba de pie detrás del capó abierto del coche de Sierra, manipulando una de sus piezas.

Se apartó del camino.

—Me has asustado —dijo ella.

Travis se rió y exclamó:

—¿Yo te he asustado?

—No esperaba que estuvieras de pie ahí...

—Yo tampoco esperaba que tú salieras del garaje a noventa kilómetros por hora.

—¿Siempre discutes por todo? —sonrió Sierra.

—Claro... Tengo que estar ágil... Por si algún día retomo el camino de las leyes... ¿Adónde vas tan deprisa?

—Liam va a salir del colegio...

—Bien...

—¿Quieres venir?

¿Qué le había hecho decir eso? Travis le caía bien, y agradecía lo que había hecho por ella, pero la hacía sentir incómoda.

—Tal vez otro día...

Debía haber leído sus pensamientos, pensó Sierra.

Travis sonrió, asintió y se apartó del camino con gesto exagerado.

Ella aceleró y se marchó.

En aquel momento no pensó en los dos millones de dólares, ni en la tetera que se movía sola, ni en el álbum de fotos, ni en Liam.

Se quedó pensando en Travis.

Liam estaba mirando la noche a través del telescopio. Sintió un estremecimiento familiar y supo antes de darse la vuelta que el niño estaba en la habitación.

Se dio la vuelta y vio que allí estaba, echado en la cama, mirándolo.

—¿Cómo te llamas? —preguntó el niño.

Liam no podía creerlo.

—Yo me llamo Tobias —dijo el niño.

—Yo soy Liam.

—Es un nombre extraño... —respondió el niño.

—Bueno, Tobias es bastante raro también...

Tobias se levantó de la cama. Llevaba un gracioso camisón hasta los pies.

—¿Qué es eso? —preguntó, señalando el telescopio de Liam.

—¿Quieres mirar? Con esto se puede ver hasta Saturno ...

Tobias miró por el telescopio.

—¡Va enfocando todo, y es azul!

—Sí —dijo Liam—. ¿Cómo es que llevas camisón?

—Esto es una camisa de dormir —respondió Tobias.

—Lo que sea...

—Tú también llevas ropa original...

—Gracias... ¿Eres un fantasma?

—No. Soy un niño. ¿Y tú?

—Un niño también —dijo Liam.

—¿Qué estás haciendo en mi dormitorio?

—Éste es mi dormitorio. ¿Qué estás haciendo tú aquí?

Tobias sonrió y le puso un dedo a Liam en el pecho, como si quisiera comprobar que era real.

—Mi mamá me ha dicho que la avise si te veo de nuevo... —dijo.

Liam tocó a Tobias y notó que era sólido.

—¿La vas a avisar? —preguntó.

—No lo sé —dijo Tobias—. ¿Es realmente Saturno o es uno de esos dispositivos con figuras que se mueven?

1919

Hannah estaba subiendo las escaleras para ir a la habitación de Tobias y oyó voces. Se quedó de piedra.

Tobias llamó a su madre, excitado.

Cuando Hannah entró en su dormitorio, su hijo estaba tumbado en la cama, con los ojos brillantes de excitación, y le contó la experiencia con el niño.

Hannah se quedó perpleja.

—¿Mamá? —Tobias pareció preocupado—. No estoy enfermo... He visto Saturno. Es azul, y tiene anillos.

Hannah se puso la mano en la base del cuello.

—¡No me crees! —exclamó su hijo.

—No sé qué creer, Tobias... Pero estoy segura de que no mientes...

—Me ha contado muchas cosas, ma. Que Saturno tiene lunas, como la tierra, cuatro en vez de una. Una de ellas está cubierta de hielo...

Hannah tragó saliva y preguntó:

—¿Qué más te ha contado?

—Que la gente tiene cajas en sus casas en las que ve todo tipo de historias, como las obras de teatro...

—Debes haber estado soñando, Tobias —dijo Hannah con pánico.

—No. He visto a Liam. He hablado con él. Me ha dicho que estaba en el año dos mil siete...

Mareada, Hannah abrazó a su hijo fuertemente.

—¡Déjame, mamá! Estoy bien...

Hannah lo soltó.

—¿Qué nos está ocurriendo? —susurró Hannah.

—Tengo que usar el orinal —dijo Tobias.

Hannah salió de la habitación lentamente,

como si estuviera sonámbula y tuvo que sentarse en la escalera para no caerse.

Cuando volvió, Doss todavía estaba allí.

—¿Qué sucede? ¿Tobias está bien?

—Sí...

Doss le rodeó los hombros, y ella sollozó
apoyada en su pecho, mientras sentía una mezcla de emociones además de alivio. Él la abrazó
hasta que notó que estaba más tranquila.

—¿Cómo estaba la viuda de Jessup? —preguntó Hannah cuando pudo hablar.

Presente

Aquella noche, Sierra invitó a Travis a cenar.
Le dijo que Liam se pondría muy contento si
cenaba con ellos.

—Vamos a comer espaguetis, el plato preferi-
do de Liam.

—Si quieres compensarme por haber estado a
punto de atropellarme, está bien, acepto... —bromeó Travis sonriendo.

—Queremos agradecerte tu ayuda...

—A tu servicio —le dijo él.

¿Había sido algo con doble sentido?, se preguntó Sierra.

No, era una tontería que pensara eso.

—Tengo vino también —comentó ella.

—Todo menos música —dijo él.

Liam estaba particularmente callado aquella noche. No comió demasiado y contó muy poco sobre su primer día de escuela.

Pidió que lo disculpasen y se marchó arriba murmurando una excusa.

—Debe estar enfermo —dijo Sierra.

—Déjalo que se marche —dijo Travis—. Liam se encuentra bien.

—Pero...

—El niño está bien, Sierra.

Terminaron de cenar y recogieron. Sierra puso el lavaplatos. Cuando se incorporó, Travis le agarró la mano y la detuvo. Encendió la radio que había en la encimera con la otra mano. Y se escuchó una música sensual.

Travis la estrechó en sus brazos y empezó a bailar lentamente con ella.

¿Por qué no se apartaba?, pensó Sierra.

Tal vez fuera el vino.

—Relájate —le dijo Travis con el aliento pegado a su cara.

Sierra se rió por los nervios, más que por humor.

¿Qué le ocurría? Se sentía atraída por él y Travis, evidentemente, por ella. Eran dos adultos. ¿Por qué no iba a disfrutar de un baile lento en la cocina de un rancho?

Porque el baile lento llevaba a otras cosas, sobre todo cuando había habido vino de por medio. Sierra dio un paso atrás y sintió el borde de la encimera. Travis, naturalmente, avanzó con ella, puesto que tenían las manos entrelazadas y él le rodeaba la cintura.

Era cuestión de física.

Y en aquel momento la besó.

Otra vez algo físico. Pero más complicado.

Ella sintió su cuerpo masculino contra el suyo en el lugar apropiado. Si Liam no hubiera estado arriba, y hubiera podido aparecer en cualquier momento, ella habría envuelto sus piernas alrededor de la cintura de Travis y lo habría besado.

—¡Jo! —exclamó ella cuando dejaron de besarse.

—Nadie me ha dicho algo así después de un beso —sonrió él.

—Va a suceder, ¿no? —se oyó suspirar Sierra.

—Sí —respondió él.

—Pero no esta noche.

—Probablemente, no —dijo Travis.

—¿Cuándo, entonces?

Él se rió, le dio un suave beso y contestó:

—Mañana por la mañana, después de que dejes a Liam en el colegio.

—¿No es un poco... pronto?

—No —Travis le acarició un pecho—. No tan pronto como quisiera yo.

Después de que se fuera Travis, Sierra se sintió idiota.

Fue a ver a Liam, que estaba totalmente dormido, y luego se duchó. Pero eso no la ayudó.

Se durmió a pesar de toda la excitación, pero se despertó pensando en Travis, en su beso, en su cuerpo...

Se levantó por la mañana y preparó el desayuno. Luego llevó a Liam al colegio.

Volvió directamente al rancho, aunque había pensado hacer tiempo en el pueblo para enfriarse un poco. Ni siquiera se molestó en aparcar bien el Blazer. Fue directamente a su trailer. Travis no contestó. Sierra deseó que estuviera. Deseó que se hubiera marchado...

De repente se abrió la puerta del trailer.

Él le sonrió.

—Entra... —dijo Travis.

—Esto es una locura —comentó Sierra.

Él empezó a desabrocharle el abrigo. Se lo quitó, agachó la cabeza para morder el lóbulo de su oreja y deslizó sus labios por su cuello.

Ella gimió.

—Dime algo para que vuelva a la racionalidad... Dime que esto es una tontería... Que no deberíamos hacerlo...

Él se rió.

—¿Estás bromeando? —le preguntó.

—No está bien... —dijo Sierra.

—Tómalo como una terapia...

Él echó el abrigo a un lado. Ella tembló.

—¿Para quién? ¿Para ti o para mí?

Él le abrió la blusa, desabrochó su sujetador por el cierre delantero, le tomó los pechos cuando quedaron en libertad...

—Oh, para los dos...

Sierra gimió otra vez. Él la sentó en el borde de la cama, se agachó para quitarle las botas y los calcetines. Luego la volvió a poner de pie y la desvistió, prenda a prenda. Probó sus pechos con sus labios y mientras, sorprendentemente, se fue quitando la ropa. Sierra estaba demasiado mareada, y demasiado excitada para darse cuenta de cómo lo había hecho.

Él la tumbó en la cama, suavemente, le puso dos cojines debajo del trasero, y se arrodilló entre sus piernas.

—¡Oh, Dios! ¿No irás a...?

Travis la besó desde la boca hasta el cuello.

—Claro... —respondió él, agarrando con la boca un pecho primero y luego el otro.

Luego se movió hacia abajo, besando la parte interna de sus muslos. Acomodó los cojines y la subió más.

Sierra gimió.

Travis apartó el nido de rizos húmedos y la acarició con la punta de la lengua. Ella se arqueó y gritó de placer.

Gimió y movió las caderas hacia él. Él deslizó sus manos por debajo de su trasero y la subió más. Ella iba a explotar de placer, pero quiso prolongar aquel momento. No tenía orgasmos todos los días. Quería disfrutar todo lo posible de aquella experiencia.

Él la hizo ascender hasta la cima del placer, y ella se convulsionó con la fuerza de su orgasmo, una, dos, tres veces... Hasta que se sacudió por última vez y, satisfecha, yació inerte.

Había terminado...

Pero no era verdad.

Antes de que ella tuviera tiempo, él le puso las piernas encima de sus hombros y separó sus rodillas y la acarició con la lengua hasta que la hizo llegar nuevamente. Ella se convulsionó en silencio, sacudida por las olas de placer.

Travis esperó a que abriera los ojos. Ella asintió.

Entonces él entró en ella con un profundo y lento empuje, sujetándose a un lado y a otro de sus hombros, mirándola a los ojos.

Ella empezó a ascender nuevamente. Murmuró su nombre. Se aferró a sus hombros. Él fue despacio; no aumentó su ritmo. Pero ella estaba cada vez más excitada.

La ola de placer llegó como un sunami, y cuando ella dejó de gritar y de moverse, entregándose, lo vio cerrar los ojos, echar la cabeza hacia atrás y dejarse ir.

Su poderoso cuerpo se tensó, y Sierra casi lloró al verlo perder el control.

Entonces Travis se tumbó a su lado y la abrazó. Le besó la sien y acarició sus pechos y su vientre.

—No vas a dormirte, ¿no? —preguntó Sierra.

—No —se rió él. Le acarició la espalda, los hombros y el trasero.

Ella hundió su cara en su cuello.

—¿Te has puesto...?

—Sí —dijo él.

—¡Me alegro! —se rió Sierra.

Él se movió debajo de ella.

—No podemos hacerlo otra vez.

—¿Qué apuestas a que sí? —Travis la puso encima de él a horcajadas.

Y ella lo sintió moverse dentro.

Él le agarró los pechos y se los succionó mientras se movía dentro de ella.

Y entonces el universo se disolvió para ellos...

XIV

Sierra se durmió acurrucada contra Travis. Éste los tapó. Él había estado con muchas mujeres, pero aquello era diferente. Sierra era diferente.

Había sido un hombre muerto hasta aquel momento, y su trailer había sido su ataúd. Rance había tenido razón cuando se lo había dicho. Sierra McKettrick, que probablemente, igual que él, no hubiera esperado de aquel encuentro más que un revolcón en el heno, lo había resucitado. Sierra había despertado todo lo que había en él.

La abrazó más fuertemente y pensó en Brody. Su hermano no volvería a hacer el amor, no tendría la oportunidad de conocer a una mujer como Sierra. No volvería a ver salir la luna, ni a oír correr el agua de un arroyo de montaña, ni a ver los fuegos artificiales de un Cuatro de Julio con un niño encima de sus hombros... Había tantas cosas que su hermano no iba a hacer...

El dolor de la pérdida era insoportable. Pensó que perder a su hermano sería lo peor que podría pasarle, pero ahora sabía que no lo era. Morir por dentro era fácil. Más duro era tener agallas para vivir.

Travis se movió.

Sierra suspiró, levantó la cabeza y lo miró.

Él tuvo la esperanza de que no hubiera notado la lágrima que le resbaló por la mejilla.

Si la había visto, Sierra tuvo la discreción de no decírselo.

—¿Qué hora es? –preguntó Sierra.

—Las doce y media –respondió él mirando el reloj que había en un estante encima de la cama.

—¿Estás bien? –preguntó ella.

—Sí.

—Esto no tiene por qué cambiar nada –razonó Sierra, un poco precipitadamente.

¿Lo quería convencer a él o quería convencerse ella misma?

—De acuerdo –respondió él.

Sierra se incorporó en la cama.

—Será mejor que vuelva a la casa... –dijo Sierra.

Él asintió. Ella también.

Se miraron un momento. Ambos dijeron que no sabían lo que había sucedido entre ellos.

—No creas que suelo acostarme con hombres a los que apenas conozco... —comentó ella.

—Lo creo, Sierra.

Había sido terriblemente apasionada, pero le parecía imposible que fuera siempre así. No había ser humano capaz de tanta energía. Sierra se estaba vistiendo sentada al borde de la cama.

—¿Travis? Fue bueno lo que hicimos, ¿no?

Travis le apretó suavemente la mano y respondió:

—Sí, claro...

Ella sonrió y se marchó.

Él notó su ausencia.

Se quedó tumbado con las manos por detrás de la cabeza, pensando en todas las cosas que tendría que hacer antes de marcharse definitivamente del Triple M.

Había sido una estúpida, pensó Sierra cuando entró en la casa. ¿Cómo se le había ocurrido arrojarse en brazos de Travis?

Se había acostado con dos hombres en su vida, y uno de ellos la había dejado embarazada... ¿Y si Travis le había mentido cuando le había dicho que había usado preservativo? ¿Y si estaba embarazada otra vez?

Sierra subió las escaleras y entró en el cuarto de baño. Le apetecía darse una ducha.

Cuando terminó de ducharse y cambiarse,

todavía le quedaba más de una hora para ir a recoger a Liam. Miraría las fotos del álbum.

Fue a buscarlo y se sentó con él en el regazo. Dentro del álbum encontró un pequeño libro de tapa azul. Ponía:

Mi nombre es Hannah McKettrick. Hoy es 19 de enero de 1919.

Sé que estás aquí, lo siento. Has movido la tetera y el álbum en el que he puesto este diario.

Por favor, no le hagáis daño a mi niño. Su nombre es Tobias. Tiene ocho años. Y lo es todo para mí.

Sierra se quedó petrificada. Había más, pero el shock fue tal que no pudo seguir.

¿Se estaba dirigiendo a ella aquella mujer, probablemente muerta hacía mucho tiempo?

Era imposible.

Pero también era imposible que las teteras se movieran solas, que los álbumes se cambiaran de sitio, que los pianos tocasen solos...

Y era imposible que Liam hubiera visto a un niño en su dormitorio.

Sierra tragó saliva, dirigió su mirada al diario otra vez. ¿Cómo era posible que estuviera ocurriendo aquello?

Contuvo la respiración y siguió leyendo:

Debo estar perdiendo la cabeza... Doss dice que debe ser por el dolor de la muerte de Gabe. No sé bien por qué estoy escribiendo esto, salvo por la esperanza de que tú me contestes. Es la única forma que se me ocurre para hablar contigo...

Sierra se levantó a buscar una pluma. Aquello era una locura. Pero no podía desoír lo que le pedía Hannah. Entonces escribió:

Mi nombre es Sierra McKettrick, y hoy es 20 de enero de 2007. Tengo un hijo también. Se llama Liam. Tiene siete años, y es asmático. Él es el centro de mi vida.

No tienes nada que temer de mí. No soy un fantasma, sólo una mujer de carne y hueso. Una madre, como tú.

Sonó el teléfono y Sierra se sobresaltó. Llamaban de la escuela. Sierra se asustó.

—Liam tiene dolor de estómago. Probablemente mañana ya esté mejor —le informaron.

—Iré enseguida.

Sierra cerró el diario de Hannah McKettrick y buscó las llaves del Blazer. Se subió al coche y condujo a toda velocidad hacia Indian Rock.

Encontró a Liam solo en la sala de primeros auxilios del colegio.

—Me duele el estómago, mamá. Creo que voy a volver a vomitar...

Sierra fue hacia él. El niño se giró a un lado y vomitó, manchándole los zapatos.

—Lo siento...

—No te preocupes.

Sierra lo abrazó y tranquilizó. Luego le limpió la cara con un pañuelo de papel.

Apareció la enfermera del colegio con el abrigo de vaquero de Liam.

—¡No quiero ponérmelo! ¿Y si lo mancho? —dijo Liam, preocupado.

—Podemos envolverlo en un par de mantas —dijo la enfermera del colegio—. La ayudaré a meterlo en el coche. Este abrigo es muy importante para Liam, tan importante que aun enfermo quería ir a buscarlo... —dijo la mujer.

Sierra y la enfermera envolvieron a Liam en una manta y lo metieron en el coche.

—Gracias —dijo Sierra.

La mujer sonrió.

—Me llamo Susan Yarnia. Si necesita algo, puede llamarme aquí o a casa. El nombre de mi marido es Joe, y estamos en la guía.

Sierra asintió, agarró el abrigo y la mochila de su hijo y se sentó en el coche.

—¿Cree que debería llevarlo al médico? —preguntó Sierra.

—Eso es decisión suya. Hay un virus por ahí y me da la sensación de que a Liam se lo habrán contagiado otros niños. Yo lo llevaría a casa y le haría beber mucho líquido...

Sierra asintió, dio las gracias a la mujer y se marchó.

—¿Y si vomito en el coche de tía Meg?

—Lo limpiaré —respondió Sierra.

—Esto es horrible... Cuando se lo cuente a Tobias...

«Tobias», recordó Sierra.

—¿Quién es Tobias? —preguntó Sierra.

—El niño que aparece en mi habitación. Ya te he dicho que lo veo a veces...

—Sí, pero no me has contado que has tenido una conversación con él...

—Pensé que ibas a asustarte... O que ibas a decir que estoy enfermo... —dijo Liam.

—Anoche ya estabas enfermo... Por eso estabas tan callado...

—Estaba callado porque pensaba que encontraría a Tobias en mi habitación.

—¿Y te daba miedo?

—No.

En aquel momento, Liam pareció estar mareado otra vez.

Sierra paró el coche, y el niño volvió a ensuciarle los zapatos. Cuando terminó, su madre se limpió las botas.

Estaba oscureciendo cuando llegó al rancho. Travis estaba en casa, porque había luz en su trailer. Antes de que Sierra hubiera parado el motor del coche, él apareció en el garaje.

—He vomitado por todo el colegio —le dijo Liam a Travis bajando la ventanilla—. Mis compañeros se burlarán de mí...

—Excelente —dijo Travis con admiración—. ¿Necesitas ayuda para entrar? ¿Ayuda de un vaquero a un vaquero?

—Sí... Aunque podría hacerlo solo... —dijo el niño.

—Por supuesto... Pero tal vez puedas ayudarme a mí, entonces. Estoy un poco débil...

—Tú eres demasiado grande para llevarte, Travis —dijo Liam.

Travis lo levantó en brazos y lo llevó dentro.

—Hace mucho frío aquí —comentó Liam cuando entraron.

—No hay nada como un buen fuego para calentar una casa...

—¿Podemos dormir otra vez aquí? —preguntó Liam.

—No —respondió Sierra.

Travis la miró de lado y sonrió mientras encendía el fuego. Sierra se estremeció.

—¿Está mal el horno otra vez? —preguntó Sierra.

—Probablemente.

—Deberíamos dormir todos aquí —insistió Liam.

Travis se rió.

—Si hay camas, hay que usarlas... —dijo Travis.

—¿Tenías necesidad de decir eso? —murmuró Sierra tratando de que no la oyera Liam.

—No. Pero ha sido divertido...

—Basta...

—No.

—¡Eh! ¿Qué estáis diciendo? ¿Guardáis algún secreto?

—No —respondió Travis.

La cocina empezó a calentarse, pero ella no sabía si era por el fuego o por la corriente que corría entre ellos.

—¡Ojalá Travis fuera mi papá! —dijo Liam.

Sierra se reprimió unas lágrimas de emoción y ternura.

—Bueno, pero no lo es, cariño... Es mejor que te hagas a la idea, ¿de acuerdo?

—Vale...

Sierra se acercó a él y lo despeinó en un gesto cariñoso.

—¿Crees que podrías comer algo? ¿Un caldo de pollo? —preguntó Sierra a su hijo.

—Sí. Y quiero que durmamos en la cocina. Hace frío, estoy enfermo y puedo pillar una pulmonía en mi habitación.

Sierra fue hasta el armario de la porcelana. Tomó el álbum de fotos y lo abrió. El diario de Hannah estaba como lo había dejado.

¿Qué esperaba? ¿Una respuesta?

Sí.

—Va a hacer mucho frío arriba —dijo Liam.

—Te haré una cama aquí en el suelo hasta que se caldee tu habitación —dijo Travis a Liam mirando a Sierra.

Liam saltó de alegría.

—¿Y mamá y tú? —preguntó Liam, muy serio.

—Nos aguantaremos...

Travis y Sierra le fabricaron una cama con cojines y mantas.

—¿Te quedas a cenar, Travis? —preguntó Liam.

—¿Estoy invitado? —preguntó él mirando a Sierra.

—Sí —respondió ella después de un suspiro profundo.

Liam gritó nuevamente de alegría.

Sierra preparó sandwiches de queso y calentó espaguetis de lata, pero cuando sirvió la cena, Liam estaba profundamente dormido.

Travis estaba sentado en una banqueta. Señaló en dirección a Liam y dijo:

—Yo que tú, empezaría a buscarle una plaza en la Facultad de Derecho, porque este niño conseguirá estar en la Corte Suprema de Justicia antes de que llegue a los treinta años.

XV

1919

Las manos de Hannah temblaron levemente al levantar la cubierta del álbum familiar. Tomaron el diario que había dentro. Contuvo la respiración y lo abrió.

Sólo estaban sus palabras.

Ella era una mujer práctica y sabía que no debía haber esperado otra cosa. Los espíritus, si existían, no escribían en diarios.

No obstante, sintió una gran decepción.

—¿Hannah?

Hannah levantó la mirada y vio a Doss al pie de las escaleras. Había estado trabajando en el granero.

—Tobias está peor.

Hannah sintió un nudo en la garganta.

—Voy a ir al pueblo a buscar un médico —le dijo Doss.

—Podemos envolverlo en mantas y...

Doss le puso las manos en los hombros.

—No. El niño está demasiado mal para eso.

—¿Y si el médico no puede venir?

—Vendrá. Quédate con Tobias. Intenta por todos los medios que no se vaya el fuego. Volveré cuanto antes.

Hannah asintió, ansiosa por estar con su hijo, pero también deseando aferrarse a Doss, pedirle que no se fuera, decirle que se arreglarían de algún modo. Pero que no se marchase, porque algo terrible ocurriría si lo hacía.

—Ve con él —repitió Doss quitando las manos de sus hombros.

Ella perdió estabilidad, como si la hubiera estado sujetando. Entonces se puso de puntillas y le dio un beso suave en la boca.

—Ten cuidado, Doss... Vuelve sano y salvo.

Doss la miró profundamente a los ojos un momento, como si pudiera ver secretos que ella guardaba hasta para sí. Luego asintió y fue hacia la puerta. Hannah lo vio ponerse el abrigo y el sombrero.

Tobias tenía la camisa sudada, le temblaban los labios y castañeteaban los dientes. Ardía de fiebre.

Pero ella no podía dejarse llevar por el pánico. Tenía que hacer de madre, y una madre no podía dejarse abatir.

Hannah se arremangó y bajó a calentar agua. Puso todos los cubos y cazos que tenía a calentar con agua. Puso la bañera que guardaba en la despensa en medio de la habitación y la llenó. Era como si una fuerza interior le diera las órdenes de lo que tenía que hacer. Una Hannah más lúcida actuaba en su lugar y le daba las indicaciones.

Una hora más tarde, cuando consiguió calentar el agua necesaria para llenar la bañera, Tobias casi estaba delirando. Lo llevó a la cocina como pudo y lo desnudó para meterlo en la bañera. Lo bañó tratando de tranquilizarlo.

—Te pondrás bien, Tobias. Cuando venga la primavera podrás montar tu potrillo y nadar en el estanque... Tendrás ese perro que quieres... Puedes elegirlo tú, y si quieres, puede dormir en tu habitación, a los pies de tu cama, si te apetece... Desde ahora puedes llamar «papá» a tu tío Doss. En la época de la cosecha habrá un nuevo bebé en la casa... Un hermano o una hermana... Puedes elegir tú su nombre...

Tobias tembló de frío metido en un agua tan caliente que no habría podido soportar en otro momento.

Hannah lo secó, le puso una camisa de dormir limpia y lo llevó arriba. Lo acostó en la cama doble mientras cambiaba las sábanas y mantas de la suya.

Se pasó toda la mañana y toda la tarde atendiendo a su niño, poniéndole un paño húmedo frío en la frente, tomando sus manos y diciéndole que su papá había ido al pueblo a buscar al médico, y que no se preocupase porque se pondría bien.

Todos estarían bien.

En algún momento de lucidez, Tobias dijo:

—Liam está enfermo también. Quiero estar con Liam... —hizo una pausa y agregó, preocupado—: ¿Dónde está papá? ¿Está bien?

—Sí, cariño, papá está bien.

Anocheció y Doss no regresó.

Hannah puso más leña al fuego. Se abrigó y atravesó el patio lleno de nieve para dar de comer a los pollos. El viento le calaba los huesos y casi no podía mover los dedos por el frío.

¿Dónde estaba Doss? ¿Dónde?

Cuando volvió de alimentar a las gallinas se había hecho de noche y se oyó un trueno.

Hannah sintió pánico, pero esta vez no tenía nada que ver con la enfermedad de Tobias.

Volvió a la casa y encendió la luz, como si con aquello pudiera invocar la presencia de Doss. Con un tiempo así sería peligroso viajar hasta para un hombre tan experimentado como él. Debería haber estado de vuelta ya, a no ser, ¡Dios lo quisiera!, que hubiera decidido quedarse en el pueblo hasta que pasara la tormenta.

—¿Mamá, estás ahí? —preguntó Tobias.

—Sí, estoy aquí. Ahora mismo voy a prepararte la cena...

—¡Sube, ma, ahora mismo! ¡El niño está aquí!

Al oírlo, Hannah dejó caer al suelo el abrigo que se estaba quitando, y corrió a la habitación de Tobias.

—No lo veo —dijo.

En aquel momento el cielo pareció partirse en dos con un tremendo trueno. Hannah se puso las manos en los oídos. El suelo tembló bajo sus pies, y los cristales de las ventanas se estremecieron. La luz de la habitación parpadeó. Ella sabía que era un relámpago de nieve, pero parecía sobrenatural de todos modos, y por un solo e increíble momento, vio a otro niño en la cama, en lugar de a Tobias. Y a una mujer de pie al otro lado, mirándola, con la misma expresión de sorpresa que Hannah.

En el espacio de un segundo, el incidente había pasado por completo.

—¿Los has visto? —preguntó Tobias, desesperadamente, agarrándole la mano—. ¿Ma, los has visto?

—Sí —susurró Hannah y se arrodilló al lado de la cama de Tobias, incapaz de quedarse de pie un solo instante más. Tobias había dicho «los has visto». El niño había visto a la mujer también—. ¡Sí, Dios santo, los he visto!

—La señora llevaba pantalones, ma —dijo Tobias, sorprendido.

Hannah se levantó y con manos temblorosas encendió la lámpara de la mesilla de Tobias con una cerilla.

—Cuéntame qué más has visto, Tobias —le dijo.

—Tenía el pelo castaño, corto. Y nos ha visto, mamá... Estoy tan seguro como que nosotros la hemos visto.

Hannah asintió.

—¿Qué significa eso, ma?

—Ojalá lo supiera —respondió Hannah.

Presente

Sierra estaba inmóvil junto a la cama de Liam.

¿Qué acababa de ver?

Un relámpago. Y una mujer vestida con una ropa de otra época, de pie al otro lado de la cama de Liam.

¿Sería Hannah?

—¿Qué sucede, mamá? —preguntó Liam, soñoliento.

Había protestado un poco cuando lo había levantado de su improvisada cama en la cocina y lo había llevado a su cama.

—¿Mamá?

—Hablaremos de ello por la mañana.

—¿Puedo dormir contigo?

Sierra tragó saliva. Hacía horas que Travis se había marchado a su trailer. Ella se había quedado abajo, en el estudio, para ponerse al día con sus correos electrónicos. Había hecho cualquier cosa menos abrir el álbum de la familia.

La casa parecía vacía, y, a la vez, demasiado llena para sentirse cómoda.

—Dormiré aquí contigo... —dijo Sierra finalmente.

Se puso un pijama, se lavó los dientes y volvió a la habitación de Liam.

El niño estaba dormido. Se acostó a su lado y fijó los ojos en la oscuridad, hasta que por fin se durmió.

1919

Mientras el sobrino del doctor Wilaby preparaba sus cosas, Doss decidió ir a la iglesia que había en la esquina.

Hacía mucho que no iba a la iglesia. Pero aquella vez tenía que hablar con Dios sobre Tobias.

Los caballos habían hecho bastante bien el viaje, pero en un momento dado se habían negado a seguir, y luego, al cruzar el arroyo el trineo se le había dado vuelta con la tormenta y lo había dejado tirado, mojado y congelado del frío, y lo habían tenido que ayudar los peones del rancho de Rafe. Le habían llevado ropa seca y un poco de whisky y habían desenterrado el trineo de la nieve.

Doss se lo había agradecido y luego se había pasado buena parte del viaje tratando de presionar a los caballos para que se movieran. Al final había tenido que amenazarlos con un látigo para que lo hicieran. Y cuando por fin había podido llegar a casa del médico, había sabido que los caballos estaban extenuados, y que no lo llevarían de regreso al rancho, así que decidió alquilar otros caballos en la caballeriza.

—Hannah no puede perder a ese niño... —dijo Doss frente al altar—. Te llevaste a Gabe, y con eso ha tenido bastante, si quieres que te sea sincero... Lo que quiero decirte es que, si tienes que llevarte a alguien, es mejor que sea yo, y no Tobias. Tiene sólo ocho años y le queda toda la vida... Yo no sé cómo funcionan las cosas allí arriba, pero si hay ganado, yo podría serte útil... Pero no te lo lleves a él.... Amén.

Doss apagó la vela que había encendido y salió.

El doctor Willaby estaba de pie, junto a la puerta de la iglesia, apoyado en su bastón, preparado para un largo y duro viaje al Triple M.

—Tienes que decírselo a Hannah —dijo el hombre mayor.

—¿El qué?

—Que la amas tanto que serías capaz de morir para que ella no perdiera a su hijo...

Doss oyó el ruido de un coche de caballos en el frente.

—Nadie necesita saberlo además de Dios —dijo Doss y bajó su sombrero—. ¿Qué está haciendo aquí, doctor, de todos modos? ¿Además de oír conversaciones privadas?

El médico sonrió.

—Voy a ir contigo al rancho. Y será mejor que nos demos prisa, si ese niño está tan enfermo como dices.

—¿Y su sobrino?

—No resistiría el viaje —dijo el doctor—. Mi maleta está en la entrada de mi casa... Y te agradecería que me ayudes a subir al coche para que salgamos cuanto antes.

Doss se sintió aliviado y disgustado a la vez. El viejo médico había atendido toda la vida a los McKettrick y a otros muchos. Estaría enfermo, pero no había nadie que conociera mejor su profesión.

—Vamos —dijo Doss—. Pero no se queje de las malas condiciones del viaje. No tengo ni tiempo ni ganas de mimarlo...

El médico se rió, aunque sus ojos estaban serios.

—Eres igual que tu abuelo. Duro como una lechuza hervida, y con el corazón del tamaño del estado de Arizona... —dijo el hombre.

No fue fácil subir al médico al coche de caballos, pero finalmente lo logró.

Doss subió al coche y agarró las riendas. Caín y Abel pasarían la noche en un establo, descansando y comiendo, Doss se alegraba por ellos.

Cuando el médico y él estaban casi en el rancho, los sorprendió un relámpago.

Los caballos se encabritaron, y el coche se deslizó por el camino de hielo y volcó de lado. Doss oyó al médico gritar, y sintió que él volaba por el aire.

Al parecer, Dios había aceptado su oferta. Iba a morir, pero Tobias seguiría vivo.

Alguien dio unos golpes en la puerta trasera.

—No puede ser papá —dijo Tobias—. Él no llamaría, entraría directamente.

—Sh... Quédate aquí.

Hannah bajó deprisa. Se quedó helada al ver al viejo doctor Willaby, caminando cojo hasta el umbral de la casa.

—Ha habido un accidente, allí abajo, al pie de la colina. Doss está herido.

Hannah llevó al hombre hasta una silla.

—¿Se encuentra bien? —preguntó.

El médico reflexionó un momento y luego asintió.

—No te preocupes por mí, Hannah. Se trata de Doss. Está inconsciente.

Hannah se dio prisa en ir a la despensa y sacar la botella de whisky. Se lo ofreció al doctor, luego se puso el abrigo de Gabe y tomó el farol.

—Será mejor que te lleves esto también —dijo el médico, dándole la botella de whisky.

Hannah la metió en el bolsillo de su abrigo. No le gustaba la idea de dejar al hombre y a Tobias solos, pero tenía que llegar hasta Doss.

Se levantó el cuello del abrigo y salió por la puerta trasera.

Con la lámpara en una mano y la soga del ronzal en la otra, Hannah salió con el caballo. Pronto encontró a dos de los caballos que había perdido Doss y siguió su rastro hasta un coche volcado en la oscuridad.

—¡Doss! —gritó varias veces.

Lo encontró tirado, con la cara contra la nieve, a cierta distancia del coche.

Se arrodilló y dejó el farol a un lado.

—Doss —susurró.

Él no se movió.

Hannah puso su mejilla contra su boca y sintió su respiración.

Unas lágrimas de alivio se deslizaron por su mejilla. Las borró enseguida.

—Doss... —repitió.

Él abrió los ojos.

—¿Qué estás haciendo aquí? —preguntó.

—He venido a buscarte, tonto —respondió Hannah.

—No estás muerta, ¿verdad?

—Por supuesto que no —dijo ella, sollozando—. Y tú, milagrosamente, tampoco... ¿Puedes moverte?

Doss pestañeó, intentó moverse buscando su sombrero.

—¿Dónde está el médico? Tobias...

—Tobias está bien. Y el doctor está en casa, curándose. Es un milagro también que el viejo Willaby haya podido llegar hasta allí, en ese estado...

Doss sonrió, y Hannah se llenó de alegría, aunque le habría pegado por ello. ¿No sabía que casi se había muerto? ¿Que había estado a punto de dejarla sola embarazada de su hijo?

—Me alegro de que el médico esté bien... Tengo que decirte algo, Hannah...

—¿Decirme qué? Hace cada vez más frío, y el viento está aumentando. ¿Puedes ponerte de pie? El pobre Seesaw tendrá que llevarnos a casa en su lomo a los dos, pero creo que podrá hacerlo.

—Hannah —Doss puso las manos en sus hombros—. Te amo.

Hannah pestañeó, sorprendida.

—Estás delirando, Doss...

—Te amo —repitió. Se puso de pie, y tiró el farol involuntariamente—. Te amo desde el día en que te conocí.

Ella lo miró.

—No sé lo que sientes por mí, Hannah. Sería maravilloso que sintieras lo mismo que yo, pero si no es así, tal vez puedas aprender a quererme...

—No tengo que aprender... —dijo ella—. Después de sufrir la tortura de no saber qué te había pasado, he salido a buscarte en medio de esta terrible tormenta, ¿no? ¡Por supuesto que te amo!

Doss la besó. Ella sintió un calor de los pies a la cabeza.

—Desde ahora seré un verdadero marido para ti —le dijo, e hizo un gesto hacia Hannah.

Ella lo abrazó.

—Vayamos a casa —dijo Doss.

Estaba muy oscura la noche, pero la vieja Seesaw conocía el camino a casa, y fue pacientemente en esa dirección.

Presente

Sierra se despertó al día siguiente y descubrió que Liam no estaba en la cama.

Oyó voces abajo. Travis dijo algo y Liam se rió. El sonido fue como una inyección de sol. Luego oyó una tercera voz, de mujer.

Sierra bajó descalza rápidamente.

Travis y Liam estaban sentados a la mesa leyendo las tiras del periódico. Una mujer rubia y delgada, vestida con unos vaqueros y una sudadera rosa estaba al lado de la encimera.

—¿Meg? —preguntó Sierra.

Había visto la foto de su hermana, pero no estaba preparada para la mujer real.

—Hola, Sierra —dijo—. Espero que no te moleste que haya venido sin avisarte, pero no he podido esperar más, así que aquí estoy.

Travis se levantó, puso una mano en el hombro de Liam y sin decir nada se lo llevó, probablemente al estudio.

—Es verdad lo que dice mamá... —dijo Meg—. Eres muy guapa, y Liam también.

Sierra no podía hablar.

—¿Por qué no te sientas? Estás muy pálida...

Sierra se sentó.

—¿Cuándo... Cuándo has llegado? —preguntó Sierra.

—Anoche —contestó Meg y sirvió una taza de café para Sierra—. Espero no interrumpir nada.

—¿Interrumpir?

Meg la miró con ojos pícaros.

—Hay algo entre Travis y tú. Lo intuyo...

—La cuestión es... Si hay algo entre tú y Travis.

—No —respondió Meg—. Hemos querido enamorarnos, pero no hemos podido.

—No hablo de enamorarse...

«¿No?», se preguntó Sierra.

Meg sonrió.

—¿Te refieres a sexo? No llegamos ni a eso. Cada vez que intentábamos besarnos, acabábamos riéndonos tanto que no podíamos hacerlo.

Sierra se sintió aliviada.

—Es una pena que Travis se marche. Ahora

tendremos que buscar a otra persona que se ocupe de los caballos... Y no será fácil —dijo Meg.

Sierra sintió un nudo en el estómago.

—¿Travis se marcha?

Meg dejó la taza en la mesa.

—¡Oh, Dios! ¿No lo sabías?

—No.

Pero no iba a llorar. ¿Quién lo necesitaba? Ella tenía a Liam. Tenía una familia, un hogar y un fideicomiso de dos millones de dólares.

Entonces, ¿por qué sentía ganas de llorar?

XVI

1919

De madrugada, Hannah fue al granero. Además de a sus animales, había que atender a los caballos de alquiler.

Hannah sonrió y los metió en un establo con un cubo de agua y un poco de grano.

Estaba ordeñando a la vieja vaca Earleen cuando Doss apareció. Estaba herido, pero no estaba tan mal como podía haber estado por el golpe que había sufrido. Habían compartido la cama la noche anterior, pero ambos habían estado demasiado agotados como para hacer el amor. El médico se había quedado a dormir en la habitación de más que tenían.

—Vete a casa, si quieres, Hannah —dijo Doss—. Este trabajo lo tengo que hacer yo.

—De acuerdo. Recoge los huevos y la mantequilla del cobertizo... Creo que el doctor va a levantarse con mucha hambre...

Doss caminó cojeando un poco. Hannah lo observó.

—Lo que te dije anoche es verdad: te amo, Hannah. Pero si realmente quieres marcharte a Montana con tu familia, no me opondré. Sé lo duro que es vivir en el rancho...

Hannah sintió un nudo en la garganta.

—Lo es, y no me importaría pasar los inviernos en el pueblo, pero no voy a marcharme a Montana si tú no vienes conmigo.

Doss se apoyó en una viga que sujetaba el techo del granero.

—Gabe lo sabía... —dijo.

—¿El qué?

—Lo que yo sentía por ti. Te he amado desde el primer día. Él se dio cuenta sin que yo se lo dijera. ¿Y sabes qué me dijo?

—No.

—Que no tenía que sentirme mal por ello, porque era fácil amarte.

Unas lágrimas corrieron por la mejilla de Hannah.

—Era un buen hombre.

—Sí. Antes de morir me pidió que cuidase de ti y de Tobias. Quizás se imaginaba, incluso entonces, que tú y yo terminaríamos juntos.

—No me sorprendería —respondió Hannah.

Su amado Gabe... ¡Lo había amado tanto! Pero ya no estaba y dondequiera que estuviese querría que Tobias y ella siguieran adelante con sus vidas...

—Lo que quiero decir... —Doss agarró su sombrero y lo giró con un dedo—. Es que comprendo lo que Gabe significó para ti. Puedes decirlo claramente. No me pondré celoso...

Hannah se puso de pie rápidamente, rodeó a Doss con sus brazos y no intentó ocultar sus lágrimas.

—Tú eres tan buen hombre como Gabe. Que no se te olvide.

Doss le sonrió.

—Te construiré una casa en el pueblo, Hannah —dijo—. Pasaremos los inviernos allí, así podrás ver a tu familia y Tobias podrá ir al colegio sin tener que hacer kilómetros montando a caballo. ¿Te apetecería?

—Sí —dijo Hannah—. Pero me quedaría en este rancho toda la vida, si tuviera que hacerlo para estar contigo.

Doss la besó rodeando su cintura.

—Ve a terminar de preparar el desayuno, señora McKettrick. Yo terminaré aquí.

Hannah tragó saliva y asintió.

—Te amo, Doss.

Él la miró con picardía.

—Cuando se marche el médico, voy a hacerte el amor como es debido.

Hannah se puso colorada.

—¿Cuándo se marcha? —preguntó

Presente

Travis estaba cargando cosas en su camioneta. Meg se había ido a algún sitio en su coche.

Sierra esperó todo lo que pudo. No sabía cómo le iba a explicar aquello a Liam, que estaba en la cama con un virus. Ni ella lo entendía.

Miró el álbum de fotos para entretenerse, y se encontró con una foto grande de Angus McKettrick, el patriarca del clan. Parecía mirarla y decirle: «Sé una McKettrick».

Pero ella no sabía cómo se hacía eso. Vio la respuesta en los ojos de Angus: «Una McKettrick se aferra a un trozo de suelo y echa raíces. Ser una McKettrick significa pelear apasionadamente por lo que se ama, y despegarse cuando es necesario...»

Sierra vio las fotos de toda la familia, hasta que llegó a Doss y a Gabe, rubios y jóvenes. Estaba la foto de la boda, donde Gabe posaba orgulloso con Hannah.

Hannah, la mujer con la que inexplicablemente había compartido la casa. La mujer que había visto en la habitación de Liam la noche anterior, cuidando a su niño enfermo mientras ella cuidaba el suyo.

—¿Mamá?

Sierra vio a Liam al pie de las escaleras.

—Hola —le dijo ella.

—Travis está recogiendo sus cosas. Me parece que se va o algo así.

El corazón de Sierra se rompió en pedazos. Fue hacia el niño.

—Estaba aquí temporalmente... —le explicó.

—No puede irse. ¿Quién va a hacer el fuego? ¿Quién nos llevará al consultorio si me pongo enfermo?

—Eso puedo hacerlo yo, Liam. Vale, el fuego no..., pero...

—Creí que a lo mejor... —balbuceó Liam.

En aquel momento se abrió la puerta trasera. Era Travis.

—¡Si vienes a despedirte, no lo hagas! ¡No me importa que te marches! —Liam subió la escalera corriendo.

—Se ha encariñado contigo... —dijo Sierra.

—Sé que todo esto es un poco precipitado...

—Es tu vida... —dijo ella, manteniéndose a distancia—. Nos has ayudado mucho, y te estamos agradecidos...

Se oyó un ruido arriba, como si se hubiera roto algo.

Sierra cerró los ojos.

—Subiré a hablar con él —dijo Travis.

—No. Déjalo tranquilo, por favor —intercedió ella.

Hubo otro ruido.

Sierra buscó el inhalador en la mochila de Liam.

—Tengo que ir a calmarlo. Gracias por... todo. Adiós...

—Sierra...

—Adiós, Travis.

Sierra se dio la vuelta y subió las escaleras.

Liam había roto su nuevo telescopio y el reproductor de DVD. Estaba de pie en medio del destrozo, temblando y con los ojos llenos de lágrimas.

Sierra tomó los zapatos de Liam y fue hacia él.

—Ponte los zapatos. Vas a cortarte si no lo haces.

—¿Se ha...ido?

—Supongo.

—¿Por qué? ¿Por qué se tiene que marchar? —lloró el niño.

—No lo sé, cariño —contestó Sierra.

—¡Dile que se quede!

—No puedo, Liam.

—Sí, puedes. Sólo que no quieres. ¡No quieres que tenga un papá!

—¡Basta, Liam!

El niño obedeció, poniéndose el inhalador entre sollozos.

—Haz que se quede... —repitió.

—Liam... —repitió ella.

De pronto oyó el motor de la camioneta de Travis. Sierra salió corriendo sin abrigo y fue en su dirección.

Travis estaba dando marcha atrás. Bajó la ventanilla.

—Espera —le dijo ella.

No sabía qué decir.

Travis abrió la puerta del vehículo, se bajó y le puso su abrigo. La envolvió con la prenda sin decir nada, y se quedó de pie, mirándola.

—Pensé que lo nuestro había significado algo —dijo por fin Sierra—. Me refiero a cuando hicimos el amor...

Travis le agarró la barbilla.

—Créeme, fue así —respondió.

—Entonces, ¿por qué te marchas?

—Porque me pareció que no había nada más que hacer. Tú estabas ocupada con Liam, y me dejaste muy claro que no teníamos nada que hablar.

—No es verdad, Travis. ¡Yo no soy... una chica de los rodeos con la que puedes tener sexo y olvidarte de ella!

—¿Te importa si entramos para hablar? Hace mucho frío, y estoy sin abrigo... —dijo él.

Sierra se dio la vuelta y caminó hacia la casa.

Dentro se quitó el abrigo de Travis, le señaló la mesa y empezó a preparar café.

—Sierra, deja el café y conversemos...

—No es que esperase que nos casáramos o algo así, somos dos adultos... Pero lo menos que podías hacer es avisarnos con antelación...

—Cuando Brody murió, yo morí también... Me aparté de todo, de mi casa, de mi trabajo, de todo... Luego te conocí... Y cuando... ocurrió eso entre nosotros, me di cuenta de que se había terminado el juego. Sentí que tenía que empezar de nuevo, continuar con mi vida...

Sierra se quedó muda.

—Es muy pronto para decirlo... Pero ayer me ocurrió algo, algo que no comprendo... —dijo Travis—. No puedo volver a vivir un solo día más como si fuera un muerto viviente. He llamado a Eve para preguntarle si podía recuperar mi puesto en su empresa. Trabajaré en Indian Rock, en McKettrickCo, con Keegan. Mientras tanto tengo que vender mi casa de Flagstaff y guardar mis cosas. Pero no tardaré en estar frente a tu puerta, con la intención de conquistarte.

—¿Qué estás diciendo?

Liam, que debía haber estado escuchando, bajó corriendo.

—¿No te das cuenta, mamá? ¡Está enamorado de ti!

—Es cierto —dijo Travis—. Sólo que se lo iba a decir gradualmente.

Sierra estaba aturdida. No comprendía nada.

—Dale una oportunidad, mamá.

Sierra acalló al niño.

—¿Tengo alguna posibilidad, McKettrick? —preguntó Travis.

—Sí, claro... —dijo ella.

—Si vas a trabajar en el pueblo, deberías venirte a vivir aquí... —comentó Liam.

Travis lo alzó en brazos.

—Es un buen plan. Pero creo que tu madre necesita un poco más de tiempo.

—¿No te vas a marchar? —preguntó el niño.

—No. Tengo que hacer algunas cosas en Flagstaff. Luego volveré.

—¿Vas a vivir aquí, en el rancho? —preguntó Liam.

—Todavía, no, vaquero. Esto es muy importante. ¿Comprendes?

Liam asintió solemnemente.

—Bien. Y ahora sube a tu habitación para que pueda besar a tu madre a solas...

—He roto el reproductor de DVD. ¿Estás enfadado?

—Eres tú quien se ha quedado sin tu reproductor de DVD. ¿Por qué voy a estar enfadado?

—Lo siento, Travis —dijo Liam.

Travis lo perdonó y el niño salió corriendo a su habitación.

—¿Estás segura de que está enfermo? —comentó Travis al verlo con semejante energía.

Sierra se rió.

—Bésame, vaquero —respondió.

1919

El médico se había quedado tres días enteros con ellos. Pero aquella mañana lo había ido a buscar el dueño del alquiler de caballos con dos hombres montados en los caballos de Doss.

Hannah le agradeció al médico el haber salvado la vida de Doss.

—Ahora Doss y tú podréis dejar de comportaros como una vieja pareja y disfrutar de vuestra vida de recién casados —dijo el hombre.

Hannah se puso roja.

Después de que se fuera el doctor Willaby y de hacer las tareas de todos los días, Hannah decidió escribir algo sobre Doss, Tobias y ella en el diario. Un día escribiría también que había llegado el bebé. Estaba tan inmersa en sus pensamientos y en la esperanza de su futuro que pasaron unos momentos hasta que se dio cuenta de que había otra letra debajo de la de ella en el diario:

Mi nombre es Sierra McKettrick, y hoy es 20 de enero de 2007. Yo también tengo un hijo. Se llama Liam. Tiene siete años y es asmático. Él es el centro de mi vida. No tienes que temer nada de mí. No soy un fantasma, sólo una mujer de carne y hueso. Una madre como tú.

No podía ser, pensó Hannah. Pero era.

La mujer que había visto aquel día era una McKettrick que vivía en el futuro. Aquélla era la prueba, aunque no se lo diría a cualquiera. Tocó la hoja y notó que la tinta era diferente a la que había empleado ella.

Se abrió la puerta y apareció Doss. Se quitó el sombrero y el abrigo. Hannah apretó el diario contra su pecho.

¿Debía contárselo a Doss?

—¿Hannah? —Doss parecía preocupado.

—Ven a ver esto —dijo ella.

Doss se agachó a su lado y lo vio.

—Es muy extraño —dijo.

—¿Me crees si te digo que he visto a esa mujer y a su niño?

—Si tú lo dices... Será así. La vida es muy misteriosa... ¿Tobias está dormido? —preguntó cambiando de tema.

—Sí —dijo ella.

Doss le quitó el diario y la puso de pie.

—Creo que hemos esperado mucho tiempo, ¿no crees? —le dijo.

Horas más tarde, después de hacer el amor con Doss, Hannah, satisfecha y amada, bajó a la cocina otra vez.

Sonrió y se puso a escribir.

Presente

Travis estaba acostado en la cama de Sierra. Ella estaba incorporada a su lado, acariciando su espalda.

Meg se había marchado con Liam después de recoger sus cosas y algunas del niño.

—Necesitáis estar solos —había dicho.

Habían aprovechado muy bien el tiempo, pensó Sierra mirando a Travis. Habían hablado mucho, habían hecho el amor interminablemente...

Sierra encendió la luz y tomó el diario de Hannah de la mesilla. Lo abrió y se quedó con la boca abierta.

Debajo de lo que había escrito ella, ponía:

Es agradable saber que hay otra mujer en la casa, aunque no pueda verte u oírte todo el tiempo. Debemos ser de la familia puesto que nuestro apellido es el mismo. Tal vez tú seas descendiente nuestro, de Doss y de mí. Le he dicho a mi hijo, Tobias, que tu nombre es Sierra. Me ha dicho que es bonito, y que quiere que el bebé se llame así si es una niña...

Los ojos de Sierra se llenaron de lágrimas de asombro. Se levantó de la cama y bajó, encendiendo las luces a su paso. Tenía el álbum fuera del armario y miró sus páginas.

Travis fue tras ella.

—¿Qué sucede? —preguntó.

En medio del álbum encontró una foto antigua en la que estaba el pequeño que había visto Liam, con Hannah y un bebé con un traje largo de encaje. Debajo de la foto, Hannah estaba puesto el nombre de Tobias y el del bebé: Sierra Elizabeth McKettrick.

Sierra se llevó la mano a la boca.

—Sierra...

—Mira esto... —señaló la foto con un dedo—. ¿Qué ves?

—Una vieja foto con dos niños.

—Mira el nombre del bebé.

—Sierra. Tal vez te pusieran el nombre por ella.

—Creo que ha sido a ella a quien le pusieron el nombre por mí.

—¿Cómo es posible?

Sierra hizo sentar a Travis y leer el diario.

—¿Cómo es posible que te hayas comunicado con una mujer de hace un siglo? —dijo Travis, incrédulo.

—Tú lo dijiste cuando llegué al rancho. En esta casa ocurren cosas extrañas.

—Esto es más que extraño... ¿Vas a contárselo a alguien más?

—A mi madre y a Meg. A Liam también, dentro de unos años.

—También me lo has contado a mí, Sierra... Debes confiar en mí...

—Sí, debo confiar mucho en ti...

—¿Podemos volver a la cama ya? —preguntó Travis.

Ella cerró el álbum y guardó el diario de Hannah dentro de él.

—¡Te echo una carrera! —gritó Sierra y corrió por las escaleras.

MELODÍA PARA DOS

LINDA LAEL MILLER

I

Brad O'Ballivan abrió la puerta de la camioneta, metió la funda de su guitarra, se dio la vuelta para despedirse con un gesto del piloto y la tripulación del avión privado al que esperaba no volverse a subir jamás.

Una helada ráfaga de viento otoñal recorrió el claro sacudiendo la marchita hierba y Brad se levantó el cuello de la chaqueta vaquera y se caló un poco más el sombrero. Estaba en casa.

Algo dentro de él vibraba cuando se encontraba en las tierras altas de Arizona y, especialmente, en el rancho Stone Creek, como un diapasón bien afinado. Era una sensación especial que no había experimentado nunca en su mansión de Nashville, ni en su villa de México, ni en ninguna de sus otras guaridas en las que había colgado el sombrero a lo largo de los años desde que había empezado a recorrer el mundo cantando para ganarse la vida.

Miro con una sonrisa irónica cómo el avión se perdía en el cielo. Su retirada del mundo de la música country a los treinta y cinco años, en pleno éxito, había sido un auténtico terremoto mediático. Había vendido el avión y las grandes casas, así como la mayor parte de lo que había dentro de ellas y regalado el resto, excepto la guitarra y la ropa que llevaba puesta. Y sabía que nunca se arrepentiría.

Había terminado con esa vida. Y una vez que un O'Ballivan terminaba con algo, era algo definitivo.

Estaba a punto de subirse a la camioneta y dirigirse a la casa del rancho cuando vio un abollado todoterreno gris abriéndose camino con dificultad por la dura pista que no se había arreglado nunca desde que era un camino de carretas.

Se caló el sombrero y esperó, en parte ansioso y en parte resignado.

El viejo Chevy se detuvo a unos centímetros de la puntera de sus botas dejando tras de sí una nube de polvo rojizo. Su hermana Olivia salió del vehículo y de dirigió hacia él.

—Has vuelto —dijo Olivia sorprendida.

La mayor de las tres hermanas pequeñas de

Brad, de veintinueve años, no le había perdonado nunca que se hubiera marchado de casa. Y mucho menos que se hubiera hecho famoso. Era pequeña, con el pelo oscuro y brillante y ojos del color de unos vaqueros nuevos. Olivia trabajaba en una clínica veterinaria en la ciudad más cercana a Stone Creek, estaba especializada en animales de gran tamaño y Brad sabía que se pasaba la mayor parte de la jornada de trabajo en cualquier cobertizo, o en medio del campo, con un brazo metido en un lugar oscuro, dándole la vuelta a cualquier potro o ternero que viniera torcido.

—Yo también estoy encantado de verte, doctora —respondió Brad con sequedad.

Con un pequeño grito de exasperación, Olivia saltó con las suelas de las desgastadas botas y le pasó los dos brazos por el cuello, tirándole el sombrero en el proceso. Lo abrazó con fuerza y cuando se echó para atrás, había lágrimas en sus mejillas sucias.

—Si esto es alguna clase de montaje publicitario —dijo Livie una vez que se hubo rehecho un poco—, no te lo perdonaré nunca —se agachó a por el sombrero y se lo dio.

Era orgullosa. Le había dejado que le pagara su carrera, pero le había devuelto todos los demás cheques con una anotación de *NO, GRACIAS* escrita en gruesas letras mayúsculas.

Brad lanzó el sobrero encima de la funda de la guitarra.

—No es ningún montaje —replicó—. He vuelto de verdad, «dispuesto a hacerme cargo de todo», como solía decir Big John.

La mención de su abuelo provocó entre los dos un silencio no del todo cómodo. Brad se encontraba de gira cuando había muerto el viejo de un infarto seis meses atrás, y apenas había conseguido llegar al funeral. Lo peor había sido que había tenido que marcharse nada más acabar el servicio religioso para dar en Chicago un concierto del que se habían vendido todas las entradas. La gran cantidad de dinero que había enviado a casa durante esos años no conseguía aliviar su sensación de culpabilidad.

«¿Cuánto dinero es bastante? ¿Cuánto más famoso tienes que ser?», le había preguntado Big John cientos de veces. «Vuelve a casa, maldita sea. Te necesito. Tus hermanas te necesitan. Y, bien lo sabe Dios, Stone Creek te necesita».

Brad se pasó una mano por el pelo y suspiró mientras miraba los campos a su alrededor.

—¿Ese viejo garañón sigue corriendo libre por ahí o han conseguido hacerse con él los lobos y el alambre de púas? —preguntó buscando desesperadamente cambiar de tema mientras los recuerdos de su abuelo lo golpeaban.

—Vemos a Ransom de vez en cuando —contestó ella y luego añadió con un gesto de preocupación—. Siempre lejos, en el horizonte, manteniendo las distancias.

Brad apoyó una mano en el hombro de su hermana. Se había sentido fascinada por ese garañón salvaje desde que era pequeña. La primera vez que había sido visto había sido a finales del siglo XIX y lo habían llamado King's Ransom. El animal era negro y brillante como la tinta y tan esquivo que algunas personas mantenían que no era de carne y hueso, sino un espíritu. El mito se había mantenido tanto tiempo que se había hecho realidad. Hasta los menos crédulos sostenían que Ransom era parte de una larga estirpe de garañones que descendían de aquel misterioso señor.

—Están intentando atraparlo —dijo ella con las lágrimas brillándole en los ojos—. Quieren meterlo en un corral. Sacarle muestras de ADN. Usarlo de semental para poder vender sus hijos.

—¿Quién está intentando atraparlo? —preguntó Brad.

Hacía frío, tenía hambre y poner los pies en la vieja casa del rancho en la que ya no estaba Big John era algo por lo que tenía que pasar.

—Da lo mismo —dijo Livie encajando la mandíbula—. No te interesaría.

No tenía sentido discutir con Olivia cuando tenía ese gesto y esa mirada.

—Gracias por dejarme aquí la camioneta —dijo Brad—. Y por venir a recibirme.

—Yo no he traído la camioneta —respondió Livie—. La trajeron Ashley y Melissa. Seguramente ahora mismo estarán en casa colgando cadenetas y carteles de bienvenida. Yo me he acercado sólo porque he visto el avión y he pensado que sería cualquier estrella de cine acosando a los ciervos.

Con una pierna dentro de la camioneta y dispuesto a sentarse en el sitio del conductor, Brad preguntó con una media sonrisa:

—¿Es eso un problema por aquí? ¿Estrellas de cine acosando ciervos desde aviones?

—En Montana sucede continuamente —insistió Livie.

Olivia tenía la misma opinión sobre las motos de nieve y cualquier otra clase de vehículo que circulara fuera de la carretera.

Brad le tocó la punta de la nariz con un dedo.

—Esto no es Montana. ¿Nos vemos en casa?

—En otra ocasión —dijo Livie sin ceder un milímetro—. Cuando se haya acabado la fiesta.

Brad hizo un sonido de protesta. No estaba preparado para fiestas, ni ninguna otra clase de celebración que Ashley y Melissa, sus hermanas gemelas, hubieran preparado en honor a su retorno... pero tampoco podía herir sus sentimientos.

—Dime que no están planeando ninguna fiesta —rogó.

Livie cedió, pero sólo un poco. Sonrió ligeramente.

—Tienes suerte, señor Grammy. Hay una fiesta por el inminente nacimiento de un bebé McKettrick en Indian Rock mientras hablamos y prácticamente todo el condado está allí.

El nombre McKettrick desasosegaba más a Brad que la perspectiva de una fiesta.

—Meg no... —murmuró y después se ruborizó al darse cuenta de que había hablado en voz alta.

La sonrisa de Livie se intensificó y sacudió la cabeza

—Meg ha vuelto a Indian Rock y sigue soltera —aseguró—. Es su hermana Sierra la que está embarazada.

En un infructuoso intento de ocultar su alivio al oír la noticia, Brad cerró la puerta de la camioneta y arrancó el motor. Livie se despidió con la mano, se metió en el todoterreno y desapareció entre una nube de polvo. Brad se quedó sentado para tranquilizarse un poco.

—¡Vete a rondar a otra! —susurró Meg McKettrick al vaquero fantasma que estaba lánguidamente sentado en el asiento del acompañante de su coche mientras conducía de camino a la casa nueva de Sierra, a las afuera de Indian Rock.

A los dos lados de la carretera los coches se amontonaban y si no encontraba pronto un sitio donde aparcar no llegaría a la fiesta.

—Prueba con Keegan, o con Jesé, o Rance...
¡con cualquiera menos conmigo!

—A ellos no les hace falta que les ronden
—dijo él suavemente.

No se parecía nada al rostro de facciones
marcadas y pelo blanco de las fotos. No, Angus
McKettrick era un hombre guapo de hombros
anchos y grueso pelo castaño dorado. Tenía los
ojos color azul intenso.

Todavía ruborizada, Meg descubrió un espacio
entre un Lexus y una pequeña furgoneta, deslizó
su coche en el hueco y apagó el motor. Salió del
vehículo, abrió la puerta trasera y sacó un paquete
envuelto con papel de regalo del asiento trasero.

—Tengo noticias para ti —farfulló—. ¡Yo tampoco necesito que me ronden!

Angus, que le pareció a Meg más real que
nadie que hubiera conocido nunca, salió del coche, se quedó de pie y respondió

—Eso es lo que dices —dijo casi con un bostezo—. Todos están casados, manteniendo el apellido McKettrick.

—Gracias por recordármelo —dijo Meg con
un tono que solía reservar para las grandes dis-
cusiones con su abuelo.

Agarró fuerte el regalo que llevaba para el bebé
de Sierra y Travis y cerró las puertas del coche.

—En mis tiempos —dijo Angus tranquilamente—, ya serías una solterona.

—¿Hola? —dijo Meg sin mover los labios. A lo

largo de los muchos años de relación con Angus, había conseguido ser ventrílocua—. Estos no
son tus tiempos, son los míos. El siglo XXI. Las
mujeres no se definen en función de si están ca-
sadas o no —hizo una pausa para recuperar el
aliento—. Tengo una idea: ¿por qué no esperas en
el coche? O mejor, vete a dar un paseo por ahí.

Angus se mantuvo al lado de ella mientras
cruzaba la calle con sus botas eternamente llenas
de barro. Como siempre, llevaba un abrigo largó
de paño encima de una camisa de algodón y
unos pantalones vaqueros. A la altura del bolsillo
derecho se apreciaba el bulto del Colt del cuarenta y cinco que siempre llevaba a mano. Llevaba sombrero sólo cuando amenazaba lluvia, así
que dado que ese día de primeros de octubre era
bastante templado, llevaba la cabeza descubierta.

—El problema debe de ser tu irascible carácter —murmuró Angus—. Eres como un cactus.
Una mujer debe tener un poco de picante, pero
tú te has puesto de más.

Meg lo ignoró mientras subían las escaleras y
llamaban al timbre. «Aquí llega tu decimonove-
na canastilla amarilla», pensó deseando haber
elegido un sonajero o algo así. Si Sierra y Travis
sabían el sexo del bebé, no lo habían dicho, lo
que había hecho más difícil de lo normal comprar los regalos.

Se abrió la puerta y Eve, la madre de Meg y
Sierra, apareció de pie con el ceño fruncido.

—Ya era hora —dijo tirando de Meg, luego en un susurro preguntó—. ¿Está él contigo?

—Por supuesto que lo está —respondió Meg mientras su madre miraba por encima del hombro buscando a Angus—. No se pierde nunca un evento familiar.

Eve cuadró los hombros.

—Llegáis tarde —dijo—. Sierra estará aquí en un minuto.

—No creo que sea una sorpresa, mamá —dijo Meg poniendo su regalo junto a una montaña de otros de un tamaño sospechosamente parecido—. Debe de haber cien coches aparcados ahí fuera.

Eve cerró la puerta y, antes de que Meg se pudiera quitar el chaquetón azul marino, la agarró firmemente del hombro—. Has perdido peso —acusó—. Y tienes ojeras. ¿No duermes bien?

—Estoy bien —insistió Meg.

Y estaba bien... para ser una solterona.

Angus, que no se iba a dejar intimidar por una puerta cerrada, se materializó justo detrás de Eve y miró a la muchedumbre lleno de placer. Aquello estaba lleno de McKettrick y sus esposas y maridos. Meg sintió que se le cerraba el estómago.

—Tonterías —dijo Eve—. Si no te hubieras marchado, podrías haberte pasado el día en casa sin hacer nada.

Era verdad, pero con una madre como Eve McKettrick, Meg no podía haber hecho otra cosa que marcharse.

—Estoy aquí —dijo Meg—. Dame un respiro, ¿vale?

Se quitó el abrigo, se lo dio a su madre y se incluyó en el corro más cercano que encontró. Meg, que había pasado todos los veranos de su infancia en Indian Rock, no reconoció a ninguna de las mujeres que formaban el grupo.

—Está en todos los periódicos —dijo una mujer alta y delgada cargada de joyas—. Brad O'Ballivan está de nuevo en rehabilitación.

Meg se quedó sin respiración al oír el nombre y casi se le cayó la taza de ponche que alguien le había puesto entre las manos.

—Tonterías —respondió otra mujer—. La semana pasada la misma prensa decía que lo habían abducido los extraterrestres.

—Es lo bastante guapo para tener fans en otros planetas —apuntó una tercera.

Meg trató de escapar del círculo, pero se había cerrado en torno a ella. Se sentía mareada.

—Mi prima Evelyn trabaja en la oficina de correos en Stone Creek —dijo otra mujer con autoridad—. Según ella, el correo de Brad ha sido redirigido al rancho familiar a las afueras de la ciudad. No está en rehabilitación y no está en otro planeta. Está en casa. Evelyn dice que van a tener que construir un segundo cobertizo para almacenar todas sus cartas.

Meg sonrió rígida. De pronto la primera mujer se fijó en ella.

—¿Tú solías salir con Brad, verdad, Meg?

—Eso... eso fue hace mucho tiempo —dijo Meg con todo el desparpajo que pudo, consciente de que estaba a punto de sufrir un ataque de pánico—. Éramos críos. Cosas del verano... —frenética calculó la distancia entre Indian Rock y Stone Creek, no más de sesenta kilómetros. No lo bastante lejos.

—Seguro que Meg ha salido con un montón de famosos —dijo otras de las mujeres—. Trabajando para McKettrick Co como lo hizo y viajando todo el tiempo en el avión de la empresa...

—Brad no era famoso cuando yo lo conocí —dijo Meg débilmente.

—Debes de echar de menos tu antigua vida —comentó alguien más.

Aunque era verdad que Meg estaba teniendo algunos problemas en pasar de un ritmo acelerado a uno mucho más tranquilo desde que el holding familiar había salido a bolsa hacía unos meses y su trabajo como vicepresidenta ejecutiva se había acabado, no echaba de menos las reuniones ni las jornadas de sesenta horas semanales. El dinero tampoco era un problema: tenía un fondo de fideicomiso además de una buena cartera de inversiones personales más gruesa que la guía telefónica de Los Ángeles.

Un revuelo en la puerta principal la salvó de seguir siendo interrogada.

Sierra entró. Parecía desconcertada.

—¡Sorpresa! —gritó la multitud al unísono.

«La sorpresa es para mí», pensó sombría Meg. «Brad ha vuelto».

Brad puso en marcha la camioneta y condujo hasta el pie de la colina donde se bifurcaba la carretera. Giraba a la izquierda y estaría en casa en cinco minutos, giraba a la derecha e iría a Indian Rock. No se le había perdido nada en Indian Rock. No tenía nada que decirle a Meg McKettrick y si nunca volvía a poner los ojos en esa mujer, dos semanas pasarían muy pronto.

Giró a la derecha. No hubiera podido decir por qué. Simplemente condujo.

En un momento dado, necesitó ruido: encendió la radio de la camioneta y giró el dial hasta que encontró una emisora de country. Una grabación de su propia voz llenó la cabina desde todos los altavoces. Había escrito aquella balada para Meg. Apagó la radio.

Casi simultáneamente, su teléfono móvil vibró en el bolsillo de su chaqueta. Consideró la posibilidad de ignorarlo: había un buen número de personas con las que no quería hablar, pero ¿y si era una de sus hermanas? ¿Y si necesitaban ayuda?

Abrió el teléfono sin desviar la mirada de la sinuosa carretera para ver quién llamaba.

—O'Ballivan —dijo.

—¿Has recuperado el juicio ya? —preguntó su representante, Phil Meadowbrook—. ¿Tengo que volver a decirte cuánto dinero ofrece esa gente de Las Vegas? Quieren construirte tu propia sala de conciertos, por Dios. Son tres años de...

—¿Phil? —interrumpió Brad.

—Di que sí —rogó Phil.

—Me he retirado.

—Tienes treinta y cinco años —arguyó Phil—. ¡Nadie se retira a los treinta y cinco!

—Ya hemos tenido esta conversación, Phil.

—¡No cuelgues!

Brad, que había estado a punto de apagar el teléfono, suspiró.

—¿Qué demonios vas a hacer en Stone Creek, Arizona? —preguntó Phil—. ¿Ser ganadero? ¿Cantarle a tu caballo? Piensa en el dinero, Brad. Piensa en las mujeres que te lanzan a los pies su ropa interior...

—Me ha costado mucho conseguir que esa imagen desaparezca de mi cabeza —dijo Brad—. Gracias por recordármela.

—De acuerdo, olvida lo de la ropa interior —se replegó Phil—. ¡Pero piensa en el dinero!

—Ya tengo más de lo que necesito, Phil. Y tú también, así que ahórrame lo de que tus nietos son niños sin hogar que rebuscan entre la basura detrás de los supermercados.

—¿Ya he usado eso contigo? —preguntó Phil.

—Oh, sí —respondió Brad.

—¿Qué estás haciendo ahora mismo?

—Me dirijo al Dixie Dog Drive-In.

—¿Qué?

—Adiós, Phil.

—¿Qué vas a hacer en el Dixie ese que no puedas hacer en el Music City? ¿O en Vegas?

—No lo entenderías —dijo Brad—. Y no te lo puedo reprochar, porque ni siquiera yo lo entiendo realmente.

Volver a los días en que Meg y él se encontraban en el Dixie Dog por un acuerdo tácito cuando alguno había estado lejos, había sido algo puramente intuitivo. Supuso que quería hacer la prueba de si todavía funcionaba... Y no pensaba explicarle todo eso a Phil.

—Mira —dijo Phil buscando otro argumento—, no puedo dar largas siempre a esa gente del casino. Ahora estás en la cresta, pero eso no va a ser siempre así. Tengo que decirles algo...

—Diles «no, gracias» —sugirió Brad y esa vez sí colgó.

Phil, por ser Phil, llamó un par de veces más antes de desistir.

Mientras atravesaba paisajes conocidos, Brad pensó que debería dar la vuelta. Los viejos tiempos habían pasado. Las cosas entre Meg y él habían terminado de mala manera y ella no estaría en el Dixie Dog.

Siguió conduciendo. Pasó al lado del cartel

de *Bienvenido a Indian Rock* y el Roadhouse, un popular bar restaurante de camioneros, turistas y población local. Se alegró de ver que seguía abierto. Entró en la calle principal, sonrió al pasar ante la peluquería de Cora y dio un salto al ver al lado una librería. Eso era nuevo. Frunció el ceño. Las cosas cambiaban. Los sitios cambiaban. ¿Qué pasaba si también había cerrado el Dixie? ¿Y qué demonios importaba eso?

Brad se pasó una mano por el pelo. A lo mejor Phil y todos los demás tenían razón: a lo mejor estaba loco por rechazar la propuesta de Las Vegas. A lo mejor terminaba sentado en un establo cantando una serenata a los caballos.

Giró y allí estaba el Dixie Dog, aún abierto. Había unos pocos coches alineados en la explanada y otros pocos en el aparcamiento.

Brad se detuvo en una de las plazas al lado de un altavoz y bajó la ventanilla.

—Bienvenido al Dixie Dog —dijo la voz de una joven—. ¿Qué desea?

Brad no lo había pensado, pero se moría de hambre. Miró el menú luminoso que había bajo el altavoz y dijo:

—Un Dixie Dog con chile y cebolla.

—Ahora mismo —fue la alegre respuesta—. ¿Algo de beber?

—Un batido de chocolate —decidió Brad—. Extragrande.

Volvió a sonar el móvil. Lo ignoró.

La chica le dio las gracias y le llevó la comida subida en unos patines, cinco minutos después.

Cuando se acercó a la ventanilla del conductor, sus ojos se abrieron de par en par al reconocerlo, y se le cayó la bandeja con la comida. Brad juró en silencio.

La chica, delgada y con demasiado maquillaje, de inmediato empezó a lloriquear.

—¡Lo siento! —gimió intentando recoger las cosas.

—Está bien —respondió Brad con tranquilidad asomándose y consiguiendo ver el nombre en la tarjeta que llevaba colgada—. Está bien, Mandy. No ha pasado nada.

—Le traeré otro perrito y otro batido, señor O'Ballivan.

—¿Mandy?

—¿Sí? —respondió mirándolo entre las lágrimas que le habían desdibujado el maquillaje.

—Cuando entres dentro ¿puedes no decir que me has visto?

—¡Pero usted es Brad O'Ballivan!

—Sí —respondió reprimiendo un suspiro—. Lo sé.

Se quedó mirándolo de pie, con la bandeja con los restos sujeta con las dos manos y meciéndose ligeramente encima de los patines.

—Conocerlo ha sido lo más importante que me ha pasado en toda mi vida. ¡No creo que pueda mantenerlo en secreto!

Brad dejó caer la cabeza en el respaldo del asiento y cerró los ojos.

—No es para siempre, Mandy —dijo—. Sólo el tiempo necesario para que me pueda comer mi Dixie Dog.

—No tendría una foto con su firma para mí, ¿verdad?

—Aquí no —respondió Brad.

—Me puede firmar esta servilleta —dijo Mandy—. Sólo está un poco manchada de chocolate en una esquina.

Brad tomó la servilleta y el bolígrafo que le tendía la chica, garabateó su nombre y le devolvió las dos cosas.

—Ahora, podré decirle a mis nietos que estampé su comida contra el pavimento en el Dixie Dog y que ésta es la prueba —dijo Mandy sacudiendo la servilleta en el aire.

—Imagina —dijo Brad con una ligera ironía.

—No diré a nadie que lo he visto hasta que se haya marchado —dijo Mandy resuelta—. Creo que podré resistir todo ese tiempo.

—Eso está bien —dijo Brad.

La chica volvió a la entrada del establecimiento. Brad esperó, maravillado de que no se le hubiera ocurrido considerar que sucederían incidentes como ése cuando volviera a casa.

Mandy volvió y esa vez le entregó la bandeja sin problemas.

—¡No he dicho nada! —susurró—, pero Heather y Darlene me han preguntado por qué tenía todo el maquillaje corrido —dejó la bandeja en el borde de la ventanilla.

Brad fue a pagar, pero Mandy negó con la cabeza.

—El jefe ha dicho que invita la casa porque he tirado la primera bandeja.

—De acuerdo —dijo con una sonrisa—. Muchas gracias.

Mandy se marchó y Brad iba a empezar a comer cuando un Blazer rojo brillante se detuvo a su lado. La puerta del conductor se abrió y golpeó contra el altavoz e inmediatamente alguien salió del vehículo.

Al momento, Meg McKettrick estaba de pie prácticamente encima de la camioneta con sus resplandecientes ojos azules.

—Supongo que, después de todo, no te has olvidado de mí —dijo Brad con una sonrisa.

II

Después de que Sierra hubo abierto todos los regalos y se hubiera servido el bizcocho y el ponche, Meg experimentó esa antigua y familiar sensación en el centro del pecho y se marchó directa al Dixie Dog Drive In. Pero una vez allí, de pie al lado de una camioneta y casi nariz contra nariz con Brad O'Ballivan, no sabía qué hacer... o decir.

Angus le dio un empujón desde atrás y ella se resistió.

—Di algo —la animó su antepasado muerto.

—Mantente al margen de esto —respondió ella sin pensarlo.

La sorpresa llenó el bonito rostro de Brad:

—¿Qué?

—Da lo mismo —dijo Meg y dio un paso atrás.

Brad sonrió

—Ha funcionado... —dijo él saliendo de la camioneta para quedarse de pie frente a Meg tras rodear la bandeja.

—¿Qué ha funcionado? —preguntó Meg, aunque casi lo sabía.

La risa brilló en los azules ojos de Brad junto a una considerable cantidad de dolor y ni siquiera se molestó en contestar.

—¿Qué haces aquí? —preguntó ella.

Brad extendió las manos. Unas manos que una vez habían recorrido el cuerpo de Meg con la misma habilidad que habían tocado una guitarra. Oh, sí, Brad sabía cómo hacer vibrar las cuerdas.

—Es un país libre —dijo él—. ¿O finalmente Indian Rock se ha independizado de la Unión con la casa del rancho Triple M como sede del gobierno?

Aunque sintió un enorme deseo de meterse en el coche y salir quemando las ruedas del aparcamiento, Meg siguió allí de pie con la barbilla levantada. «Los McKettrick», se dijo, «no huyen».

—He oído que estabas en rehabilitación —dijo ella.

—Eso no es más que un chisme malintencionado —replicó Brad despreocupado.

—¿Y las dos ex esposas y el escándalo con la actriz?

—Desafortunadamente —dijo con un sonrisa— no puedo negar lo de las dos ex esposas, pero sobre la actriz... bueno, depende de qué versión decidas creer, la suya o la mía. ¿Has seguido mi carrera, Meg McKettrick?

Meg se ruborizó.

—Dile la verdad —aconsejó Angus—. Nunca lo has olvidado.

—No —dijo Meg dirigiéndose tanto a Brad como a Angus.

Brad no pareció muy convencido. Era lo bastante egocéntrico como para pensar que habría visitado su página web regularmente, comprado todos sus discos y leído cada artículo que se hubiera publicado sobre él. Cosa que ella había hecho, pero ése no era el asunto.

—Sigues siendo la mujer más bonita en la que he puesto mis ojos —dijo él—. Eso no ha cambiado.

—No soy miembro de tu club de fans, O'Ballivan —informó Meg—. Así que ahórrate la adulación.

—No adulo a nadie —dijo sonriendo aunque con una mirada triste—. Supongo que será mejor que vuelva a Stone Creek.

Algo en su tono picó la curiosidad de Meg.

—Me entristeció mucho enterarme de la muerte de Big John —dijo ella.

—Gracias.

Una chica montada en unos patines se acercó a recoger la bandeja de la ventanilla de la camioneta de Brad.

—Podría haber dicho algo a Heather y Darleen —confesó la adolescente después de una mirada curiosa a Meg— sobre quién eres, el autógrafo y todo eso.

Brad murmuró algo. La chica se alejó patinando.

—Tengo que irme —dijo Brad mirando en dirección al edificio donde un montón de rostros se aplastaban contra el cristal de la puerta. En un minuto habría una estampida—. Supongo que no podremos cenar juntos o algo así... ¿Mañana por la noche? Hay... bueno, hay algunas cosas que me gustaría decirte.

—Dile que sí —dijo Angus.

—No creo que sea una buena idea —dijo Meg.

—Una copa, ¿entonces? Hay una tasca en Stone Creek....

—No seas tan mojigata —la regañó Angus.

—No soy mojigata.

Brad frunció el ceño y lanzó otra mirada de preocupación hacia el edificio y todos aquellos rostros sonrientes.

—Nunca he dicho que lo fueras —respondió.

—No... —Meg hizo una pausa y se mordió el labio inferior. «No estaba hablando contigo, no señor. Estaba hablando con el fantasma de Angus McKettrick»–. De acuerdo –accedió–. Supongo que una copa no me hará daño.

Brad se subió a su camioneta. Las puertas del Dixie Dog cedieron y una horda de admiradores corrió hacia él gritando de alegría.

–¡Vete! –gritó Meg.

–Mañana a las seis de la tarde –le recordó él.

Hizo un quiebro con la camioneta para evitar la masa de admiradores y salió disparado del aparcamiento. Meg se volvió a los decepcionados fans.

–Brad O'Ballivan –dijo en tono diplomático– ha abandonado el recinto.

Nadie rió el chiste.

El sol se ponía cuando Brad llegó a la cima de la última colina y vio el rancho Stone Creek por primera vez desde el funeral de su abuelo. El arroyo azul plateado atravesaba la finca. El cobertizo y la casa principal, levantados por Sam O'Ballivan con sus propias manos y mantenidos por todas las generaciones siguientes, se mantenían de pie tan robustos e imponentes como siempre. Una vez había habido dos casas en la finca, pero la que pertenecía al comandante John Blackstone, el primer propietario, hacía mucho tiempo que había sido derribada. En ese momento, en el lugar donde había vivido el comandante, un grupo de robles se alzaban rodeados de unas pocas tumbas antiguas.

Big John estaba enterrado allí por una dispensa especial del gobierno del estado de Arizona.

Brad sintió un nudo en la garganta. «Tienes que encargarte de que me entierren junto a los veteranos, no en el cementerio de la ciudad», le había dicho una vez Big John. Le había costado bastante, pero Brad lo había conseguido.

Quiso ir derecho al lugar donde su abuelo descansaba, presentarle sus respetos, pero había un puñado de coches aparcados frente a la casa del rancho. Sus hermanas estaban esperando para darle la bienvenida. Brad parpadeó un par de veces, se frotó los ojos y se dirigió a la casa.

Meg condujo despacio de vuelta a Triple M, pasó de largo frente a la casa principal del rancho, los antiguos dominios de Angus, con la vana esperanza de que éste decidiera quedarse por allí a rondar a alguien en lugar de a ella y se dirigió a la casa del hijo mayor de Angus, Holt, y su nuera Lorelei, el lugar que en ese momento era el hogar de Meg.

Mientras cruzaban el puente sobre el riachuelo, Angus estudió la bien mantenida estructura de troncos.

Keegan, quien ocupaba en ese momento la

casa principal junto a su esposa, Molly, su hija, Devon y su hijo pequeño, Lucas, podía reconstruir su linaje hasta Kade, otro de los cuatro hijos de Angus.

Rance, junto a sus hijas, eran la progenie de Rafe. Él y las chicas y su prometida, Emma, vivían en el enorme y rústico edificio que se encontraba al otro lado del riachuelo.

Finalmente estaba Jesse. Era descendiente de Jeb y vivía, cuando no estaba fuera participando en un rodeo o en un torneo de póquer, en la casa que Jeb había construido para su esposa, Chole, en lo alto de una colina en la sección sur occidental del rancho. Jesse estaba felizmente casado con una chica de la ciudad, Cheyenne Bridges, quien, como Molly y Emma, estaba esperando un bebé.

Todo el mundo, pensaba Meg, esperaba un hijo. Excepto ella, por supuesto.

Se mordió el labio inferior.

—Apuesto a que podrías quedarte embarazada de ese vaquero cantante —dijo Angus—. Haría de ti una mujer de verdad.

Angus tenía una habilidad especial para estar en la misma longitud de onda que Meg. Aunque juraba que no podía leerle el pensamiento, ella lo dudaba en muchas ocasiones.

—Una gran idea —se burló Meg—. Y para tu información, ya soy una mujer de verdad.

Keegan, que salía del cobertizo justo cuando

pasaba Meg, sonrió y saludó con la mano. Ella respondió haciendo sonar el claxon del coche.

—Se parece a Kade —dijo Angus—. Jesse se parece a Jeb y Rance a Rafe —suspiró—. Me hace sentir nostalgia de mis chicos.

Meg sintió una repentina compasión por Angus. Le había echado a perder un montón de citas, pero lo quería.

—¿Por qué no puedes estar donde están ellos? —preguntó con suavidad—. Sea donde sea.

—He tenido que venir a verte —respondió—. Eres la última que se resiste.

Le preguntó sobre el más allá, pero lo único que le dijo fue que no existía la muerte, que era simplemente un cambio de perspectiva. El tiempo no era lineal, sino simultáneo. Todo sucedía a la vez: pasado, presente y futuro. Algunas de las experiencias de las mujeres de su familia, incluyéndola a ella misma o a Sierra, en la casa de Holt, concedían cierta credibilidad a la teoría.

Sierra afirmaba que antes de su boda con Travis y la subsiguiente mudanza a una nueva mansión en la ciudad, ella y su hijo, Liam, habían compartido la vieja casa con una generación anterior de McKettrick: Doss y Hannah y un niño pequeño llamado Tobias. Sierra había mostrado periódicos y álbumes de fotografías como prueba, y Meg había tenido que admitir que su hermana había resultado convincente.

Aun así, a pesar de que ella había estado acompañada por un benevolente fantasma desde que era pequeña, en la cabeza de Meg dominaba el hemisferio izquierdo.

—Mira —dijo Meg a Angus—, cuando era pequeña y Sierra desapareció y mamá la buscaba tan frenéticamente que no podía ocuparse de mí, realmente te necesitaba, pero ya soy una mujer adulta, Angus. Soy independiente, tengo una vida.

—Ese Hank Breslin —dijo él —no fue bueno para Eve. Tampoco lo fue tu padre. Cada vez que el hombre adecuado aparecía, ella estaba tan ocupada siendo complaciente con el que no le convenía, que ni siquiera se daba cuenta que tenía delante al bueno.

Hank Breslin era el padre de Sierra. Había raptado a Sierra, que sólo tenía dos años, cuando Eve le había presentado los papeles del divorcio, y se la había llevado a México. Por diversas razones, Eve no había conseguido recuperar el contacto con su hija perdida hasta hacía poco. El padre de Meg, del que poco sabía, había muerto en un accidente un mes antes de que ella naciera. Nadie quería hablar de él... hasta su nombre era un misterio.

—¿Y crees que cometeré los mismos errores de mi madre? —preguntó Meg.

—Diablos —dijo Angus con una sonrisa reacia—, ahora mismo, hasta un error sería un avance.

—Con todos los respetos —respondió Meg—. Tenerte al lado constantemente no hace muy fácil tener un romance.

Empezaron a subir a la colina en dirección a la casa que en ese momento les pertenecía a Sierra y a ella. Meg siempre había amado aquella casa, siempre había sido un refugio para ella. Al mirar atrás se preguntaba por qué, dado que Eve raramente la había acompañado en aquellas visitas veraniegas, ya que solía dejar a su hija a cargo de cuidadoras y, después, de tíos y tías.

El secuestro de Sierra había sido algo traumático, pero los problemas que Eve había desarrollado después como consecuencia, también habían influido en Meg. Aunque no había estado sola de niña, principalmente gracias a Angus.

—Desapareceré mañana por la noche cuando vayas a Stone Creek a tomar esa copa —dijo Angus.

—Brad te gusta.

—Desde siempre. También Travis. Por supuesto, sabía que era para tu hermana...

Meg y el marido de Sierra eran viejos amigos. Habían intentado llegar a algo juntos, pero no había funcionado. Ver a Travis y a Sierra completamente felices, era una alegría para Meg.

—No te hagas muchas ilusiones —dijo ella—. Quiero decir sobre Brad y yo.

Angus no respondió.

—Debes de haber conocido a los O'Ballivan —reflexionó Meg.

Como la suya, la familia de Brad había sido pionera en Arizona.

—Yo ya tenía unos años cuando Sam O'Ballivan trajo a su prometida, Maddie, desde Haven. Puede que los viera una o dos veces. Conocí mejor al comandante Blackstone —Angus sonrió al recordar algo—. Él y yo solíamos pelearnos algunas veces en la sala de cartas que había en la parte trasera de la taberna de Jolene Bell cuando jugábamos al póquer.

—¿Quién ganaba? —preguntó Meg sonriendo.

—Lo mismo que al póquer —respondió Angus con un suspiro—. Yo la mitad de las veces, él la otra mitad.

La casa apareció ante ellos y la expresión de Angus se llenó de nostalgia.

—¿Cuando estás aquí —se aventuró Meg— puedes ver a Doss, Hannah y Tobias? Háblame de ellos.

—No —dijo Angus sin entonación.

—¿Por qué no? —insistió Meg.

—Porque no están muertos —dijo—. Están sólo del otro lado, como mis hijos.

—Bueno, yo tampoco estoy muerta —dijo Meg razonablemente.

No le dijo que podría haberle enseñado sus tumbas en el cementerio McKettrick. Incluso la de él. No hubiera sido agradable, por supuesto, pero había otra razón. En alguna versión de ese cementerio, dado lo que él le había contado alguna vez, seguro que había una lápida con el nombre de ella.

—No lo entenderías —dijo Angus.

—Inténtalo —dijo ella. Angus se desvaneció.

Resignada, Meg se detuvo frente al garaje añadido a la casa original en los años cincuenta y equipado con una puerta que se abría automáticamente, y apretó un botón para poder entrar.

Esperaba encontrar a Angus sentado en la cocina cuando entró, pero allí no estaba.

Lo que necesitaba, decidió, era una taza de té.

Buscó la tetera de Lorelei en el armario de obra y la puso en la encimera. La tetera era algo legendario en la familia: tenía la capacidad de volver al armario por su propia voluntad desde la encimera o la mesa, o viceversa. Puso agua a calentar.

No había nada que pudiera curar lo que la afligía. Brad había vuelto.

Comparado con eso los fantasmas y los misterios del tiempo y del espacio o las teteras que se movían solas parecían cosas de lo más mundano.

Y había aceptado, como una tonta, tomar una copa en Stone Creek. ¿En qué estaba pensando?

De pie, en la cocina, se apoyó en la encimera y se cruzó de brazos mientras esperaba a que se calentara el agua. Brad le había hecho tanto daño que había pensado que nunca se repondría. Años atrás la había dejado tirada para marcharse a Nashville, Meg apenas había sido capaz de volver a Indian Rock, y cuando lo había hecho, había ido directa al Dixie Dog, se había quedado sentada en un coche de alquiler y llorado como una idiota.

«Hay algunas cosas que me gustaría decirte», le había dicho Brad.

—¿Qué cosas? —dijo en voz alta en ese momento.

El agua empezó a hervir. La apagó, echó té en la tetera de Lorelei y añadió el agua.

Era sólo una copa. Una copa inocente.

Debería llamar a Brad y cancelar la cita. O, mejor, podía dejarlo plantado. No presentarse. Exactamente como había hecho él cuando ella lo amaba con toda su alma, cuando había creído que él le haría un hueco en su excitante vida.

Pensativa, Meg se pasó una mano por la parte baja del vientre. Había dejado de creer en muchas cosas cuando Brad se había deshecho de ella. A lo mejor quería disculparse.

Sufrió un ataque de risa. Sí, y podía tener fans en otros planetas.

Le sobresaltó un golpe seco en la puerta trasera. ¿Angus? Nunca llamaba, simplemente aparecía. Normalmente en el peor momento posible.

Meg se acercó a la puerta, miró a través de la antigua mirilla de vidrio verde y vio a Travis Reid al otro lado. Abrió la puerta y lo dejó entrar.

—Estoy aquí en misión de reconocimiento —dijo quitándose el sombrero y colgándolo de un perchero que había al lado de la puerta—. Sierra está preocupada por ti, lo mismo que Eve.

Meg se llevó una mano a la frente. Había salido repentinamente de la fiesta para reunirse con Brad en el Dixie Dog.

—Lo siento —dijo ella dando un paso atrás para que Travis pudiera pasar—. Estoy bien, de verdad. No deberías haber venido hasta aquí...

—Eve te llamó al móvil, que evidentemente está apagado, y Sierra te ha dejado tres mensajes en el contestador —dijo haciendo un gesto en dirección al teléfono de la cocina—. Considérate afortunada de que haya venido antes de que enviaran a la Guardia Nacional.

Meg se echó a reír, cerró la puerta y miró a Travis mientras se quitaba la chaqueta de borrego y la colgaba al lado del sombrero.

—Me sentía un poco... abrumada.

—¿Abrumada? —Travis fue hasta el teléfono y marcó una serie de números—. Hola, cariño —dijo cuando respondió Sierra—. Meg está viva y bien. No hay ningún intruso armado. Ningún accidente. Estaba sólo... abrumada.

—Dile que llamaré más tarde —dijo Meg—. También a mi madre.

—Te llama luego —repitió Travis—. También a Eve —escuchó un momento, prometió llevar un par de litros de leche y pan y colgó.

Como sabía que Travis no era muy amigo del té, Meg le ofreció una taza de café instantáneo.

La aceptó y se sentó en la mesa que habían ocupado generaciones de McKettrick desde Holt y Lorelei hasta la actualidad.

—¿Qué pasa realmente, Meg? —preguntó con tranquilidad.

—¿Qué te hace pensar que pasa algo?

—Te conozco. Tratamos de enamorarnos, ¿te acuerdas?

—Brad O'Ballivan ha vuelto —dijo ella.

—¿Y eso significa...?

—Nada —respondió Meg demasiado deprisa—. No significa nada, es sólo...

Travis se arrellanó en la silla, cruzó los brazos y esperó.

—De acuerdo, ha sido un impacto —admitió Meg y se sentó un poco más derecha—. Pero tú ya lo sabías.

—Me lo dijo Jesse.

—¿Y nadie pensaba decírmelo a mí?

—Supongo que todos hemos asumido que hablas con Brad.

—¿Por qué habría de hacerlo?

—Porque... —Travis hizo una pausa, parecía incómodo— No es un secreto que entre vosotros había algo, Meg. Indian Rock y Stone Creek son sitios pequeños separados por sesenta kilómetros...

Meg se ruborizó. Pensaba, realmente creía que nadie en el mundo sabía que Brad le había roto el corazón. Había simulado que le daba igual que se hubiera marchado tan repentinamente. Incluso se reía de ello.

Había terminado la universidad, se había lanzado a aquel trabajo en McKettrick Co, salido con otros hombres, incluido Travis cuando estaba soltero.

Y no había engañado a nadie.

—¿Vas a volver a verlo?

Meg se frotó los ojos. Asintió. Después negó con la cabeza.

—Decídete, Meg —dijo Travis en tono de broma.

—Se supone que hemos quedado para tomar una copa mañana por la noche en un bar de vaqueros en Stone Creek. No sé por qué he aceptado quedar con él... ¿qué tenemos que decirnos después de todo este tiempo?

—¿Cómo estáis los dos...? —sugirió Travis.

—Ya sé cómo está: es rico y famoso, se ha casado dos veces, tiene una reputación que hace parecer soso a Jesse —dijo ella—. Y, por el otro lado, tenemos a una adicta al trabajo. Punto final.

—¿No eres un poco dura contigo misma? Por no mencionar a Brad —una sonrisa asomó a los labios de Travis—. Compararlo con Jesse...

Jesse había sido un rebelde, uno de buen corazón, con buenas intenciones, hasta que había conocido a Cheyenne Bridges. Cuando se había enamorado, le había dado fuerte y le estaba durando lo que duran esas cosas a los chicos malos.

—A lo mejor Brad ha cambiado —dijo Travis.

—A lo mejor no —respondió Meg.

—Bueno, supongo que podrías marcharte de la ciudad una temporada, desaparecer —Travis intentaba no sonreír—. Presentarte voluntaria para una misión espacial o algo así.

—No voy a huir —dijo Meg—. Siempre he querido vivir aquí, en este rancho, en esta casa. Además, quiero estar aquí cuando nazca el niño.

El rostro de Travis se suavizó por la mención del inminente nacimiento. Hasta que Sierra había aparecido, Meg nunca había pensado que él sentaría la cabeza. Había tenido sus propios demonios que superar, el menor de los cuales no era la muerte de su hermano menor, Brody, de la que Travis se culpaba.

—Vale —dijo él—, pero ¿entonces qué haces realmente aquí? Estás acostumbrada al carril rápido.

—Cuido de los caballos —dijo ella.

—Eso te lleva, qué, ¿dos horas al día? Según Eve, pasas la mayor parte del día en pijama. Piensa que estás deprimida.

—Pues no lo estoy —dijo Meg—. Sólo estoy... poniéndome al día de descanso.

—De acuerdo —dijo Travis arrastrando las palabras.

—No estoy bebiendo sola ni viendo telenovelas —dijo Meg—. Estoy vegetando, un concepto que mi madre no entiende.

—Te quiere, Meg. Está preocupada. No es el enemigo.

—Me encantaría que volviera a Texas.

—Olvídate. No se va a ir a ningún sitio con un nieto en ciernes.

Al menos Eve no se había quedado a vivir en el rancho. Vivía en una pequeña suite del único hotel de Indian Rock y se pasaba el día comprando con su portátil y echando a perder a Liam.

Ah, y criticándola a ella.

Travis se terminó el café, llevó la taza a la pila, la lavó. Después de dudar un momento, dijo:

—Está eso de ver al fantasma de Angus. Cree que estás obsesionada.

Meg hizo un sonido de frustración.

—No es que no te crea —añadió Travis.

—Sólo piensa que estoy un poco loca.

—No —dijo Travis—. Nadie piensa eso.

—Pero debería tener una vida, como se suele decir.

—Sería una buena idea, ¿no crees?

—Vete a casa. Tu esposa embarazada necesita leche y pan.

Travis fue hasta la puerta, se puso el abrigo, tomó el sombrero.

—¿Qué necesitas, Meg? Ésa es la cuestión.

—No a Brad O'Ballivan, eso es seguro.

Travis volvió a sonreír. Se puso el sombrero y agarró el pomo de la puerta.

—¿Lo he mencionado yo? —preguntó como de pasada.

Meg lo miró fijamente a los ojos.

—Nos vemos —dijo Travis. Y se marchó.

—Me recuerda al O'Ballivan ése —dijo Angus sobresaltando a Meg.

Se dio la vuelta y lo vio de pie junto al armario de la porcelana. ¿Era su imaginación o parecía un poco más viejo que esa misma tarde?

—Jesse se parece a Jeb. Rance se parece a Rafe. Keegan se parece a Kade. Estás empezando a alucinar, Angus.

—Piensa lo que quieras —respondió él.

Hubo una pausa y Angus preguntó:

—¿Qué hay para cenar?

—¿Qué más te da?, nunca comes nada.

—Tú tampoco. Empiezas a parecer un saco de huesos.

—Si yo fuera tú, no haría comentarios sobre

huesos. Me refiero a lo de estar muerto y todo eso.

—El problema con vosotros los jóvenes es que no respetáis a la gente mayor.

Meg suspiró, se acercó al frigorífico, lo abrió y eligió una cena precocinada de las que había en el congelador.

—Lo siento —dijo Meg—. ¿Es un atisbo de plata lo que veo en tus sienes?

Angus cambió el peso de una pierna a otra.

—Me están saliendo canas —dijo con el ceño fruncido—. Es por tu culpa. Ninguno de mis hijos me dio siquiera la mitad de problemas que tú, tampoco mi Katie.

Meg sintió una punzada en el corazón. Katie fue la más pequeña de las hijas de Angus y la única niña. Raramente la mencionaba por haber provocado un escándalo al fugarse el día de su boda con alguien que no era el novio. Aunque Angus y ella se habían reconciliado finalmente cuando él ya estaba en su lecho de muerte.

—Estoy bien, Angus —le dijo—. Puedes irte, de verdad.

—Comes cosas que podrían usarse para clavar traviesas de tren. No tienes marido. Das vueltas por esta casa como... como un fantasma. No me iré hasta que seas feliz.

—Ya soy feliz.

Angus se acercó a ella, le quitó de las manos

la cena congelada y la tiró al triturador de basura.

—Maldito artilugio —murmuró Angus.

—Ésa era mi cena —protestó Meg.

—Cocina algo —dijo Angus—. Saca una sartén, echa un poco de manteca en ella. Fríe un pollo —hizo una pausa—. Sabes cocinar, ¿verdad?

III

Jolene's se levantaba en el sitio donde estuvo la taberna en la que Angus y John Blackstone solían pelearse. Estaba poco iluminada y vacía. Meg se detuvo en el umbral para dejar que sus ojos se acomodaran a la luz mientras deseó haber hecho caso a su instinto y no haber ido. Ya no había marcha atrás. Brad estaba de pie al lado de la máquina de discos, las luces de colores le iluminaban el rostro. Al oír que se abría la puerta, se dio la vuelta y la recibió con una sonrisa.

—¿Dónde está la gente? —preguntó ella.

—Se han ido —dijo él—. Les prometí un concierto gratis en el polideportivo si nos dejaban Jolene's sólo para nosotros un par de horas.

Meg estuvo a punto de irse. Si no hubiera

estado en contra del código de los McKettrick, que estaba inscrito en su ADN, hubiera sucumbido a ese deseo.

—Siéntate —dijo Brad arrastrando una silla que había al lado de una de las mesas.

—¿Qué va a ser? —preguntó el camarero.

Un hombre rechoncho lleno de tatuajes y con un mostacho que parecía de la época de Angus.

Brad pidió un refresco de cola mientras Meg se obligaba a cruzar todo el local para sentarse en la silla que le ofrecía. Pidió un té frío.

El camarero sirvió las bebidas y desapareció sigilosamente por una puerta trasera.

Brad, mientras tanto, dio la vuelta a su silla y se sentó con los brazos apoyados en el respaldo. Llevaba unos vaqueros, una camisa blanca y botas. Si no hubiera sido tan terriblemente guapo habría parecido un vaquero más de los cientos que llenaban los bares de Arizona.

Meg miró hacia su bebida, que le pareció menos peligrosa que los ojos de él. Cuando él se rió, sintió que se le encendían las mejillas. Su orgullo le hizo levantar la vista.

—¿Qué? —preguntó ella apoyando las palmas de las manos en los muslos de sus vaqueros más viejos.

Había decidido no arreglarse para el encuentro: nada de perfume y sólo un poco de maquillaje y brillo de labios. Pintura de guerra, había dicho Angus. Su fantasma favorito parecía tener opinión sobre todo. Al menos había respetado su promesa de desaparecer ese momento.

—No te creas todo lo que lees —dijo Brad tranquilamente—. Desde luego, no sobre mí.

—¿Quién dice que he estado leyendo sobre ti?

—Vamos, Meg. Esperabas que bebiera bourbon directamente de la botella. Eso no es más que publicidad, parte de la imagen de chico malo. Fue mi representante quien lo alentó.

—¿No has estado en rehabilitación? —preguntó ella.

—No. Nunca he destrozado la habitación de un hotel, ni pasado un fin de semana en la cárcel, ni ninguna de las otras historias que Phil quería que todo el mundo creyera sobre mí.

—¿De verdad?

—De verdad —se levantó de la silla y fue a la máquina de discos, echó unas monedas y empezó a sonar una balada de Johnny Cash.

Meg dio un sorbo de su té en un vano esfuerzo por controlar sus nervios. No era abstemia, pero cuando iba a conducir no bebía ni una gota. Nunca. En ese momento deseó haber alquilado un coche con conductor para poder emborracharse lo suficiente para olvidar que estar sola con Brad era como tener los nervios más sensibles expuestos un día de frío viento.

Brad caminó en dirección a ella, pero se detuvo en medio de la sala. Le tendió una mano.

Meg fue hacia él del mismo modo que el día anterior en el Dixie Dog: automáticamente.

La tomó entre sus brazos y bailaron.

Cuando la canción terminó, Brad apoyó la barbilla en la cabeza de Meg y suspiró.

—Te he echado de menos —dijo él.

Meg recuperó el sentido. Se separó de él lo bastante como para poder mirarlo.

—No empieces —advirtió ella.

—No podemos hacer como si el pasado no hubiera sucedido, Meg —razonó tranquilo.

—Sí, podemos —arguyó ella—. Millones de personas lo hacen, todos los días. Se llama negación y tiene su lugar en el esquema de las cosas.

—Aún una McKettrick —dijo Brad—. Si dijera que la luna es redonda, tú dirías que es cuadrada.

—Aún un O'Ballivan —dijo apoyando un dedo en el pecho de él—. Pensando que tienes que explicarme cuál es la forma de la luna como si yo no pudiera verla por mí misma.

La máquina de discos hizo un ruido y cambió de música. Sonó *Georgia* de Willie Nelson.

Meg se puso rígida deseando soltarse. Los brazos de Brad siguieron en su cintura.

A lo largo de los años, los McKettrick y los O'Ballivan, dueños de los dos mayores ranchos de la zona, habían sido rivales amistosos. Las dos familias eran igual de orgullosas y de testarudas. Tenían que serlo para haber sobrevivido a las subidas y bajadas del ganado durante más de un siglo. Incluso cuando habían estado más unidos, Brad y Meg se habían identificado con sus linajes.

—¿Por qué has vuelto? —preguntó ella.

—Para resolver algunos asuntos —respondió Brad mientras bailaban de nuevo—. Y tú estás la primera de la lista, Meg.

—Tú también estás al principio de la mía —respondió Meg—, pero no creo que estemos hablando de la misma lista —hizo una larga pausa—. Me compraste un anillo —soltó directamente—. Se suponía que nos íbamos a fugar. Y entonces te subiste a un autobús para Nashville y te casaste con ¿cómo se llamaba?

—Fui un estúpido —dijo Brad—. Y estaba asustado.

—No —replicó Meg reprimiendo las lágrimas—. Eras ambicioso. Y, además, el padre de la novia tenía una compañía de discos...

—Valerie —dijo triste—. Se llamaba Valerie.

—¿De verdad te crees que me importa algo cómo se llamara?

—Sí —respondió—. Lo creo.

—¡Pues te equivocas!

—Por eso debe de ser que parece como si me quisieras tumbar de un golpe con el objeto contundente que tengas más a mano.

—¡Ya me he olvidado de ti! —dijo chascando los dedos, pero una lágrima le corrió por la mejilla estropeando el efecto.

—Meg —le secó la lágrima con el pulgar—. Lo siento tanto.

—Oh, ¡eso lo cambia todo! —se burló ella.

—Me sentiría muchísimo mejor si me perdonaras —le levantó la barbilla con la mano derecha—. ¿Por los viejos tiempos? —intentó engatusarla—. ¿Por las noches en que nos bañábamos desnudos en la charca que había detrás de tu casa del Triple M? ¿Por las noches que...?

—No —interrumpió Meg—. No mereces que te perdone.

—Tienes razón —estuvo de acuerdo Brad—. No lo merezco, pero eso es lo que tiene perdonar. Es un acto de gracia, ¿no? Se supone que tiene que ser inmerecido.

—¡Qué gran lógica si tú no eres quien perdona!

—Tenía mis razones, Meg.

—Sí. Querías luces brillantes y mucho dinero. Ah, y mujeres fáciles.

—No podía casarme contigo, Meg.

—Perdón por mi confusión. Me regalaste un anillo de compromiso y te declaraste.

—¡No lo pensé! —miró al infinito y luego volvió a mirarla a ella con un gran esfuerzo—. Tú tenías un fondo de fideicomiso. Yo tenía una hipoteca y una pila de facturas. Me pasaba las noches en vela sudando sangre, pensando en que el banco nos desahuciaría en cualquier momento. No podía echarte encima todo eso.

Meg se quedó boquiabierta. Siempre había sabido que los O'Ballivan no eran ricos, al menos no tanto como los McKettrick, pero nunca había sabido que habían corrido el riesgo de perder Stone Creek.

—Querían esa tierra —siguió Brad—. Ya tenían los planes para construir una urbanización.

—No lo sabía... Podía haberte ayudado...

—Claro —dijo Brad—. Me habrías ayudado. Y no habría podido volver a mirarte a la cara. Tenía una oportunidad, Meg. El padre de Valerie había escuchado mi maqueta y estaba deseando darme una audición. Un espacio de quince minutos en su ocupado día. Traté de decírtelo...

Meg cerró los ojos y recordó que Brad le había dicho que quería posponer su boda hasta después de su viaje a Nashville. Le había prometido volver. Ella se había sentido herida y furiosa... y había guardado el secreto sólo para ella.

—No llamaste. Ni escribiste...

—Cuando llegué a Nashville tenía un billete de autobús usado y una guitarra. Si te hubiera llamado habría tenido que pedir, y no iba a hacer algo así. Empecé media docena de cartas, pero todas parecían la letra de una mala canción. Fui a la biblioteca un par de veces para mandarte un correo electrónico, pero no era capaz de pasar del «¿cómo estás?»

—Así que te liaste con Valerie.

—No fue así.

—Supongo que era una chica rica, como yo, pero no te importó que ella salvara tus tierras con un pellizco de su fideicomiso.

—Fui yo quien salvé el rancho —dijo con la mandíbula apretada—. La mayor parte del dinero de mi primer contrato con la discográfica fue para pagar la hipoteca y me costó una larga lucha conseguir el primer éxito —hizo una pausa—. No amaba a Valerie y ella no me amaba a mí. Era una niña rica, de acuerdo. Malcriada y sola, abandonada de la forma que lo son los hijos de los ricos. Y tenía problemas. Estaba embarazada de un tipo casado que no quería saber nada de ella. Pensaba que su padre la mataría si se enteraba y, dado su temperamento, debo decir que era posible. Así que nos casamos.

—¿Hay un... hijo? —dijo Meg volviendo a la mesa.

—Lo perdió. Nos divorciamos amigablemente después de intentar durante un par de años que aquello funcionara. Ahora está casada con un dentista y es realmente feliz. Cuatro hijos, al menos que yo sepa —se unió a Meg en la mesa—. ¿Quieres que te cuente el segundo matrimonio?

—No creo que esté preparada para eso —dijo débilmente.

—Yo tampoco —dijo agarrándole la mano—. ¿Estás bien?

—Sólo un poco desconcertada, eso es todo.

—¿Qué tal si cenamos algo?

—¿Dan de cenar aquí?

—No —rió Brad—. Aquí no, al final de la calle. Tienes que acordarte de dónde es: justo al lado del cartel de *Bienvenido a Stone Creek, Arizona. Hogar de Brad O'Ballivan.*

—Fanfarrón —dijo Meg contenta por el giro que había tomado la conversación.

—Stone Creek ha sido siempre el hogar de Brad O'Ballivan —dijo él con una sonrisa—. Lo que parece es que eso es más importante ahora que cuando me marché la primera vez.

—La muchedumbre te perseguirá —advirtió Meg.

—Podría ir toda la ciudad al restaurante y no serían bastantes para formar una muchedumbre.

—De acuerdo —dijo Meg—, pero tú pagas.

—Buen trato —dijo Brad entre risas, después se levantó, se acercó a la barra y llamó al camarero.

El restaurante, a diferencia del Jolene's, estaba atestado. La gente saludó a Brad cuando entraron y las chicas lo señalaban entre risas nerviosas, pero la mayoría había estado en la fiesta de bienvenida que habían organizado Ashley y Melissa en el rancho la noche anterior, así que ya no era una novedad su presencia en la ciudad.

Meg recibió algunas miradas, la mayoría de

curiosidad aunque, a pesar de llevar unos vaqueros, unas botas y una chaqueta de lana lisa
encima de una blusa blanca, parecía lo que era:
una McKettrick con su fideicomiso y un im-
presionante historial de ejecutiva de alto nivel.
Cuando McKettrick Co había salido a bolsa,
Brad se había sorprendido de que Meg no se
hubiera convertido en la directora general de
alguna gran corporación. En lugar de eso se había ido a hibernar al Triple M. Y se preguntaba
por qué.

Se preguntaba muchas cosas sobre Meg
McKettrick. Con un poco de suerte, tendría la
posibilidad de averiguar todo lo que quería saber.

Como si seguía riendo en sueños, comiendo
cereales con yogur en lugar de leche y arqueando la espalda como una gimnasta cuando llegaba al clímax.

Dado que el restaurante no era el mejor sitio
para pensar en los ruidosos orgasmos de Meg,
Brad trató de apartar la imagen de su cabeza, pero
apenas consiguió pasar a otro sitio de su anatomía.

Los llevaron a una mesa apartada, les entre-
garon las cartas del menú y les pusieron dos va-
sos de agua con las rodajas de limón de rigor
encima del hielo.

Brad pidió un filete, Meg una ensalada César.
La camarera se marchó, aunque un poco reacia.

—De acuerdo —dijo Brad—, es mi turno de

preguntar. ¿Por qué no has seguido trabajando después de tu salida de McKettrick Co?

Meg sonrió un poco ruborizada.

—No necesitaba el dinero. Y siempre había querido vivir en el Triple M, como Jesse y Rance y Keegan. Cuando pasaba los veranos aquí, de niña, la única forma de soportar volver al colegio en otoño era prometerme que algún día volvería para quedarme.

—¿Te gusta tanto? —Brad podía entenderlo por el fuerte vínculo que sentía él con Stone Creek—. ¿Qué haces todo el día?

—Pareces mi madre —dijo ella—. Cuido de los caballos, monto algunas veces...

Brad asintió y esperó. Ella no terminó la frase.

—No te has casado nunca —no quería haber dicho eso, no quería que se notara que le había seguido la pista por internet y a través de su hermana.

—Casi —dijo ella negando con la cabeza— en una ocasión, pero no funcionó.

—¿Quién fue el desafortunado? —preguntó él inclinándose sobre la mesa—. Debía de ser un auténtico asno.

—Tú —respondió con dulzura y después se echó a reír por la expresión de su rostro.

Brad empezó a hablar, pero se le atragantaron las palabras y se calló para no parecer aún más estúpido.

—He salido con muchos hombres —dijo Meg.

La imagen del orgasmo volvió a la cabeza de Brad, pero esa vez, él no era la pareja de Meg. Frunció el ceño.

—A lo mejor no deberíamos hablar de mi vida amorosa —sugirió ella.

—A lo mejor no —accedió Brad.

—No es que haya tenido una...

—Ya somos dos —dijo Brad sintiéndose infinitamente mejor.

Meg no pareció muy convencida.

—¿Qué? —dijo de pronto Brad disfrutando de las emociones que veía en el rostro de ella.

Era evidente que las cosas entre ellos no estaban bien, era demasiado pronto, pero era esperanzador que hubiera accedido a salir con él.

—Vi el artículo en la revista *People*. «El vaquero con más muescas en el poste de su cama», creo que se titulaba.

—Creía que no íbamos a hablar de nuestras vidas amorosas. ¿Y te importaría hablar un poco más bajo?

—Hemos acordado no hablar de la mía, si no recuerdo mal, que, como te he dicho, es inexistente. Y de evitar el tema de tu segunda esposa... al menos, por ahora.

—Ha habido algunas mujeres —dijo Brad—, pero lo de la cama fue idea de Phil.

Llegó la cena.

—No es que me importe si haces muescas —dijo Meg una vez que la camarera se hubo marchado.

—Bien —respondió Brad con una sonrisa.

—¿De dónde es ése tal Phil? —preguntó Meg medio contrariada, mientras revolvía la ensalada con el tenedor—. Parece tener una idea un poco sesgada sobre la mística del vaquero. Rehabilitación, destrozar una habitación de un hotel, la historia de las muescas...

—¿Hay una mística del vaquero?

—La hay. Honor, integridad, coraje... ser un vaquero es todo eso, ya lo sabes.

Brad suspiró. Meg se fijaba demasiado en los detalles; menos mal que no había estudiado Derecho como una vez había planeado. Probablemente hubiera representado a su segunda esposa en el divorcio y le hubiera vaciado la cartera.

—Lo intenté, pero Phil va por libre, y sabe cómo llenar las salas de conciertos.

—Tú llenabas las salas —dijo ella señalándolo con el tenedor—, Brad. Tú y tu música.

—¿Te gusta mi música? —era una pregunta fácil, más que preguntar si le gustaba también él.

—Está... bien —dijo ella.

¿Bien? ¿Media docena de Grammies y reconocimientos de la CMT, semanas de número uno y sólo le parecía «bien»?

Empezó el filete, pero no había comido ni dos bocados cuando se oyó jaleo a la entrada del restaurante y Livie fue directa a su mesa.

Hizo un gesto de saludo en dirección a Meg y luego la hermana de Brad se volvió hacia él.

—Está herido —dijo. Tenía la ropa llena de paja y de otras sustancias que el departamento de sanidad no hubiera considerado adecuadas para un restaurante.

—¿Quién está herido? —preguntó Brad con calma, empezando a ponerse de pie.

—Ransom —respondió al borde de las lágrimas—. Se ha hecho una herida con una madeja abandonada de alambre de púas. Lo he visto con los prismáticos, pero antes de que pudiera acercarme a ayudarlo, se ha soltado y ha huido a las colinas. Es una herida muy mala y no voy a poder seguirlo hasta allí con el todoterreno, tenemos que ensillar los caballos y seguirlo.

—Liv —dijo Brad con cuidado—. Ya ha oscurecido.

—Está sangrando, probablemente esté débil. ¡Los lobos pueden hacerse con él! —al pensar en eso los ojos de Livie se llenaron de lágrimas—. Si no quieres ayudarme, iré yo sola.

De un modo automático, Brad sacó la cartera y dejó encima de la mesa el dinero para pagar la cena que ninguno de los dos había podido terminar.

Meg ya estaba de pie sin importarle la ensalada.

—Cuenta conmigo, Olivia —dijo ella—. Si tienes un caballo extra y algo de equipo. Si no puedo ir al Triple M a por Banshee, pero para cuando haya enganchado el remolque, metido al caballo y salido hacia aquí...

—Puedes montar a Cinnamon —dijo Olivia a Meg después de medirla con la vista—. Por ahí arriba estará oscuro y hará frío —añadió—. Puede ser una larga noche...

—¿No hay servicio de habitaciones? —bromeó Meg.

Livie le dedicó una sonrisa y después se volvió a Brad.

—¿Vienes o no, vaquero?

—Diablos, sí, voy —dijo Brad, aunque llevaba sin montar lo bastante para saber que le iba a doler todo el cuerpo—. ¿Qué pasa con el Triple M, Meg? ¿Quién va a dar de comer a tus caballos si nos lleva toda la noche?

—Estarán bien hasta mañana —respondió Meg—. Si no hemos vuelto, llamaré a Jesse o Rance o Keegan para que se ocupen de ellos.

Livie encabezaba la caravana, seguida de Brad en su camioneta y Meg en el Blazer. Brad estaba preocupado por Ransom y por la obsesión de Livie por ese animal, pero había una parte interesante en todo aquello: iba a pasar la noche con Meg McKettrick, aunque fuera en el duro y frío suelo... aunque lo menos que tendría que hacer, como caballero, era compartir su saco de dormir y el calor de su cuerpo.

—Muy inteligente por tu parte —dijo Angus apareciendo en el asiento del acompañante al lado de Meg–. A lo mejor todavía hay alguna esperanza contigo.

Meg contestó sin mover la boca por si Brad estaba mirándola por el retrovisor.

–Pensaba que me ibas a dejar en paz esta vez –dijo ella.

–No te preocupes –replicó Angus–. Si te acuestas con él o algo así, desapareceré.

–No voy a acostarme con Brad.

Angus suspiró y se ajustó el sombrero. Dado que no solía llevarlo, Meg pensó que haría mal tiempo.

–Sería bueno que lo hicieras. Es la única forma de echar el lazo a algunos hombres.

–No pienso responder a esa observación –dijo Meg mientras pisaba el acelerador para no perder a Brad, ya que habían entrado en la carretera donde el límite de velocidad era mayor.

No había estado nunca en el rancho Stone Creek, pero sabía dónde era. Lo sabía todo de King Ransom, también. Su primo Jesse, prácticamente un susurrador de caballos, decía que era una leyenda que se había extendido durante años por conversaciones alrededor del fuego.

Meg quería verlo por sí misma.

Quería ayudar a Olivia, quien siempre le había gustado, aunque apenas la conociera.

Pasar la noche en las montañas con Brad no había pesado en su decisión.

—¿Es real? —preguntó ella—. Quiero decir el caballo.

—Claro que lo es —dijo Angus ajustándose de nuevo el sombrero.

—¿Puedes hacer algo para ayudarnos a encontrarlo?

—No, tenéis que encontrarlo vosotros, tú, el vaquero cantante y la chica.

—Olivia no es una chica. Es una mujer adulta y veterinaria.

—Es poca cosa —dijo Angus—, pero hay fuego en su interior. La sangre de los O'Ballivan es caliente como un café hecho en el infierno. También necesita un hombre. El nudo de su lazo está demasiado apretado.

—Espero que ésa no sea una referencia sexual —dijo Meg molesta—, porque no tengo por qué mantener ese tipo de conversación con mi tatarabuelo muerto.

—Me haces sentir viejo cuando te refieres a mí como un Moisés —se quejó Angus—. Yo también fui joven, lo sabes. Padre de cuatro hijos y una hija de tres mujeres diferentes: Ellie, Georgia y Concepción. Y no estoy muerto, sólo soy... diferente.

Olivia se había detenido delante de una cancela y Meg casi se empotró contra Brad.

—Diferente como muerto —dijo mientras veía a través del parabrisas cómo Brad se acercaba a su coche a decirle algo.

—Si quieres montarme —dijo Brad cuando Meg bajó la ventanilla—, bien, pero si quieres meter este trasto dentro del remolque de mi camioneta, tendrás que esperar a que la aparque y baje la compuerta.

—Lo siento —dijo Meg con una mueca.

Brad volvió a su camioneta moviendo la cabeza. Olivia ya había abierto la cancela y seguido una pista que se dirigía a las colinas. Llegaron a un alto y Olivia, aún al frente, empezó a bajar hacia lo que supuso Meg que sería un amplio valle. Al fondo a la derecha brillaban unas luces que permitían adivinar una casa de buen tamaño y un establo.

Meg iba a preguntarle a Angus si había estado alguna vez en ese rancho, pero desapareció.

Apagó el coche, salió y siguió a Brad y a Olivia en dirección al establo. Deseó que no hubiera estado todo tan oscuro para poder ver el sitio.

Dentro del establo, tan grande como cualquiera de los del Triple M, Olivia y Brad ya estaban ensillando los caballos.

—Ése de allí es Cinnamon —dijo Olivia haciendo un gesto con la cabeza en dirección a un alto caballo castaño—. Sus cosas están en la habitación de las monturas, la tercera a la derecha.

Meg no dudó, buscó la silla de Cinnamon y la llevó a la cuadra. Brad y su hermana ya estaban montados y esperando.

—¿Necesitas un empujón? —preguntó Brad en tono de broma.

Cinnamon era mucho más alto que ninguno de los caballos que Meg tenía en sus establos, pero llevaba montando desde que llevaba pañales, y no necesitaba ayuda de un «vaquero cantante» para subirse a un caballo.

—Puedo sola —replicó metiendo un pie en un estribo.

Un instante después sintió dos fuertes manos en las nalgas.

«Gracias, Angus», dijo en silencio.

IV

Era una completa locura ir cabalgando en la oscuridad y recorrer las altas llanuras, las praderas y los secretos cañones de Stone Creek, tras un caballo que no quería ser atrapado. Había pasado mucho tiempo desde que no hacía algo así, reflexionó Meg mientras seguía a Olivia y a Brad encima de Cinnamon.

Olivia llevaba algún material veterinario en la bolsa de la silla. Aunque Meg estaba segura de que Ransom, herido o no, los eludiría, no podía dejar de admirar el compromiso de Olivia. Era una mujer con una causa y, por esa razón, la envidiaba un poco.

La luna estaba llena en más de tres cuartos e iluminaba el camino, pero la senda se iba estrechando según subían y la montaña se iba empinando y llenando de rocas. Un mal paso por parte de un caballo y ambos, montura y jinete podían caer en un abismo de sombras.

Cuando la senda se ensanchó en lo que, a la luz de la luna, parecía un claro, Meg respiró aliviada, se sentó un poco menos tensa en la silla y aflojó un poco la mano de las riendas. Brad sujetó un poco su montura para esperarla, mientras Olivia seguía delante.

—¿Crees que lo encontraremos? —preguntó Meg.

—No —respondió Brad sin dudar—. Pero Livie tiene que intentarlo. Yo he venido por estar con ella.

Meg no se había dado cuenta hasta entonces de que Brad llevaba un rifle colgado de la silla.

—¿Piensas disparar a algo? —se aventuró Meg.

Llevaba toda la vida rodeada de armas, pero eso no hacía que le gustasen.

—Sólo si tengo que hacerlo —dijo Brad mirando en la dirección en que se había ido Olivia.

Puso en marcha su caballo y Cinnamon, inmediatamente, siguió detrás.

—¿Qué entiendes por «tener que hacerlo»? —preguntó Meg.

—Lobos —respondió Brad.

Meg estaba acostumbrada al debate de los lobos: defensores del medioambiente y activistas de derechos de los animales por un lado y ganaderos por otro. Quería saber qué opinaba Brad sobre el tema. Era conocido por su amor por las cosas con pelo o plumas... pero eso también podía ser parte de su imagen artificialmente construida.

—No te gustaría abatirlos, ¿verdad? Me refiero a los lobos.

—Claro que no —replicó Brad—. Pero son depredadores y Livie no se equivoca al estar preocupada por que puedan seguir a Ransom por el olor de la sangre de sus heridas.

Meg sintió que un escalofrío le recorría la espalda. Al igual que Brad, ella provenía de una larga saga de criadores de ganado y, aunque pensaba que los lobos tenían derecho a existir, como cualquier otra criatura, tampoco tenía de ellos una visión romántica. No eran perros «especiales», como parecía pensar mucha gente, sino cazadores.

—Tiburones con patas —murmuró ella— así los llama Rance.

Brad asintió, pero no dijo nada. Estaban alcanzando a Olivia cuando desmontó para mirar algo en el suelo.

Los dos espolearon a sus monturas para llegar a su lado.

Cuando llegaron, la bolsa de la montura de Olivia estaba abierta y tenía en la mano una jeringuilla. A causa de la oscuridad y de los movimientos de los caballos, pasó un momento antes de que Meg pudiera ver al animal que estaba atendiendo.

Un perro yacía lleno de sangre a su lado.

Brad se había bajado del caballo antes de que Meg pudiera superar el primer impacto y desmontar también. Sintió que el estómago le daba vueltas cuando tuvo una mejor visión del perro, el pobre animal, seguramente un perro vagabundo, había sido atacado por un lobo o un coyote y era un milagro que estuviese vivo. Meg sintió que le ardían los ojos.

Brad se agachó al lado del perro, frente a Olivia y acarició al animal con una ternura que hizo que algo se moviera en el interior de Meg.

—¿Saldrá adelante? —peguntó Brad a su hermana.

—No lo sé —respondió Olivia—. Como mínimo, hay que coserlo —le inyectó el contenido de la jeringuilla—. Voy a sedarlo. Cuando haya hecho efecto la medicina me lo llevaré a la clínica a Stone Creek.

—¿Y el caballo? —preguntó Meg sintiéndose un poco inútil por no poder ayudar en nada—. ¿Qué pasa con Ransom?

Los ojos de Olivia estaban ensombrecidos por la preocupación cuando miró a Meg. Era veterinaria, no podía abandonar al perro herido o sacrificarlo porque era más cómodo que llevarlo a la ciudad donde podía ser bien atendido, pero le seguía preocupando el garañón.

—Lo buscaré mañana —dijo Olivia—. Con luz.

Brad apoyó una mano en el hombro de su hermana.

—Ha sobrevivido sólo mucho tiempo, Liv —le aseguró—. Ransom estará bien.

—¿Me acercas uno de los sacos de dormir? —dijo Olivia.

Brad asintió y fue a desatar uno de los sacos de su silla. Estaban a kilómetros de distancia de la ciudad y del rancho.

—¿Cómo habrá llegado el perro hasta aquí? —preguntó Meg que no soportaba el silencio.

—Seguramente será un perro vagabundo —respondió Olivia—. Alguien lo habrá abandonado en la autopista. Mucha gente cree que los perros o los gatos pueden sobrevivir por su cuenta... cazar y todas esas tonterías.

Meg se acercó al perro y se agachó a acariciarle la cabeza. Parecía alguna mezcla de labrador, aunque era difícil de decir por lo manchado que tenía el pelo de sangre.

Brad volvió con el saco de dormir.

—De acuerdo, ¿lo movemos? —peguntó a Olivia.

Olivia asintió.

—Tú monta —dijo Olivia— y nosotras te lo damos.

Brad silbó y su caballo se acercó obediente, agarró las riendas y se subió a la silla.

Meg y Olivia envolvieron al perro, ya inconsciente, en el saco de dormir y lo levantaron lo bastante para que Brad pudiera agarrarlo. Volvieron despacio, Brad llevaba el perro con toda la suavidad que podía. Nadie dijo nada en todo el camino.

Cuando llegaron a la casa del rancho, Brad metió al perro en la parte trasera del coche de Olivia.

—Me quedaré y guardaré a los caballos —dijo Meg—. Será mejor que vayas con Olivia y la ayudes en la clínica.

—Gracias —dijo Brad bruscamente.

Olivia dedicó a Meg una mirada llena de significado antes de saltar a la parte trasera del todoterreno para ir junto al paciente. Brad se puso al volante.

Una vez se hubieron marchado, Meg agarró a los tres caballos y los llevó al establo. En el pasillo los desensilló y dejó a los animales que cada uno se metiera en su propia cuadra. Revisó los bebederos automáticos y echó a cada uno un manojo de heno.

Una parte de ella deseaba subirse al coche y dirigirse a la clínica de Stone Creek donde trabajaba Olivia, pero sabía que sería sólo un estorbo. Brad podría aportar músculos y apoyo moral, si no habilidades médicas, pero ella no tenía nada que ofrecer.

Una vez atendidos los caballos, arrancó el coche y se dirigió a Indian Rock. Recorrió el camino hasta el Triple M medio aturdida, y se sorprendió bastante cuando descubrió que estaba frente a la puerta del garaje.

Dejó el coche y fue al establo a echar un vistazo a Banshee y los otros cuatro caballos que vivían allí. Los animales se despertaron y la miraron sorprendidos por la visita nocturna.

Se dirigió a la casa y Angus se unió a ella cuando cruzaba el jardín delantero.

—El garañón está bien —le informó—. Se ha refugiado en uno de los cañones pequeños para curarse las heridas.

—Creía que no podías ayudarnos a encontrarlo —dijo Meg deteniéndose para mirar a su ancestro a la luz de la luna.

—Resulta que me equivocaba —dijo Angus arrastrando las sílabas. Ya no llevaba sombrero.

—Hay que hacer una señal en el calendario —bromeó Meg—. Acabo de oír a un McKettrick admitir que se había equivocado.

Angus sonrió mientras esperaba en el porche a que ella abriera la puerta de la cocina.

—Me he equivocado muchas veces en mi vida —dijo Angus—. Me equivoqué al dejar a Hold en Texas después de que su madre muriera. Era sólo un bebé, y nadie sabe qué hubiera podido hacer con él en el camino entre Texas y el territorio de Arizona, pero debería haberlo llevado conmigo. Hacer que creciera con Rafe, Kade y Jeb.

Intrigada, Meg entró en la cocina y encendió la luz.

Todo aquello eran antiguas historias de familia, pero para Angus eran su presente.

—¿En qué más te equivocaste? —preguntó quitándose el abrigo y acercándose luego al fregadero a lavarse las manos.

Angus se sentó en la cabecera de la mesa.

—¿Te he dicho alguna vez que tuve un hermano? —preguntó.

Meg, a punto de hacerse un té, se detuvo y se dio la vuelta a mirarlo.

—No —dijo ella, lo del hermano era algo nuevo—. ¿Me estás diciendo que por ahí hay otra rama de la familia?

—A Josiah le iba bien con las mujeres —recordó Angus—. Supongo que su tribu será tan grande como la mía.

Meg se olvidó del té. Se acercó a la mesa y se sentó mirando a Angus.

—No te preocupes —dijo él—. No tienen ningún derecho sobre el rancho ni ninguna otra de las empresas de los McKettrick.

Meg parpadeó, tratando de asimilar la revelación.

—Nunca nadie ha mencionado siquiera que tuvieras un hermano —dijo ella—. Ni en los periódicos, las fotos, las cartas...

—No podían decir nada de Josiah —dijo Angus—. Nunca supieron que existía.

—¿Por qué no?

—Porque nos peleamos y ya nunca quise saber nada más de él. Él hizo lo mismo.

—¿Por qué lo sacas a relucir ahora, después de siglo y medio?

—Uno de ellos —se removió incómodo en la silla—, está a punto de aterrizar ante tu puerta —dijo después de un largo e incómodo silencio—. He supuesto que deberías estar advertida.

—¿Advertida? ¿Es un asesino en serie, un delincuente o algo así?

—No. Es abogado. Y eso ya es bastante malo.

—Como familia tampoco es que hayamos sido muy discretos los últimos cien años —dijo Meg despacio—. Si Josiah ha tenido tantos descendientes como tú, ¿por qué ninguno ha contactado con nosotros? McKettrick tampoco es un nombre muy común.

—Josiah se puso otro nombre —dijo Angus después de un tiempo.

—¿Por qué hizo algo así? —preguntó Meg.

Angus la miró fijamente. Era evidente que no había perdonado a Josiah por lo que fuera que hubiera hecho para tener que cambiarse el nombre.

—Se hizo a la mar cuando apenas era más que un muchacho —dijo Angus—. Cuando volvió a casa, a Texas, años después, se llamaba de otra manera y huía de la ley. Parece que era pirata.

—¿Pirata?

—Nos abandonó a mi madre y a mí después de que papá murió —recordó Angus con amargura—. Se largó antes de que hubiéramos terminado de enterrar a mi padre. Corrí por la carretera tras él, iba montado en un caballo de color canela, pero ni siquiera se volvió a mirar.

Meg se incorporó para tocar el brazo de Angus. Era evidente que Josiah había sido el hermano mayor y Angus, mucho menor, lo había adorado y su marcha había sido un hecho definitorio en su vida.

—Fue hace mucho tiempo —dijo Angus.

—¿Qué nombre utilizaba? —preguntó Meg.

Sabía que no iba a dormir porque estaba preocupada por el perro herido y por el garañón y pensó en pasar el resto de la noche con el ordenador, buscando en Google a los miembros de la otra rama de la familia.

—No me acuerdo bien —dijo Angus melancólico.

Meg supo que estaba mintiendo; también que no iba a decirle el nombre falso de su hermano.

Se levantó y fue a terminar de prepararse el té.

Angus siguió sentado en silencio. Sonó el teléfono justo cuando Meg echaba una cucharada de té en la tetera de Lorelei. No reconoció el número desde el que llamaban.

—¿Hola?

—Va a reponerse —dijo Brad.

Las lágrimas inundaron los ojos de Meg.

—¿Ha tenido Olivia que operar?

—No ha hecho falta —respondió Brad—. Una vez hechas radiografías y revisado entero, ha visto que no había lesiones internas. Estaba hecho pedazos, parece una pelota de béisbol con tanta costura, pero se pondrá bien.

—¿Tenía microchip?

—Sí —dijo Brad después de un silencio—, pero el número de teléfono ya no está en servicio. Livie ha hecho una búsqueda por internet y ha descubierto que el dueño murió hace seis meses. Cualquiera sabe dónde ha estado Willie todo ese tiempo.

—¿Willie?

—El perro —explicó Brad—. Se llama así, Willie.

—¿Qué va a pasar con Willie ahora?

—Se quedará en la clínica una temporada —dijo Brad—. Está hecho un asco. Livie tratará de encontrar a alguien que lo adopte, pero no tiene muchas esperanzas.

—¿Irá a la perrera cuando esté lo bastante bien para salir de la clínica?

—No —respondió Brad, que parecía tan cansado como se sentía Meg—. Si nadie lo reclama, se vendrá a vivir conmigo. Me vendrá bien un amigo —hizo una pausa—. Espero no haberte despertado.

—Todavía estaba levantada —dijo mirando en

dirección a Angus sólo para descubrir que había vuelto a desaparecer.

—Bien —dijo Brad.

Sabía que había algo más que Brad quería decirle y quería oírlo, así que esperó en silencio.

—Mañana por la mañana voy a ir a caballo a las tierras altas —dijo finalmente—. A buscar a Ransom. Me preguntaba si... bueno, seguramente es una estupidez...

Meg esperó resistiendo el impulso de terminar la frase por él.

—¿Te gustaría acompañarme? Livie tiene la agenda repleta mañana, uno de los otros veterinarios está enfermo, y quiere tener vigilado a Willie, también... va a seguir obsesionada con ese caballo hasta que le diga que está bien, así que voy a ir a buscarlo, si puedo...

—Me encantaría ir —dijo Meg—. ¿A qué hora piensas salir?

—Pronto, cuando amanezca —respondió Brad—. ¿Estás segura? El campo por ahí arriba es duro.

—Si tú puedes enfrentarte a un campo duro, O'Ballivan, yo también.

—De acuerdo, McKettrick —bromeó él.

—Estaré ahí a las seis, a menos que sea demasiado pronto. ¿Llevo mi caballo?

—Las seis está bien —dijo Brad—. No te tomes la molestia de traer tu caballo, puedes montar a Cinnamon. Trae ropa de abrigo y algo para dormir por si tenemos que pasar la noche fuera.

—Te veo por la mañana —dijo Meg ruborizándose sola en la cocina.

—Buenas noches.

—Buenas noches —respondió Meg mucho después de que Brad hubiera colgado.

Decidió olvidar el té y la búsqueda de los descendientes de Josiah McKettrick, al menos por esa noche. Tenía que dormir, el día siguiente sería duro. Cerró la puerta, apagó las luces y subió a su habitación.

Después de buscar un par de pijamas térmicos, se dio una larga ducha, se lavó los dientes, se recogió el pelo húmedo lo mejor que pudo y se metió en la cama. Se durmió casi de inmediato y tan profundamente que no recordó nada de lo que había soñado.

Se despertó por la mañana y se vistió deprisa: unos vaqueros, una sudadera encima de ropa interior de manga larga de una misteriosa microfibra que había comprado para esquiar y terminó el conjunto con unas medias y las botas más resistentes que tenía. Metió pasta de dientes, un cepillo y un tubo de crema hidratante en una bolsa, enrolló una manta y la ató bien fuerte y desayunó una tostada y un café.

Llamó a Jesse con el móvil mientras se metía en el coche después de dar de comer a los caballos. Cheyenne, la mujer de Jesse atendió el teléfono.

—Hola, soy Meg, ¿está Jesse por ahí?

—Está durmiendo —dijo Cheyenne bostezado de forma audible.

—Te he despertado —dijo Meg avergonzada.

—Jesse es el dormilón de la casa, yo llevo levantada desde las cuatro —respondió cálida—. ¿Hay algún problema? ¿Sierra o el bebé...?

—Están bien, al menos por lo que yo sé —dijo Meg ansiosa por tranquilizar a Cheyenne y contenta porque hubiera atendido ella la llamada y así ahorrarse las bromas de su marido si le decía que se iba con Brad—. Mira, Cheyenne, necesito que me hagas un favor. Me voy a... me voy con un amigo de excursión. Seguramente volveré esta noche, pero...

—¿No será ese amigo el famoso Brad O'Ballivan?

—Sí —dijo Meg reacia, arrancando el coche y saliendo hacia Stone Creek—. Cheyenne, ¿podrías decirle a Jesse que le eche un vistazo a mis caballos si no le he llamado a las seis de la tarde?

—Por supuesto —dijo Cheyenne—. Así que vas a ir a montar con Brad y puede que no vuelvas esta noche. Hmmm....

—No es nada romántico —dijo Meg—. Voy a ayudarle a buscar un garañón que puede que esté herido, eso es todo.

—Ya —dijo Cheyenne con dulzura.

—Solamente por curiosidad, ¿cómo has llegado a la conclusión de que el amigo del que te hablaba era Brad?

—Toda la ciudad sabe que tú y el chico más malo del mundo del country os visteis en el Dixie Dog el otro día.

—Oh, estupendo —musitó Meg—. Supongo que Jesse lo sabe y Rance y Keegan.

—Rance y Jesse están deseando encontrarse con Brad y darle un puñetazo por tratarte tan mal hace años, pero Keegan es más razonable. Dice que le den una semana a Brad para probar y después darle un puñetazo.

—Al estilo McKettrick —dijo Meg.

Sus primos eran tan protectores como lo hubieran sido unos hermanos, y ella los quería. Pero respecto a su vida social, eran de tanta ayuda como Angus.

—Ya hablaremos luego —dijo Cheyenne en tono práctico—. Seguramente irás conduciendo.

—Gracias —respondió Meg.

Cuando llegó al rancho Stone Creek, Brad salió de la casa para recibirla. Llevaba unos vaqueros, botas, una camisa de trabajo y una chaqueta de piel.

Meg se quedó sin respiración al verlo y se alegró de tener que maniobrar para aparcar porque así tenía tiempo para reponerse. Normalmente era imperturbable. Había llevado negociaciones durísimas mientras trabajaba en McKettrick Co sin perder nunca los nervios, pero había algo en Brad que acababa con su cara de póquer y las corazas.

Brad le abrió la puerta del coche.

—¿Tienes hambre?

—He tomado una tostada y un café en casa —respondió ella.

—Con eso no aguantarás hasta la hora de comer —dijo él—. Vamos dentro. Tengo algo de comida de verdad en el fuego.

—De acuerdo —dijo Meg, que no encontró forma de rechazar la invitación.

La casa O'Ballivan, lo mismo que la del Triple M, era grande y rústica y rezumaba historia. El porche rodeaba todo el edificio, y la puerta de atrás estaba en el punto más cercano al establo. Meg siguió a Brad a través del porche hacia la otra puerta.

La cocina era grande y, excepto por el suelo de madera, que tenía un aspecto venerable, no quedaba en ella nada antiguo. Las encimeras eran de granito, los armarios brillaban y los utensilios era ultramodernos, lo mismo que los muebles.

Meg se sintió un poco decepcionada por el glamour del sitio. Las cocinas en el Triple M se habían modernizado, por supuesto, pero en todos los casos las originarias cocinas de leña se habían incorporado, y las mesas eran de la época de Holt, Rafe y Jeb, si no de Angus.

Si Brad se dio cuenta de su reacción, no lo mencionó. Le preparó una tortilla y le sirvió un café.

—¿Cocinas? —bromeó Meg mientras se lavaba las manos en la pila de acero inoxidable.

—Tengo manos de hada en la cocina —replicó Brad—. Ataca, iré a ensillar los caballos mientras desayunas.

Meg asintió, se sentó y empezó la tortilla.

Estaba deliciosa, lo mismo que el café, pero se sentía incómoda sentada sola en una cocina tan a la última. Se preguntó qué habría pensado Maddy O'Ballivan si la hubiera visto, incluso la madre de Brad. Seguro que si las finanzas estaban tan mal como le había contado Brad, la reforma sería reciente.

Se terminó la comida, metió todo en el lavavajillas y corrió hacia la puerta de atrás. Brad estaba al lado del establo listo para montar sujetando a Cinnamon de las riendas. Tomó del suelo la manta de Meg y la ató a la silla.

—No llevas mucho material —dijo él—. ¿Sabes el frío que puede hacer allí arriba?

—Estaré bien —dijo Meg.

Brad se limitó a sacudir la cabeza. Su caballo estaba inquieto y el rifle era muy evidente.

—Menuda cocina —dijo Meg mientras Brad la ayudó a subir a lomos de Cinnamon.

—Big John decía que era tirar el dinero —recordó Brad mientras se subía a su caballo—. Así era mi abuelo.

Meg sabía quién era Big John, todo el mundo lo sabía, pero no dijo nada. Si Brad quería hablar de su familia, para pasar el tiempo, a ella le parecía bien.

Cruzaron las praderas en dirección a las colinas.

—Os crió a tus hermanas y a ti, ¿no? —preguntó, aunque eso también lo sabía.

—Sí —dijo Brad con un gesto que le recordó el de Angus cuando había hablado de su hermano.

—¿Cómo está Willie? —preguntó cambiando de tema a pesar de la curiosidad.

—Olivia llamó justo antes de que llegaras y me ha dicho que se pondrá bien. En una semana o dos me lo traeré a casa.

—Piensas quedártelo, ¿no? —dijo sintiendo una punzada en el corazón al recordar cómo había tratado Brad al perro.

—Pienso quedármelo —confirmó dedicándole una mirada cargada de intención—. Ya te lo he dicho.

«También me dijiste que te casarías conmigo y que me amarías siempre».

—Me lo has dicho —reconoció ella.

—¿Sería éste un buen momento para hablarte de mi segunda esposa?

—Seguramente no —dijo Meg sonriendo ligeramente.

—De acuerdo —dijo Brad—, entonces, ¿qué tal de mis hermanas?

—Buena idea —Meg había conocido a Olivia

de modo superficial y sabía que había unas gemelas a quienes no conocía.

—Olivia tiene algo con los animales, como ya has visto. Tiene que casarse y encauzar algo de esa energía teniendo familia propia, pero es un demonio y espanta a cualquier hombre que se las apaña para conseguir estar cerca de ella. En cuanto a las mellizas, Ashley tiene un hostal en Stone Creek y Melissa trabaja en un despacho de abogados en Flagstaff.

—¿Estás muy unido a ellas?

—Sí —dijo Brad dejando escapar un largo suspiro—. Y no. Olivia está resentida conmigo por haberme marchado de casa. No consigo meterle en la cabeza que no tendríamos casa si no me hubiera marchado a Nashville. Las gemelas tienen diez años menos que yo y parecen verme más como un famoso de visita que como al hermano mayor.

—Cuando Olivia ha necesitado ayuda —recordó Meg—, ha acudido a ti. Así que a lo mejor no está tan resentida como tú crees —había algo que hacía distinta a Olivia, pero Meg no era capaz de saber qué.

—Espero que tengas razón —dijo Brad—. Está bien amar a los animales, a mí también me gustan, pero Olivia va demasiado lejos. Tanto que no hay sitio en su vida para otra cosa, para nadie.

—Es veterinaria, Brad —dijo Meg razonable—. Es normal que la apasionen los animales.

—¿Hasta excluir todo lo demás? —preguntó Brad.

—Le irá bien —dijo Meg—. Cuando encuentre al hombre adecuado, le dejará sitio. Espera y verás.

—Si queremos encontrar ese caballo, deberíamos ir un poco más deprisa —dijo Brad.

Meg asintió y Cinnamon salió tras la montura de Brad montaña arriba.

V

Buscar ese garañón salvaje era un misión loca, y Brad lo sabía. Como le había dicho a Meg, su principal razón para emprenderla era evitar que fuera Olivia quien lo buscara. Se preguntaba cuántas veces durante su larga ausencia su hermana pequeña habría subido sola esas montañas, a cualquier hora del día o de la noche, en cualquier estación del año.

La idea le hacía estremecerse. Las tierras por encima de Stone Creek eran tan escarpadas como habían sido siempre. Había lobos, coyotes, serpientes de cascabel, profundas grietas que se abrían en la roja tierra, algunas de ellas ocultas por la maleza y que se habían tragado a más de un excursionista. Pero lo peor era el tiempo:

debido a lo elevado del terreno, las ventiscas podían desatarse repentinamente, incluso en julio o agosto. En ese momento era octubre y eso incrementaba el riesgo.

Meg, tiritando dentro de su abrigo demasiado ligero, cabalgaba al lado de él sin quejarse. Al ser una McKettrick, pensó Brad con una sonrisa interior, hubiera muerto de congelación antes de admitir que tenía frío. Invitarla a ir con él había sido un acto de puro egoísmo y Brad se arrepentía de ello. Podían ocurrir demasiadas cosas, la mayoría de ellas, malas.

Llevarían más o menos cabalgando una hora cuando Brad se detuvo al lado de un riachuelo para que los caballos descansaran. Los altos terraplenes a los dos lados los protegían del viento y Meg consiguió entrar en calor. Brad abrió uno de los bolsillos de la silla y sacó una camisa térmica de manga larga. Se la ofreció a Meg. Ella dudó un momento, de nuevo el maldito orgullo McKettrick, pero luego la aceptó y se la echó por encima del abrigo.

—¿Dónde hay una cafetería cuando necesitas una? —bromeó ella.

—Hay una antigua choza un poco más adelante —dijo Brad—. Big John la mantenía siempre bien abastecida por si se formaba una ventisca y se quedaba uno aislado, poder refugiarse. No es una cafetería, pero seguramente podremos preparar un café y algo de comer.

El alivio de Meg era visible, y aunque no lo expresó verbalmente, Brad se dio cuenta.

—No hacía falta traer mantas y todo eso —razonó ella— si había una cabaña.

—Has vivido demasiado tiempo en el mundo de las cinco estrellas —respondió Brad con tono amable—. Hace tiempo, unos cazadores entraron en la finca, a pesar de que Big John había puesto carteles prohibiendo cazar, y se desató una tormenta de nieve. Los encontraron muertos por congelación a menos de cinco metros de la cabaña.

—Lo recuerdo —dijo ella y por un momento la angustia llenó sus ojos.

La historia era horripilante y, evidentemente, la recordaba muy claramente.

—No estamos muy lejos del rancho —dijo Brad—. Será mejor que vuelva a dejarte allí.

—¿Y tú te volverás luego a buscar a Ransom?

—Sí.

—Solo —dijo ella.

Brad asintió. En una ocasión, Big John había hecho todo el camino con él, pero esa vez estaba solo.

—Me quedo —dijo Meg—. Por si se te ha olvidado, me has invitado a venir contigo.

—No debería haberlo hecho. Si te pasa algo...

—Ya soy mayorcita, Brad —interrumpió ella.

La miró y, como siempre, le gustó lo que vio. Le gustó tanto que se le hizo un nudo en la garganta y le costó tragar, así que decidió concluir la conversación.

—Seguramente pesarás sesenta y cinco kilos envuelta en una manta mojada. Y, a pesar de tu ilustre origen, no eres contrincante para una manada de lobos, una ventisca o un abismo.

—Si tú puedes hacerlo —dijo Meg—, yo puedo hacerlo.

Brad, exasperado, se pasó una mano por el pelo, aunque sabía que sólo era culpa de él que Meg estuviera en peligro. Después de todo, él le había pedido que lo acompañara con la esperanza de que acabaran compartiendo un saco de dormir. ¿En qué demonios estaba pensando?

La respuesta era que había estado pensando con algo que no era el cerebro.

—Será mejor que nos pongamos en marcha —dijo ella al ver que él no decía nada, sacó por encima de la camisa unos prismáticos que Brad le había dejado—. Tenemos que encontrar un caballo.

Brad asintió, unió las manos para ayudarla a subir a Cinammon. Meg se detuvo un momento antes de aceptar la ayuda.

—Es un caballo muy alto —dijo un poco ruborizada.

—Deberíamos haberle llamado Zancudo en vez de Cinammon —dijo Brad divertido.

Tres cuartos de hora después, Meg, recurriendo a los prismáticos, descubrió a Ransom subido a unas rocas.

—¡Allí está! —susurró sobrecogida—. Verás cuando le diga a Jesse que es real.

Después de mirar unos segundos, se quitó los binoculares del cuello y se los tendió a Brad.

Brad se quedó sin respiración al ver el magnífico animal, su desafiante fuerza. Pasó un momento antes de que empezara a buscar heridas en el caballo. Era difícil de decir, incluso con los prismáticos, dada la distancia que los separaba, pero Ransom no cojeaba y Brad no veía ninguna sangre. Podía decir a Olivia, con total sinceridad, que el objeto de su obsesión estaba en perfecto estado. Barrió el resto del alto y descubrió dos yeguas. Sonrió. Ransom tenía su propio harén. Las miró un rato y después le devolvió los prismáticos a Meg.

—Tiene compañía.

—Son preciosas —susurró Meg con el rostro iluminado—. Y Ransom. Sabe que estamos aquí, Brad. Es como si quisiera hacernos ver que está bien.

Brad se levantó el cuello del abrigo y deseó haberse puesto sombrero.

—Lo sabe —se mostró de acuerdo—, pero parece más como si quisiera burlarse de nosotros. «Atrapadme si podéis». Eso es lo que diría si pudiera hablar.

El rostro de Meg ardía. Brad pensó que si la desnudara, su ardor podría darle calor hasta que muriera de viejo.

—¿Qué tal ese café? —preguntó Brad sonriendo.

Después de ver la cocina del rancho de Brad, Meg casi esperaba que la cabaña tuviera jacuzzi y conexión a internet. Pero era realmente una cabaña, un refugio. Tenía un anexo a uno de los lados donde podían meterse los caballos, pero no había un cobertizo con heno. Brad le dio a los animales algo de grano que había en una lata y puso a cada uno de ellos un cubo de agua que llenó con una vieja bomba manual.

Meg pensó en entrar dentro para ir encendiendo fuego para preparar el café, pero estaba hipnotizada mirando a Brad. Era como si los dos hubieran vuelto atrás en el tiempo, vuelto a la época de los primeros McKettrick y O'Ballivan.

Había habido cabañas como aquélla en el Triple M. Construidas para refugiarse de los cambios de tiempo, con el tiempo se habían vuelto peligrosas y habían terminado derribadas o quemadas.

—Un poco destartalada —dijo Brad dirigiéndose a la puerta.

Dentro había todo tipo de cosas y olía a humedad, pero Brad pronto había encendido un buen fuego en el viejo hogar. No había ningún mueble excepto repisas hechas con viejos tablo-

nes de madera. Encima de los estantes había tazas, comida en brillantes recipientes herméticos,
latas de café.

Toda la cabaña tendría el tamaño del cuarto
de baño del piso de debajo de la casa de Meg.

—Te ofrecería una silla —dijo Brad sonriendo—, pero evidentemente no hay ninguna. Bús-
cate un hueco mientras aclaro las tazas en la
bomba y lleno la cafetera.

Meg examinó el suelo de tablas y se sentó
con las piernas cruzadas cerca del fuego. La cabaña, incómoda como era, ofrecía un abrigo
agradable para protegerse del frío exterior. Los
cazadores de los que había hablado Brad, seguramente no habrían muerto si hubieran conseguido llegar. Recordó la historia: los hechos habían sido amargos y brutales.

Como Stone Creek, el Triple M estaba lleno
de señales que avisaban de que no estaba per-
mitido cazar. Aun así, la gente entraba en la finca constantemente y Rance, Keegan y Jesse re-
forzaban los límites... la mayor parte de las veces
de modo pacífico. Justo el invierno anterior, sin
embargo, Jesse había descubierto a dos hombres
persiguiendo a los ciervos con motonieves en
las praderas de encima de su casa y había tenido
que asustarlos para que se fueran disparando al
aire con el rifle. Más tarde, los había seguido
hasta un bar en Indian Rock. Eran forasteros, se
habían reído de sus advertencias y habían ter-

minado en el hospital. Los habría matado, si Keegan no hubiera intervenido para detener la pelea. Pero incluso con su ayuda, el sheriff y su ayudante tuvieron que recurrir a la mitad de la clientela del bar para sujetar a Jesse.

Hubo rumores de que iban a presentar cargos contra Jesse, pero finalmente no pasó nada. Meg, lo mismo que todo el mundo en Indian Rock, tenía serias dudas de que los de las motonieves volvieran a poner los pies en la ciudad.

Pero siempre había, como solía decir Keegan, una remesa nueva de idiotas.

Brad entró con las tazas y la cafetera y cerró la puerta con el hombro. De nuevo, Meg tuvo la sensación de haber dado un paso al siglo XIX.

A pesar de las grietas en las tablas de las paredes, en la cabaña se estaba caliente.

Brad puso la cafetera en el fuego, le echó café de una lata, y lo dejó hervir. Al estilo vaquero. Sin colador, sin filtro.

Vació dos de los cajones que se usaban como armario y los colocó frente al hogar para que pudieran sentarse los dos. Un trueno sonó por encima de sus cabezas.

—¿Lluvia? —preguntó Meg.

—Nieve —dijo Brad—. El viento traía algunos copos. En cuanto nos reconfortemos con la cafeína, sería mejor que bajáramos.

Si hubiera habido alguna ventana, Meg se habría asomado por ella. Podía abrir la puerta, pero el sonido del viento la disuadió. De modo reflejo, sacó el móvil del bolsillo.

—No hay cobertura —murmuró.

—Lo sé —dijo Brad sonriendo mientras se levantaba del cajón para añadir leña al fuego. Por suerte había bastante—. He tratado de llamar a Olivia para decirle que Ransom sigue siendo el rey de las colinas hace un momento. Imposible.

Otro trueno hizo temblar el tejado y los caballos protestaron asustados.

—Ahora vuelvo —dijo Brad dirigiéndose a la puerta.

Volvió con una esterilla, un saco y la manta de Meg. Los caballos estaban en silencio.

—Sólo por si acaso —dijo cuando la mirada de Meg se posó en las cosas de dormir—. Está nevando muy fuerte.

Meg, sintiéndose estúpida por seguir ahí sentada mientras Brad atendía a los caballos y metía todo dentro de la cabaña, se levantó a mirar el café. El agua estaba a punto de hervir, luego habría que esperar para que los posos se fueran al fondo.

—Tranquila, Meg —dijo Brad con suavidad—. Todavía existe la posibilidad de que deje de nevar antes de que se haga de noche.

Atormentada por la idea de pasar la noche en la cabaña, Meg empezó a pasear. Sabía lo que sucedería si se quedaban. Lo sabía cuando había aceptado la invitación. Lo sabía cuando había salido hacia Stone Creek antes del amanecer. Y seguramente, él también.

Se pasó las dos manos por la cabeza y paseó más deprisa.

—Meg, tranquila.

—Lo sabías —lo acusó deteniéndose para señalarlo—. ¡Sabías que nos quedaríamos aquí!

—Y tú también —replicó Brad sin inmutarse.

Meg se acercó a la puerta, la abrió y miró al exterior. Nevaba tan fuerte que no podía ver los pinos que estaban a menos de noventa metros de la cabaña. Intentar bajar en esas condiciones sería un suicidio. Brad se acercó y la ayudó a cerrar la puerta. Al otro lado de la pared, los caballos no hacían ningún ruido.

Meg estaba de pie, muy cerca de Brad. Cuando trató de moverse, no pudo.

Se miraron a los ojos. Si Brad la hubiese besado en ese momento, ella no hubiera podido hacer otra cosa que devolverle el beso, pero no lo hizo.

—Será mejor traer algo de agua para beber —dijo él dándose la vuelta para buscar un cubo— mientras todavía sea capaz de volver desde la bomba.

Salió.

Meg, por la necesidad de hacer algo, apartó la cafetera del fuego y luego revisó los paquetes de comida, evidentemente pensados para cenas de después del Apocalipsis: faltaban cincuenta años para que caducaran.

—Espagueti a la Enterprise —murmuró.

También había carne Wellington e incluso pastel de carne. Al menos no morirían de hambre.

No en ese momento. Morirían lentamente. Si no se congelaban primero. Volvió a probar el móvil. Seguía sin cobertura.

Bueno, no estaba tan mal, pensó. Cheyenne sabía más o menos dónde estaban. Jesse daría de comer a los caballos y, si su ausencia se prolongaba, saldría a buscarla con Keegan y Rance. Mientras tanto, la situación daría para mucho, Jesse no perdería la oportunidad de reírse de ella.

Seguía con el móvil en la mano cuando Brad entró con un cubo de agua. Parecía tan helado que Meg casi fue a abrazarlo.

En lugar de eso, le sirvió una taza de café, todavía lleno de posos, y se la tendió en cuanto dejó el cubo en el suelo.

—Supongo que no hay un generador —dijo ella al ver que la luz desaparecía.

—Sólo un par de linternas a pilas y velas. Deberíamos ahorrar pilas, por supuesto.

—Por supuesto —dijo Meg y sonrió con la esperanza de que Brad no notara el temblor en su voz.

—No tenemos que hacer el amor —dijo Brad atizando el fuego— sólo porque estemos aislados en una cabaña durante lo que parece la tormenta de nieve del siglo.

—No haces que me sienta mejor.

—¿Y te hago sentir algo?

—Nada perceptible —mintió Meg.

—Solía ser bastante bueno en eso. Te hacía sentir cosas...

—Brad —dijo Meg—. No.

—De acuerdo —dijo él.

Meg se sintió aliviada, pero al mismo tiempo deseó que no hubiera abandonado tan fácilmente.

—Querías café —le recordó Brad—. Toma un poco.

Meg se llenó una taza. Arrastró su cajón un par de centímetros más lejos de Brad y se sentó.

La oscuridad se hacía más profunda y la cabaña parecía incluso más pequeña, haciendo que Brad y ella estuvieran más juntos.

—Éste —dijo Meg inspirada por la desesperación— sería un buen momento para hablar de tu segunda esposa.

Brad sonrió, rebuscó en su bolsa y sacó una baraja.

—Pensaba más en una partida de rummy.

—¿Cómo se llamaba?

—¿Cómo se llamaba quién?

—Tu segunda esposa.

—Oh, ella.

—Sí, ella.

—Cynthia. Se llamaba Cynthia. Y ahora no quiero hablar de ella. Tampoco contar historias. O jugamos al rummy o...

—Un rummy —dijo Meg decidida—. No hay ninguna necesidad de sacar el tema del sexo.

—¿He hecho yo eso?

—¿Hecho qué?

—Sacar el tema del sexo.

—No exactamente —dijo Meg avergonzada.

—Llegaremos a eso —dijo Brad con una sonrisa—. Antes o después.

Meg tragó tanto café de un sorbo que casi se atragantó.

—Hay algunas cosas que me he estado preguntando —dijo Brad mirándola por encima de la taza.

Sonó otro trueno, pero los caballos no hicieron ningún ruido.

—Tengo hambre —dijo Meg tendiendo la mano hacia uno de los envases de comida.

—¿Te siguen gustando los cereales con yogur en lugar de con leche? —preguntó Brad.

—Sí.

—¿Sigues riendo dormida?

—Su... supongo.

—¿Sigues arqueando la espalda como un caballo que corcovea cuando llegas al clímax?

Meg sintió el rostro más caliente que la vieja cocina.

—¿Qué clase de pregunta es ésa?

—Una personal, lo admito —dijo Brad, que hubiera pasado por un niño de una coral por la expresión de inocencia que había en su rostro—. Lo sabré pronto... supongo.

—No —dijo ella.

—¿No? —Brad levantó una ceja.

—No, no arqueo la espalda cuando... no arqueo la espalda.

—Mmm —dijo Brad—. ¿Por qué no?

«Por que no practico el sexo», estuvo a punto de decir Meg, pero en el último instante se dio cuenta de que no quería admitir algo así. No ante Brad, el hombre de las marcas en la cama.

—¿No te has estado acostando con nadie? —preguntó él.

—Yo no he dicho eso —replicó Meg manteniendo la distancia.

—¿Nadie que te haya hecho arquear la espalda?

Meg sentía que Brad estaba empezando a seducirla. Con poco más que un beso, un roce de una mano, se entregaría.

—Algo así —dijo ella.

Era una respuesta floja y, en cierto sentido, demasiado sincera, pero pensó que si lanzaba un hueso a su ego, tendría una oportunidad de que se diluyera el invisible pero casi palpable chisporroteo que había entre los dos.

—Leí uno de los diarios de Maddie hace unos años —dijo Brad sin dejar de mirarla. Maddie era una antepasada suya, la esposa de Sam O'Ballivan—. Menciona esta cabaña varias veces. Sam y ella pasaron una noche aquí y concibieron un hijo.

La afirmación debería haber enfriado la pasión de Meg, a diferencia de Sam y Maddie, Brad y ella no estaban casados, ni enamorados. No utilizaba ninguna clase de anticonceptivo dado que no había habido ningún hombre en su vida desde hacía casi un año y la intuición le decía que entre tantos preparativos de Brad, no habría ningún preservativo.

Sí, la mención del bebé abrió una grieta de anhelo en el interior de Meg que casi dolía.

—¿Estás bien? —preguntó Brad, que se puso de pie rápidamente y la agarró de los codos.

Ella no dijo nada. No podía hablar.

—¿Qué? —preguntó Brad preocupado.

No podía decirle que deseaba tanto tener un bebé que había concertado varias citas en un programa de inseminación, pero que al final siempre se había echado atrás. Que casi había llegado al punto de acostarse con extraños con la esperanza de quedarse embarazada.

Nunca había conocido a su padre. No le había faltado de nada al ser una McKettrick. Nada excepto conocer al hombre que la había engendrado. Era alguien tan anónimo que Eve, cuando creía que ella no la oía, se refería a él como el donante de semen.

Quería algo más para su hijo o hija. No que el padre estuviera presente en el día a día o aportara dinero, pero sí que tuviera un rostro y un nombre.

—¿Meg? —Brad la sacudió ligeramente de los codos.

—Un ataque de pánico —consiguió susurrar ella.

La sentó en una de las cajas, sacó con un cazo un poco de agua del cubo y se la acercó a los labios. Meg bebió un poco.

—¿Tienes que tomarte alguna pastilla o algo así?

Meg negó con la cabeza. Acercó la otra caja y se sentó frente a ella rodillas con rodillas.

—¿Desde cuándo tienes ataques de pánico? —preguntó él.

Las lágrimas inundaron los ojos de Meg. Se rodeó con los brazos y Brad volvió a acercarle el cazo a los labios.

—Meg —repitió Brad—. Los ataques de pánico...

«Sólo me dan cuando soy consciente de pronto de que lo que más deseo en el mundo es tener un hijo de un hombre determinado. Y cuando ese hombre resultas ser tú».

—Es una cosa extraña —dijo Meg—. Nunca había tenido ninguno antes.

Brad alzó una ceja. Siempre había sido observador, era una de las cosas que le hacían buen letrista.

—He dicho que Sam y Maddie concibieron un hijo en esta cabaña y has empezado a hiperventilar —se inclinó ligeramente y tomó las dos manos de Meg entre las suyas–. Recuerdo cuánto deseabas tener hijos cuando estábamos juntos –musitó–. Y ahora tú hermana va a tener un bebé.

Meg sintió que el corazón le subía hasta la garganta. Deseaba un hijo, de acuerdo. Y había concebido uno con Brad que había perdido rápidamente después de que él se fuera a Nashville. Ni siquiera su madre lo sabía.

Meg asintió.

Brad le acarició una mejilla con el dorso de la mano. Nunca le había hablado del embarazo, se había guardado la noticia para la noche de bodas, pero en ese momento sabía que se lo contaría si volvían a empezar una relación.

–No tengo celos de Sierra –dijo ansiosa por dejar eso claro–. Estoy contenta por Travis y ella.

–Lo sé –dijo Brad y la sentó en su regazo.

No fue un gesto con contenido sexual, simplemente la abrazó y le apoyó la cabeza en su hombro. Después de un tiempo para tranquilizarse y recuperar el aliento, Meg se enderezó y lo miró a los ojos.

–Imagina que nos acostamos –dijo con suavidad– y me quedo embarazada. ¿Cómo reaccionarías?

–Bien –dijo Brad después de considerar la posibilidad–. Supongo que dependería de un par de cosas –la besó en el cuello.

—¿Qué cosas? —preguntó Meg sintiendo un estremecimiento.

—De si criaríamos juntos al niño o no —respondió Brad sin alejar la boca del cuello. Cuando Meg se puso rígida, él se separó y la miró a los ojos—. ¿Qué?

—Yo estaba pensando en ser una madre soltera —dijo Meg.

De pronto, Meg volvió a estar sentada en el cajón tan rápido que casi se quedó sin respiración.

—¿Y cuál sería mi parte? —preguntó él—. ¿Mantenerme a distancia? ¿Seguir a lo mío? ¿Qué, Meg?

—Tienes tu carrera...

—No tengo mi carrera. Esa parte de mi vida se acabó. Ya te lo he dicho.

—Eres joven, Brad. Tienes mucho talento. Es inevitable que vuelvas a cantar.

—No tengo que estar en una sala de conciertos o en un estudio para cantar —dijo lacónico—. Quiero vivir en mi rancho y si tengo un hijo quiero que se críe aquí.

Meg se puso de pie. Después de todo, era una McKettrick.

—Cualquier hijo mío se criará en el Triple M.

—Entonces supongo que será mejor que no concibamos un hijo —replicó Brad, que se levantó y se acercó a la cocina a rellenarse la taza de café.

—Mira —dijo Meg más suave—, podemos dejar el tema. Siento haberlo sacado... es que me he emocionado un poco y...

Brad no respondió. Estaban los dos solos en una cabaña, como mínimo iban a pasar la noche juntos, tenían que llevarse bien o se volverían locos. Meg tomó la baraja del suelo.

—Voy a ganarte, O'Ballivan —dijo agitando la caja en el aire—. Rummy, cinco iguales, pesca... Elige tu veneno.

Brad se echó a reír. La tensión estaba rota aunque por debajo, en silencio, corría un río.

—¿Pesca?

—Últimamente he jugado mucho a las cartas... con mi sobrino, Liam. Ése es su favorito.

Brad eligió el rummy y colocó un tercer cajón entre los dos a modo de mesa.

—¿Crees que puedes ganarme? —retó él.

Y en sus ojos se veía que él quería ganar, pero no era precisamente a las cartas.

VI

Brad estaba sorprendido de poder estar allí, jugando a las cartas en una cabaña con Meg cuando prácticamente en lo único que había pensado desde que había vuelto a casa era en acostarse con ella. Además, casi le había sugerido ser el padre de su hijo.

Fueran cuales fueran sus reservas a que el niño se criara en Triple M, a lo que no presentaba ninguna objeción era al proceso de concepción.

¿Entonces por qué no estaba encima de ella en ese mismo instante?

Miró sus cartas solemnemente. Meg iba a ganar esa mano y ponderó la situación. El viento aullaba y sacudía las paredes de la cabaña. La luz se acababa aunque aún no era mediodía.

—Juega —dijo Meg impaciente, con un brillo en los ojos por el inminente triunfo.

—Si lo hubiera sabido —dijo Brad arrepentido—, no hubiera tentado a la suerte. Vas a poner tus cartas encima de la mesa y ganarme, ¿no?

Meg sonrió, lo miró por encima del abanico de cartas y batió las pestañas.

—Sólo hay una forma de averiguarlo —se mofó.

«La geisha del vaquero», pensó Brad. Más tarde, solo en el rancho, le daría vueltas a la idea, a lo mejor componía una canción. Podía haberse retirado de los escenarios, pero sabía que nunca dejaría la música.

Resignado, tomó una carta del mazo, no le servía y la arrojó a la mesa.

Meg pareció iluminarse entera mientras recogía la carta que él había desechado y tras colocarla en su lugar, extendió encima de la mesa todas las cartas formando una escalera.

—La suerte de los McKettrick —dijo radiante.

En un impulso, Brad dejó sus cartas en la mesa, se inclinó hacia delante y la besó ligeramente en los labios. Ella, al principio, se puso rígida, pero después respondió y gimió suavemente cuando él usó la lengua. Ella le pasó los brazos por los hombros.

Brad deseó apartar el cajón donde reposaban las cartas, tumbarla en el suelo y poseerla en ese momento. «No la asustes», se dijo.

Había lágrimas en los ojos de Meg cuando

se echó hacia atrás, suspiró y parpadeó, como si estuviera sorprendida de encontrarse sola con él en el ojo del huracán.

Como la mayoría de los hombres, Brad se sentía incómodo cuando una mujer lloraba. Sintió la urgente necesidad de rectificar cualquier cosa que hubiera hecho mal, pero, al mismo tiempo, sabía que no podía.

Meg se pasó el dorso de la mano por las mejillas y se enderezó orgullosa.

—¿Qué pasa? —preguntó Brad.

—Nada —respondió Meg esquivando su mirada.

—Estás mintiendo.

—Sólo un poco —dijo tratando de sonreír, pero quedándose corta—. Era como en los viejos tiempos, eso es todo. El beso, quiero decir. Me ha traído muchos recuerdos.

—¿Serviría de algo que te dijera que a mí también?

—No mucho —dijo ella.

Brad apartó a un lado el cajón y se acercó más a ella. Tenía que saber lo que le estaba pasando por la cabeza.

—¿Qué? —preguntó él.

—Mucha gente mantiene relaciones sexuales —dijo ella— sin que acabe en un embarazo.

—Lo contrario también es cierto —se sintió obligado a decir—. Por lo que yo sé, hacer el amor produce niños.

—Hacer el amor —dijo Meg— no es necesariamente lo mismo que mantener relaciones.

Brad se aclaró la garganta y siguió con pies de plomo.

—Cierto —dijo él con cautela.

¿Por qué decía ella eso? ¿Lo estaba preparando para un rechazo? Meg no era una persona vengativa, al menos por lo que él sabía, pero la había herido hacía años. A lo mejor quería devolvérselo.

—Lo que tengo en la cabeza —dijo decidida— es sexo como algo opuesto a hacer el amor —una pausa—. Por supuesto.

—Por supuesto —estuvo de acuerdo.

La esperanza vibró en su pecho, pero al mismo tiempo sintió una punzada: Meg estaba dejando muy claro que cualquier intimidad de la que pudieran disfrutar durante el tiempo que estuvieran juntos allí sería puramente disfrute físico. Libre de sentimientos.

Dado que quien pedía no solía poder elegir, estaba deseando cerrar el trato, pero la molesta verdad era que él quería algo más de Meg que un encuentro rápido. No era, después de todo, una *groupie* elegida a ciegas para ser poseída en un autobús y después olvidarla.

—¿Te preocupa? —preguntó ella.

—Si quieres sexo, Meg McKettrick, jugaré. Es sólo que...

—¿Qué?

—Podría no ser una buena idea.

¿Estaba loco? Tenía delante a la mujer más hermosa que había visto nunca, se le estaba ofreciendo... ¿y él pisaba el freno?

—De acuerdo —dijo ella y, de pronto, pareció herida y tímida.

Y eso fue la ruina de Brad. Toda su noble contención se la llevó el viento.

Volvió a sentarla en su regazo. Meg dudó y, después, le rodeó el cuello con los dos brazos.

—¿Estás segura? —preguntó él en voz baja—. Nos estamos arriesgando, Meg. Podríamos concebir un bebé...

La idea la llenó de una felicidad desesperada mezclada con preocupación.

—Podríamos —confirmó ella con los ojos brillantes.

Brad le agarró la barbilla y la obligó a mirarlo a los ojos.

—Una advertencia, McKettrick: si de esto sale un niño, no voy a ser un padre anónimo que se contenta con enviar un cheque todos los meses y desentenderse de todo lo demás.

—¿Vas en serio...? —dijo ella mirándolo con detenimiento.

Brad asintió.

—Me arriesgaré —decidió ella después de unos momentos de duda.

Volvió a besarla, más profundamente esa vez y cuando sus bocas se separaron, ella parecía tan aturdida como él. Estaba sentada a horcajadas encima de él e, incluso a través de los vaqueros, notaba el calor del interior de sus muslos. Meg se retorció encima de su erección haciendo que gimiera. En toda su vida había deseado Brad una cama como en ese momento. No estaba bien tumbar a Meg en el suelo encima de un par de sacos de dormir con ese frío.

Pero incluso con esos pensamientos en la cabeza, le levantó la camisa, le deslizó las manos por debajo de la tela y le acarició la piel de la espalda.

Ella gimió de delicia, cerró los ojos y dejó caer la cabeza hacia atrás.

—¿Frío? —preguntó Brad preocupado.

—Todo lo contrario —murmuró ella.

—¿Estás segura?

—Completamente.

Buscó el cierre del sujetador y lo abrió. Rodeó con las dos manos los rotundos y cálidos pechos. Meg volvió a gemir cuando le acarició los pezones con los pulgares. Y en ese momento fue cuando oyeron el inconfundible ruido de un helicóptero justo encima del tejado de la cabaña.

Meg miró hacia arriba incrédula. Jesse, Rance o Keegan... o los tres. ¿Quién si no se metería con un helicóptero en una ventisca?

Los caballos relincharon asustados. Las pare-

des de la cabaña vibraban mientras Meg se ponía de pie de un salto y se abrochaba el sujetador casi en el mismo movimiento.

—¡Maldita sea! —escupió furiosa.

—Será mejor que no sea Phil —dijo Brad poniéndose también de pie y mirando al techo.

Meg se alisó la ropa y se arregló el pelo.

—¿Phil?

—Mi representante —le recordó Brad.

—Tendríamos suerte —casi gritó Meg para
que la pudiera oír—. ¡Son mis primos!

Los dos fueron hasta la puerta y miraron fuera protegiéndose del viento que levantaba el
helicóptero.

—Estoy maldito —dijo Brad con una sonrisa
mientras sujetaba la puerta contra el helado viento.

—Voy a matarlos —dijo Meg al ver dos figuras
en la ventisca.

La puerta crujió a la primera llamada. Meg
se quedó un poco detrás mientras Brad abría.

Jesse entró el primero, seguido de Keegan.
Llevaban sombreros vaqueros calados hasta los
ojos y abrigos de piel vuelta.

—Traté de detenerlos —dijo Angus, que se
apareció al lado del codo de Meg.

—Buen trabajo —dijo Meg sin mover los labios.

—Son McKettrick —dijo Angus agitando las
manos en el aire.

—¿Estáis locos? —se encaró Meg con sus primos avanzando hasta colocarse delante de Jesse, quien miraba suspicaz a Brad—. Podíais haberos matado. ¡Meterse con un helicóptero en una ventisca!

Brad, en cambio, con una sonrisa sardónica se acercó a la cocina, tomó la cafetera y dijo:

—¿Café?

Jesse lo miró con el ceño fruncido.

—No tiene importancia —dijo Keegan quitándose los guantes y dedicando a Meg una mirada cómplice de «sólo estoy aquí para controlar a Jesse».

Brad buscó otra taza y, sin preocuparse de aclararla, la llenó y se la tendió a Keegan.

—Me alegro de volver a veros —dijo con una especie de ataque de amabilidad.

—Apostaría a que sí —dijo Jesse quitándose el sombrero.

—Jesse —le advirtió tranquilo Keegan.

Meg estaba casi de puntillas, con su nariz casi rozando la de Jesse y con los ojos entornados.

—¿Qué demonios estáis haciendo aquí?

Jesse no se iba a achantar, su gesto lo dejaba claro, y Meg tampoco. El clásico encuentro entre McKettrick.

Keegan, habituado a la dinámica familiar, y el miembro más diplomático de esa generación, colocó un brazo entre los dos mientras sostenía el café con la otra mano.

—A sus rincones —dijo en tono desenfadado obligándolos a dar un paso atrás.

Jesse dedicó una dura mirada a Brad, una vez habían sido amigos, y después se volvió a Meg.

—Podría hacerte la misma pregunta —dijo Jesse—. ¿Qué demonios estás haciendo aquí? ¿Con él?

Brad carraspeó y se cruzó de brazos. Esperó. Parecía estarse divirtiendo.

—Eso, Jesse McKettrick —dijo furiosa—, sólo es asunto mío.

—Hemos venido —intervino Keegan— porque Cheyenne nos ha dicho que habías subido a caballo. Cuando nos hemos enterado de la ventisca, nos hemos preocupado.

Meg dejó caer los brazos a los dos lados del cuerpo.

—Evidentemente, estoy bien —dijo ella—. Viva y coleando.

—No estoy seguro de eso —dijo Jesse midiendo a Brad.

Brad apretó la mandíbula, pero no dijo nada.

—Recoge tus cosas si has traído algo —dijo Jesse a Meg—. Nos vamos —se volvió a Brad y añadió reacio—. Es mejor que vengas con nosotros, esta tormenta va a empeorar bastante antes de mejorar.

—No puedo dejar a los caballos —dijo Brad.

Meg estaba rabiosa. Sus primos habían aterrizado con un helicóptero delante de la caba-

ña, en plena tormenta de nieve, decididos a lle-
vársela, y lo único que se le ocurría a él era
pensar en los caballos.

—Me quedo y bajaré a caballo contigo —dijo
Jesse a Brad.

Fueran cuales fueran sus cuentas pendientes
con él, Jesse era un ranchero hasta la médula. Y
un ranchero jamás abandona a los caballos, fueran suyos o de otro, si había alguna oportunidad. Volvió los azules ojos a Meg y dijo:

—Keegan te llevará al Triple M.

—¿Y si no quiero ir?

—Decídete ya —dijo Keegan—. La tormenta va
ganando fuerza mientras hablamos. Otros quince o veinte minutos y los cuatro nos quedamos
aquí hasta la primavera.

Meg buscó el rostro de Jesse y después miró
a Brad. No iba a expresar ninguna opinión ni
en un sentido ni en otro, y eso la irritaba. Sabía
que no era cobarde, Brad nunca había rehuido
una pelea, ni con sus primos ni con nadie. Así
que aquello seguramente significaba que se sentía aliviado por librarse de una situación emba-
razosa.

—Voy a ponerme el abrigo —dijo ella mirando a Brad con la esperanza de que la detuviera
y mandara de vuelta a casa a sus primos.

Pero no lo hizo. Se puso el abrigo peleándo-
se con una de las mangas.

—Llama a Olivia —dijo Brad mientras miraba

divertido sus esfuerzos por vestirse—. Dile que estoy bien.

Meg asintió y dejó que Keegan la arrastrase por el frío hasta el helicóptero.

—Suave —dijo Brad estudiando a Jesse y cerrando la puerta tras Keegan y Meg.

Volar con ese tiempo era un enorme riesgo, pero si alguien podía hacerlo, era Keegan. Su padre era piloto y los tres McKettrick sabían manejar un avión o un helicóptero tan bien como montar a caballo.

—Será mejor que nos pongamos en marcha —dijo Jesse—, estaría bien salir de aquí antes de que oscurezca.

—¿Qué pensabas que iba a hacer, Jesse? —preguntó finalmente Brad agarrando el atizador y abriendo la puerta de la cocina para extender las brasas—. ¿Violarla?

Jesse se pasó una mano por el pelo.

—No era eso —dijo—. Hasta que vimos el humo saliendo de la cabaña, pesábamos que podríais estar en medio de ningún sitio metidos en un buen lío.

—¿No podíais haber vuelto con el helicóptero al Triple M y dejar las cosas como estaban?

Brad estaba a un par de centímetros de Jesse. No había querido mostrarse así delante de Meg. Ella no era una niña y si necesitaba protección, él podía dársela perfectamente.

—Puede que Meg haya olvidado lo que le hiciste —dijo Jesse echando fuego por los ojos—, pero yo no. Por fuera mantuvo la compostura, pero por dentro estaba hundida. Sobre todo después del aborto.

Para Brad el mundo se detuvo de pronto.

—¿Qué aborto?

—Ajá —dijo Jesse.

Brad hizo un gran esfuerzo para no agarrar a Jesse de las solapas y arrancarle una respuesta. Incluso se acercó a la puerta para intentar que Meg no se fuera, pero el helicóptero ya había despegado.

—¿Había un bebé?

—Vamos a preparar los caballos y disponernos a afrontar un duro viaje —dijo Jesse evitando su mirada. Era evidente que había pensado que Meg le había hablado del embarazo.

—Dímelo —presionó Brad.

—Tendrás que hablarlo con Meg —respondió Jesse poniéndose el sombrero y cuadrando los hombros para enfrentarse al frío—. Ya he dicho más de lo que debía.

—¿Era mío?

Jesse se puso rojo mientras se colocaba el cuello del abrigo.

—Pos supuesto que era tuyo —dijo indignado—. Meg no es de las que juegan con esas cosas.

Brad se puso el abrigo y los guantes. Se sentía extraño: Meg estaba embarazada cuando él se había subido al autobús para Nashville. Si no hubiera sido un estúpido muchacho ambicioso, se habría dado cuenta. Por la fragilidad que había en los ojos de ella. Por cómo lo había tocado para atraer su atención, como si tuviera algo importante que decirle, y luego se había echado atrás temblando ligeramente. Habría ido a Nashville de todos modos, tenía que hacerlo para salvar el rancho, pero habría mandado a buscar a Meg.

Jesse le apoyó una mano en el hombro y luego la quitó.

Después de asegurar la cabaña lo mejor posible, salieron a buscar a los caballos. Los ensillaron en silencio.

El sonido del motor hacía imposible la conversación y Meg decidió permanecer en silencio.

Keegan estaba concentrado en los mandos. La ventisca se había intensificado y volaban a ciegas.

Una vez en una zona de mayor visibilidad, Keegan le ofreció unos auriculares.

—No puedo creer que hayáis hecho algo así —dijo Meg.

—Regla número uno —dijo Keegan con una sonrisa—: nunca abandones a otro McKettrick en medio de una ventisca.

—¡Estaba perfectamente bien! —dijo con un suspiro.

—Puede ser —respondió Keegan girando al noroeste en dirección al Triple M—, pero no teníamos forma de saberlo. Conecta el móvil y verás por lo menos una docena de llamadas.

—¿Qué pasa si ellos no consiguen salir de la tormenta? —preguntó Meg más asustada que furiosa—. ¿Si los caballos se pierden?

—Brad conoce el camino —aseguró Keegan— y Jesse podría cabalgar por el infierno si hiciera falta. Si no han aparecido en unos horas, volveré a buscarlos.

—No eres invencible, ¿sabes? —dijo Meg lacónica—. Incluso aunque seas un McKettrick.

—Haré lo que tenga que hacer —dijo él—. ¿Brad y tú volvéis a estar juntos?

—Eso a ti no te importa.

—¿Cuándo me ha detenido a mí algo así? —dijo con una sonrisa malévola.

—No —dijo Meg—, no volvemos a estar juntos. Sólo le estaba ayudando a buscar a Ransom.

—¿Ransom? ¿El garañón?

—Sí.

—¿Es real?

—Lo he visto con mis propios ojos.

—¿Decidisteis ir a perseguir a un caballo salvaje en medio de una ventisca?

—No nevaba cuando salimos de Stone Creek —dijo Meg a la defensiva.

—¿Sabes lo que creo?

—No, pero me temo que me lo vas a decir.

—Querías dormir con Brad. Él quería dormir contigo. Y utilizo la palabra «dormir» a propósito. Los dos sabíais que era posible que nevara en las tierras altas. Y la cabaña estaba ahí...

—Nada de eso es de tu incumbencia. ¿Quién te crees que eres, el doctor Phil?

—Seguramente no servirá de nada —dijo en tono de broma—, pero si hubiera sabido que interrumpíamos... me hubiera mantenido alejado.

—Estábamos jugando a las cartas.

—Ya.

—Keegan —dijo Meg cruzándose de brazos—, no tengo que convencerte de nada. Y, decididamente, no tengo que darte explicaciones.

—Tienes toda la razón.

Para entonces habían salido de la tormenta y volaban en medio de una dorada tarde de otoño. Pasaron por encima de Stone Creek y siguieron en dirección a Indian Rock.

Meg no volvió a decir nada hasta que Keegan aterrizó en la pradera de detrás del establo.

—Gracias por el paseo —dijo ella cuando se detuvieron las aspas y pudo salir sin jugarse la cabeza—. Te invitaría a pasar, pero justo ahora estoy realmente enfadada y cuanto menos me relacione con mis parientes masculinos, incluido tú, mejor.

—Adelante —dijo Keegan levantando un pulgar—. Y, por cierto, me importa un comino si estás enfadada.

—Adiós— dijo dándole un golpe en el brazo, sacudiendo la cabeza y lanzándole los auriculares.

Keegan la vio salir del helicóptero y dirigirse a su casa.

Cuando entró, Angus estaba en la cocina con gesto de disculpa.

—Un millón de gracias por la ayuda —dijo Meg.

—No hay mucho que pueda hacer con dos tipos que ni me ven ni me oyen —replicó Angus.

—Soy yo la que tiene esa suerte —respondió Meg quitándose el abrigo.

—Tienes problemas —dijo Angus solemne.

Meg se alarmó. Ella había bajado de las montañas relativamente bien, pero el viaje a caballo era mucho más peligroso.

—Jesse y Brad están bien, ¿verdad?

—Sí —aseguró Angus—. Nada que no se arregle con un par de tragos de buen whisky.

—¿Entonces de qué estás hablando?

—Lo descubrirás bastante pronto.

—¿Tienes que ser tan críptico?

—No lo soy —dijo con una sonrisa que recordaba a la de Keegan.

—Muy gracioso —Meg cambió de tema—. Primero háblame de tu hermano perdido y de cómo está a punto de aparecer un McKettrick desconocido. Luego dime cuál es el problema que tengo.

—Jesse se ha ido de la lengua... Y no voy a decir más.

Meg se quedó paralizada. Sólo tenía un oscuro y profundo secreto y Jesse no podía haberlo contado porque ni siquiera lo sabía ¿O sí? Se llevó una mano a la boca.

Angus le dio una palmada en el hombro.

—Sería mejor que fueras a dar de comer a los caballos, luego vas a estar ocupada.

—Angus McKettrick... —dijo mirándolo fijamente.

Se desvaneció. Típico de él.

Meg llamó a Olivia, le salió el contestador y dejó un mensaje. Después preparó café, recogió el abrigo del suelo, se lo puso y salió de la casa.

El trabajo le ayudó a olvidar su ansiedad, pero no del todo. Se preguntaba si Jesse habría descubierto lo de su embarazo y se lo habría contado a Brad.

«Tienes un problema», había dicho Angus, y las palabras resonaban en su cabeza.

Terminó la tarea y volvió a la casa, se quitó el abrigo de nuevo y se lavó las manos en la pila antes de servirse una taza de café. Consideró acompañarla de una generosa cantidad de bourbon para quitarse el frío de los huesos, pero volvió a dejar la botella en el armario sin abrirla.

Si Jesse y Brad no volvían, Keegan sería el mejor para buscarlos.

Llamó al móvil de Cheyenne.

—Lo siento —dijo de inmediato Cheyenne, sin preocuparse siquiera de saludar primero—. Cuando le di tu recado a Jesse, quiso saber dónde estabas —hizo una pausa—. Y se lo dije.

Meg se pasó el dorso de la mano por la frente y cerró los ojos un instante. Si dos vaqueros testarudos se perdían en la ventisca o si, como decía Angus, Jesse se había ido de la lengua, lo ocurrido en la cabaña sería el menor de sus problemas.

—Hay una gran tormenta en las tierras altas —dijo con tranquilidad— y Jesse y Brad bajan a caballo. Házmelo saber cuando Jesse haya regresado, ¿de acuerdo?

—Oh, Dios mío —dijo Cheyenne con un suspiro—. ¿Van a caballo en una ventisca?

—Jesse puede manejarlo —dijo Meg—. Y también Brad, pero descansaré mejor cuando sepa que están en casa.

Cheyenne no respondió en un largo rato.

—Te llamaré —dijo como distraída, seguramente tan preocupada como ella.

Finalmente, Meg se llevó el café al estudio y se sentó delante del ordenador. Introdujo en un buscador el nombre de Josiah McKettrick, pensó que su cabeza no estaba para investigaciones y lo dejó.

En la cocina, se calentó una lata de sopa y se la comió de modo mecánico. Después leyó un par de horas, se dio un largo baño, se cambió de ropa y bajó con idea de ver la televisión. Estaba tratando de concentrarse en una película cuando oyó el sonido de la puerta de un coche que se cerraba. Unas botas con espuelas retumbaron en los escalones y un puño golpeó la puerta.

–¡Meg! –gritó Brad–. ¡Abre la puerta! ¡Ya!

VII

Brad parecía bastante alterado de pie frente a la puerta de Meg. Ella se apartó para dejarlo pasar y él así lo hizo cerrando la puerta tras de sí.

No se había cambiado de ropa después del largo camino y estaba empapado. Había perdido los guantes y tenía los labios de un tono ligeramente azulado.

—¿Por qué no me hablaste del bebé? —exigió agitando el dedo índice delante de la nariz de Meg.

Los peores temores de Meg se vieron confirmados en ese momento. Jesse lo había sabido todo y se lo había contado a Brad.

—Cálmate —dijo ella recomponiéndose un poco.

Brad tensó los hombros. Si no lo hubiera conocido, Meg hubiera temido por su seguridad, pero era Brad O'Ballivan. Le había roto el corazón, pero jamás le haría daño físico, lo sabía.

—¿Había un niño?

Meg se mordió el labio inferior. Siempre había sabido que se lo tendría que contar, pero no de ese modo.

—Sí —susurró ella.

—¿Mi hijo?

—Sí.

—¿Por qué no me lo dijiste?

—Estabas en Nashville —dijo ella enderezando la espalda y alzando la barbilla—. No escribiste. No llamaste. Supuse que no te interesaba.

Brad se pasó una mano por el pelo. La furia se notaba en su mirada.

—¿Cómo no iba a estar interesado, Meg? Estabas embarazada de mi hijo.

—Lo perdí unas semanas después de que te fueras —dijo poniéndose las palmas de las manos en las mejillas—. No era el destino.

La humedad brilló en los ojos de Brad y apretó la mandíbula.

—Aun así...

—Vete arriba a darte una ducha caliente —dijo Meg—. Voy a prepararte algo de comer y hablamos.

Brad se puso tenso de nuevo y después se relajó. Asintió.

—Travis se dejó alguna ropa cuando se fue a

la cuidad con Sierra —al ver que él no decía nada, siguió—. Buscaré algo.

Subió las escaleras y abrió la puerta del baño para que Brad entrara, después se fue a la habitación principal y sacó unos vaqueros y una camiseta de manga larga de un armario.

Brad ya estaba en la ducha cuando volvió, desnudo tras el cristal empañado pero claramente visible. Tragándose una oleada de deseo, Meg dejó la ropa encima de la tapa del inodoro, puso encima una toalla y se escabulló.

Estaba haciendo unos huevos revueltos cuando Brad apareció descalzo en la cocina con la ropa de Travis. Sin decir nada, Meg llenó una taza de café y se la ofreció.

La aceptó después de un momento de duda y le dio un sorbo con cuidado.

Meg se sintió aliviada al ver que la ducha le había devuelto el color.

—Siéntate —dijo ella.

Brad separó una silla de la mesa y se sentó a mirarla mientras ella se giraba de nuevo en dirección a la cocina.

—¿Qué pasó? —preguntó él unos momentos después.

Como ella no decía nada, él insistió:

—El aborto. ¿Cuál fue la causa?

Con una punzada de dolor, Meg se dio cuenta de que él pensaba que, de algún modo, había sido culpa de él. Por haberse marchado a

Nashville o por la discusión que habían tenido anteriormente.

Ella ya había sufrido su propia dosis de culpa durante años, preguntándose si podría haber hecho algo para evitarlo. No quería que Brad pasara por la misma agonía.

—No hubo ningún incidente especial —dijo con suavidad—. Estaba embarazada y luego no. Son cosas que pasan, Brad. Y no siempre es posible saber cuál es la causa.

—Deberías habérmelo dicho.

—No se lo dije a nadie —dijo Meg—. Ni siquiera a mi madre.

—¿Entonces cómo lo sabe Jesse?

Después de haber tenido tiempo para pensar, la respuesta era obvia. Jesse había sido quien la había llevado al hospital esa noche. Le había dicho que eran sólo dolores menstruales, pero únicamente tenía que haber hecho sus cálculos y haber oído a alguno de los médicos para haber llegado a sus propias conclusiones.

—Estaba conmigo —dijo ella.

—¿Estaba él y no yo? —preguntó Brad.

Puso el plato delante de él junto con dos rebanadas de pan y unos cubiertos.

—Eso no hubiera cambiado nada —dijo ella—. Aunque hubieras estado allí, yo habría perdido el niño, Brad.

—Deberías habérmelo dicho —insistió tras respirar hondo.

Meg dio un empujón al plato para acercárselo y Brad, reacio, empezó a comer.

—Aquello ya pasó —dijo ella sentándose en el banco de al lado de la mesa—. ¿Qué hubieras podido hacer?

—Podría haber... ayudado.

—¿Cómo?

—Pasaste por ello sola —suspiró—. Eso no está bien.

—Hay muchas cosas en el mundo que no están bien —razonó Meg—. Una tiene que... afrontarlo.

—El estilo McKettrick —dijo Brad sin admiración—. Algunas personas hablarían de cabezonería más que de afrontar las cosas.

—Volvería a hacer lo mismo —confesó ella—. Fue duro, pero salí adelante.

—Sola.

—Sola —reconoció ella.

—Debió de ser peor que duro. Tenías sólo diecinueve años.

—Como tú —dijo ella.

—¿Por qué no se lo dijiste a tu madre?

Meg no tuvo que pensar mucho en ello. Desde el día que Hank Breslin se había llevado a Sierra y desaparecido, Eve había pasado de problema en problema: un grave accidente y la subsiguiente adicción a los analgésicos y el alcohol; el reto de dirigir McKettrick Co en medio de un mar de fusiones.

—Ya tenía bastante —respondió sencillamente, Brad se sabía la historia de los McKettrick.

—Me hubiera colgado de los pulgares —dijo Brad intentando sonreír.

—Seguramente —reconoció ella.

—¿Cómo seguimos desde aquí? —preguntó él una vez terminada la cena.

—No lo sé —dijo ella—. A lo mejor de ninguna manera.

Brad se inclinó para tomarle la mano, pero se arrepintió en el último momento. Empujó la silla hacia atrás para ponerse de pie y dejar el plato en la pila.

—¿Qué era, niño o niña? —preguntó de pie de espaldas a ella.

Meg podía ver la tensión en sus hombros mientras esperaba su respuesta.

—No lo pregunté —dijo ella—. Supongo que no quería saberlo. Además, era demasiado pronto. Estaba de muy pocas semanas.

Brad se dio la vuelta para mirarla, pero mantuvo la distancia, apoyándose contra la encimera, y se cruzó de brazos.

—¿Has pensado alguna vez cómo serían las cosas si hubiera sobrevivido?

«Continuamente», pensó.

—No —mintió.

—Bien —dijo él sin creerla.

—Lo… lo siento, Brad. Siento que te hayas tenido que enterar por otra persona.

—¿Pero no por engañarme en su momento?

—No te engañé.

—¿Cómo lo llamarías?

—Te habías ido. Tenías cosas que hacer. Si te hubiera arrastrado de vuelta no habrías tenido tu gran oportunidad. Me hubieras odiado por ello.

Por fin, Brad cruzó la cocina, se acercó a ella y le agarró la barbilla.

—No te hubiera odiado, Meg —dijo con gravedad—. Nunca.

Durante unos momentos se miraron los dos en silencio. Brad fue el primero en volver a hablar.

—Será mejor que vuelva al rancho —una sonrisa sincera—. Ha sido un día horrible.

—Quédate —se oyó Meg decir.

No quería meter a Brad en su cama, bueno no solamente eso. Había cabalgado en medio de una ventisca, casi se había congelado y se había enterado de que casi había sido padre.

Brad estaba en silencio, quizá por la pérdida.

—No deberías estar solo —dijo Meg y pensó: «nadie debería».

Meg sabía lo que pasaría si se quedaba, por supuesto. Y sabía que podía ser un error. Se habían vuelto extraños el uno para el otro, vivido vidas tan distintas. Pero lo necesitaba esa noche, necesitaba que la abrazara, si no algo más. Y la necesidad de él era igual de grande.

—¿Cómo sabemos que tus primos no aterrizarán con un helicóptero en el tejado? —preguntó él con una sonrisa.

—No lo sabemos —dijo Meg y suspiró—. Ya sabes cómo son.

—Ya lo creo —dijo irónico—. Salieron a salvar tu virtud.

Meg se puso en pie, se acercó a Brad y le pasó los brazos por la cintura. Parecía lo más natural y, al mismo tiempo, parecía tan arriesgado que dejaba sin respiración.

—Quédate —volvió a decir.

Él la abrazó y le apoyó la barbilla en la cabeza. Le acarició la espalda con las manos.

—Aquellos que no aprenden de la historia —dijo por fin— , están condenados a repetirla.

Meg le apoyó la cabeza en el hombro. Y sonó el teléfono.

—Podría ser importante —dijo Brad soltándola al ver que no hacía ademán de contestar.

—Hola —dijo ella levantando el auricular.

—Jesse está en casa —dijo Cheyenne—. Está medio congelado. Le he preparado un ponche calentito y lo he metido en la cama.

—Gracias por llamar, Chey —respondió Meg.

—¿Estás bien? —preguntó Cheyenne tímidamente.

Preguntándose cuánto le habría contado Jesse a su mujer, Meg respondió que estaba bien.

—Me ha dicho que Keegan y él os encontra-

ron a Brad y a ti en no sé donde de las montañas. Lo siento, Meg. A lo mejor debería haber
mantenido la boca cerrada, pero oí lo de la ventisca en la radio y, bueno, me entró un poco de
pánico.

—Has hecho bien, Chey. De verdad.

—Está ahí, ¿verdad? Me refiero a Brad. Está
contigo ahora.

—Dado que no quiero tener visitas de mis
primos a medianoche, no admitiré nada.

—Mis labios están sellados —dijo Cheyenne
entre risas—. ¿Comemos juntas mañana?

—Eso suena bien —respondió Meg sonriendo.
Desde atrás, Brad deslizó las manos por debajo
de la ropa y se detuvo justo debajo de los pechos—. Buenas noches, Cheyenne.

—Nos vemos en la ciudad, en el Lucky a mediodía —dijo Cheyenne—. Llámame si sigues en
la cama o cambias de planes por cualquier cosa.

Brad pellizcó los pezones y Meg tuvo que
ahogar un gemido de placer.

—Nos vemos allí —respondió Meg y colgó a
toda prisa.

Brad le dio la vuelta, la besó y la levantó entre sus brazos. Así, subió las escaleras.

Fue directo a la cama que Holt y Lorelei habían compartido como marido y mujer.

La dejó en el mullido colchón. Sólo podía
verlo como una silueta que se recortaba contra
la luz que entraba del pasillo, pero sabía que la

estaba mirando con suavidad y con deseo y tan excitado como ella. Meg se quitó los pantalones del chándal y la sudadera. Como había pensado en irse directamente a la cama, no se había preocupado de ponerse bragas y sujetador después de salir del baño. Estaba completamente desnuda. Era totalmente vulnerable.

Brad apoyó una rodilla en el colchón al lado de ella.

—Abrázame —susurró Meg.

Brad se desnudó, ayudó a Meg a meterse debajo de la manta y se acostó a su lado. Ella sintió el cuerpo fuerte y caliente a su lado y una descarga eléctrica aturdió cada célula de su cuerpo. Le pasó las manos por el cuello y se quedó así.

Pasó un largo y delicioso intervalo de tiempo en el que no se pronunció ni una palabra, no hubo caricias... sólo el abrazo. La decisión de que no habría preliminares fue tácita. El deseo era demasiado grande.

Brad separó con suavidad las piernas de Meg y se colocó entre ellas presionando con su erección el bajo vientre. Ella gimió y arqueó la espalda ligeramente como buscándolo.

La poseyó con un largo y lento movimiento y se alojó en sus profundidades.

La besó en los párpados y ella se retorció debajo de él.

La besó en las mejillas y Meg trató de mover las caderas, pero la tenía fuertemente clavada contra el colchón. Meg sollozó y él la mordió en el lóbulo de una oreja, después en la otra. Ella recorrió su espalda con las manos arriba y abajo mientras él saboreaba su cuello. Meg imploró. Él se retiró para volver a entrar lentamente. Ella pronunció su nombre. Él se zambulló aún más. Y Meg llegó al éxtasis entre sus brazos. Le clavó las uñas en la espalda.

El clímax fue salvaje, pero fue sólo un preludio de lo que vendría a continuación y saber eso sólo incrementaba el deseo de Meg. Su cuerpo se fundía con el de Brad a un nivel elemental y en el momento que él empezó de nuevo a moverse sobre ella, supo que volvía a estar perdida. Incluso mientras explotaba como una supernova, era consciente del fenomenal autocontrol que él exhibía. Pero cuando ella llegó a la cima, él se fue con ella. Sintió las cálidas semillas que se vertían dentro de ella y rogó que germinaran.

Finalmente, él se dejó caer al lado de ella con el rostro enterrado entre su cuello y los hombros, las piernas y brazos enredados con los de ella, recorrido por estremecimientos casi imperceptibles.

Un largo rato después, cuando los dos habían recuperado el aliento, Brad levantó la cabeza. Tocó con su nariz la de ella. Empezó a hablar, pero sólo fue capaz de suspirar.

Meg le colocó el cabello y giró la cabeza para besarlo en la barbilla.

—Supongo que acabas de conseguir otra mues-ca en la cama —dijo ella.

—Sí —dijo él con una risita—. Lo único es que es tu cama, McKettrick. Tú me has seducido. Quiero que quede constancia de eso. Aun así, dado que es una antigüedad, hacer una marca en la madera no creo que sea la mejor idea.

—Vamos a arrepentirnos de esto por la maña-na, ¿lo sabes? —dijo ella.

—Eso será entonces —murmuró mordiéndole en el cuello—. Ahora es ahora.

—Ajá —quería que ese «ahora» durara para siempre.

—Sigo esperando un helicóptero.

—Yo también —dijo ella entre risas.

—¿Sabes qué? —preguntó Brad levantando la cabeza para mirarla.

—¿Qué?

—Me alegro de que haya sido así. En una cama de verdad y no en el suelo de una cabaña ruinosa —la besó muy suavemente—. Aunque me hubiera adaptado a cualquier cosa.

Meg simuló que le pegaba y él rió a carcajadas.

Sintió de nuevo su erección contra la parte externa del muslo. Brad se incorporó y encendió la lámpara de la mesilla. La luz cayó sobre ella. ¿O era el brillo de Meg lo que iluminaba todo?

—Dios —susurró Brad—. Eres hermosa.

Meg sintió vergüenza, giró la cara para un lado y cerró los ojos.

Brad le acarició los pechos, el vientre y la parte alta de los muslos. Su roce era tan ligero, tan suave, que casi no podía respirar.

—Mírame —dijo él.

Ella lo miró a los ojos.

—La luz —protestó Meg.

Brad deslizó la mano entre la unión de sus muslos.

—Tan hermosa —dijo él.

Ella gimió cuando él empezó a dibujar dulces círculos para excitarla.

—Brad...

—¿Qué?

Meg era plenamente consciente de la suavidad de su propio vientre; sabía que sus pechos no eran tan firmes como él recordaría. Deseaba que le volviera a hacer el amor, pero bajo la protección de la oscuridad y de las mantas que Lorelei había tejido con sus propias manos tantos años antes.

—La luz.

Él no hizo nada para apagar la lámpara, siguió acariciándola y observando su respuesta. Cuando deslizó los dedos dentro de ella, encontró su punto G y lo tocó de un modo experto, Meg se olvidó de la luz.

Mientras Meg dormía, Brad se deslizó fuera de la cama, se puso la ropa prestada y recogió del baño la suya propia. Se sentó en el borde de la bañera para ponerse los calcetines y las botas que aún estaban mojadas.

En el piso de abajo encontró el anticuado termostato y lo giró. Por los conductos de aire salió un chorro de calor lleno de polvo. Encendió las luces de la cocina y llenó la cafetera. A lo mejor todas esas cortesías compensaban un poco el que se marchara antes de que Meg se despertara.

Encontró un lápiz y un papel y se dispuso a dejar una nota, pero no se le ocurrió nada adecuado.

«Gracias» era inapropiado; «adiós» demasiado directo. Sólo un estúpido escribiría «ya nos veremos».

¿«Te llamo más tarde»? Demasiado caballeroso.

Finalmente optó por «tengo que dar de comer a los caballos».

Cuatro canciones suyas habían ganado un Grammie y lo único que se le ocurría era eso. Debía de estar dormido. Se detuvo, miró un momento al techo deseando subir al piso de arriba, meterse en la cama con Meg y volver a hacer el amor.

Pero ella había dicho que por la mañana se arrepentirían, y no quería ver el arrepentimiento en su rostro. Los dos dirían excusas estúpidas sin querer mirarse a los ojos.

Y Brad sabía que no era capaz de manejar algo así. Así que se fue.

Meg estaba de pie en medio de la cocina, con una bata y disfrutando del aroma del café recién hecho, mirando la nota que le había dejado Brad.

Tengo que dar de comer a los caballos.

—Este hombre es un poeta —dijo en voz alta.

—¿Crees que lo has conseguido? —preguntó Angus.

Meg se dio la vuelta y lo vio de pie justo detrás de ella.

—Me has asustado —acusó Meg con una mano en el pecho.

—Lo siento —dijo Angus.

—¿He conseguido qué? —Meg escupió las palabras cuando se dio cuenta de que Angus se refería a si había conseguido quedarse embarazada—. ¡Dime que no has estado aquí!

—¿Por quién me tomas? —dijo bruscamente Angus—. ¡Por supuesto que no!

—Pero sabías... —dijo Meg ruborizada hasta la raíz del cabello.

—He visto salir a ese vaquero cantante justo antes de que amaneciera —quien se ruborizó en ese momento fue Angus—. No era muy difícil de imaginar...

—Podrías dejar de llamarlo «ese vaquero cantante». Tiene un nombre: Brad O'Ballivan.

—Lo sé —dijo Angus—, pero tiene una mano increíble con los caballos y no canta mal. Desde mi punto de vista eso hace de él un vaquero cantante.

Meg se acercó a la nevera a ver si había algo para desayunar. Había hecho los últimos huevos para cenar, así que las opciones eran realmente limitadas: tres aceitunas verdes flotado en un bote, un queso marchito, los restos artríticos de una pizza y un paquete de levadura.

—La comida no aparece sola en la nevera, ¿sabes? —dijo Angus—. En mis tiempos había que cazarla, cultivarla en un huerto o cosecharla en el campo.

—Sí, y seguramente caminabas quince kilómetros para ir a la escuela —dijo Meg irritada—, cuesta arriba ida y vuelta.

Se moría de hambre. Tenía que bajar a la ciudad y comprar comida antes del almuerzo con Cheyenne.

—Nunca fui a la escuela —replicó Angus en tono serio—. Mi madre me enseñó a leer con la Biblia y el resto lo aprendí por mi cuenta.

Meg suspiró. Se arregló un poco el pelo. Aunque al despertarse no le había gustado ver que Brad se había ido, en ese momento se alegraba. Tenía el aspecto de una mujer que se había pasado la mitad de la noche aullando y sudando por el sexo.

Empezó a subir las escaleras.

—Vete a casa —le dijo a Angus, preguntándose si captaría la ironía en la palabra «casa».

Para él la casa era el más allá o la casa principal del rancho al lado del riachuelo.

Cuando bajó media hora después, duchada y vestida con unos vaqueros y un suéter azul, estaba sentado en la silla de Holt esperándola.

—¿Nunca has pensado en ponerte un vestido o una falda? —preguntó con el ceño fruncido.

—Tengo algunos recados que hacer —dijo Meg—. Hasta luego.

Sonó el teléfono.

¿Brad? Miró el número en la pantalla. Su madre.

—Que deje un mensaje —le dijo a Angus.

—Atiende la llamada —contestó él, severo.

—Hola, mamá, justo salía por la puerta...

—Será mejor que te sientes —le dijo Eve.

—¿Por qué? —se le hizo un nudo en el estómago—. ¿Está Sierra bien? No le ha pasado nada a Liam...

—Ambos están bien. No tiene nada que ver con eso.

—¿Qué pasa entonces?

—Tú padre me ha llamado esta mañana. Quiere verte.

Meg sintió que se le doblaban las rodillas. No conocía a su padre, nunca había hablado con él por teléfono o recibido una felicitación de Navidad.

Ni siquiera estaba segura de cómo se llamaba...

—¿Meg?

—Estoy aquí —respondió Meg—. No quiero verlo.

—Sé que debería habértelo dicho en persona —Eve suspiró—. Pero estaba tan alarmada...

—Madre, ¿has oído lo que acabo de decir? No quiero ver a mi padre.

—Dice que se está muriendo.

—Bueno, siento mucho enterarme, pero sigo sin querer saber nada de él.

—Meg...

—Entiéndelo. No ha sido nadie en mi vida. ¿Qué me va a decir ahora, después de tanto tiempo?

—No lo sé —respondió Eve.

—Y si quiere hablar conmigo, ¿por qué te llama a ti? —según terminó la pregunta, Meg deseó no haberla hecho.

—Creo que tiene miedo.

—Pero ¿no tenía miedo de ti?

—Parece que ya se le ha pasado —dijo Eve—. Escucha, ¿por qué no paras en el hotel, te hago algo de desayunar y hablamos?

—Mamá...

—Tortitas. Beicon ahumado. Tus cosas favoritas.

—De acuerdo —porque aunque estaba completamente desconcertada, seguía muerta de hambre—. Estaré ahí en veinte minutos.

—¿Vas a venir de carabina? —preguntó a Angus después de colgar.

—No me perdería esto por nada del mundo —dijo Angus entusiasmado.

Menos de media hora después, Meg llamaba a la puerta de la suite de su madre.

Cuando abrió, un hombre estaba de pie a su lado con expresión de desconcierto y, al mismo tiempo, de esperanza. Era su viva imagen.

—Hola, Meg —dijo su largo tiempo desaparecido padre.

VIII

Después de dar de comer a los caballos y meterlos en el cercado donde habían de pasar el día, Brad se dirigió a un grupo de árboles bajo los cuales estaba enterrado Big John.

Brad había deseado visitar el pequeño cementerio lo primero de todo, pero por unas cosas o por otras, no había podido hasta ese momento. Allí de pie, bajo los árboles que ya tenían las hojas teñidas de los colores del otoño, se quitó el sombrero y se agachó a retirar algunas hojas que habían caído sobre el montículo.

«Ya era hora de que te dejaras ver», oyó la voz de Big John resonando en su cabeza.

Brad sonrió.

—Estoy aquí, viejo —respondió—. Y pienso

quedarme. Ocuparme del rancho. Supongo que eso te hará feliz.

No hubo respuesta de su abuelo, ni siquiera en su cabeza, pero Brad se sentía bien hablando, así que siguió.

—Estoy viendo otra vez a Meg McKettrick —dijo—. Resulta que la dejé embarazada, cuando éramos unos chicos, pero perdió el bebé. No sabía nada hasta ayer.

«Otra razón más para que te hubieras quedado y atendido el rancho», hubiera dicho Big John.

—Nunca lo has entendido —siguió Brad como si el viejo hubiera hablado—. Íbamos a perder Stone Creek. A lo mejor tú no eras capaz de darte cuenta, pero yo sí. Todo lo que Sam y Maddie y los que vinieron detrás hicieron para levantar este lugar, hubiera sido en vano.

Los McKettrick hubieran intervenido si les hubiera pedido ayuda, Brad lo sabía. Meg misma, seguramente también su madre. Al contrario que toda esa tropa del Triple M, ellas habían ayudado en más de una ocasión a algún vecino con problemas económicos, salvado docenas de pequeñas granjas y ranchos cuando se desplomaban los precios del ganado o las cosas iban mal. Incluso después de todo ese tiempo, la idea de presentarse ante ellas con el sombrero entre las manos, hacía que se le secara la garganta.

A pesar de que el suelo estaba húmedo y

frío, se sentó con las piernas cruzadas a mirar con los ojos nublados la tumba de su abuelo. Había pagado un gran precio por su orgullosa y exitosa carrera, no obstante. Había perdido los años que podría haber pasado con Meg, los otros hijos que podría haber habido. No había estado cuando Big John lo había necesitado. Y sus hermanas, aunque todas habían estudiado y eran mujeres independientes, eran sólo unas niñas cuando él se había marchado. Seguro que Big John las había querido y protegido, a su modo, pero eso no excusaba su ausencia. Debería haber hecho de hermano mayor.

Absorto en sus pensamientos no oyó un coche que se acercó.

—Hola —dijo Olivia justo detrás de él.

—Hola —respondió sin volverse a afrontar la mirada de su hermana.

—Willie está mejor. Lo tengo en la camioneta.

—Me alegro —dijo él—. Supongo que habrá que ir a la ciudad y comprar pienso de perros y todo eso.

—He traído todo lo que puede necesitar —dijo Livie. Se sentó al lado de Brad—. ¿Echas de menos a Big John?

—Todos los días —admitió Brad.

Su madre se había largado cuando las gemelas apenas caminaban y su padre había muerto un año después recuperando ganado perdido en medio de una tormenta eléctrica. Big John se había hecho cargo de criar cuatro nietos sin quejarse ni una sola vez.

—Yo también —dijo Livie con suavidad—. ¿Te preguntas alguna vez dónde habrá acabado mamá?

Brad sabía dónde estaba Della O'Ballivan: vivía en una caravana a las afueras de Independence, en Missouri, con el último de una lista de novios alcohólicos, pero nunca se lo había dicho a sus hermanas. La historia, que conocía por un detective privado que había contratado, no era muy bonita.

—No —dijo con toda sinceridad—. Nunca me lo pregunto.

Había ido a ver a Della una vez que había conocido su paradero. Estaba bebida y más pendiente de su estrellato y de cómo eso podía beneficiarla, que de saber cómo estaba él. Había sido una ironía, porque había rechazado lo que él le había ofrecido: ingresar de inmediato en uno de los mejores centros de rehabilitación del mundo. Ni siquiera había preguntado por sus hijas o el marido que había abandonado.

—Seguramente estará muerta —dijo Livie con un suspiro.

Dado que a la existencia de Della no se le podía llamar vida, Brad se mostró de acuerdo.

—Probablemente —dijo él.

Salvo porque de vez en cuando le pedía que

le enviara un cheque, Brad no sabía nada de su madre.

—Por eso no quiero casarme, ¿sabes? —confesó Livie—. Porque podría ser como ella y que llegara un día que me subiera a un autobús y desapareciera.

Como había hecho él con Meg, reflexionó Brad. A lo mejor él se parecía más a Della de lo que quería admitir.

—Tú nunca harías algo así —le dijo a su hermana.

—Solía pensar que volvía a casa —siguió Livie en tono triste— para verme actuar en la obra de Navidad o cuando me dieron el premio por el proyecto de sexto grado.

Brad pasó un brazo por los hombros de su hermana y se dio cuenta de que temblaba un poco. Su reacción había sido distinta de la de Livie: si su madre hubiera vuelto, sobre todo después de la muerte de su padre, le hubiera escupido en la cara.

—¿Y crees que si te casaras y tuvieras hijos te largarías? ¿Te perderías las obras de Navidad y los proyectos?

—La recuerdo, Brad —dijo Livie—. Sólo su olor a lilas y que era guapa, pero la recuerdo. Solía cantar, tender y cosas así. Me leía cuentos. Y de pronto... desapareció. Nunca pude encontrarle sentido. Siempre pensaba que yo tenía que haber hecho algo realmente malo...

—El defecto era suyo, Livie, no tuyo.

—Ése es el problema de los defectos: nunca se sabe cuándo van a aparecer. Mamá seguramente no esperaba abandonarnos.

Brad no estaba de acuerdo, pero no podía decir nada sin revelar demasiado. Sabía de Della que tenía una personalidad bipolar, que no se medicaba y que la perdía la ginebra. Se habría casado con Jim O'Ballivan seguramente en una fase maniaca, y decidido desaparecer en una depresiva... o viceversa. Era un milagro, según los cálculos de Brad, que hubiera aguantado tanto tiempo en Stone Creek, lejos de las brillantes luces de los bares de la gran ciudad donde poder beber y disfrutar del anonimato.

Livie se puso de pie y se sacudió los pantalones. Brad hizo lo mismo.

—Será mejor que instalemos a Willie —dijo ella—. Tengo un establo lleno de vacas enfermas donde los Iverson.

—¿Algo serio? —preguntó Brad mientras Livie iba hacia su coche—. Lo de las vacas, digo.

—Un tipo de fiebre —respondió Livie preocupada—. Tomé algunas muestras de sangre al azar la última vez y las envié al laboratorio de la universidad de Tempe, pero no tienen nada que alguien haya visto antes.

—¿Es contagioso?

Livie suspiró. Y Brad deseó que tuviera un trabajo menos estresante que ser veterinaria.

—Posiblemente —dijo ella.

Brad esperó amablemente a que Livie se subiera al todoterreno, Willie estaba cómodamente tumbado en el asiento trasero en un nido de mantas, y después se sentó tras el volante de su camioneta para seguirla hasta casa. Cuando llegaron, sintió un profundo fastidio al ver una limusina negra esperando: Phil.

Jurando entre dientes, Brad hizo todo lo posible para ignorar lo evidente, salió de la camioneta y se acercó al coche de Livie para sacar a Willie del asiento trasero y llevarlo a la casa. Livie estaba junto a él con las manos llenas de equipamiento para el perro, pero lanzaba miradas de soslayo.

Entraron por la puerta de la cocina. Olivia colocó la cama del perro en un rincón soleado y Brad, con cuidado, depositó al perro encima.

—¿De quién es ese coche tan grande? —preguntó Livie.

—Seguramente de Phil Meadowbrook —dijo Brad un poco tenso.

—¿Tu representante? —había preocupación en los ojos de Livie.

—Ex representante.

Willie miró a Brad con los ojos brillantes. También lo miraba Livie. Había dolor en su expresión. Lo conocía mejor que Willie.

—Te necesitamos aquí, Brad —dijo a pesar de su orgullo—. No sólo las gemelas y yo, sino toda la comunidad. Si los Iverson tienen que sacrificar todas esas vacas, se hundirán. Ya están endeudados hasta los ojos. El año pasado la señora Iverson tuvo cáncer de mama y no tenían seguro médico.

Brad apretó la mandíbula al sentir un nudo en el estómago.

—Les firmaré un cheque —dijo él.

Livie lo agarró del antebrazo.

—No —dijo ella con una vehemencia que hizo que se echara atrás sobre los talones—. Eso les haría sentirse como casos de caridad. Son gente buena y decente, Brad.

—¿Entonces qué quieres que haga? —dijo Brad pendiente a medias de la conversación y del sonido de una puerta de la limusina.

—Da un concierto —dijo Livie—. Hay media docena de familias en las mismas circunstancias alrededor de Stone Creek. Dona la taquilla y eso salvará la dignidad de todo el mundo.

Brad miró a su hermana con el ceño fruncido.

—¿Cuánto tiempo llevas dándole vueltas a esto en tu cabecita, doctora Livie?

—Desde que mandaste todo ese dinero para los animales desplazados por el huracán Katrina —dijo ella con una sonrisa.

Llamaron a la puerta.

—Me voy —dijo Livie.

—¿Puedo entrar? —preguntó Phil con tono lastimero.

—¿Habría alguna diferencia si dijera que no? —devolvió Brad.

Se abrió la mosquitera exterior de la puerta.

—Por supuesto que no —dijo Phil sonriendo ampliamente—. He venido desde Nueva Jersey para meterte algo de juicio en la cabeza.

—Podías haberte ahorrado el viaje —respondió Brad—. No voy a ir a Las Vegas. No voy a ir a ningún sitio —le gustaba Phil, pero después de los sucesos de las anteriores veinticuatro horas, estar con él no era lo que más le apetecía.

Con todas las tareas hechas y cumplida la visita a la tumba de Big John, había planeado comer algo, darse una ducha caliente y tirarse en la cama.

—¿Quién ha dicho nada de Las Vegas?—preguntó Phil con gesto inocente—. A lo mejor vengo a traerte un suculento cheque por derechos de autor, o algo así.

—Y puede que vengas lleno de mierda —contestó Brad—. Acabo de recibir los derechos en mi cuenta bancaria. Es un buen puñado de dinero porque aunque la compañía de discos me prometió fraccionar los pagos en quince años, me lo ha dado todo de una vez. Dicen que los impuestos me van a devorar.

Phil gimió y simuló que se secaba las lágrimas.

—Llora como un río, señor Country —dijo Phil—. Pertenezco a la escuela de pensamiento del nunca se es lo bastante rico. Hasta que mi sobrina tuvo aquel problema de anorexia, del que ya se ha recuperado gracias a Dios, pensaba que nunca se estaba demasiado delgada, pero esa teoría se ha ido por el sumidero.

Brad no dijo nada.

—¿Qué le pasa al perro? —preguntó Phil tras mirarlo por el rabillo del ojo.

—Lo atacaron los coyotes... o quizá los lobos.

—¿Por qué puede querer alguien vivir en un sitio donde es siquiera remotamente posible que ocurran cosas así? —se maravilló Phil—. Me supera.

—Muchas cosas te superan, Phil —dijo Brad.

—Está destrozado. Algo así no le pasaría ni a un perro ni a un hombre en la ciudad de la música.

—Evidentemente —dijo Brad en tono distraído—, has olvidado los sangrientos detalles de mi segundo divorcio.

—Puedes darle todo ese dinero de los derechos que tanto te preocupa a Cynthia —sugirió Phil con una risita—. Añade eso al acuerdo y que se preocupe ella de los impuestos.

—Hoy eres un pozo de sabiduría.

Sin que lo invitara a hacerlo, Phil se sentó en una silla con la mano apoyada dramáticamente en el corazón.

—¡Uf! —suspiró—. Mi viejo corazón ya no es lo que era.

—Correcto —dijo Brad—. Estaba contigo

cuando te hicieron la última puesta a punto cardiológica, ¿te acuerdas? Seguro que tienes un corazón mejor que el mío, así que ahórrame la actuación.

—¿Tú tienes corazón? —respondió Phil levantando las cejas—. No me lo demuestras.

—Da lo mismo —dijo Brad metiendo uno de los cuencos de Willie en la bolsa del pienso y dejándolo luego lleno en un lugar al alcance del perro. Después llenó otro cuenco de agua.

—Esto es algo grande —dijo Phil—. Por eso he venido en persona.

—Si te dejo que me lo cuentes, ¿te irás? —dijo Brad abriendo la nevera para preparar el desayuno.

—¿Tienes salchichas kosher? —preguntó Phil.

—Lo siento —respondió Brad.

—Una gran oportunidad —siguió Phil—. Muy, muy grande.

—No me interesa.

—¿No te interesa? Es una película, Brad. Lo más. Un largometraje. Una del oeste con ganado y carretas y un reparto enorme. Y no tendrás que cantar.

—No.

—Hace dos años, incluso hace un año, hubieras matado por una oportunidad así.

—Eso era entonces —dijo Brad recordando la noche anterior, cuando le había dicho prácticamente lo mismo a Meg— y esto es ahora.

—Tengo el guión en el coche. En mi maletín. Podríamos estar hablando de un Óscar...

—Phil —dijo volviéndose a mirarlo con los ingredientes de una gran tortilla en la mano—. ¿Qué parte de «no» te cuesta entender? ¿La N o la O?

—Harías de un forajido que trata de rehacer su vida.

—Phil.

—Vas en serio con esto de retirarte, ¿no? —parecía aturdido—. En un año, demonios, es seis meses, cuando te hayas hartado de toda esta historia de volver a casa, desearás haberme escuchado ahora.

—Te he escuchado, Phil. ¿Quieres una tortilla?

—¿Quieres una tortilla? Diablos, no. ¡Quiero hacer una maldita película!

—No va a suceder, Phil.

—Hay una mujer, ¿verdad? —dijo como en estado de alerta.

De nuevo, Brad se acordó de Meg. Cómo la sentía a su lado. Cómo se había estremecido entre sus brazos gritando su nombre.

—Podría ser —admitió.

—¿Tengo que recordarte que tu historia romántica no va exactamente a inspirar una nueva línea de productos para San Valentín?

Brad suspiró, sacó una sartén y la puso al fuego. Willie lo miró desde su silla.

—Si no quieres tortilla —dijo Brad—, lárgate.

—Esa cosita bonita que desapareció cuando llegué yo... ¿era ella?

—Ésa es mi hermana —dijo Brad.

Phil se puso de pie con un esfuerzo considerable, como si tuviera noventa y siete en lugar de setenta y siete años.

—Bueno, sea quien sea, me gustaría saber cómo se llama. A lo mejor puede hacerte entrar en razón.

Eso hizo sonreír a Brad. Meg podía hacerle ver galaxias colisionando. Una o dos veces, durante la noche, casi había visto a Dios, pero razón... No.

Echó una cucharada de mantequilla en la sartén.

Phil salió dando un portazo. El perro emitió un pequeño quejido.

—Tienes razón —dijo Brad a Willie—. Seguramente volverá.

Meg se quedó paralizada en el pasillo del único hotel de Indian Rock, deseosa de salir corriendo, pero demasiado aturdida para hacerlo.

Acababa de reunir el coraje para irse cuando su padre tendió una mano y dijo:

—Ted Ledger —se presentó—. ¿Pasas a conocer a tu hermana?

¿Su hermana?

Fue eso, además del deseo de asesinar a su madre, lo que le hizo franquear el umbral.

Eve no estaba a la vista, la muy cobarde, pero una niñita de diez o doce años, estaba sentada envarada en el colchón. Era rubia y tenía los ojos azules, llevaba unos vaqueros y llevaba una camisa fruncida con un estampado de flores. Su mirada era desafiante.

–Hola –consiguió decir Meg con el corazón en la garganta.

–Carly –dijo Ledger–, di hola.

–Hola –cumplió Carly.

Al mirar a la niña, Meg no pudo evitar pensar que el bebé que ella había perdido, en ese momento tendría la misma edad.

Enderezó la espalda. Se volvió hacia su padre que no se había preocupado siquiera de enviarle un correo electrónico.

–¿Dónde está mi madre? –preguntó finalmente.

–Escondida –dijo Ledger con una especie de sonrisa.

Carly miró a Meg y alzó la barbilla.

–No quiero vivir con ella –dijo la niña–. No creo que quiera a una cría dándole la lata.

–Vete a la cocina –dijo Ledger a la niña.

Para sorpresa de Meg, la niña obedeció.

–¿Vivir conmigo? –repitió Meg en un susurro.

–Eso o el hogar de acogida –dijo Ledger–. Siéntate.

Meg se sentó, no porque su padre se lo hubiera pedido, sino porque se le doblaban las rodillas. Se le agolpaban un montón de preguntas en la cabeza: «¿Dónde has estado? ¿Por qué ni siquiera me has llamado? ¿Si mato a mi madre podría un buen equipo de abogados librarme de la cárcel?».

—Sé que esto es algo repentino —dijo Ledger apoyándose en el respaldo de una silla—, pero la situación es desesperada, yo estoy desesperado.

—No puedo creer todo esto —dijo con la boca tan seca que no podía tragar.

—Tú madre y yo llegamos hace muchos años al acuerdo de que sería mejor que me mantuviera fuera de tu vida. Por eso nunca te llevó a visitarme.

—¿A visitarte?

—Estaba en prisión. Por desfalco.

—A McKettrick Co —musitó Meg sorprendida y al mismo tiempo consciente de que lo había sabido de algún modo.

—Sí —respondió Ledger—. Tu madre se ocupó de que no hubiera un escándalo, era más fácil en aquella época. Yo me fui a la cárcel y ella siguió con su vida.

—¿Y dónde encaja Carly en todo esto?

—Bueno —dijo con una sonrisa triste—, mientras estaba en la cárcel, descubrí la religión, como se suele decir. Cuando me soltaron, encontré trabajo, conocí a una mujer, me casé. Tuvimos a Carly. Entonces, hace tres años, Sarah, mi mujer, se mató en un accidente de tráfico. Las cosas fueron en picado desde entonces... Hace un mes me diagnosticaron la enfermedad.

Meg sintió que le ardían los ojos, pero no por Ledger, ni siquiera por Sarah. Era por Carly. Aunque ella se había criado en una situación económica muy diferente, con toda la estabilidad que daba simplemente ser una McKettrick, sabía por lo que debía de estar pasando.

—¿No tienes más familia? A lo mejor la familia de Sarah...

—No hay nadie —dijo él sacudiendo la cabeza—. Tu madre ha tenido la generosidad de pagar mis facturas del médico y darme un entierro decente, pero tendré suerte si duro seis semanas. Y, una vez que me haya ido... Carly se quedará sola.

—A lo mejor mamá podría... —dijo Meg apretándose las sienes con los dedos.

—Se le ha pasado la edad de criar a una niña de doce años —interrumpió Ledger. Se sentó en la silla y apoyó los codos en las rodillas—. Meg, no me debes nada. No he sido ni padre ni nada, pero Carly es hermanastra tuya. Tiene tu sangre. Y no tiene a nadie más.

Meg cerró los ojos tratando de imaginarse a sí misma sacando adelante a una preadolescente afligida y dolida. Por mucho que hubiera deseado tener un hijo, no estaba preparada para eso.

—No irá a un centro de acogida —dijo ella—. Mi madre nunca lo permitirá.

—A un colegio interna, entonces —replicó Ledger—. Carly lo odiará. Seguramente se escapará. Necesita una casa de verdad. Amor. Alguien lo bastante joven para guiarla a través de su adolescencia.

—Ya la has oído —dijo Meg—. No quiere vivir conmigo.

—No sabe lo que quiere, excepto que ocurra un milagro y yo me recupere, pero eso no va a suceder. No puedo pedirte que hagas esto por mí, Meg... no tengo derecho, pero te lo puedo pedir por Carly.

La habitación parecía moverse. Desde la cocina, a Meg le llegaba la voz de su madre y la de Carly. ¿De qué estarían hablando?

—De acuerdo —se oyó decir Meg.

El rostro en algún tiempo hermoso de Ledger, se iluminó con una sonrisa de alivio y de lo que parecía sincera gratitud.

—¿Lo harás? ¿Cuidarás de tu hermana?

«Mi hermana».

—Sí —dijo Meg intentando parecer calmada—. ¿Qué pasa ahora?

—Tengo que ir al hospital a cuidados paliativos. Carly se irá a tu casa unos días. Cuando salga del hospital, si salgo, volverá conmigo.

Meg asintió mientras en su cabeza intentaba imaginarse la nueva situación.

—Tenemos una habitación en el piso de abajo —dijo Ledger levantándose de la silla con dificultad—. Carly y yo nos vamos y os dejamos solas a Eve y a ti.

Meg vio a Angus al lado de la chimenea con los brazos cruzados. Por fortuna, no dijo nada porque Meg lo hubiera mandado cerrar la boca.

Su padre se fue y Carly tras él. Al momento apareció Eve saliendo de la cocina.

Angus se desvaneció.

—Muy bonito, mamá —dijo Meg, aún demasiado temblorosa para ponerse de pie.

—Tiene la misma edad que tendría tu hijo —dijo Eve—. Es el destino.

Meg se quedó con la boca abierta.

—Por supuesto que lo sabía —dijo Eve acercándose un poco más—. Soy tu madre.

Meg cerró la boca.

Eve miraba a la puerta por la que acababan de salir Ted Ledger y Carly.

—Lo amaba —dijo la madre—, pero cuando reconoció que había robado ese dinero, no hubo nada que pudiera hacer para librarlo de la cárcel. Nos divorciamos después de que lo condenaran y me pidió que no te dijera dónde estaba.

Meg se apoyó en el respaldo aún sin palabras.

—Es una niña preciosa —dijo Eve—. Tú eras así a su edad. Es extraordinario, de verdad.

—Va a tener un montón de problemas —consiguió decir Meg.

—Por supuesto. Ha perdido a su madre y ahora su padre está a las puertas de la muerte. Pero te tiene a ti, Meg. Eso la hace afortunada a pesar de todo lo demás.

—No tengo la más mínima idea de cómo cuidar de una niña —señaló Meg.

—Nadie la tiene cuando empieza —razonó Eve—. Los niños no vienen con instrucciones.

De pronto, Meg recordó que había quedado para comer con Cheyenne, que tenía que comprar comida. La maternidad instantánea no estaba en su agenda de ese día.

Se imaginó llamando a Cheyenne: «tenemos que posponer la comida, ¿sabes? Acabo de dar a luz a una niña de doce años en la sala de estar de mi madre».

—Tenía planes —dijo Meg sin fuerza.

—¿Quién no los tiene?

—No hay comida en mi nevera.

—El supermercado está ahí mismo.

—¿Dónde han vivido? ¿Qué clase de vida han llevado?

—Una dura, imagino. Ted es una especie de vagabundo. Sospecho que habrán estado viviendo en ese viejo coche que tiene. Pidió para ella enseñanza en casa, pero conociendo a Ted, supongo que sabrá leer los resultados de las carreras y calcular las probabilidades de que una bola sea ganadora.

—Estupendo —dijo Meg, pero algo se estaba

despertando dentro de ella–. ¿Puedo contar contigo para que me ayudes o sólo para que interfieras como siempre?

—Las dos cosas —dijo Eve riendo a carcajadas.

Meg rebuscó en el bolso, encontró el móvil y llamó a Cheyenne. Sintió alivio al escuchar su contestador.

IX

Meg se movía por el supermercado como un robot programado para elegir cosas de los estantes y depositarlas en un carrito. Cuando llegó a casa y se puso a colocar la compra, se sorprendió por algunas de las cosas. Había ingredientes para comidas de verdad, no sólo cosas para meter en el microondas y comer abriendo la bolsa.

Estaba preparando café cuando llamaron a la puerta.

Miró y, a través de los cristales vio a su primo Rance. Le hizo un gesto para que entrara. Alto y de pelo oscuro, tenía el aspecto de acabar de salir de un grabado de ganaderos del siglo XIX: botas viejas, vaqueros raídos y camisa al estilo del oeste. Le dedicó una sonrisa, se quitó el sombrero y lo colgó en el perchero de la puerta.

—He oído que has recibido un pequeño impacto esta mañana —dijo entrando.

Meg sacudió la cabeza sorprendida por lo rápido que corrían las noticias en Indian Rock. Pensó que su madre igual se lo había dicho para que le diera un poco de soporte emocional.

—Puedes llamarlo así —dijo ella—. ¿Quién te lo ha contado?

Rance se acercó a la cafetera, sacó una taza del armario y la llenó.

—Eve —dijo, confirmando sus sospechas.

—No es ninguna emergencia, Rance —le dijo ella.

—¿Tu padre aparece en tu vida después de casi treinta años y no es una emergencia?

—Supongo que mi madre te ha hablado de Carly.

Rance asintió. Dejó su taza en la mesa y llenó otra para Meg.

—Doce años y una actitud... —confirmó él sentándose en el banco—. Y que va a venir a vivir contigo. ¿No va a acabar eso con tu vida amorosa?

—No tengo una vida amorosa —dijo Meg, una noche con Brad no constituía una vida amorosa; además tampoco era asunto de Rance.

—Da lo mismo —dijo Rance—. La cuestión es que tienes una chica a la que criar y es un bicho, según dicen. No soy una autoridad en estos temas, pero tengo dos hijas. Haré lo que pueda para ayudar, Meg.Y Emma también.

Las hijas de Rance, Meave y Rianna, eran como sobrinas para Meg, lo mismo que Devon, el de Keegan. Como eran todos más pequeños que Carly, sería fácil incluirla en la familia, y era reconfortante saberlo.

—Gracias —dijo Meg con los ojos húmedos.

—Puedes hacerlo —dijo Rance.

—No parece haber otra elección. Carly es mi hermanastra, no tiene a nadie más. La sangre es la sangre.

—Si hay algo que un McKettrick cabeza dura puede entender, es eso.

—No sabía que todos tuviéramos la cabeza dura —dijo Angus materializándose tras Rance.

Meg ni lo miró ni contestó. Estaba unida a Rance, Jesse y Keegan, siempre lo había estado, pero nunca les había contado que veía a Angus, muerto a principios del siglo XX. Su madre lo sabía porque la había oído hablar con él y la había creído cuando se lo había contado.

«No eres el tipo de gente que ve cosas», le había dicho Eve, «así que si dices que Angus está aquí pues es que está».

Al recordarlo, Meg sintió una oleada de amor por su madre, pero mezclado con desagrado.

—Sería mejor que volviera a recoger el ganado —dijo Rance terminándose el café. Con el invierno acercándose había que bajar todos los animales de las colinas–. Si necesitas que te eche una mano, con la niña o con lo que sea, dímelo.

Meg sonrió, apreciaba el detalle.

–Una vez Carly esté instalada, se la presentaré a Meave a Rianna y a Devon. No creo que tenga ni idea de lo que es ser parte de una familia como la nuestra.

Rance apoyó una encallecida mano en el hombro de Meg al pasar a su lado, dejó la taza en la pila y se dirigió a la puerta.

–Seguramente no –estuvo de acuerdo–, pero lo descubrirá pronto –se marchó.

–Somos cabezotas –dijo Meg a Angus–, hasta el último de nosotros.

–Yo hablaría de persistentes –dijo Angus.

–Como quieras –respondió Meg terminando su café y dirigiéndose a las escaleras.

No sabía cuándo llegaría Carly, pero tenía que arreglarle una habitación. Eso suponía cambiar sábanas, abrir ventanas y equipar el cuarto de baño de invitados con toallas, cepillo de dientes, champú...

Acababa de terminar y volvía a la cocina dispuesta a prepararse algo de comer, cuando escuchó el renqueante sonido del motor de un viejo coche. Meg miró por la ventana y vio salir a Ted Ledger, rodear el coche e inclinarse sobre la ventanilla del otro lado, sin duda intentando convencer a una reacia Carly para que saliera.

Meg corrió a la calle. Cuando llegó al coche, Carly estaba de pie al lado del coche con una desgastada mochila colgada de una mano, mirando el establo.

—¿Tienes caballos? —preguntó la niña.

«Aleluya», pensó Meg, «algo en común».

—Sí —dijo Meg sonriendo.

—Odio los caballos —dijo Carly—. Huelen mal y pisan a la gente.

Ted dedicó a Meg una mirada en la que le pedía paciencia.

—No es así —dijo el padre a Carly. Después le aclaró a Meg—: Sólo intenta ser difícil.

A pesar de todo lo sucedido, sintió una punzada de lástima por el pobre hombre. Tenía una enfermedad terminal, seguramente ni un céntimo y estaba intentando buscar un lugar para dejar a su hija.

Meg esperaba ser capaz de hacerse cargo de la situación con la ayuda de su primos y Sierra.

—No pienso quedarme si no se queda mi padre —anunció Carly de pie con la bolsa en la mano.

Meg no había considerado que las cosas se desarrollaran así, aunque pensó que debería haberlo hecho. Se obligó a mirar a Ted y en sus ojos vio esperanza y resignación.

—Es una casa grande —se oyó decir—. Hay muchas habitaciones.

La pregunta de Rance sobre su vida amorosa le resonó en la cabeza.

Se habían acabado las visitas nocturnas de Brad, al menos en un futuro inmediato. Para Meg era, al mismo tiempo, un alivio y un problema. Su cuerpo aún vibraba con el placer que Brad había despertado en ella y ya deseaba más; pero las cosas iban demasiado deprisa.

—De acuerdo —dijo Carly acercándose a su padre.

Meg trató de llevar la maleta de Ted, pero él no lo permitió. Supuso que por orgullo masculino.

Angus miraba desde atrás cómo los tres se dirigían en fila a la casa. Meg en cabeza, Ted tras ella y Carly cerrando la comitiva.

—Es una buena chica —dijo Angus.

Meg lo miró, pero no dijo nada.

Sólo entrar en la casa, dejó agotado a Ted y en cuanto hubieron preparado sus habitaciones, expresó su deseo de acostarse. Meg lo llevó a la sala donde generaciones de mujeres McKettrick se habían reunido para coser.

Había sólo una cama plegable, y Meg no le había cambiado las sábanas, pero Ted rechazó su ofrecimiento de arreglar un poco la habitación. Meg salió cerrando la puerta tras de sí y oyó el sonido de los muelles de la cama, como si Ted se hubiera desmayado encima de ella.

La puerta de Carly estaba cerrada. Meg se detuvo, dudó si llamar y, finalmente, decidió dejar sola a la pobre chica para que se adaptara a la nueva situación.

Abajo, Meg volvió a lo que estaba haciendo cuando ellos habían llegado. Hizo un par de bocadillos más, sólo por si acaso, y devoró uno ella con un ojo en el teléfono.

¿Llamaría Brad o lo de la noche anterior había sido para él otro si te he visto no me acuerdo? Y si llamaba, ¿qué iba a decirle ella exactamente?

Willie se movía mucho si se consideraba por lo que había pasado. Cuando Brad salió del baño, el perro lo esperaba en el pasillo. Subir las escaleras debía de haber sido un calvario, pero lo había conseguido.

—¿Tienes que salir fuera, muchacho? —preguntó Brad.

Con cuidado, los dos bajaron las escaleras. Willie se paraba cada poco para descansar. Al llegar al piso de abajo, Brad le abrió la puerta de la cocina y el animal salió con dificultad. Brad esperó hasta que hizo lo que tenía que hacer en una zona de hierba. Una vez de vuelta dentro, Brad decidió que otro viaje escaleras arriba no tenía sentido, así que llevó la cama del perro a una habitación del piso de abajo, levantó las mantas y Willie se dejó caer en ella.

—¿Quién es el viejo? —preguntó Carly sorprendiendo a Meg, que estaba en el ordenador haciendo investigaciones sobre Josiah McKet-trick.

—¿Qué viejo? —preguntó volviéndose a mirarla para descubrir que con un pijama de ositos parecía mucho más pequeña.

—Esta casa —dijo Carly implacable— está embrujada.

—Lo ha estado mucho tiempo —zanjó Meg sonriendo—. Hay mucha historia aquí. ¿Tienes hambre?

—Sólo si tienes lo necesario para hacer sándwiches de queso fundido —dijo Carly.

Pasaba por una etapa de ser desgarbada, pero, algún día, sería guapa. Meg no vio el parecido que Eve había comentado antes, pero si había alguno, era para sentirse halagada.

—Tengo todo lo necesario —dijo Meg.

—Puedo hacérmelo yo —dijo Carly.

—A lo mejor podríamos hablar un poco —respondió Meg.

—O no —replicó Carly en un tono que sonó falso.

Meg siguió a la niña–mujer a la cocina. Eficiente, Carly abrió la nevera, sacó un paquete de queso y lo llevó a la encimera. Meg le proporcionó pan y mantequilla y una sartén, pero era más ayuda de la que Carly quería.

—¿Sabes cocinar? —preguntó Meg intentando iniciar alguna conversación.

Carly se encogió de hombros. Estaba descalza y en uno de los tobillos tenía un tatuaje diminuto de una flor o algo así.

—Papá es un inútil en la cocina, así que aprendí.

—Ya veo —dijo Meg preguntándose cómo le habría dejado el padre hacerse un tatuaje y si le habría dolido mucho.

—No, no ves —dijo Carly mientras se preparaba el sándwich haciendo que Meg se mantuviera a distancia.

—¿Por qué dices eso?

Volvió a encogerse de hombros.

—¿Carly?

La niña le dio la espalda mientras ponía el sándwich en la sartén y ajustaba el gas.

—No me hagas muchas preguntas, ¿vale? No me preguntes qué tal se vivía en la carretera o si echo de menos a mi madre, o cómo se lleva saber que tu padre está a punto de morir. Déjame en paz y nos llevaremos bien.

—Hay una pregunta que tengo que hacerte —dijo Meg.

—¿Qué? —dijo mirándola por encima del hombro.

—¿Te dolió mucho cuando te hicieron el tatuaje?

De pronto el rostro de Carly se iluminó con una sonrisa y toda ella cambió.

—Sí.

—¿Por qué te lo hiciste?

—Eso son dos preguntas —señaló Carly—. Has dicho una.

—¿Fue porque tus amigas tenían tatuajes?

La sonrisa de Carly desapareció y volvió de nuevo a prestar atención a la sartén.

—No tengo amigas —dijo—. Cambiábamos demasiado de sitio. Y tampoco me hacían falta. Papá y yo... es bastante. Me hice el tatuaje —siguió Carly pillando a Meg con la guardia baja— porque mi madre tenía uno exactamente igual en el mismo sitio. Es una rosa amarilla... porque mi padre siempre la llamaba mi rosa amarilla de Texas.

Meg sintió que se le cerraba la garganta. ¿Cómo iba a ayudar a aquella muchacha a afrontar no sólo la pérdida de uno de sus padres, sino de los dos? Hermana o no, era una extraña para Carly.

Sonó el teléfono. Carly, que estaba más cerca, miró en la pantalla y se lo llevó a Meg.

—Brad O'Ballivan —susurró como para ella misma—. ¿El Brad O'Ballivan? —preguntó en voz alta.

Meg contuvo una carcajada. Bueno, bueno, Carly era fan. Justo lo que necesitaba para establecer algún tipo de vínculo.

—El Brad O'Ballivan —dijo ella justo antes de atender la llamada—. ¿Hola?

La respuesta de Brad fue un expresivo bostezo. Evidentemente se acababa de despertar y se iba o acostar pronto. De cualquier manera, las imágenes que despertó en la cabeza de Meg fueron de los más excitantes.

—Willie está en casa —dio finalmente Brad.

—Tengo todos sus discos —dijo Carly mirando a Meg.

—Eso está bien —respondió Meg.

—Deberíamos celebrarlo —siguió Brad—. Un buen filete. ¿A eso de las seis y media en mi casa?

—Sólo si tienes un par de vacantes —dijo Meg—. Tengo compañía.

Del fogón llegaba el olor de un sándwich que se estaba quemando, pero Carly no se movió.

—¿Compañía? —preguntó Brad con otro bostezo.

—Es demasiado complicado para explicártelo por teléfono —dijo diplomática haciendo gestos a Carly para que salvara el sándwich.

—Cuantos más, mejor —dijo Brad—. Sean quienes sean, tráelos.

—Allí estaremos —afirmó Meg.

Carly apartó la sartén del fuego e intentó disipar el humo agitando una mano. Meg se despidió de Brad y colgó el teléfono.

—¿Vamos a ir a la casa de Brad O'Ballivan? —preguntó Carly—. ¿De verdad?

—De verdad —dijo Meg—. Si tu padre se siente bien.

—También es tu padre —señaló Carly—. Y le gusta la música de Brad. La escuchábamos en el coche continuamente.

Meg decidió dejar pasar la parte sobre que Ted era su padre. Sólo era su progenitor.

—Dejémosle que descanse —dijo haciéndose cargo de despegar el sándwich y contenta de que Carly se lo permitiera.

—¿Cuánto hace que lo conoces? —preguntó Carly casi sin respiración.

—Desde el instituto.

—¿Cómo es?

—Es buena gente —dijo con cuidado.

—¿Buena gente? —Carly pareció más que escéptica, decepcionada—. Destroza habitaciones de hotel. Tiró a una actriz a una piscina en una fiesta de Hollywood...

—Creo que todo eso tiene que ver con la publicidad —dijo Meg con la esperanza de que la niña no hubiera oído lo de las marcas en el cabecero de la cama. Empezó a hacer un sándwich nuevo y se sorprendió al ver que Carly se sentaba en el banco.

—¿Crees que me firmará mis discos?

—Creo que es una buena oportunidad —Meg volvió su atención al sándwich, sacó un plato y llenó un vaso de leche.

—Si tuviera amigas, las llamaría y les diría que voy a conocer a Brad O'Ballivan en carne y hueso.

—Cuando empieces en el colegio —dijo Meg— tendrás muchos amigos. Además, hay algunos chicos en la familia que casi son de tu edad.

—No es mi familia —dijo Carly volviendo a ponerse rígida.

—Por supuesto que lo es —arguyó Meg mientras ponía en un plato un perfecto sándwich de queso. Le hubiera gustado que Angus la hubiese visto cocinar—. Tú y yo somos hermanas. Yo soy McKettrick. Eso significa que tú estás emparentada con ellos, aunque sólo sea por asociación.

—Odio la leche —dijo Carly.

—A Brad le encanta —dijo Meg ligeramente.

Carly agarró el vaso y dio un sorbo. Valoró el sabor y dio otro.

—Tú también lo ves —dijo la muchacha—. Me refiero al viejo.

Antes de que Meg pudiera decir nada, Angus reapareció.

—No soy viejo —protestó.

—Sí lo eres —afirmó Carly mirándolo directamente—. Debes de tener cien años, y eso es ser viejo.

Meg se quedó boquiabierta.

—Te había dicho que podía verlo —dijo Carly con un punto de presunción. Angus se echó a reír—. ¿Eres un fantasma?

—Realmente no —dijo Angus.

—¿Entonces qué eres?

—Sólo una persona, como tú. Soy de otra época, eso es todo.

Meg observó la conversación en silencio. Desde que había empezado a ver a Angus en sus tiempos de preescolar, había deseado que alguna otra persona pudiera verlo. Ser distinta de los demás era algo solitario.

—¿Cuándo mi padre se muera se quedará por aquí?

Angus se acercó a la mesa y se sentó. Meg recordó las veces que la había reconfortado a ella.

—Ésa es una pregunta a la que no puedo responder —dijo con solemnidad—. Pero te puedo decir que la gente en realidad no se muere del modo como tú piensas. Simplemente están en otro lugar, eso es todo.

Carly parpadeó intentando no echarse a llorar.

—Voy a echarlo de menos terriblemente —dijo con mucha ternura.

Angus cubrió la mano de la niña con una de las suyas, enorme y encallecida. Había una ternura tan áspera en el gesto que a Meg se le hizo un nudo en la garganta y se le inundaron los ojos de lágrimas.

—Es ley de vida echar de menos a la gente que se va —dijo Angus—. Pero has encontrado a Meg —hizo un gesto con la cabeza en su dirección—. Lo hará bien contigo. Es el estilo McKettrick, hacerse cargo de los suyos.

—Pero yo no soy una McKettrick —dijo Carly.

—Lo serás si quieres —razonó Angus—. Tampoco eres una Ledger, ¿verdad?

—Hemos cambiado tantas veces de nombre —admitió la niña con los ojos tristes—, que ya no sé quién soy.

—Entonces podrás ser una McKettrick tanto como no serlo —dijo Angus.

Carly miró a Meg y luego apartó la vista.

—No voy a olvidar a mi padre —dijo la niña.

—Nadie espera que lo hagas —respondió Angus—. La cuestión es que tienes una larga vida por delante y será más fácil si hay una familia que te apoye cuando las cosas se pongan difíciles.

En el piso de arriba se abrió una puerta.

—Tu padre —dijo Angus bajando la voz— está realmente preocupado por que estés bien cuando él haya muerto. Puedes hacérselo más fácil si dejas que Meg haga de hermana mayor.

Carly se mordió el labio inferior y después asintió.

—Me gustaría que no te fueras —dijo—, pero sé que tendrás que hacerlo —hizo una pausa y Meg de pronto pensó que era verdad, que Angus algún día, pronto, desaparecería—. Si ves a mi madre, se llama Rose, ¿podrías decirle que tengo un tatuaje igual que el suyo?

—Seguro —prometió Angus.

—¿Y también cuidarás de mi padre?

Angus asintió con los ojos húmedos. Era algo que Meg no había visto antes, ni siquiera en los funerales familiares. Después le alborotó el pelo y se desvaneció justo cuando Ted bajaba las escaleras agarrado al pasamanos.

—¿Tienes hambre? —le preguntó Meg.

—Podría comer algo —dijo Ted mirando a Carly con gesto tierno.

Meg se preguntó si la habría echado de menos a ella en todos esos años. Como si le hubiera leído el pensamiento, se volvió hacia ella y dijo:

—Has crecido realmente bien —se aclaró la voz—. Tu madre ha hecho un gran trabajo. Normal, Eve siempre ha sido muy competente.

—Vamos a conocer a Brad O'Ballivan —dijo Carly.

—Venga ya —bromeó Ted.

—Sí —insistió Carly—. Meg lo conoce. Acaba de llamarla. Meg dice que puede firmarme los discos.

Ted sonrió, se acercó a la mesa y se sentó en la silla que Angus acababa de dejar libre. Tardó un poco en recuperarse del esfuerzo de bajar las escaleras.

Meg le puso el otro sándwich que había preparado antes de que llegaran mientras se recomponía después de tantas emociones: Carly podía ver a Angus; Ted podía ser un completo extraño, pero era su padre, y se estaba muriendo.

Además, Brad volvía a estar en su vida y complicaba todo aún más.

Una extraña combinación de aflicción, felicidad y anticipación se agitaba dentro de su corazón.

Llegaron puntuales. Willie, que llevaba todo el día descansando con un ojo puesto en su nuevo dueño, alzó la cabeza y ladró muy suavemente.

Brad miró a Meg mientras se acercaba pensando lo deliciosa que estaba en vaqueros y con un suéter ceñido. No le había dicho quién era su compañía, pero enseguida se dio cuenta del parecido con la niña y supuso que el hombre sería el padre que había desaparecido cuando ni siquiera andaba. Brad sonrió y la chica se ruborizó cuando la miró.

—Hola —dijo tendiendo una mano—. Soy Brad O'Ballivan.

—Ya lo sé —dijo la muchacha.

—Mi hermana, Carly —le dijo Meg—. Y éste es... éste es Ted Ledger.

Tímidamente, Carly rebuscó en su mochila y sacó un par de discos.

—Meg me ha dicho que a lo mejor me los firmabas.

—Claro que sí —respondió Brad—, pero no tengo boli en este momento.

—Está bien —dijo Carly y miró a Willie, que movía la cola tumbado en el suelo—. ¿Qué le ha pasado?

—Tuvo un encuentro con un grupo de coyotes —dijo Brad—. Se pondrá bien, sólo necesita tiempo.

La niña se agachó al lado del perro y lo acarició. Mientras tanto, su padre se sentó a la mesa del patio. Parecía agotado.

—A mí también me dieron puntos una vez —le dijo Carly al perro—, pero no tantos como a ti.

—La hermana de Brad es veterinaria —dijo Meg—. Lo ha cosido muy bien.

—Me encantaría ser veterinaria —dijo Carly.

—No hay ninguna razón para que no lo seas —respondió Brad y luego se dirigió a Ted—. ¿Quiere algo de beber, señor Ledger?

Ledger negó con la cabeza.

—No, gracias —dijo con poca voz mientras miraba alternativamente a Carly y a Meg—. Es un detalle por tu parte habernos invitado. Y preferiría que me llamaras Ted.

—¿Puedo ayudar en algo? —preguntó Meg.

—Tengo todo bajo control —dijo Brad—. Relájate.

«Gran consejo, O'Ballivan», pensó.

Meg fue a ver a Willie, quien trató de lamerle la cara. Meg rió y Brad sintió que algo se abría dentro de él. Cuando había pensado en la cena, su idea era un buen vino, un grueso filete y después meterse en la cama con Meg. Los invitados de última hora cambiaban los planes, por supuesto, pero no se arrepentía. Cuando se dio cuenta de que el hijo de Meg y él tendría la edad de Carly, sintió un dolor que lo recorrió entero.

—¿Alguna noticia de Ransom? —preguntó Meg incorporándose.

Brad negó con la cabeza incapaz de pronto de mirarla. Si lo hubiera hecho, ella se habría dado cuenta de todo lo que sentía y era demasiado pronto para eso.

—Según la radio —insistió Meg—, la ventisca pasó y la nieve se ha derretido.

—Supongo que eso significa que sería mejor que subiera a ver cómo está el caballo antes de que Livie decida hacerlo ella misma.

—Me encantaría ir contigo —dijo Meg en tono casi tímido.

—Ya veremos —dijo Brad—. ¿Cómo te gusta la carne?

X

Después de haber disfrutado de la cena, incluido Willie, Brad firmó la sorprendente sucesión de discos que Carly sacó de su mochila. Ted, que había comido muy poco, parecía contento mientras observaba la escena desde una silla del patio y Meg insistió en recoger todo, dado que no había colaborado con la preparación.

Mientras llevaba los cacharros al lavavajillas, reflexionó sobre el cambio de humor de Brad. Había sido cálido con Ted y divertido con Carly, pero cuando le había dicho que quería acompañarlo a buscar a Ransom, era como si una pared se hubiera derrumbado entre ambos.

Estaba cerrando el lavavajillas y buscando el

botón apropiado para apretar cuando la puerta de mosquitera se abrió. Se dio la vuelta y vio a Brad dudando en el umbral. Estaba ya oscuro, pero Meg no se había preocupado de encender ninguna luz en la cocina.

—La chica quiere una camiseta —dijo Brad con el rostro en sombras—. Creo que tengo unas pocas en algún sitio.

Meg asintió. Brad no se movió, Meg supo por la inclinación de la cabeza que la estaba mirando.

—Muchas gracias por ser amable con Carly —dijo Meg, que no soportaba el silencio.

Brad siguió sin decir nada.

—Bueno, se está haciendo tarde —dijo Meg, incómoda—. Supongo que es mejor que nos vayamos.

Brad encendió la luz. Estaba pálido y tenía los hombros ligeramente caídos.

—Al verla... me refiero a Carly...

—Lo sé —dijo Meg muy suavemente.

Era evidente que Brad había visto lo mismo que ella cuando había mirado a Carly: la hija que ellos podrían tener.

—Es idéntica a ti —dijo Brad con un suspiro casi inaudible—. Cuando la he visto me ha dado como una sacudida. Se parece tanto a ti que...

—Sí.

—¿Qué está pasando, Meg? Dijiste que no me lo podías explicar por teléfono y me he imaginado que Ted Ledger será tu padre, pero hay algo más, ¿verdad?

—Ted se está muriendo —dijo ella—. Y resulta que Carly sólo me tiene a mí en el mundo.

—Ten cuidado —le dijo con tranquilidad—. Carly es Carly. Sería demasiado fácil, y completamente inadecuado, que sustituyera...

—Eso no ocurrirá, Brad —interrumpió Meg—. No pretendo que ella sea... nuestra hija.

—Supongo que será mejor que vaya a buscar esa camiseta —dijo Brad.

Meg no respondió. La conversación, al menos en lo que se refería al bebé perdido, había terminado.

Carly volvió a casa con la camiseta puesta y examinando uno a uno los discos firmados.

—Apuesto a que nunca destrozó la habitación de un hotel —dijo desde el asiento de atrás—. Es demasiado buena persona.

Meg y Ted se miraron con un gesto divertido.

—Ha sido una velada estupenda —dijo Ted—. Gracias, Meg.

—Brad se ha encargado de todo —respondió ella.

—También me gusta el perro —dijo Carly, que parecía haber olvidado su situación haciendo que a Ted se le notara el alivio—. Brad dice que le va a poner de nombre Zurcido si no responde a Willie.

Meg sonrió. Todo el camino de vuelta a casa fue «Brad ha dicho esto, Brad ha dicho lo otro».

Una vez en el rancho, Ted se metió en la casa, agotado, y Meg y Carly fueron a dar de comer a los caballos.

A pesar de sus palabras iniciales en contra de aquellos animales, Carly demostró tener buena mano con el heno y el grano.

—¿Es tu novio? —preguntó Carly mientras volvían a la casa.

—¿Quién es mi novio? —eludió la pregunta.

—Sabes que me refiero a Brad —dijo Carly—. ¿Lo es?

—Es un amigo —dijo Meg, pero una voz en su cabeza le decía: «hace dos noches rodabas con él encima de un colchón».

—Puede que sólo tenga doce años, pero no soy tonta —señaló Carly—. He visto cómo te miraba. Como si quisiera tocarte todo el tiempo.

«Sí», pensó Meg, «sobre todo alrededor del cuello».

—Imaginas cosas.

—Soy muy sofisticada para tener doce años —arguyó Carly.

—A lo mejor demasiado.

—Si quieres me comporto como una niña sólo porque tenga doce años.

—Eso es exactamente lo que pienso. Que alguien de doce años es una niña —Meg abrió la puerta de la cocina—. Vete a la cama.

—No hay tele en mi habitación —protestó Carly—. Y no tengo sueño.

—Afróntalo —respondió Meg y fue a un armario y sacó un cuaderno y un boli—. Toma —le dijo—. Escribe un diario. Es una tradición en la familia McKettrick.

Carly dudó, pero luego aceptó el ofrecimiento.

—Supongo que podré escribir sobre Brad O'Ballivan —dijo y abrazó el cuaderno—. ¿Vas a leerlo?

—No —dijo Meg aflojando un poco—. Puedes escribir lo que quieras. Algunas veces ayuda poner los sentimientos en un papel. Así puedes tener algo de perspectiva.

—De acuerdo —dijo Carly y empezó a subir las escaleras.

Meg, sabiendo que no podría dormir por cansada que estuviera, se dirigió al estudio en cuanto Carly desapareció y siguió con su búsqueda en internet.

—No lo descubrirás con ese artilugio —le dijo Angus. Meg lo miró—. Me refiero a Josiah —añadió—. Te dije que no usaba el apellido McKettrick, le parecía demasiado irlandés.

—Ayúdame entonces —dijo Meg.

Angus permaneció en silencio. Meg suspiró y se volvió a la pantalla. Llevaba días revisando listas de nombres, pero en ese momento tuvo un golpe de instinto.

—Creed, Josiah McKettrick —dijo excitada haciendo clic en el enlace—. Debo de haberlo tenido delante docenas de veces.

Angus se materializó al lado de ella y miró a la pantalla con consternación y curiosidad.

—Capitán de la armada —leyó Meg en voz alta con tono de triunfo—. Fundador del legendario rancho Stillwater Spring en Montana occidental. Propietario del *Stillwater Spring Courier*, primer periódico en esa parte del territorio. Durante dos legislaturas, alcalde de la ciudad. Esposa, cuatro hijos y activo miembro de la iglesia metodista —se detuvo y miró a Angus—. No me parece un pirata antiirlandés —señaló una foto de Josiah—. Aquí lo tienes, Angus. Tu hermano Josiah McKettrick Creed.

Meg se puso a copiar cosas en un cuaderno. No había forma de contactar con la web, pero el nombre del rancho y de la ciudad todavía existían.

—Parece que se te olvida algo —dijo Angus señalando a la pantalla.

Meg miró el monitor y trató de ver lo que señalaba el enorme dedo. Le apartó la mano con suavidad y vio un pequeño enlace al final de la página.

Apretó el botón del ratón y de inmediato apareció la cabecera del periódico de Josiah. Los titulares estaban impresos en grandes letras: *Asesinato y escándalo acosan el rancho Stillwater Spring.*

Meg sintió una punzada en el estómago, una mezcla de fascinación y temor. El texto era del propio Josiah, se notaba la mano de un anciano amargado dispuesto a no ocultar la verdad.

Dawson James Creed, de veintiún años, el menor de los hijos de Josiah McKettrick Creed y Cora Dawson Creed, pereció a manos de su primo, Benjamín A. Dawson, quien le disparó en una pelea por una partida de cartas y una mujer. La mujer y el asesino han huido. El funeral será mañana a las dos en la iglesia metodista de la calle Principal. Las vistas esta tarde en la casa de los Creed. Echaremos mucho de menos a nuestro hijo.

—Creed —repitió Angus en un murmullo—. Ése era el apellido de mi madre antes de que se fugara con mi padre.

—Así que puede que Josiah no fuera un McKettrick —se aventuró Meg—. Puede que tu madre no estuviera casada o...

—O nada —cortó Angus—. En aquella época las mujeres no andaban por ahí teniendo hijos fuera del matrimonio. Mi padre debió de ser su segundo marido.

Meg no dijo nada. No pensaba discutir sobre los embarazos fuera del matrimonio en las diferentes épocas.

—¿Dónde está esa Biblia de Georgia en la que escribía todo? —preguntó Angus.

Georgia, su segunda esposa, madre de Rafe, Kade y Jeb, había sido la que había conservado la memoria de esa generación.

—Supongo que la tiene Keegan, es quien vive en la casa principal.

—Mi madre anotó en ese libro todos los nacimientos —recordó Angus—. Nunca se me ocurrió mirarlo.

—¿Nunca mencionó haber estado casada antes?

—No —reconoció Angus—, pero la gente no hablaba de esas cosas. Era algo privado, además tenían todo el tiempo ocupado en sobrevivir, no había espacio para sentarse a hablar del pasado.

—Me dejaré caer por casa de Keegan y Molly por la mañana y les pediré la Biblia.

—Quiero verla ahora.

—Angus, es tarde...

Se desvaneció.

Meg suspiró. No había nada más en la página web, así que se desconectó. Se estaba preparando una infusión en el microondas cuando Ted bajó las escaleras. Quería hablar. Y ya, por la expresión de su rostro.

Meg no estaba preparada, pero eso no importaba, había llegado el momento.

Ted arrastró una silla hasta colocarla al lado de la mesa y se sentó.

—¿Un poco de infusión? —ofreció Meg e inmediatamente se sintió estúpida.

—Siéntate, Meg —dijo Ted con suavidad.

Meg sacó la taza del microondas y se unió a él sentándose al extremo de uno de los bancos.

—No tengo dinero —dijo Ted.

—Yo lo reuniré —respondió Meg.

Ted se pasó una temblorosa mano por el pelo.

—Me gustaría que las cosas hubieran sucedido de otro modo —dijo él—. Quise volver cientos de veces y decir que sentía todo lo que había pasado. Me convencí a mí mismo de que estaba siendo noble... eres una McKettrick y no necesitabas a un antiguo pájaro enjaulado complicándote la vida. La verdad es más difícil de negar cuando estás llamando a las puertas de nácar. Fui un cobarde, eso es todo. Traté de enmendarlo siendo el mejor padre posible con Carly —hizo una pausa y sonrió—. Tampoco recibiré ningún premio por eso. Después de que Rose murió, fue como si alguien hubiera engrasado las plantas de mis pies. Empecé a deslizarme pendiente abajo. Lo peor es que arrastré a Carly conmigo. En el último trabajo que tuve, reponía productos en un supermercado barato.

—No tienes que hacer esto —dijo Meg reprimiendo unas lágrimas que no quería que él viera.

—Sí —dijo Ted—. Amaba a tu madre y ella a mí. Tienes que saber lo felices que éramos cuando naciste... que fuiste bienvenida a este viejo loco planeta.

—De acuerdo —aceptó Meg—. Erais felices —tragó—. Después tú desfalcaste un montón de dinero y fuiste a la cárcel.

—Como la mayoría de los desfalcadores —respondió Ted—, pensé que podría reponer el dinero antes de que se dieran cuenta. No fue así. Tu madre trató de cubrirme al principio, pero había más McKettrick en la junta y no iban a permitir que hubiera un ladrón.

—¿Por qué lo hiciste? —la pregunta quedó flotando en el aire.

—Antes de conocer a Eve, jugaba. Mucho. Aún debía dinero a algunas personas. Me daba vergüenza decírselo a Eve, sabía que se divorciaría de mí, así que «tomé prestado» lo que necesitaba y dejé las menores pistas posibles. Eso me quitó a mis acreedores de encima, eran auténticos rompepiernas, Meg, y no se hubieran detenido por nada. También habrían ido a por Eve y a por ti.

—¿Así que robaste el dinero para protegernos a nosotras? —preguntó sin ocultar su escepticismo.

—En parte. Era joven y tenía miedo.

—Deberías haber hablado con mamá. Te habría ayudado.

—Lo sé, pero para cuando me di cuenta era demasiado tarde —suspiró—. Ahora es demasiado tarde para demasiadas cosas.

—No es demasiado tarde para Carly.

–Eso es lo que yo pienso. Te va a dar algunos problemas, Meg. No querrá ir al colegio y está acostumbrada a estar sola. Yo soy toda la familia que ha tenido desde que su madre murió. Como ya te he dicho, no tengo derecho a pedirte nada. No espero compasión. Sé que no me echarás de menos, pero Carly sí, y espero que seas lo bastante McKettrick como para permanecer a su lado hasta que encuentre el equilibrio. Mi peor pesadilla es que se deslice como yo he hecho, que vaya de un lado a otro, que viva del cuento, siempre mirando las cosas desde fuera.

–No permitiré que eso ocurra –prometió Meg–. No por ti, sino porque es mi hermana. Y porque es una niña.

–Supongo que hay otro favor que puedo pedirte –preguntó.

Meg alzó una ceja y esperó.

–¿Me perdonarás, Meg?

–Dejé de odiarte hace mucho tiempo.

–Eso no es lo mismo que perdonar –replicó.

–De acuerdo –dijo ella–. Te perdono.

–Ya que estás, perdona a tu madre también. Los dos nos equivocamos al no decirte toda la verdad desde el principio. Pero ella trataba de protegerte, Meg. Y dice mucho de los demás McKettrick que a ninguno de ellos se le escapara que yo era un ladrón que estaba cumpliendo condena en una cárcel de Texas.

Meg se preguntó si Jesse, Rance y Keegan sabrían la historia, pero decidió que no. Sus padres sí, seguro. Los tres habían estado en el consejo de la empresa con Eve. Meg pensó en ellos como los tíos que se habían ocupado de ella como de una hija. Todo ese tiempo habían estado conspirando para mantenerla en la absoluta ignorancia sobre Ted Ledger, pero no podía recriminárselo. Sus intenciones, como las de Eve, habían sido buenas.

—¿Quién eres realmente? —preguntó Meg recordando el comentario de Carly sobre los cambios de nombre.

—Cuando me casé con tu madre, era Ted Sullivan. Nací en Chicago, de Alice y Carl Sullivan. Alice era ama de casa, Carl era jefe de finanzas en una empresa de coches usados.

—¿Hermanos o hermanas?

—Una hermana, Sarah. Murió de meningitis cuando tenía quince años. Yo tenía diecinueve. Mi madre nunca se recuperó de esa muerte, ella era la promesa, yo el problema.

—¿Cómo conociste a mamá? —de pronto tenía necesidad de saber todas esas cosas.

Ted sonrió al recordar y, por un momento, pareció más joven.

—Después de salir de casa de mis padres, estudié en la universidad y empecé de botones en un hotel. Viajé por todo el país y para cuando llegué a San Antonio, era director. Los McKettrick eran los dueños de la cadena para la que trabajaba y tus tíos decidieron que era un joven brillante y con futuro. Me llevaron a trabajar a la casa matriz donde, por supuesto, veía a Eve todos los días.

Meg se imaginaba cómo debía de haber sido, los dos jóvenes y relativamente libres de prejuicios.

—Y os enamorasteis.

—Sí —dijo Ted—. La familia me aceptó, lo que fue un detalle por su parte, considerando que eran ricos y yo sólo tenía un coche viejo y un par de cientos de dólares en una cartilla de un banco. Los McKettrick son muchas cosas, pero no estirados.

«Tener dinero no nos hace mejores que a los demás», solía decirle Eve a Meg cuando era pequeña, «sólo más afortunados».

—No —reconoció Meg—, no son estirados —trató de sonreír, pero no lo consiguió—. Así que yo debería haber sido Meg Sullivan, no Meg McKettrick... si las cosas no hubieran ido como fueron.

—No. Ya sabes que las McKettrick no se cambian el apellido cuando se casan. Según Eve la costumbre se remonta a la única hija del viejo Angus.

—Katie —dijo Meg.

Recordó la última discusión con Brad cuando se subía al autobús para Nashville.

«Me casaré cuando vuelva», había dicho Brad, «te lo prometo».

«No vas a volver», había respondido Meg hecha un mar de lágrimas.

«Sí. Ya lo verás... serás Meg O'Ballivan antes de que te des cuenta».

«Nunca seré Meg O'Ballivan. No voy a ponerme tu apellido».

«Hazlo a tu estilo, señora McKettrick. Siempre lo haces», había terminado Brad.

—¿Meg? —la voz de Ted la llevó de vuelta a la cocina.

—No eres la primera persona que comete un error —le dijo a su padre—. Tienes mi completo perdón.

Ted se echó a reír, pero sus ojos brillaban por las lágrimas.

—Estás cansado —dijo Meg—. Vete a descansar.

—Quiero escuchar tu historia, Meg. Eve me daba algunas pinceladas cuando estaba dentro, pero faltan muchas cosas.

—En otro momento —respondió Meg.

Pero mientras él subía las escaleras y ella tiraba a la pila la infusión fría, se preguntaba si habría otro momento.

Phil había vuelto.

Brad, acompañado al establo por un Willie que lo adoraba, echó la última brazada de heno en el pesebre cuando oyó el inconfundible sonido de la limusina.

—Esto ya cansa —le dijo a Willie.

Phil se dirigía al establo cuando Brad y Willie salían.

—¡Buenas noticias! —gritó Phil—. He hablado con la gente de Hollywood y están deseando hacer la película aquí, en Stone Creek.

—No —dijo Brad mirándolo con un gesto de reto de calle del oeste.

—No lo digas tan rápido —dijo Phil sin desalentarse—. Será un empujón para la ciudad. Sólo de empleos...

—Phil...

En ese momento apareció Livie en su viejo todoterreno y Brad sintió cierta satisfacción cuando aparcó al lado de la limusina y la cubrió de una fina capa de polvo rojo.

—Buenas noticias —dijo Livie bajándose del coche—. El ganado de los Iverson no está infectado.

—Podría ser una extra —dijo Phil dando un codazo a Brad—. Apuesto que a tu hermana le gustaría salir en la peli.

—¿En qué? —preguntó Livie con el ceño fruncido. Se agachó a echar un vistazo a Willie, luego se incorporó y tendió la mano a Phil—. Soy Olivia O'Ballivan —dijo—. Tú debes de ser el representante de mi hermano.

—Ex representante —dijo Brad

—Pero aún con el mayor interés en el corazón —añadió Phil—. Le estoy ofreciendo la posibilidad de hacer una película, aquí, en el rancho. ¡Mira este sitio! ¡Es perfecto! John Ford hubiera babeado...

—¿Quién es John Ford? —preguntó Livie.

—Hizo algunas de las pelis de Wayne —explicó Brad, empezando a preocuparse.

El polvoriento rostro de Livie, se iluminó.

—Espera a que se lo cuente a las mellizas —saltó Livie.

—Para —dijo Brad alzando las dos manos—. No va a haber ninguna película.

—¿Por qué no? —preguntó Livie de pronto cabizbaja.

—Porque me he retirado —recordó Brad con paciencia.

—No veo cuál es el problema si hacen la peli aquí —dijo Livie.

—Por fin —intervino Phil—. Otra opinión razonable además de la mía.

—Cierra la boca, Phil —dijo Brad.

—Siempre has hablado de hacer una película —siguió Livie mirando a Brad con ojos malévolos—. Incluso empezaste a montar una productora.

—Se la quedó Cynthia con el divorcio —dijo Phil como si Brad no estuviera—. Creo que eso le ha agriado el carácter.

—¿Quieres dejar de comportarte como si no estuviera delante? —preguntó Brad.

Willie lloriqueó preocupado.

—¿Lo ves? —intervino rápidamente Phil—. Has asustado al perro —sonrió—. ¡Eh! El perro podría salir también en la película. Incluso podríamos meter a Disney en el proyecto...

—No —dijo Brad exasperado—. Nada de Disney, nada de perro. Nada de veterinaria menuda con heno en el pelo. No quiero hacer una película.

—Podrías construir una biblioteca o un centro juvenil o algo así con el dinero —dijo Phil saliendo tras Brad, que se echó a andar hacia la casa.

—Podríamos crear un refugio de animales —dijo Livie saliendo también tras ellos.

—Muy bien —dijo Brad—. Te firmaré un cheque.

El conductor de la limusina hizo sonar la bocina.

—Tengo que subirme a un avión —dijo Phil—. Una importante reunión en Hollywood. Te mandaré el contrato por fax.

—No te molestes —advirtió Brad.

—¿Qué te pasa? —preguntó Livie a su hermano agarrándolo del brazo—. Esa película podría ser lo más grande que ha pasado en Stone Creek desde que asaltaron el banco en 1907.

Brad se paró en seco. Se agachó y colocó la nariz a la altura de la de Livie.

—Estoy retirado —dijo marcando las sílabas.

Livie se apoyó las manos en las caderas.

—Creo que eres un cobarde —dijo ella.

Willi dio un pequeño ladrido.

—Tú mantente al margen, Zurcido —le dijo Brad.

—Gallina —dijo Livie mientras la limusina se alejaba.

—No —sentenció Brad.

—¿Entonces qué?

Brad se pasó una mano por la cabeza y pensó lo que iba a contestar a Livie. Estaba haciendo algunos progresos con Meg, lentos pero seguros, pero Meg y el mundo del espectáculo se conjugarían tan bien como el agua y el aceite. Además, si aceptaba la propuesta, no conseguiría quitarse de encima a Phil jamás. En cuanto acabara la película aparecería con otra oferta.

—Era artista —dijo Brad finalmente—, ahora soy ranchero. No puedo estar pasando de una cosa a otra, tengo que elegir.

—Es una película, Brad, no una gira mundial. Y tú siempre has querido hacer una película. ¿Qué pasa? ¿Es porque Cynthia se quedó la productora, como dice tu representante?

—No —dijo Brad—. Esto es la caja de Pandora, Livie. Una cosa llevará a la otra...

—¿Y te volverás a ir?

—No —negó Brad con la cabeza.

—Entonces piénsalo —razonó Livie—. Piensa en el dinero que traerá a Stone Creek y cómo estará todo el mundo de contento.

—Y en el refugio de animales —dijo Brad suspirando.

—Pequeño, lo mismo que Stone Creek. Hay muchos animales abandonados —dijo Livie.

—¿Has venido por alguna razón?

—Sí, para ver a mi hermano mayor y darle un repaso al perro.

—Bueno, aquí estoy y Willie está bien. Vete o quédate, pero no quiero hablar más de la maldita película, ¿entendido?

—Entendido —dijo Livie con dulzura.

A las cuatro y media de esa tarde, el contrato de la película salía del fax en el despacho de Brad.

Lo leyó, lo firmó y lo reenvió.

XI

Carly estaba sentada en el asiento del acompañante del coche de Meg con los brazos cruzados mientras contemplaba a los niños converger en el colegio de Indian Rock. Ropas de todos los colores, mochilas todavía nuevas dado que las clases llevaban sólo un mes. Era lunes y Ted tenía que ingresar en el hospital para el «tratamiento» al día siguiente. Meg había prometido solemnemente llevar a Carly de visita todas las tardes.

—No quiero entrar ahí —dijo Carly—. Van a hacerme una tontería de examen y me van a poner con los pequeños, lo sé.

Ted había enseñado en casa a Carly y, aunque era un niña muy inteligente, no se sabía qué currículum tenía, ni siquiera los libros que había estudiado. Ese examen determinaría su ubicación y estaba terriblemente preocupada.

—Todo irá bien —dijo Meg.

—Siempre dices lo mismo —protestó Carly—. Todo el mundo lo dice. Mi padre se va a morir, ¿cómo va a ir algo bien? Podrías enseñarme en casa.

—No soy maestra, Carly.

—Tampoco mi padre, y lo hizo bien.

«Eso», pensó Meg, «habrá que verlo».

—Más que nada en el mundo tu padre quiere que tengas una buena vida. Y eso supone recibir una educación.

—Tú lo odias. ¡No te importa que se muera!

—No lo odio y si pudiera hacer algo para que siguiera vivo, lo haría.

La mano derecha de Carly agarró el picaporte de la puerta del coche y la izquierda la mochila que Meg le había comprado junto a algo de ropa.

—Bueno, no odiar a alguien no es lo mismo que quererlo —dijo y salió del coche.

Meg esperó con los ojos llorosos hasta que Carly desapareció dentro del edificio de ladrillo rojo, después se dirigió a la casa de Sierra, donde encontró a su otra hermana en el porche.

El brillante sol de octubre arrancaba destellos al pelo castaño de Sierra. Parecía la madre naturaleza personificada con el vestido de flores que llevaba.

—Acabo de hacer café —dijo Sierra cuando se acercó Meg—. Entra y charlaremos un rato.

Meg sonrió. Se había criado como hija única y resultaba que tenía dos hermanas. Sierra y ella habían tenido tiempo para crear lazos, pero establecer una relación con Carly iba a ser difícil.

—Supongo que mamá te habrá contado las últimas noticias —dijo Meg.

—Algo. El último rumor que me ha llegado hace veinte minutos es que Brad O'Ballivan va a rodar una película en Stone Creek. Todo el mundo quiere ser extra.

Meg se quedó paralizada. Brad no la había llamado desde la cena y no sabía nada de la película.

—¿No lo sabías? —preguntó Sierra abriéndole la puerta para que entrara.

Meg suspiró y negó con la cabeza.

—Vamos a tomarnos un café —dijo Sierra apoyándole una mano en el hombro.

La siguiente hora la pasaron en la soleada cocina charlando. Le contó a Sierra lo que sabía de Ted, Carly y casi todo lo que había pasado con Brad.

Sierra rió a carcajadas por la historia del helicóptero y lloró con la historia de Willie.

Aunque Sierra era una de las personas más estables que Meg conocía, sus emociones se habían vuelto cambiantes el último trimestre de embarazo.

—¿Cuándo va a nacer el bebé? —preguntó Meg para cambiar de tema.

—Tenía que haber nacido la semana pasada —respondió Sierra—. Todo está preparado, incluida yo, pero parece que él o ella no.

—¿Estás asustada? —preguntó Meg con cariño.

—No, quiero que esto se acabe. Me siento como un balón.

—Si hubieras dicho lo que es, niño o niña, no tendrías tantas cosas amarillas...

Sierra se echó a reír.

—La ecografía no era concluyente —dijo—. Movió las piernas y no nos dejó ver nada.

—¿Me odiarás si te digo que me das envidia? —dijo Meg desviando la mirada—. Por el niño y porque ya tienes a Liam y Travis te quiere tanto...

—Sabes que no podría odiarte —respondió Sierra con suavidad, pero con expresión de preocupación en los ojos.

Hacía tiempo, Meg y Travis habían salido y aún eran muy buenos amigos. Por mucho que supiera que ninguno de los dos la engañaría, podía pensar que se lo había robado a Meg—. Momento de sincerarse. ¿Todavía sientes algo por Travis?

—Lo mismo que por Rafe o Jesse o Keegan —respondió Meg con sinceridad—. Sinceridad, pues. Estuve muy enamorada de Brad O'Sullivan en el instituto y no creo que se me haya pasado.

—¿Y eso es malo?

Meg recordó lo que había visto en los ojos de Brad la noche de la barbacoa mientras recogía la cocina: preocupación, decepción incluso una sensación de traición.

—No estoy segura —dijo—. Será mejor que me vaya a casa. Ted está solo y no se sentía bien cuando fui a dejar a Carly al colegio.

Sierra se quedó sentada en la silla retorciéndose ligeramente.

—¿Estás bien? —preguntó Meg.

—Son sólo unas punzadas —dijo Sierra—. Seguramente no es nada.

Meg se alegró de acabar de dejar las tazas en la pila porque si no se le hubieran caído al suelo.

—¿Te importaría llamar a Travis? —pidió Sierra—. Y a mamá.

—Oh, Dios mío —dijo Meg buscando en su bolso el teléfono móvil—. ¿Has estado ahí sentada escuchando mi rollo y estabas de parto?

—No todo el rato —dijo Sierra—. Creía que sería una indigestión.

—Ven a casa —dijo Meg a Travis antes de que él dijera «hola»—. Sierra está de parto.

—Salgo para allá —respondió él y colgó.

Después llamó a Eve.

—¡Ya viene! —dijo sin preámbulos—, el bebé...

—Cielos —protestó Sierra—, haces que parezca que estoy pariendo en el suelo de la cocina.

—Margaret McKettrick —dijo Eve estricta—, calma. Tenemos todo planeado: Travis irá a buscar a Sierra para llevarla al hospital y yo recogeré a Liam en el colegio. ¿Supongo que tú estás con Sierra en este momento?

—Sí —dijo Meg preguntándose si tendría que traer a su sobrino o sobrina al mundo antes de que apareciera alguien.

—¿Has llamado a Travis? —quiso saber Eve.

—Sí —dijo Meg mirando ansiosa a su hermana.

—Acabo de romper aguas —dijo Sierra.

—Oh, Dios mío —despotricó Meg—. ¡Acaba de romper aguas!

—Margaret —dijo Eve—. Contrólate y dale una toalla. Estaré ahí en cinco minutos.

Travis apareció sólo en cuatro. Pasó a dar un sonoro beso a Sierra, después desapareció, reapareció un momento con una maleta, presumiblemente preparada con antelación.

Meg se sentó en la mesa con la cabeza entre las rodillas algo indispuesta.

—Creo que está hiperventilando —dijo Sierra a Travis—. ¿Tenemos alguna bolsa de papel?

En ese momento apareció Eve, miró a Meg, pero evidentemente Sierra era su mayor preocupación. Cuando su hija pequeña se puso de pie con ayuda de Travis, agarró la cabeza de Sierra con las dos manos y le dio un beso en la frente.

—No te preocupes de nada —ordenó Eve—. Yo me ocuparé de Liam.

Sierra asintió, dedicó una última mirada de preocupación a Meg y se dirigió con Travis a la puerta trasera.

—¿No deberíamos llamar a un ambulancia? —dijo Meg inquieta.

—Oh, por Dios —replicó Eve—. No necesitas una ambulancia.

—No es para mí, madre, es para Sierra.

Eve humedeció un paño en la pila y se lo puso en la nuca a Meg.

—Respira —le ordenó.

Brad miró desde la ventana cómo aparcaba Livie, salió y se dirigió al establo.

—Vamos —dijo a Willie resignado—. Se va en busca de Ransom de nuevo y eso significa que yo también debo ir. Tú tienes que quedarte, colega.

Willie se acurrucó en una alfombra delante de la chimenea del cuarto de estar, suspiró y cerró los ojos. Parte del personal de la película ya había llegado en una caravana para localizar exteriores, a uno de los chicos le encantaban los perros y Brad había pensado que, en último caso, podría recurrir a él si era necesario para que se hiciera cargo de Willie.

Brad se había pasado la mitad de la noche mirando el guión que Phil le había mandado por fax. A pesar de todas sus reticencias, le gustaba la historia, en principio titulada *El enfrentamiento*.

Había tenido que releer varias veces el guión porque tenía la cabeza puesta en Meg. Había estado convencido de que las cosas podrían funcionar, pero al ver a Carly, una versión en pequeño de Meg y de la misma edad que la hija que podrían tener, se habían despertado en él sentimientos de conflicto y no estaba seguro de cómo enfrentarse a ellos.

No era una actitud racional, lo sabía. La explicación de Meg era creíble y sus razones para mantener el secreto con él tenían sentido. Aun así, una parte de él estaba profundamente resentida, incluso enfurecida.

Livie estaba ensillando a Cinnamon cuando llegó al establo.

—¿Adónde vas? —preguntó Brad.

—Tres intentos, genio —dijo mirándolo—. Y los dos primeros no cuentan.

—Supongo que no te has enterado de la ventisca que nos cayó encima en cinco minutos a Meg y a mí la última vez que fuimos a buscar a ese maldito caballo.

—Algo he oído —dijo Livie apretando las cinchas—. Sólo quiero echarle un vistazo.

Brad se cruzó de brazos, se apoyó en el marco de la puerta y la miró.

—Voy a hablar con alguno de los primos de Meg a ver si pueden llevarte en helicóptero —dijo Brad.

—Oh, claro —se rió Livie—. Y así dar un susto de muerte a Ransom con el ruido.

—Livie, ¿no puedes atender a razones? Ese caballo ha sobrevivido todo este tiempo sin que tú le ayudaras. ¿Qué ha cambiado ahora?

—¿Vas a dejar de llamarlo «ese caballo»? Se llama Ransom y es una leyenda, muchas gracias.

—¿Qué ha cambiado, Livie? —repitió.

Suspiró y pareció más pequeña y frágil de lo habitual.

—No lo creerías si te lo contara.

—Inténtalo —dijo Brad.

—Sueños —empezó Livie—. Tengo sueños...

—Sueños.

—Sabía que no...

—Sigue —interrumpió Brad—. Estoy escuchando.

—Quítate de mi camino, por favor.

—No —dijo Brad sacudiendo la cabeza aún con los brazos cruzados.

—Me habla —dijo Livie apretando los dientes como habían hecho siempre los O'Ballivan.

—Un caballo te habla —dijo Brad intentando no parecer escéptico sin mucho éxito.

—En sueños —dijo Livie ruborizándose.

—¿Cómo el señor Ed en aquella antigua serie de la tele?

—No —dijo Livie con los ojos encendidos por la furia—. No como el señor Ed.

—¿Cómo entonces?

—Simplemente lo oigo, eso es todo. ¡No mueve los labios!

—De acuerdo.

—¿Me crees?

—Creo que tú lo crees, Livie. Tienes unos sentimientos muy profundos respecto a los animales, algunas veces me gustaría que la gente te importara sólo la mitad, y has estado preocupada por él mucho tiempo. Tiene sentido que aparezca en tus sueños.

Livie se puso en jarras con las riendas de Cinammon entre los dedos.

—¿Qué te pasa? ¿Estudias para loquero por internet o algo así? Análisis jungeano en diez fáciles lecciones. ¡Lo siguiente que dirás es que Ransom es un símbolo inconsciente de connotaciones sexuales!

—¿Está eso tan lejos del campo de lo posible?

—¡Sí!

—¿Por qué?

—Porque Ransom no es el único animal con que sueño, por eso. Y no es un fenómeno reciente, sucede desde que era pequeña. ¿Te acuerdas de Simon, ese viejo perro ovejero que teníamos cuando éramos pequeños? Me dijo que se moría y tres días después lo atropelló un coche. No sigo porque hay un montón de historias más y, francamente, no tengo tiempo. Ransom tiene problemas.

Sorpresa era una palabra muy suave para describir lo que sentía Brad en ese momento. Livie siempre había estado loca por los animales, pero era práctica, tenía una mente científica. Y nunca le había confesado que recibía mensajes en sueños de sus amigos de cuatro patas.

—¿Por qué no me lo has contado antes? ¿Lo sabía Big John?

—Me hubieras mandado a terapia. Big John ya tenía bastante de qué preocuparse como para enterarse de que tenía una nieta que parece el doctor Doolitte. Y ahora, ¿te puedes apartar?

—No —dijo Brad—. No me apartaré. No hasta qué me digas por qué es tan urgente subir a buscar a un caballo salvaje a la cima de una maldita montaña.

Las lágrimas inundaron los ojos de Livie y Brad sintió remordimientos. La lucha interior de ella era visible, pero finalmente contestó.

—Tiene dolor. Tiene un problema en la pata delantera derecha.

—Y ¿qué piensas hacer si lo encuentras? ¿Sedarlo con un dardo tranquilizante? Livie, esto es Stone Creek, Arizona, no *El Libro de la Selva*. Y con sueños o sin ellos, ese caballo... —se pasó las dos manos por la cara en un gesto de impaciencia–, Ransom, no es un personaje de Disney. No va a dejar que te acerques a él, le examines la pata y le des una palmada en el lomo. Si consigues acercarte, seguramente te pateará y te romperá algún hueso.

–No lo hará –dijo Livie–. Sabe que quiero ayudarle.

–Livie, supón, sólo supón, que te equivocas.

–No me equivoco.

–Por supuesto que no te equivocas. ¡Eres tan rara como todos los O'Ballivan! –hizo una pausa y se pasó una mano por el pelo. Intentó otra estrategia–. Quedan muy pocas horas de luz. No vas a subir sola a esas montañas, hermanita, no, aunque tenga que atarte.

–Entonces ven conmigo.

–Oh, eso es muy noble por tu parte. Me encantaría arriesgarme a morir congelado en una rara ventisca. Diablos, no tengo nada que hacer aparte de cuidar a un perro herido que has traído tú y participar en una rara película... también idea tuya.

Livie intentó evitar sonreír pero no pudo.

–¿Eres consciente de que has dicho la palabra «rara» tres veces en el último minuto y medio? ¿Has considerado la posibilidad de pasarte al descafeinado?

–Muy graciosa –dijo Brad, pero tampoco pudo evitar sonreír–. Eres mi hermana pequeña, te quiero. Si insistes en buscar a un garañón salvaje en las montañas, al menos espera hasta mañana. Saldremos al amanecer.

—¿Lo prometes? —dijo de nuevo seria.

—Lo prometo.

—De acuerdo —aceptó ella.

—¿De acuerdo? ¿Vas a aceptar sin discutir?

—No seas tan suspicaz. He dicho que esperaría hasta el amanecer y lo haré.

Brad le tendió una mano y ella la estrechó. Tenía que estar satisfecho, entre los O'Ballivan un apretón de manos era como un pacto de sangre.

—Si vamos a salir tan pronto, sería mejor que pasases aquí la noche —dijo Brad.

—No puedo —dijo Livie guiando a Cinammon de vuelta a su cuadra—. Como no me voy esta noche, haré primero mi ronda habitual. La he dicho al doctor Summers que me cubriera y no le ha hecho muy feliz —puso una sonrisa malévola—. ¿Cómo te va con Meg?

—No del todo bien —dijo él sin mirarla.

—¿Qué va mal?

—No creo ser capaz de expresarlo con palabras.

—Hay mucho camino hasta las montañas —dijo cerrando la puerta de la cuadra—, mucho tiempo para hablar. Voy a echar un vistazo a Willie.

Cuando volvió a la casa, Livie había examinado al perro y se había marchado. Había una nota en la nevera: ¿Haces cena, estrella de la pantalla, o traigo una pizza?

Brad sonrió y sacó un paquete de pollo del congelador.

Sonó el teléfono.

—¿Una doble hawaiana especial con extra de jamón, queso y piña? —preguntó Livie.

—Olvídate de la pizza —respondió Brad—. No pienso comerme nada que hayas tocado tú. Metes la mano en el trasero de las vacas.

Livie rió a carcajadas, se despidió y colgó. Él iba a hacer lo mismo pero decidió llamar a Meg. Sonrió al darse cuenta de que, después de tanto tiempo, seguía sabiendo de memoria el teléfono del Triple M.

Saltó el contestador. Brad fue a colgar, pero luego decidió dejar un mensaje.

—Soy Brad. Era sólo... llamaba para ver qué tal te iba con tu padre y Carly.

De pronto Meg atendió la llamada casi sin aliento.

—¿Brad?

—Sí, soy yo —respondió él.

—He oído que vas a hacer una peli en Stone Creek.

Brad cerró los ojos. Otra vez lo había hecho mal... Meg debería haberse enterado por él y no por los rumores que corrían.

—He pensado que a lo mejor Carly quería hacer de extra —dijo él.

—Le encantará, seguro —dijo Meg con un tono demasiado formal.

—¿Meg? Lo de la película...

—Está bien, Brad. Me alegro por ti, de verdad.

—Pareces alterada.

—Podías haberlo mencionado. No es algo que sucede todos los días, y menos en el norte de Arizona.

—Quería decírtelo en persona, Meg.

—Sabes donde vivo y, evidentemente, sabes mi número de teléfono.

—También sé donde está tu punto G —dijo él y la oyó quedarse sin respiración.

—Eso es jugar sucio, O'Ballivan.

—En el sexo y en la guerra, todo vale, McKettrick.

—¿Es eso lo que es? ¿Sexo?

—Dímelo tú.

—No he sido yo la que ha dado un paso atrás —le recordó.

Brad sabía de lo que estaba hablando. Había estado muy frío la noche de la barbacoa.

—Livie y yo vamos a volver a subir a las montañas mañana, a buscar a Ransom. ¿Sigues queriendo venir?

Ella suspiró. Brad esperó que fuera una señal de distensión, aunque con Meg nunca se sabía.

—Me gustaría, pero Ted ingresa mañana y le he prometido a Carly que la llevaría a verlo cuando saliera de clase.

—Está pasando un momento muy malo —dijo Brad—. Si hay algo que pueda hacer para ayudar...

—Lo de la camiseta ha sido un acierto. Lo mismo que la firma en todos los discos. Tú amabilidad ha significado mucho para ella, Brad —un pausa—. Por cierto, algo más feliz: Sierra se ha puesto de parto. Espero volver a ser tía en cualquier momento.

—Esa es una buena noticia —pero se llevó una mano al estómago como si hubiera recibido un puñetazo.

—Sí —dijo Meg, pero supo por el tono de su voz que ella se había dado cuenta de su reacción—. Bueno, felicidades por la peli y gracias por llamar. Ah, y ten cuidado mañana —colgó antes de que él pudiera despedirse.

Dos horas más tarde, Livie volvió recién duchada y con un vestido.

—¿Tienes una cita? —preguntó Brad tratando de recordar la última vez que había visto a su hermana sin botas y vaqueros viejos.

Livie ignoró la pregunta, sacó una botella de vino del bolso y la dejó en la encimera oliendo el aire.

—¿Pollo frito? ¿Tu talento no tiene fin?

—No que tú sepas —bromeó él.

—Deberíamos haber invitado a las gemelas a

unirse a nosotros. Hubiera sido como en los viejos tiempos, todos a la mesa en esta cocina.

Brad recordó a Big John y Livie se dio cuenta.

—Realmente echas de menos a Big John, ¿verdad?

Brad asintió sin confiar en sí mismo lo bastante como para decir algo.

—Estaba tan orgulloso de ti, Brad.

—No toques la ensalada —dijo Brad al verla robar una rodaja de pepino.

Livie le apoyó una mano en el brazo y le dijo:

—Sé que crees que lo decepcionaste. Que deberías haber estado aquí en lugar de en Nashville, y puede que sea verdad, pero él estaba orgulloso. Y agradecido por todo lo que hiciste.

—Le hubieran llevado los demonios con esta película —dijo Brad con voz ronca.

—Hubiera fanfarroneado con cualquiera que hubiera querido escucharlo —replicó Livie.

—No sabes lo que daría por poder hablar con él sólo una vez. Poder decirle que siento no haberlo visitado, llamado con más frecuencia...

—Supongo que mucho. Pero puedes hablar con él. Te oirá —se puso de puntillas y le dio un beso en la mejilla—. Dime que ya has dado de comer a los caballos porque odiaría tener que levantarme ahora a darles de comer.

—Ya les he dado —dijo Brad entre risas—. Nunca te hubiera tomado por una mística, doctora. ¿Hablas con Big John? ¿O sólo con caballos salvajes y perros ovejeros?

—Todo el tiempo —dijo sacando un sacacorchos de un cajón y dándoselo a Brad—. No creo que se haya ido del todo. La mayor parte del tiempo, siento como si estuviera en la habitación contigua, casi noto el olor de su tabaco.

Mientras Brad abría la botella, Livie sacó un par de copas. Willie le dio con el hocico en la rodilla pidiendo atención.

—Sí —dijo él al perro—. Sé que estás ahí.

—¿También te habla? —preguntó Brad sólo medio en broma.

—Claro —replicó ligera Livie—. Le gustas. Eres un poco difícil, pero piensa que tienes potencial como amo.

Sonriendo, Brad llenó de vino las copas y luego propuso un brindis:

—Por Big John —dijo— y el Rey Ransom y nuestras doctora Doolitte de Stone Creek. Y Willie.

—Por la película y Meg McKettrick —añadió ella y chocó su copa.

—Por Meg —dijo él finalmente.

Durante la cena, charlaron sobre los planes del Livie para el refugio de animales.

Recogieron juntos la cocina y después llevaron a Willie a dar un corto paseo.

Como la noche anterior no había dormido

mucho, Brad se quedó dormido en la habitación de invitados del piso de abajo muy pronto y dejó a Livie sentada en la cocina absorta en su copia del guión.

Horas después, medio dormido, pudo ver, a la luz de la mesilla de noche, a Livie completamente vestida con su ropa de salir al campo de pie en la puerta y temblando de ansiedad.

Brad se incorporó bostezando y dijo:

—Livie, es completamente de noche.

—Ransom está acorralado —dijo impetuosa—. Tenemos que ayudarlo, de prisa. Llama a los McKettrick y pídeles prestado el helicóptero.

XII

Aquello era una locura. Eran las dos de la madrugada. Tendría que tragarse su orgullo y pedirles a Jesse o Keegan un favor descomunal diciendo que su hermana había soñado con un caballo...

Pero la desesperación que vio en los ojos de Livie fue definitiva.

—Aquí tienes el número —dijo ella tendiéndole un pedazo de papel y el teléfono inalámbrico de la cocina.

—¿Cómo lo has conseguido? —preguntó Brad.

Livie respondió desde el umbral desesperada.

—Jesse y yo estuvimos saliendo una temporada —dijo ella—. Haz la llamada y vístete.

No le dio la oportunidad de decir que llamara ella dado que había salido con Jesse. En cuanto se cerró la puerta tras ella, Brad se sentó, se puso los pantalones y marcó el número de Jesse.

Respondió a la segunda llamada gruñendo.

—Mejor que sea algo bueno.

—Soy Brad O'Ballivan —dijo cerrando los ojos—. Siento despertarte tan temprano, pero es una emergencia y... —hizo una pausa porque las últimas palabras le costaban un gran esfuerzo— necesito ayuda.

Apenas tres cuartos de hora después, el helicóptero de McKettrick Co aterrizaba con unas luces de *Encuentros en la tercera fase* en el claro que había tras la casa. Lo pilotaba Jesse.

—Hola, Liv —dijo Jesse con una sonrisa.

—Hola —respondió Livie.

No había ninguna tensión entre ellos. Debían de haber acabado bien o no haber ido nunca en serio. Brad se sentó delante al lado de Jesse con un rifle entre las piernas temiendo el momento en que tendría que explicarle la causa de aquella aventura a la luz de la luna, pero Jesse no pidió ninguna explicación, sólo preguntó:

—¿Adónde?

—Al cañón del Ladrón de Caballos —respondió Livie—. Al este.

Jesse asintió, echó una mirada al rifle de Brad y levantó el helicóptero.

«Debería hacerme con un trasto de éstos», pensó Brad medio dormido.

En menos de un cuarto de hora estaban sobre las montañas y alumbraban el cañón así llamado por ser el lugar donde Sam O'Ballivan y algunos de sus guardas habían acorralado a una banda de cuatreros.

—¡Ahí está! —gritó Livie casi haciendo que saltaran los auriculares de Brad.

Se inclinó hacia delante para mirar y lo que vio hizo que se le cayera el corazón a los pies.

Ransom brillaba en medio del foco de luz pateando el suelo con los cascos. Tras él, contra una pared de roca, estaban las yeguas, Brad contó tres, pero era difícil decir cuántas había en la sombra, y delante de él, una manada de casi una docena de lobos los rodeaba. Estaban hambrientos, concentrados en el grupo que habían acorralado, y no prestaban ninguna atención al helicóptero que tenían sobre sus cabezas.

—¡Baja este cacharro! —ordenó Livie—. ¡Deprisa!

Jesse manejó los mandos con una mano y con la otra sacó otro rifle de debajo del asiento del piloto. También había visto los lobos.

Aterrizó en una cornisa demasiado estrecha desde el punto de vista de Brad. Esperar a que las aspas se detuvieran pareció una eternidad.

—Adelante —dijo Jesse abriendo su puerta y con el rifle en la mano—. Mantened las cabezas bajas.

Brad asintió y abrió su puerta deseando que Livie se quedara tras él, pero sabiendo que no lo haría.

A unos quince metros, Ransom y la manada de lobos seguían mirándose. Las yeguas relinchaban frenéticas por el miedo. Los ojos brillaban en la oscuridad.

Brad sintió que se le erizaba el vello de la nuca cuando uno de los lobos se volvió y lo miró con sus implacables ojos de color ámbar. El cuello gris y blanco brillaba a la luz plateada de las frías y lejanas estrellas.

Alguna clase de chispa misteriosa conectaba al hombre y la bestia. Brad era sólo ligeramente consciente de que Jesse iba tras él, o de que Livie estaba sacando el equipo veterinario.

«Soy un depredador», le dijo el lobo a Brad. «Esto es lo que hago».

Brad amartilló el rifle. «También soy un depredador», respondió él en silencio. «Y no puedes llevarte estos caballos».

El lobo reflexionó un momento, dio un sigiloso paso en dirección a Ransom, el legendario garañón estaba agotado.

Brad apuntó. «No lo hagas, hermano lobo. No es un farol».

Levantando la poderosa cabeza, el lobo lanzó un aullido. Ransom trastabilló como si estuviera a punto de venirse abajo. Eso era, exactamente, lo que estaba esperando la manada. Una vez en el suelo el gran macho, lo tendrían. Y a las yeguas.

Jesse permanecía de pie al lado de Brad con el rifle preparado.

—No hubiera creído que era real —dijo McKettrick en un susurro, aunque no se sabía si se estaba refiriendo a Ransom o al viejo lobo— si no lo estuviera viendo con mis propios ojos.

El lobo volvió a aullar y el sonido despertó algo primitivo en Brad.

Y luego todo se acabó. El jefe se dio la vuelta, se empezó a alejar trotando y los demás, uno a uno, lo siguieron con una letal y dubitativa gracia. Brad suspiró, bajó el rifle. Jesse se relajó también. Livie, con el equipo en la mano, fue derecha a Ransom. Brad fue a detenerla, pero Jesse lo sujetó del brazo.

—Tranquilo —le dijo—. No es momento de asustar a ese caballo.

Sería una ironía suprema, reflexionó Brad, si al final tenían que disparar a Ransom después de subir a salvarlo. Si el garañón se mostraba agresivo con Livie, tendría que hacerlo.

—Soy yo, Olivia —dijo Livie al legendario caballo en tono amigable—. He venido en cuanto he podido.

Brad alzó el rifle cuando el caballo golpeó con la enorme cabeza a Livie, pero Jesse le hizo bajar el cañón murmurando:

—Espera.

Ransom permaneció de pie brillante por el sudor y la sangre y dejó que Livie le acariciara el enorme cuello. Cuando le pasó la mano por las patas delanteras, también se lo permitió.

—No lo puedo creer —murmuró Jesse.

La visión era surrealista, Brad no estaba completamente convencido de no estar soñando.

—Vas a tener que venir conmigo —dijo Livie al caballo—. Al menos hasta que se te cure la pata.

Increíblemente, Ransom movió la cabeza como si estuviera asintiendo.

—¿Cómo demonios espera que bajemos una manada de caballos salvajes hasta el rancho? —preguntó Brad sin esperar respuesta de Jesse, simplemente pensando en alto.

Jesse lo miró por encima del hombro.

—Has estado demasiado tiempo en la gran ciudad, O'Ballivan —dijo—. Quédate aquí por si vuelven los lobos y yo iré a reunir a un grupo para llevarlos. Pasarán unas cuantas horas hasta que vuelva, así que mantén los ojos abiertos y reza para que tengamos buen tiempo. Lo último que necesitamos es otra de esas ventiscas.

Para entonces, Livie había sacado una jeringuilla y estaba preparándose para aplicarla en el cuello de Ransom. Brad dio un paso hacia ella.

—No te acerques —dijo Livie—. Ransom está bastante tranquilo, pero esas yeguas están muy estresadas. No me gustaría encontrarme en medio de un rodeo improvisado. Y supongo que a ti tampoco.

Brad permaneció quieto un largo rato, aún sin estar seguro de que aquello no fuera una pesadilla, después, dejó su rifle y el de Jesse apoyado en un árbol.

Ransom permanecía con la cabeza baja aturdido por el fármaco que Livie le había administrado unos segundos antes. Las yeguas, todavía muy nerviosas pero ya convencidas de que el peor peligro había pasado, se inclinaban a mordisquear la hierba seca.

En la distancia, el viejo lobo aullaba con patética furia.

La dorada luz del amanecer asomaba por encima de las colinas del este cuando Meg volvía a casa tras dar de comer a los caballos. Estaba sonando el teléfono.

Se lanzó sobre él suponiendo que sería Travis para decir que había nacido el bebé de Sierra.

O a lo mejor era Brad.

Era Eve.

—Ya eres tía otra vez —anunció su madre con orgullo—. Sierra ha tenido un hermoso niño a las cuatro y media de la madrugada. Creo que van a llamarlo Brody, por el hermano de Travis.

Meg sintió que el corazón se le llenaba de alegría y las lágrimas le inundaron los ojos.

—¿Está bien Sierra?

—Parece que sí —respondió Eve—. Liam y yo vamos a ir a Flagstaff después de desayunar. Está aquí conmigo.

Después de lavarse las manos en la pila de la cocina, Meg se sirvió café. Tenía la costumbre de dejarlo haciendo antes de ir a atender a los caballos. En el piso de arriba oyó los lentos pasos de Ted moviéndose por el pasillo.

—Ted ingresa hoy —dijo en voz baja—. Pasaré a ver a Sierra y al niño después de dejarlo en su habitación —suspiró suavemente—. Madre, Carly no está llevando esto nada bien.

—Seguro que no, pobre niña —dijo su madre—. ¿Por qué no le dejas no ir al colegio hoy y te vas al hospital con Ted y con ella?

—Ya lo he sugerido yo —dijo Meg cuando su padre apareció con las cosas de afeitarse en la mano.

—¿Y? —preguntó Eve.

—Y Ted dice que mejor que asista al colegio y lo vaya a ver después.

—¿Es Eve? —preguntó Ted.

—Sí —dijo Meg.

Hizo un gesto en dirección al teléfono y Meg se lo dio.

—Soy Ted —dijo y le explicó que Carly necesitaba adaptarse a la normalidad lo antes posible.

Apareció Carly con aire taciturno. Llevaba unos vaqueros y la camiseta que Brad le había regalado a pesar de que le llegaba casi hasta las rodillas.

—¿Tienes hambre? —preguntó Meg.

—No —dijo Carly.

—Malo, en esta casa se desayuna.

—Vomitaría.

—Podrías.

Ted tapó con la mano el auricular del teléfono y dijo:

—Carly, desayuna.

Con el ceño fruncido, Carly pasó una pierna por encima del banco y se dejó caer. Meg le sirvió un zumo de naranja.

Resultaba sorprendente que el zumo no empezara a hervir al instante si se consideraba el calor que desprendía el rostro de la niña.

—De acuerdo, se lo diré —dijo Ted a Eve—. Hasta luego —colgó y se dirigió a Meg—. Eve espera que puedas comer con Liam y con ella después de que hayas visto a Sierra y el bebé.

Meg asintió distraída.

—Vas a ir al hospital y yo tengo que ir a ese estúpido colegio donde me van a poner en preescolar cuando debería estar en séptimo.

Meg no tenía ni idea de cómo le había salido el examen a Carly, pero seguramente no tan mal como la niña decía.

—A esta hora la semana que viene —dijo Ted a su hija pequeña—, seguramente serás una estudiante de segundo en Harvard. Tómate el zumo.

Carly dio un sorbo y recorrió con la vista los pantalones de Meg llenos de briznas de heno.

—¿No tienes un trabajo o algo así?

—Sí —respondió Meg poniendo un cazo al fuego—. Soy ranchera. El trabajo es duro, la paga es mala, no hay plan de jubilación y tienes que palear un montón de estiércol, pero me encanta.

El desayuno fue deprimente y Carly lo alargó todo lo posible, pero finalmente llegó la hora de irse.

Meg se quedó en la casa mientras Ted y Carly se metían en el coche y cuando se unió a ellos, Carly estaba hecha un mar de lágrimas y Ted parecía completamente agotado.

Llegaron al colegio, Ted salió laboriosamente del coche y permaneció de pie en la acera con Carly. Hablaron seriamente, pero Meg no pudo oír lo que decían y Carly se secó las mejillas con el dorso de la mano antes de mezclarse con el colorido grupo que entraba al colegio.

Ted tuvo problemas para volver a entrar al coche, pero cuando Meg intentó ayudarlo, le dijo que no. Meg tuvo que aguantarse las lágrimas.

Cuando llegaron al hospital de Flagstaff, Eve los esperaba en la oficina de admisión.

—Yo me haré cargo —dijo a Meg mientras una enfermera sentaba a Ted en una silla de ruedas—. Tú sube a ver a tu hermana y tu sobrino. Habitación 502.

Meg dudó y luego asintió. Después, sorprendiéndose incluso a sí misma, dio un beso a Ted y se dirigió al ascensor más cercano.

Sierra estaba radiante. La habitación estaba llena de flores.

—¡Tía Meg! —gritó Liam encantado—. Tengo un hermano nuevo que se llama Brody Travis Reid.

Con una amplia sonrisa, Meg abrazó a su sobrino haciendo que casi se le cayeran las gafas.

—¿Dónde está ese canijo de Brody? —bromeó ella—. Su leyenda recorre toda la ciudad, pero no le he visto el pelo.

—Claro —dijo Liam—. Está en el nido con los demás bebés.

Meg le revolvió el pelo y fue a dar un beso a Sierra.

—Enhorabuena, hermanita —dijo.

—Es tan bonito —susurró Sierra.

—Los niños se supone que son guapos, no bonitos —protestó Liam, que acercó una silla a la cama y se subió a ella para estar a la altura de su madre—. ¿Yo era guapo?

Sierra sonrió y le acarició una mano.

—Tú sigues siendo guapo —dijo cariñosa—. Y papá y yo estamos seguros de que vas a ser un estupendo hermano mayor para Brody.

—Travis va a adoptarme —dijo Liam a Meg—.

Seré Liam McKettrick Reid y mamá va a cambiar también su nombre.

Meg alzó las cejas ligeramente.

—Alguien tiene que romper la tradición —dijo Sierra—. Ya se lo he dicho a Eve.

Sierra sería la primera McKettrick en tomar el apellido de su marido.

—¿Mamá está de acuerdo con eso? —preguntó Meg.

—Hay que elegir el momento —dijo con una sonrisa—. Si vas a tener que darle malas noticias, asegúrate de dar a luz antes.

—Eres una mujer valiente —dijo Meg entre risas, después se volvió a Liam—. ¿Qué tal si me enseñas a ese hermano tuyo?

Jesse volvió a media mañana, como había prometido, con una docena de vaqueros. A Brad el grupo le pareció salido de una película en blanco y negro.

Brad estaba agotado, y Livie, una vez terminadas sus funciones como veterinaria, dormía bajo un árbol envuelta con su abrigo y el de su hermano.

Había encendido un fuego una hora antes del amanecer, pero anhelaba un café y estaba helado hasta los huesos.

Había pasado horas dándole vueltas a la prueba evidente de que Ransom había enviado un SOS a su hermana. Al acercarse los jinetes, Livie se despertó, se puso en pie y se sacudió las agujas de pino de la ropa.

Jesse, Keegan y Rance iban en cabeza. Rance, saludó a Brad, desmontó y caminó hacia Ransom. Revisó las patas del animal como había hecho Livie.

—¿Crees que podemos hacerlo bajar de la montaña hasta el rancho? —preguntó Rance.

Livie asintió.

—Si lo hacemos despacio —dijo ella. Sonrió al grupo de hombres—. Muchas gracias a todos.

La mayoría miraba a Ransom como si fuera a desplegar las alas en cualquier momento, como Pegaso, y se perdiera en el cielo azul.

Livie le devolvió el abrigo a su hermano, después se subió a su montura con una soltura que Brad no soñaba con emular. Esparció con las botas los restos del fuego mientras Rance le tendía a su hermana el maletín veterinario.

La cabalgada montaña abajo sería larga y dura, pero al menos el tiempo sería bueno. El cielo estaba tan azul como los ojos de Meg. Brad respiró hondo, metió un pie en el estribo y se subió a lomos de un caballo pinto. Seguía dolorido después de la última cabalgada.

Los vaqueros se pusieron al trabajo reuniendo al grupo de yeguas y al macho y poniéndolos en camino con silbidos para animarlos.

—Pareces hecho un asco —dijo Livie a Brad.

—Dios mío, gracias —sonrió Brad intentando acomodarse en la silla.

—Piensa que es para meterte en el personaje de la película —bromeó Livie.

Ver por primera vez a Brody fue el punto álgido del día de Meg; a partir de ahí todo fue cuesta abajo: las pruebas de Ted eran agresivas y estaba sedado; Liam estaba hiperexcitado y no estuvo sentado ni un segundo durante la comida; la comida de la cafetería sabía a serrín y la llamó la policía de Indian Rock cuando volvía a casa.

Carly se había escapado del colegio y el sheriff la había pillado en la autopista haciendo dedo para ir a Flagstaff.

Meg salió corriendo a la comisaría, paró en el aparcamiento e intentó aplacar la tormenta interior.

Carly estaba sentada al lado de la mesa del sheriff, parecía incluso menor de doce años.

—Sólo quería ver a mi padre —dijo en voz casi inaudible previendo la reprimenda de Meg.

Meg se sentó en una silla al lado de Carly y respiró hondo un par de veces. El sheriff sonrió y se marchó a hacer algo a otro sitio.

—Podrían haberte raptado, o atropellado o mil cosas más —dijo Meg con cuidado.

—Papá y yo hacíamos dedo muchas veces

—dijo Carly a la defensiva— cuando se nos estropeaba el coche.

Meg cerró los ojos un momento. Esperó que se le ocurriera una respuesta sensata, pero no la encontró, así que la niña volvió a hablar.

—¿Me vas a llevar a verlo ahora? —preguntó Carly.

—Depende —dijo Meg con un suspiro—. ¿Estás detenida o sólo retenida para interrogarte?

Carly se relajó un poco.

—No estoy detenida —respondió seria—, pero el sheriff Terp dice que si me vuelve a pillar haciendo dedo, seguramente lo pasaré mal.

—Vuelve a hacer otra como ésta, bonita —dijo Meg— y seré yo quien te lo hará pasar mal.

Wyatt Terp se acercó haciendo todo lo posible por parecer un hombre severo, pero el efecto fue casi cómico.

—Puedes irte, señorita —le dijo a Carly—, pero espero no volver a verte por aquí a menos que sea para vender galletas de los Boy Scout. ¿Entendido?

—Entendido —dijo Carly mansamente inclinando ligeramente la cabeza.

Meg se puso en pie y dirigió a su hermana a la puerta.

Necesitaba ver a Meg.

Eran las siete y media de la noche cuando

Ransom y las yeguas estuvieron metidos en un corral en el rancho y los McKettrick y sus ayudantes habían desensillado sus caballos, metido a los animales en camiones y se habían marchado. Livie había saludado a Willie, se había dado una ducha caliente y envuelto en uno de los enormes albornoces de motivos indios de Big John. Se tomó un sándwich y se fue a dormir.

Brad estaba cansado. Tenía frío, hambre y estaba destrozado por la silla. Lo sensato era ducharse, comer algo y dormir como un muerto, pero necesitaba ver a Meg. Se duchó y se cambió de ropa.

Llamar primero sería lo correcto, pero no lo hizo. Así que le dejó una nota a Livie: da de comer al perro y a los caballos si no he vuelto por la mañana. Y se marchó.

La camioneta se sabía el camino al Triple M, buena cosa, dado que él estaba aturdido.

La luz de la ventana de Meg brillaba en medio de la noche y el corazón se le aceleró ante la perspectiva de verla. Los McKettrick, recordó, tendían a reunirse en la cocina. Aparcó la camioneta en la entrada y rodeó la casa hasta la puerta trasera. Llamó.

Abrió Carly. Parecía triste, tan hecha polvo como Brad, pero se le iluminó la cara al verlo.

—Voy a quedarme en séptimo —dijo ella—. Según los resultados de mi examen soy superdotada.

Brad le dedicó una sonrisa y contuvo la urgencia de mirar por encima de ella y buscar a Meg.

—Eso ya lo sabía yo —dijo él y entró en la cocina.

—Meg está arriba —dijo Carly—. Tiene jaqueca y se supone que tengo que dejarla en paz a menos que me desangre o haya una emergencia nacional.

Brad ocultó su decepción.

—Oh —dijo porque no se le ocurrió otra cosa.

—He oído que vas a hacer una peli —dijo evidentemente sola y con ganas de hablar con alguien.

—Sí —dijo, y esa vez la sonrisa fue un poco menos forzada.

—¿Puedo salir yo? No quiero tener diálogo ni nada, sólo salir disfrazada.

—Veré lo que puedo hacer —dijo Brad—. Mi agente hablará con tu agente.

Carly rió y a Brad le agradó oír ese sonido.

Estaba a punto de disculparse y marcharse cuando apareció Meg con un camisón de algodón, el pelo alborotado y ojeras.

—¿Un día duro? —preguntó él con ternura.

Ella trató de sonreír.

—Hora de perderme —dijo Carly—. ¿Puedo usar tu ordenador, Meg?

Meg asintió.

Carly se marchó y Brad permaneció en silencio mirando a Meg.

—Supongo que debería haber llamado primero —dijo él.

—Siéntate —dijo Meg—. Haré un poco de café.

—Yo haré el café —replicó Brad—. Siéntate tú.

Por una vez ella no protestó. Se dejó caer en una de las sillas.

—¿Encontrasteis a Ransom? —preguntó ella mientras Brad buscaba el café.

—Sí —dijo él satisfecho por que ella se acordara con todo lo que tenía en la cabeza—. Está con las yeguas en nuestros mejores pastos —y contó a Meg el resto de la historia sin entrar en los sueños de Livie, no porque le diera miedo lo que podía pensar de su hermana, sino porque era cosa de ella contárselo a quien quisiera.

—Jesse, Rance y Keegan tenían que estar en su elemento bajando caballos salvajes de las montañas como en el viejo oeste —dijo Meg.

—Seguramente —reconoció Brad apoyado en la encimera, mientras esperaba que se hiciera el café—. Y yo... si no tengo que volver a hacer algo así, estaré encantado.

Meg se echó a reír pero sus ojos seguían turbios.

—Sierra, mi otra hermana, ha tenido un niño esta mañana. Se llama Brody.

Brad sintió un profundo dolor. Había sido duro para Meg compartir esa noticia y no debería haber sido así. Se acercó a ella, se agachó junto a la silla y le tomó una mano con las dos suyas.

—Siento lo de la otra noche, Meg. Estaba un poco... no sé, un poco desconcertado por la edad de Carly y el parecido contigo.

—No pasa nada —dijo Meg, pero una lágrima bajó por su mejilla.

Brad la enjugó con un pulgar.

—Sí pasa. Me comporté como un imbécil.

—Un imbécil de primera —dijo ella con un gemido.

Brad rió y parpadeó un par de veces porque le ardían los ojos. Se puso en pie.

—Esperaba pasar la noche contigo —dijo él—, pero luego he recordado que Carly vive aquí.

—Tengo habitación de invitados —dijo Meg mordiéndose el labio. No quería que se marchara—. Aunque ¿qué pasará con Willie y los caballos?

—Livie está en casa —dijo apartándose de ella para ir a por unas tazas—. Ella se hará cargo.

Después se sentaron los dos a la venerable mesa de los McKettrick y charlaron de cosas ordinarias. Eso hizo a Brad sorprendentemente feliz. Sólo eso, estar allí con Meg sin hacer nada.

XIII

Brad se despertó y se estiró encima del gran sofá de cuero que Meg tenía en su estudio, completamente vestido y tapado con una manta.

Carly estaba de pie mirándolo con expresión de curiosidad en el rostro, seguramente sorprendida de que no hubiera dormido con Meg.

—¿Qué hora es? —preguntó él bostezando.

—Las seis y media —respondió Carly, que volvía a llevar la camiseta que Brad le había regalado—. ¿Ya has decidido si saldré en la película?

—No he recibido noticias de tu agente —bromeó bostezando de nuevo.

—No tengo agente —dijo ella con el ceño fruncido—. ¿Es un problema?

—No —sonrió—. Puedo prometerte que salgas de extra, más allá de eso, no está en mis manos.

—¡De acuerdo! —dijo contenta, pero luego se ensombreció—. Espero que mi padre dure lo suficiente para verme en la pantalla —dijo.

—Podemos enseñarle el primer copión —dijo después de tragar—. Incluso en la habitación del hospital.

—¿Qué es el copión?

—Tiras de película sin editar: no tienen música, a veces ni sonido. Pero podría verte.

Meg apareció en la puerta del estudio vestida con ropa de trabajo.

—Voy a salir en la película —le dijo Carly a Meg—. Aunque no tenga agente.

—Estupendo —dijo Meg con cariño dedicando una mirada de agradecimiento a Brad—. El café está hecho, ¿alguien quiere?

Brad salió de debajo de la manta y se puso las botas.

—Alguien quiere —dijo Brad—. Doy de comer a los caballos si tú haces el desayuno.

—Suena bien —dijo Meg y volvió su atención a Carly—. Ni hablar de volverse a poner esa camiseta, señorita. Hace tres días que la llevas y ya es hora de echarla a la lavadora.

—Vale —dijo y subió las escaleras a cambiarse de ropa.

—Ayer detuvieron a Carly —dijo Meg mirando a Brad.

—¿Qué pasó? —dijo sorprendido.

—Se escapó del colegio y se puso a hacer dedo para ir al hospital de Flagstaff a ver a Ted. Menos mal que la encontró Wyatt.

Brad se acercó a Meg y la agarró de los codos con cariño.

—¿Estás empezando a tener dudas por convertirte en madre de modo instantáneo? —preguntó con tranquilidad al verla tan frágil.

—Sí —dijo tras pensarlo un par de segundos—. Siempre he querido un hijo, más que nada, pero no esperaba que fuera de este modo.

Él la abrazó.

—Sé que no puedes pensar en Ted como en un padre —le dijo al oído—, pero reunirte con él al final de su vida, ha tenido que ser un fuerte impacto. Quizá deberías reconocer que Carly no es la única que lo está pasando mal.

—Maldito sea —susurró con los ojos llenos de lágrimas—. ¡Maldito sea por venir aquí a morirse! ¿Dónde estaba cuando empezaba a andar, cuando se me cayó el primer diente, me rompí la pierna montando a caballo, me gradué en el instituto y en la universidad? ¿Dónde estaba cuando tú...?

—¿Cuándo te rompí el corazón? —terminó la frase Brad.

—Bueno... —hizo una pausa—, sí.

—Haría cualquier cosa para resarcirte de aquello, Meg, cualquier cosa. Pero el mundo no funciona así. A lo mejor, al buscar un lugar para Carly donde esté a salvo y se la querrá, Ted esté haciendo lo mismo que yo: una segunda oportunidad contigo.

—A lo mejor —dijo ella mirándolo desconcertada—, pero podía haber aparecido en sus mejores tiempos, lo mismo que tú.

Brad le dio otro abrazo. Estaba pisando arenas movedizas y él lo sabía. Se podía oír a Carly haciendo ruido en la cocina. Necesitaban algo de privacidad para seguir con la conversación.

—Voy a dar de comer a los caballos —reiteró él—. Haz el desayuno —le dio un beso en la frente—. Puedes dejar a Carly en el colegio y luego venir a mi casa.

Aguantó la respiración mientras esperaba su respuesta. Los dos sabían lo que pasaría si se quedaban solos en el rancho de Stone Creek.

—Lo pienso —dijo ella finalmente.

Brad dudó un momento, asintió con la cabeza y se fue a dar de comer a los caballos.

El desayuno consistió en gofres y beicon hecho en el microondas.

—La próxima vez —dijo Brad a Meg después de que se besaron junto al coche de ella mientras Carly los miraba desde el asiento del acompañante— cocinaré yo y tú te ocuparás de los caballos.

Fue todo el camino de vuelta a casa cantando a pleno pulmón con las ventanillas abiertas, pero se quedó mudo al llegar al rancho y ver una limusina blanca en la puerta. Algo le dijo que no era Phil, ni siquiera un grupo de ejecutivos de la película.

Salió el chófer, abrió la puerta trasera derecha mientras Brad detenía la camioneta.

Unas piernas largas y perfectas quedaron a la vista.

Brad maldijo, cerró la puerta de la camioneta de un portazo y se quedó de pie con las manos en las caderas como en un duelo.

—Sería perfecta para el papel de protagonista femenina de la película —dijo Cynthia Donnigan caminando hacia él con unos tacones que se clavaban en la tierra.

La miró incrédulo, literalmente sin palabras.

Cynthia se bajó las gafas de sol y batió las pestañas, tan falsas como sus pechos, e hizo un puchero con los retocados labios.

—¿No te alegras de verme?

Tenía el pelo negro como el de Ransom y lo llevaba recogido en mechones tan tiesos que podrían hacer daño si le diera un cabezazo a alguien.

—¿Qué te crees? —gruñó él.

Bien. Como siempre decía Big John, no había nada lo bastante malo como para no poder empeorar: en ese momento apareció el coche de Meg dejando tras él un rastro de polvo.

—Creo que eres un poco rencoroso —dijo siguiendo la mirada de él–. Lo pasado, pasado. Soy ideal para ese trabajo y tú lo sabes.

—Ni hablar —dijo dando un paso atrás al ver que ella se acercaba más.

—Me alojo en un complejo turístico en Sedona —dijo Cynthia con dulzura—. Esperaré hasta que recuperes el juicio y aceptes que el papel de la viuda del agente de la ley está hecho para mí.

Brad se dio la vuelta y se acercó al coche de Meg, a quien ofreció la mano para ayudarla a salir.

—¿La segunda esposa? —preguntó Meg, más moviendo los labios que emitiendo sonido.

Brad asintió brevemente.

Meg miró tras él mientras salía del coche. Después, con una amplia sonrisa, caminó en dirección a Cynthia con la mano tendida.

—Creo que te he visto en muchos anuncios de productos de higiene femenina —dijo Meg.

Provocó que Brad tuviera que disimular una risa.

—Hola —dijo Cynthia al borde de la ebullición—. Tú debes de ser la chica que Brad abandonó.

Meg se había criado entre primos malvados y había sido ejecutiva de una multinacional. No era fácil de intimidar. Para alivio de Brad, y diversión, Meg se colgó de su brazo y sonriendo dijo:

—Es una especie de relación que se enciende y se apaga lo que hay entre Brad y yo. Justo ahora, está definitivamente encendida.

Cynthia parpadeó. Era una estrella de segundo nivel, pero como ex esposa de Brad y propietaria de una productora de cine, estaba acostumbrada a ser tratada con deferencia en Beverly Hills.

Pero aquello era Stone Creek, Arizona. Y la palabra «deferencia» no estaba en el vocabulario de Meg.

Bloqueada por un momento, volvió a bajarse las gafas de sol y volvió a pasos muy cortos a la limusina. El conductor esperaba de pie aún con la puerta abierta ajeno a todo.

Brad la siguió y dijo:

—Si consigues entrar en la película, yo estoy fuera.

Cynthia dejó caer su escaso vestido en el asiento de cuero de la limusina, pero no metió las piernas dentro.

—Has firmado con Producciones Starglow, mi empresa.

Lo que Brad sintió en el estómago debió de notársele en la cara, porque Cynthia sonrió.

—¿No te había dicho que había cambiado el nombre de la empresa? —preguntó ella—. Si no estoy yo, no hay película, vaquero.

—No hay película —dijo Brad sintiéndose mareado.

Todo el condado estaba ilusionado por el proyecto, habían hablado de algo así desde hacía años. Carly y mucha otra gente quedarían decepcionados... incluso él mismo.

—Volvemos a Sedona —dijo Cynthia al chófer.

—Sí, señora —respondió él y dedicó una mirada de compasión a Brad antes de entrar en el coche.

Brad se quedó de pie furioso no sólo con Cynthia y con Phil, que tenía que saber que era la dueña de la productora, sino con él mismo. Se había dado demasiada prisa en firmar en la línea de puntos. Si trataba de echarse atrás, los abogados de Cynthia caerían sobre él como las pulgas sobre un perro viejo y no quería pensar en la publicidad.

—Así que ésa es la segunda esposa —dijo Meg colocándose al lado de él.

—Ésa es —respondió sombrío—. Y la he fastidiado por completo.

Meg se colocó ante él y lo miró a los ojos.

—No he podido evitar oír que quiere estar en la película.

—Es la dueña de la película —dijo Brad.

—¿Y eso es terrible porque...?

—Porque es una zorra de primera clase. Y porque si apenas soporto estar en la misma habitación que ella, imagínate tres o cuatro meses de rodaje.

Meg le dio un pequeño empujón en dirección a la casa.

—¿No puedes romper el contrato?

—No sin que me intente quitar todo, incluyendo este rancho. Además llenaría Stone Creek de periodistas carroñeros que se subirían hasta los postes de teléfono.

—Entonces, creo que no te va a quedar más remedio que hacer la película.

—Tú no has leído el guión —dijo Brad—. Tengo que besarla y hay una escena de amor...

—Pareces un niño pequeño —dijo Meg con los ojos brillantes— quejándose porque en el colegio tiene que jugar con una niña —volvió a empujarlo hacia la cocina.

Willie salió a recibirlos. Brad lo dejó salir y esperó con Meg en el porche a que el perro hiciera sus necesidades.

—No tienes ni idea de cómo es —dijo Brad.

—Sé que alguna vez la has querido. Después de todo, te casaste con ella.

—La verdad es mucho menos halagadora que todo eso —respondió Brad incapaz de mirarla a los ojos. Lo que iba a decir iba a molestarla por muchas razones—. Nos liamos en una fiesta. Seis semanas después me llamó y me dijo que estaba embarazada y que el niño era mío. Me casé con ella porque me dijo que abortaría si no lo hacía. Me fui de gira, quiso venirse conmigo, pero le dije que no. Francamente, no estaba preparado para presentar a Cynthia al mundo como mi adorada esposa. Llamó a la prensa y les pasó las fotos de la boda. Y después, sólo para asegurarse de que supiera lo que era contrariarla, abortó.

El dolor llenó el rostro de Meg. Tenía que estar pensando que se hubiera casado con ella con la misma falta de entusiasmo, pero lo que dijo sorprendió a Brad.

—Lo siento, Brad —dijo con suavidad—. Realmente debes haber querido ser padre.

Brad silbó para que volviera Willie dado que hablar le resultaba imposible.

—Sí —dijo finalmente cuando volvió el perro.

—Tengo una idea —dijo Meg.

—¿Qué? —la miró desconfiado.

—Podríamos ensayar tu escena de amor. Sólo para asegurarnos de que sale bien.

A pesar de todo, Brad se echó a reír.

—¿No estás ni siquiera un poco celosa?

—¿De qué? —dijo sinceramente perpleja.

—Voy a tener que besar a Cynthia. Desnudarme con ella en la pantalla. ¿No te importa?

—Me taparé los ojos durante esa parte de la peli —bromeó ella encogiéndose de hombros; después se puso seria—. Por supuesto, hay una línea muy fina entre el odio y la pasión. Si Cynthia significa algo para ti... tienes que decírmelo ahora.

Brad le apoyó las manos en los hombros.

—Tú significas algo para mí, Meg McKettrick

—dijo—. Lo he intentado, con Valerie, incluso con Cynthia, pero no ha funcionado. Siempre pensaba en ti, leía sobre ti en las páginas de negocios de los periódicos, me enteraba de cosas a través de mis hermanas, visitaba vuestra web. Cada vez que leía u oía tu nombre, sentía una punzada en la boca del estómago porque tenía miedo de que fuera un anuncio de boda.

—¿Qué hubieras hecho si eso hubiera pasado?

—Detener la boda —dijo él—. Hacer una escena que ni Indian Rock ni Stone Creek habrían podido olvidar nunca —sonrió—. Un espectáculo bochornoso, dado que yo habría estado casado en ese momento.

—Sin contar con que mis primos te hubieran sacado a patadas de la iglesia —dijo Meg fingiendo enfado.

—He dicho que hubiera sido algo inolvidable —le recordó—. Hubiera luchado y hubiera gritado tu nombre como Stanley llamaba a Stella en *Un tranvía llamado deseo*.

—Eres imposible —dijo haciendo como que le daba un puñetazo en el estómago.

—También me he calentado. Y mucho más... y eso que no estoy seguro de que estés preparada para escuchar esta parte.

—Inténtalo.

—De acuerdo. Te amo, Meg McKettrick. Siempre lo he hecho. Y siempre lo haré.

—Tienes razón. No estaba preparada.

—¿Entonces supongo que el ensayo se acabó?

Ella sonrió, se puso de puntillas y lo besó en la barbilla.

—Yo no he dicho eso. Los buenos actores saben representar sus escenas en frío.

Brad inclinó la cabeza y besó su deliciosa boca.

—Oh, haré la escena, pero no habrá nada frío en ella.

Meg se apoyó en el codo tras despertarse de un sueño reparador y miró el reloj de la mesilla que estaba junto a la cama de Brad.

—¿Qué? —preguntó Brad medio dormido.

—¡Mira qué hora es! —se lamentó Meg—. Falta menos de un cuarto de hora para que Carly salga del colegio.

—Tranquila —dijo Brad tendiéndole el teléfono—, llama al colegio y diles que te has entretenido y que no tardarás mucho.

—¿Entretenido?

—¿Prefieres decirles que llevas en la cama toda la tarde?

—No —admitió y marcó el 411 para que le pasaran con el colegio de Indian Rock.

Cuando llegó al colegio tres cuartos de hora después, Carly esperaba sombría en la oficina. Su expresión se suavizó cuando vio que Brad llegaba con Meg.

—Oh, estupendo —dijo—, Brad O'Ballivan en persona viene a buscarme al colegio y sólo están los castigados para verlo. ¿Quién va a creerlos cuando lo cuenten?

—¿Te he contado que hace años yo era uno de esos castigados? —dijo Brad entre risas.

—Venga ya —dijo Carly intrigada.

—No se te ocurra pensar que estar castigada está bien —advirtió Meg.

Carly puso los ojos en blanco.

Los tres fueron a Flagstaff en la camioneta de Brad. Carly habló sin parar la primera parte del trayecto y les enseñó el lugar donde la habían «detenido», pero según se acercaban a su destino, se fue apagando suavemente.

No ayudó tampoco que Ted estuviera peor. Estaba encogido en la cama entre tubos y monitores.

Al mirar a su padre, Meg pensó que había dedicado las últimas fuerzas de su vida a asegurar el futuro de Carly antes de cruzar la línea de meta. Por primera vez, Meg fue consciente de que se estaba muriendo.

—¿Qué tal un batido en la cafetería? —oyó Meg que Brad le preguntaba a Carly.

Al momento, los dos se habían marchado y Meg estaba sola con el hombre que la había abandonado hacía tantos años que ya no se acordaba.

—Ese joven —dijo Ted— está enamorado de ti.

—También él me dejó —dijo Meg—. Parece un patrón de conducta. Primero tú y luego Brad.

—Hazte un favor y no le cargues a él con las culpas de tu viejo —consiguió decir Ted con un gran esfuerzo—. Y cuando Carly sea lo bastante mayor, no le permitas que cometa el mismo error. No tengo tiempo de compensarte por lo que hice, pero él sí. Dale la oportunidad.

—Odio que te estés muriendo —dijo Meg entre lágrimas.

—Yo también —consiguió decir Ted—. Ven aquí, chiquilla.

Meg apoyó la frente en la de él. Vio unas lágrimas en las mejillas de su padre y no supo si serían las suyas o de él. O de ambos.

—Si me quedara un poco más, buscaría la forma de demostrarte que sigues siendo mi hijita y que siempre te he querido. Dado que no voy a tener ese tiempo, tendrás que aceptar mi palabra.

—Eso no es jugar limpio —protestó Meg sabiendo que era infantil.

—Casi nada lo es en esta vida —respondió Ted mientras Meg levantaba la cabeza para mirarlo—. ¿Sabes lo que te habría dicho si hubiera sido un padre normal y hubiera estado cerca de ti todo este tiempo?

Meg no pudo responder.

—Te habría dicho que no dejaras escapar a Brad. No dejes que tu maldito orgullo McKettrick te impida aceptar lo que te ofrece, Meg.

—Me ha dicho que me ama —dijo ella.

—¿Le crees?

—No lo sé.

—Muy bien, entonces, ¿tú lo amas?

Meg se mordió el labio inferior y asintió.

—¿Y se lo has dicho?

—Algo así —dijo ella.

—Créeme, niña —dijo Ted tratando de sonreír—. «Algo así» no es bastante —la miró como queriendo memorizar su rostro—. Llama a la enfermera, ¿quieres? Esta medicación para el dolor no está funcionando.

Meg llamó de inmediato a la enfermera y cuando llegó la ayuda salió corriendo al ascensor y pulsó el botón de la cafetería. Cuando volvió con Carly y Brad, la habitación estaba llena de gente.

Carly se coló entre los médicos y se acercó a la cama a agarrar la mano de su padre.

El equipo médico hubiera alejado a Carly si Brad no hubiera intervenido, con calma pero con autoridad:

—Dejen que se quede.

—¿Papá? —susurró Carly desesperada—. Papá, no te vayas. ¡No te vayas!

Una enfermera apartó de la cama a Carly y el trabajo siguió, pero era demasiado tarde, y todo el mundo lo sabía. El monitor que marcaba el ritmo cardiaco emitió un pitido continuo. Carly se lanzó llorando no a los brazos de Meg, sino a los de Brad y después agarró a Meg formando los tres un grupo.

Después de todo aquello, hubo papeles que firmar. Meg tuvo que llamar a su madre más tarde porque en ese momento no era capaz de hablar.

Carly parecía aturdida, dejó que la sacaran del hospital y volvió a la camioneta de Brad. Había llorado de modo inconsolable en la habitación de Ted, pero en la camioneta tenía los ojos secos y sólo hipaba ocasionalmente.

Brad se las llevó a su rancho en lugar de al Triple M. Desde allí llamaron a Eve, después a Jesse. Vagamente, como en la distancia, Meg lo oyó pedir a sus primos que se ocuparan de sus caballos. Hubo más llamadas, pero Meg no estuvo pendiente, simplemente se sentó en la cocina a mirar a Carly de rodillas en el suelo abrazada a Willie.

Llegó Olivia, Brad debía de haberla llamado, y llevó una pila de cajas de pizza. Dejó las cajas en la encimera, se lavó las manos en el fregadero y empezó a preparar platos y cubiertos.

—No tengo hambre —dijo Carly.

—Yo tampoco —repitió Meg.

—Comed un poco —dijo Olivia.

La pizza sabía a cartón, pero tapaba un agujero, al menos el físico, y Meg se sintió agradecida. Siguiendo su ejemplo, Carly también comió algo.

—¿Nos vamos a quedar hoy aquí? —preguntó Carly a Brad mirándolo a los ojos.

—Sí —respondió Olivia por él.

—¿Tú quién eres?

—Soy Livie, la hermana de Brad.

—¿La veterinaria?

Olivia asintió.

—Mi padre se ha muerto hoy.

—Lo sé —dijo Olivia con los ojos llenos de lágrimas.

Meg tragó saliva, pero no dijo nada. A su lado, Brad le tomó la mano y la acarició.

—¿Te gusta ser médica de animales? —preguntó Carly, que no había hablado apenas con Meg y Brad desde que habían salido del hospital pero que, por alguna razón, quería hablar con Olivia.

—Me encanta —dijo Olivia—. Es duro algunas veces. Sobre todo cuando intentas a toda costa ayudar a un animal y no mejora.

—Yo pensaba que mi padre se pondría mejor, pero no lo ha hecho.

—Nuestro padre también se murió —dijo después de una mirada a Brad—. Le cayó un rayo mientras recogía el ganado. Yo pensaba que sería un error, que estaría en Phoenix en una feria de ganado o buscando animales perdidos en las montañas.

Meg sintió una rápida tensión en Brad, una extraña alteración que desapareció tan rápido como había llegado. Supuso que no sabía que su hermana, una niña cuando su padre había muerto, había pensado que su padre volvería.

—¿Nunca te dejó de doler? —preguntó Carly con voz frágil.

—No olvidarás nunca a tu padre, si es eso lo que preguntas —dijo Olivia—. Pero lo irás llevando mejor. Brad, mis hermanas y yo tuvimos suerte. Teníamos a nuestro abuelo, Big John. Lo mismo que tú tienes a Meg.

Brad se levantó y se acercó a mirar por la ventana de espaldas a las tres.

—Big John también se murió —le explicó Olivia tranquila—, pero ya éramos mayores. Estuvo aquí mientras fue imprescindible, ahora nos tenemos los cuatro.

Carly se volvió a mirar a Meg.

—Tú no te vas a morir, ¿verdad? No te morirás y me dejarás sola.

Meg se levantó y abrazó a Carly.

—Estaré aquí —le prometió—. Estaré aquí.

Carly se quedó un largo rato abrazada a ella, después se separó y preguntó:

—¿Dónde voy a dormir?

—He pensado que a lo mejor te gustaría quedarte en mi cuarto —dijo Olivia—. Hay dos camas, puedes dormir en la de al lado de la ventana, si quieres.

—¿Tú te quedas también?

—Esta noche sí —respondió Olivia.

Carly pareció aliviada. A lo mejor para una

niña el número era importante. Meg, Brad, Olivia, Willie y ella metidos en la misma casa podían mantener las sombras a raya.

—Creo que me quiero ir a dormir ya —dijo—. ¿Puede venirse Willie conmigo?

—Primero tiene que salir fuera —dijo Olivia.

Brad sacó al perro y, sin decir una palabra, volvió con él y lo vio subir las escaleras tras Carly y con Olivia cerrando la comitiva.

—Gracias —dijo Meg cuando se quedó sola con Brad—. Has estado maravilloso.

Brad empezó a recoger la mesa, pero Meg lo agarró del brazo.

—Brad, ¿qué...?

—Mi abuelo —dijo—. Lo echo de menos y me arrepiento de un montón de cosas.

Meg asintió y esperó.

—Lo siento —le dijo a ella—. Que tu padre muriera y no tuvieras oportunidad de conocerlo. Que vayas a pasar por una etapa difícil con Carly. Y, sobre todo, que no puedo hacer nada para que las cosas sean más fáciles.

—Puedes abrazarme —dijo Meg.

La envolvió en un abrazo y la besó en la frente.

—Puedo abrazarte —confirmó.

Estuvieron así un largo rato. Cuando, por un acuerdo tácito, se soltaron, recogieron la cocina. Antes de subir las escaleras, Brad apagó las luces y Meg lo esperó de pie, sin ver nada, pero sin miedo. Mientras Brad estuviera allí ninguna oscuridad la habría asustado.

En la habitación de él, se desnudaron, se metieron juntos en la cama y se abrazaron.

«Te amo», pensó Meg con una claridad completa.

No hicieron el amor. No hablaron. A punto de dormirse, justo antes de caer por el precipicio, Angus cruzó por su mente.

¿Adónde había ido?

XIV

La nieve llegó ese año pronto para fastidio de la gente de la película, y Brad estaba muchas veces lejos del rancho rodando secuencias en un estudio en Flagstaff. Había admitido a regañadientes que Cynthia participara en la película y, aunque Meg visitó el plató un par de veces, se mantuvo lejos cuando se rodaron las escenas de amor.

Tenía muchas cosas en la cabeza: Carly y ella estaban estableciendo vínculos, lentamente pero con seguridad, aunque el proceso era duro, a pesar de la ayuda de un consejero.

Llegó la prometida escena de Carly: hacía un papel sin nombre, vestida con un calicó y un sombrero, llevaba a Brad una copa de ponche en una fiesta. Había practicado su única frase millones de veces: «bienvenido, señor» y el «gracias» de él lo decía Meg muy seria, lo que demostraba que no había papeles pequeños, sólo actores pequeños.

La película había servido para dar algo en que pensar a Carly los días más oscuros tras la muerte de Ted, y Meg lo agradecía. Las dos pasaban mucho tiempo en casa de Brad, incluso cuando él no estaba, cuidando de Willie y convirtiéndose gradualmente en parte del sitio.

Ransom y las yeguas ocupaban el mejor prado del rancho, y el trabajo de llevarles heno normalmente recaía en Olivia y Meg, con Carly subida a la camioneta, sentada en las balas. En ese tiempo, Olivia y Meg se hicieron buenas amigas.

En primavera, cuando hubiera hierba verde en las altas montañas y la nieve no limitara el movimiento de los caballos, Ransom y las yeguas volverían a ser libres.

—Lo echarás de menos —dijo Meg un día mirando a Olivia mientras lanzaba balas de paja desde la trasera de la furgoneta una vez que Carly les había cortado la brida.

Olivia tragó saliva de forma ostensible y asintió, admirando al garañón que permanecía de pie mirando a las montañas, como si esperara la llegada de la primavera y con ella de la libertad.

Meg sabía que había habido muchas oportunidades de vender a Ransom por cantidades enormes de dinero, pero ni Olivia ni Brad habían siquiera considerado la idea. Ransom no era suyo, no podían venderlo. Con sus heridas curadas, hubiera podido saltar la cerca, pero parecía como si supiera que no había llegado el momento. En los pastos de los O'Ballivan tenía mucha comida y todo el agua que necesitara, difícil de encontrar en invierno, sobre todo arriba, en los rojos picos y cañones.

Sería triste y maravilloso el día que le abrieran la puerta.

Olivia estaba feliz, lo mismo que Meg y Carly, con la idea de Brad de hacer del rancho un refugio para mulas, burros y caballos que ya nadie quería, incluidos los purasangres que ya no daban el nivel necesario para las carreras. A la primera señal de la primavera, los adoptados empezarían a llegar, cortesía de la Oficina de Ordenación del Territorio y de varios grupos de protección animal.

Mientras tanto, el rancho, como todo lo demás, le parecía a Meg que estaba hibernando. Como Ransom, anhelaba la primavera.

Fue después de una de las visitas al rancho de Brad, y mientras daban de comer a los caballos del Triple M, cuando Carly le planteó una pregunta que había estado ahí pero no había querido plantear.

—¿Dónde se supone que está Angus? No lo he visto en un par de meses.

—Difícil de saber —dijo Meg con cuidado.

—A lo mejor está ocupado en el otro lado —sugirió Carly—. Ya sabes, enseñándole a mi padre cómo funciona todo.

—Podría ser —aceptó Meg.

Hasta su última visita, la noche que estaba tan ansioso por ver la antigua Biblia, Meg había visto o hablado con su antepasado prácticamente todos los días de su vida. Y lo echaba de menos.

Seguro que no dejaría de visitarla sin despedirse. Aunque parecía que era exactamente lo que había hecho.

—Me gustaría que viniera —dijo Carly—. Tengo que preguntarle si ha visto a mi padre.

Meg rodeó a su hermana con un brazo y la abrazó un par de segundos.

—Estoy segura de que tu... nuestro padre está bien —dijo con suavidad.

Carly sonrió, pero había tristeza en sus ojos.

—Al principio, esperaba que papá volviera como Angus. Pero supongo que estará ocupado.

—Seguramente —se mostró de acuerdo Meg.

Volvieron juntas a la casa caminando. Una vez dentro, las dos se lavaron, Meg en la cocina y Carly en el baño de abajo, y se pusieron a preparar la cena. Después de cenar, mientras Meg recogía todo, Carly se puso a hacer los deberes.

Como a la mayor parte de los niños, se le

ocurrían las preguntas más agudas sin ningún preámbulo.

—¿Te vas a casar con Brad? —preguntó esa vez sin levantar la vista del libro—. Pasamos mucho tiempo en su casa y sé que tú duermes allí cuando yo voy a ver a Eve. O él duerme aquí.

Las cosas entre Brad y ella iban bien, seguro que porque estaba tan ocupado con la película que raramente se veían. Cuando estaban juntos aprovechaban cualquier ocasión para hacer el amor.

—No me lo ha preguntado —dijo Meg—. Y te estás metiendo en un territorio muy personal. ¿Te he dicho últimamente que tienes doce años?

—Puede que tenga doce años —replicó Carly—, pero no soy tonta.

—Claro que no eres tonta —reconoció Meg, pero en su interior estaba dando vueltas a otra cosa.

Su período, siempre tan regular como la órbita de la luna, se retrasaba dos semanas. Había comprado una prueba de embarazo en una farmacia de Flagstaff, pero no había tenido valor para usarla. Por mucho que deseara un hijo, casi esperaba que el resultado fuera negativo. Sabía lo que pasaría si salía la señal de más. Se lo diría a Brad y éste insistiría en casarse con ella, lo mismo que había hecho con Valerie y Cynthia, y durante el resto de su vida ella se preguntaría si lo habría hecho por honor o por amor.

Por otro lado, no podía ocultárselo después de lo que había pasado cuando eran adolescentes. Nunca la perdonaría si algo salía mal. Ni el más puro amor entre un hombre y una mujer puede sobrevivir donde no hay confianza.

Carly, cuya intuición era algo extraordinario, volvió a sorprenderla.

—He visto la prueba de embarazo —anunció.

Meg se quedó de piedra mientras limpiaba la pila.

—No quería curiosear —dijo Carly a toda prisa. A veces era rebelde y otras paranoica, convencida de que su estancia en el Triple M era algo temporal, como todo en su vida—. Me quedé sin pasta de dientes y fui a tu baño a por un poco. Y lo vi.

Meg se sentó en la mesa con la niña.

—¿Estás enfadada conmigo? —preguntó Carly.

—No —dijo Meg—. Y tampoco te mandaría lejos aunque lo estuviera, Carly. Tienes que tener eso claro.

—De acuerdo —dijo Carly, pero no muy convencida—. ¡Sería maravilloso que tuvieras un bebé!

—Sí —dijo Meg sonriendo—. Lo sería.

—¿Entonces cuál es el problema de saberlo seguro?

—Brad está muy ocupado ahora. Supongo que estoy esperando una oportunidad para decírselo.

Justo en ese instante se oyó fuera un motor y el sonido de una puerta.

Carly corrió a la ventana llena de excitación.

—¡Está aquí! —gritó—. ¡Y viene con Willie!

Meg cerró los ojos. Carly corrió a abrir la puerta trasera y Brad y el perro entraron en la casa.

—Toma —dijo Brad tendiendo a Carly un DVD—. Es tu gran escena, completa, con diálogo y música.

Carly agarró la caja y corrió al estudio donde estaba la única televisión de la casa. Willie salió tras ella ladrando de alegría.

Meg era consciente, en esos momentos, de todo lo que había en juego. La niña e incluso el perro sufrirían si la conversación entre Brad y ella iba mal.

—Siéntate —dijo ella y lo miró mientras se quitaba el abrigo.

—Esto parece serio —murmuró Brad—. ¿Se ha vuelto a meter en líos Carly?

—No.

Brad frunció el ceño y se sentó a la mesa.

—¿Cuál es el problema, Meg? —preguntó preocupado.

—He comprado una prueba... —empezó ella.

—¿Una prueba? —de pronto se hizo la luz—. ¡Una prueba!

—Creo que puedo estar embarazada, Brad.

Una sonrisa iluminó la cara de él, lo que la llenó de esperanza, pero luego recuperó el aire solemne.

—No pareces muy contenta —dijo receloso—. ¿Cuándo te has hecho la prueba?

—Ésa es la cuestión. No me la he hecho. Porque tengo miedo.

—¿Miedo? ¿Por qué?

—Las cosas van tan bien entre nosotros y...

Brad le tomó una mano y le acarició la palma con los dedos.

—Sigue —dijo él con voz ronca.

—Sé que te casarás conmigo —se obligó Meg a decir— si el análisis da positivo. Y yo siempre me preguntaré si te has sentido obligado, como con Cynthia.

Brad reflexionó un momento sin dejar de acariciarle la mano.

—De acuerdo —dijo por fin—. Entonces supongo que deberíamos casarnos antes de te hagas la prueba. Porque de cualquier modo, Meg, quiero que seas mi esposa, con bebé o sin él.

—A lo mejor deberíamos vivir juntos una temporada y ver cómo nos va —dijo ella.

—De ninguna manera, McKettrick —replicó de inmediato Brad—. Sé que mucha gente comparte una casa sin casarse, pero yo estoy chapado a la antigua.

—¿De verdad lo harías? ¿Te casarías conmigo sin saber el resultado del análisis? ¿Y si es negativo?

—Entonces seguiremos trabajando en ello —sonrió.

Meg se mordió el labio inferior.

Finalmente se puso de pie y dijo:

—Espera aquí.

Pero sólo llegó a la mitad de la escalera antes de darse la vuelta.

—Las McKettrick no se cambian el apellido cuando se casan —le recordó aunque los dos sabían que Sierra había roto la tradición.

—Llámate como quieras —respondió Brad— durante un año. Al final de ese período, si estás convencida de que podemos hacerlo pasarás a ser O'Ballivan. ¿Trato hecho?

—Trato hecho —dijo después de pensarlo bastante tiempo.

Subió al piso de arriba, se metió en el cuarto de baño y se apoyó en la puerta cerrada.

—Orina en el palito, McKettrick —se dijo a sí misma— y acaba con esto.

Cinco minutos después, estaba mirando a la barra de plástico con emoción. Había felicidad, pero también ansiedad. Los « y si...» le martilleaban en la cabeza.

Llamaron a la puerta y Brad entró.

—El suspense me está matando —dijo él.

Meg le mostró la barra de plástico.

El grito de alegría de Brad resonó en las paredes de la venerable casa.

—Creo que tengo futuro en el mundo del espectáculo —le dijo con confianza Carly a Brad más tarde, esa misma noche, cuando entró en la cocina a dar las buenas noches.

—Creo que tienes futuro en octavo curso —respondió Meg sonriendo.

—¿Qué pasa si mi escena se cae en el montaje? —preguntó Carly, que evidentemente se había estado informando del proceso de construcción de una película.

—Ya verás que no —prometió Brad—. Vete a la cama, Carly. Una estrella necesita dormir mucho.

Carly asintió y subió las escaleras con el DVD en la mano. Willie, que había estado con ella toda la tarde, se quedó a los pies de Brad.

—Parece que te has hecho fan de Carly —le dijo al perro acariciándolo.

—Y más que él —dijo Meg con una risita—. Yo también y creo que tú. Eve la malcría y las hijas de Rance y Keegan ya piensan que va a ser la celebridad de la familia.

—Carly es una profesional —dijo él—, pero eres sabia manteniéndola lejos del mundo del espectáculo hasta que llegue el momento. Ya es difícil de manejar para los adultos, así que imagínate para los niños.

—Según sus profesores —dijo Meg—. Carly es una genio con los ordenadores o cualquier otra cosa técnica.

Parecía que estaban evitando hablar del tema de la boda.

—La semana que viene acabamos el rodaje de las escenas de interiores de la película. Tendremos que rodar el asalto a la diligencia y los demás exteriores en primavera. ¿Crees que podrías reservar en tu agenda espacio para una boda?

Meg se puso colorada. Al mirarlo desvió la vista hacia algo por encima de su hombro. Brad se volvió a mirar, pero no había nada.

—Odio tener que irme —dijo volviéndose con el ceño ligeramente fruncido—, pero espero una llamada muy temprano —ninguno de los dos estaba cómodo durmiendo juntos cuando estaba Carly.

—Lo entiendo —dijo Meg.

—¿Sí, Meg? —preguntó suavemente—. Te amo. Quiero casarme contigo y lo hubiera hecho aunque el análisis hubiese dado negativo.

Entonces ella dijo las palabras que él había estado esperando.

—Yo también te amo, Brad O'Ballivan.

Él se puso en pie, la ayudó a levantarse y la besó.

—Pero hay una cosa que aún no te he contado —dijo ella cuando sus bocas se separaron.

Brad se quedó parado esperando mientras contemplaba las diferentes posibilidades: que había otro hombre en algún sitio, o algo que no le hubiera contado de su primer embarazo y aborto...

—Casi desde que era una niña —dijo ella—, he

estado viendo a Angus McKettrick. De hecho, está aquí ahora mismo.

Brad recordó la mirada que había echado por encima de su hombro hacía un momento. Primero Livie con su interpretación del doctor Doolitte, y después Meg diciendo que podía ver al primer patriarca de la familia.

Dejó escapar un suspiro. Ella esperó mordiéndose los labios.

—Si tú lo dices —dijo finalmente—, te creo.

—¿De verdad? —dijo con el rostro iluminado por la alegría.

—De verdad —aunque lo realmente sincero hubiera sido decir que lo estaba intentando; lo mismo que en el caso de Livie.

Meg se puso de puntillas y lo besó.

—Insistiría en que te quedaras dado que estamos comprometidos —dijo ella—, pero Angus es incluso más anticuado que tú.

Brad se echó a reír, dio las buenas noches y miró a Willie.

El perro estaba de pie, moviendo la cola y mirando a alguien que no estaba allí.

Había, desde luego, pensó Brad de vuelta a casa en la camioneta, más cosas en el cielo y la tierra de las que se podía soñar.

—¿Dónde has estado? —preguntó Meg entre el alivio y la exasperación al ver de nuevo a Angus.

—Siempre has sabido que no estaría contigo para siempre —dijo Angus—. Las cosas van bien, muchacha y he pensado que tenías que empezar a acostumbrarte a mi ausencia.

Meg parpadeó sorprendida por la perspectiva de la desaparición de Angus; por otro lado, siempre había sabido que ese momento llegaría.

—Voy a tener un bebé —dijo intentando no echarse a llorar—. Te necesito. El bebé y Carly te van a necesitar.

—No —dijo Angus—. Sólo os necesitáis a vosotras. Las cosas van a ir bien, Meg. Ya lo verás.

—¿Por qué viniste? —preguntó ella—. Quiero decir al principio.

—Me necesitabas —dijo sencillamente.

—Así es —confirmó ella que, a pesar de todas las cuidadoras y todos los tíos y tías que había tenido, siempre había sido un alma solitaria después del rapto de Sierra.

—Tienes que despedirme de Carly —dijo Angus—. Y dile que su padre está bien donde está.

Meg asintió incapaz de hablar. Angus se inclinó y le dio un beso en la frente.

—Cuando llegues al final del camino, y para eso falta mucho, te lo prometo, estaré allí para darte la bienvenida.

Seguía sin poder decir nada, ni siquiera una frase de despedida, así que volvió a asentir.

Angus se dio la vuelta y en un abrir y cerrar de ojos, había desaparecido.

Aquella noche, Meg lloró, de pena, de alegría, por mil razones más, pero por la mañana sabía que Angus tenía razón: ya no lo necesitaba.

La boda fue sencilla, sólo la familia y los amigos. Meg seguía considerando el matrimonio como algo provisional, y siguió llamándose McKettrick, aunque Carly y ella se mudaron a Stone Creek.

Se llevó a todos los caballos, pero seguía pasando con regularidad por el Triple M, siempre con la esperanza de volver a ver a Angus, pero eso nunca sucedió, por supuesto.

Con ayuda de Sierra ordenó las fotos y los periódicos antiguos y creó una especie de archivo. Eve, cansada del hotel, volvió al rancho. Una abuela, según su lógica, tenía que vivir en el campo. Tenía que hacer pasteles y galletas y acoger a todos los niños de la familia bajo su sombra, como un viejo roble.

Meg sonreía al imaginarse a su sofisticada madre con un delantal y unas zapatillas, pero tenía que admitir que Eve había organizado una Navidad de lo más campestre, con un enorme pavo que había cocinado casi ella sola.

Ocupó la habitación principal y compró dos caballos de salto a una cuadra de San Antonio y los instaló en el establo. Montaba siempre que podía, con frecuencia con Brad y Carly y algunas veces con Jesse, Rance y Keegan.

Meg, debido a su estado, normalmente miraba desde la cerca. No era parte del estilo McKettrick el tomar tantas precauciones, pero ese bebé era algo precioso para Brad y para ella.

Meg quitó el polvo a una vieja fotografía de Holt y Lorelei y dio un paso atrás para ver cómo quedaba en el estudio. Oyó a su madre en la parte trasera de la casa.

—¿Meg? ¿Estás ahí?

—En el estudio —respondió Meg.

—¿Nostálgica? —le preguntó Eve mirando la fotografía.

Meg suspiró y se sentó en una silla de cuero frente a la chimenea.

—Supongo que será parte del embarazo. Las hormonas o algo así.

Eve, siempre práctica, se quitó el abrigo, se agachó frente a la chimenea y encendió un bonito fuego.

Dejó que las palabras de Meg reposaran y, finalmente, se volvió a mirar a su hija.

—¿Eres feliz con Brad, Meg?

En lo referente a la felicidad, Brad y ella estaban siempre conquistando nuevos territorios. Aprendiendo cosas el uno del otro. Pero también por todo eso, había una cierta sensación de fragilidad en la relación.

—Soy feliz —dijo ella.

—¿Pero? —saltó Eve poniéndose de pie con la espalda hacia el fuego.

—Bueno... es... como demasiado bueno para ser verdad —admitió Meg.

Eve acercó una silla y se sentó al lado de su hija.

—Estás reteniendo una parte de ti misma, ¿verdad? A Brad, al matrimonio.

—Supongo que sí —dijo Meg—. Es como el primer día que podíamos bañarnos en la piscina al final de la primavera cuando éramos pequeños. El agua siempre estaba helada. Yo metía la punta de un dedo del pie en el agua mientras los chicos se lanzaban al agua a bomba tratando de salpicarme. Finalmente, más por vergüenza que por coraje, saltaba yo también —se estremeció—. Todavía recuerdo la impresión... me quedaba sin respiración.

Eve sonrió, seguramente recordando algo similar de su infancia.

—Pero luego te acostumbrabas y te divertías tanto como los chicos.

Meg asintió.

—No es muy inteligente por tu parte huir de las cosas impactantes de la vida, Meg... de las buenas y de las malas. Son todas parte de la mezcla y, paradójicamente, apartarse de ellas sólo consigue hacerlo todo más difícil.

—Angus se ha ido —dijo Meg tras un largo silencio—. Lo echo de menos —confesó—. Cuando era adolescente, sobre todo, solía desear que me dejase en paz. Ahora que se ha ido, bueno, cada día que pasa el recuerdo parece menos real.

—Algunas veces —dijo Eve tomando la mano de su hija—, al caer el sol, creo verlo con sus hijos cabalgando en fila al lado del riachuelo. Es algo extraño, no parecen fantasmas, sólo hombres a caballo.

—Rance me ha contado lo mismo alguna vez —dijo Meg—. Con otras palabras, pero los mismos jinetes. Y sabía quiénes eran.

Las dos se quedaron en silencio un largo rato.

—Es una cosa extraña esto de ser una McKettrick —dijo Meg finalmente.

—Ahora tú eres una O'Ballivan —dijo Eve sorprendiéndola—. Y tu hijo también lo será.

—¿Y qué pasa con el estilo McKettrick?

—El estilo McKettrick —dijo Eve acariciándole la mano— es vivir al galope, sin retener nada. Es tomar la vida, y los cambios, como vienen. De todos modos, la mayoría de las mujeres pierden su apellido en esta época y toman el de su marido. Es la novedad —hizo una pausa para mirar a su hija con cariño—. Eso es lo que se interpone en tu camino —dijo decidida—. Tienes miedo de que si dejas de ser una McKettrick, pierdas parte de tu identidad y tengas que aprender a ser una persona nueva.

Meg se dio cuenta de que ya era una persona nueva, aunque siguiera siendo ella en lo fundamental. Era esposa, una madre y hermana para Carly. Cuando naciera el bebé, sería un cambio más.

—Me he estado escondiendo tras el apellido McKettrick —dijo más para sí misma que para su madre.

—Es un buen apellido —dijo Eve—. Nos sentimos muy orgullosos de él, a lo mejor demasiado.

—¿Tomarías el nombre de tu marido si te volvieras a casar?

—No —dijo Eve tras pensarlo un momento—, no creo. He sido una McKettrick tanto tiempo, que no sabría ser otra cosa.

—¿Y no quieres que yo siga tus pasos? —preguntó Meg con una sonrisa.

—Quiero que seas feliz, no que te quedes en la orilla temblando. Salta, mójate.

—¿Tú has sido feliz, mamá? —preguntó Meg y aguantó la respiración.

—La mayor parte del tiempo, sí —dijo Eve—. Cuando Hank se llevó a Sierra, me vine abajo. No creo que hubiera podido soportarlo si tú no hubieras estado. Aunque seguramente nunca te diste cuenta de que eras mi principal razón para vivir, tú y la esperanza de recuperar a Sierra. Siento tanto haberme separado de ti, no haber estado contigo.

—No me siento mal, mamá. Por pequeña que

fuera, sabía que me querías y las cosas que sucedieron no hicieron cambiar eso. Además, tenía a Angus.

El reloj dio la hora y Meg se levantó.

—Voy a buscar a Carly al colegio —dijo.

«Buen momento para ver a Brad», se dijo en silencio, «y presentarle a su esposa».

«Hola, diré como si nos viéramos por primera vez, me llamo Meg O'Ballivan».

XV

Ese día de finales de marzo era ventoso y frío, pero había en el aire un algo lánguido. Brad, Meg y Carly estaban de pie mirando desde una corta distancia cómo Olivia abría la puerta para que Ransom pudiera marcharse.

Una parte de Meg tenía la esperanza de que eligiera quedarse, pero no sería así. Ransom se acercó al camino de la libertad con cautela al principio, las yeguas iban tras él aún con el pelo de invierno.

Cuando el garañón pasó a la altura de Olivia, se detuvo, sacudió la cabeza e hizo una inclinación como para despedirse. Las lágrimas corrían por las mejillas de Olivia, que no hizo ni ademán de secárselas. Había llegado esa mañana mientras desayunaba y les había comunicado que Ransom le había dicho que había llegado el momento.

Meg, que había visto un fantasma desde la infancia, no cuestionaba la capacidad de su cuñada para comunicarse con los animales. Incluso Brad, bastante más escéptico, tampoco lo tildaba de coincidencia.

Carly también lloraba apoyada en Brad y Meg, sorbía intentando ser valiente. Brad rodeó a las dos con los brazos. Meg sentía un nudo en la garganta y no podía hablar.

Las yeguas siguieron al caballo con las colas levantadas. Olivia siguió al grupo con la vista hasta que se perdieron en el horizonte; después, cuadró los hombros y con un suspiro cerró la cancela.

Meg echó a andar hacia ella, pero Brad la retuvo agarrándola de la mano. Olivia saltó la cerca con agilidad y fue hacia su coche.

—Estará bien —dijo Brad viendo irse a su hermana.

Juntos, los tres volvieron hacia la casa sin decir nada. Las cosas empezaban a volver a la normalidad. La película había terminado y toda la atención se centraba en el refugio para animales que se estaba construyendo en la calle principal.

La vida seguía. Sonó el teléfono y el fax de Brad empezó a vomitar papel. Como siempre, pensó Meg triste por la partida de Ransom y las yeguas. Sabía, lo mismo que Olivia y Brad, que nunca volverían a ver a esos caballos.

—¿Supongo que no podré quedarme en casa y no ir al colegio? —aventuró Carly mientras Brad hablaba por teléfono y Meg preparaba café.

Fuera, una bocina anunció la llegada del autobús escolar y Brad señaló en su dirección. Carly suspiró dramáticamente y salió de la casa.

—No, Phil —dijo Brad—. Sigo sin querer dar ese gran concierto en Las Vegas. Me da igual lo bueno que sea para la promoción de la película...

Meg sonrió. Brad puso los ojos en blanco.

—Me debes una muy grande después de hacerme trabajar con Cynthia. Que te vaya bien.

Terminó la conversación y se puso a tocar la guitarra que estaba apoyada en una silla. Meg sabía, sin que nadie se lo hubiera dicho, que estaba escribiendo una canción. Le encantaba escucharlo, le encantaba ser su mujer. Aunque seguía firme en no dar conciertos, habían estado durante semanas hablando de la posibilidad de construir un estudio de grabación detrás de la casa.

Estaba lleno de música, pero no quería volver a la vida anterior. Era un hombre de familia. Meg y él habían adoptado a Carly legalmente. Anhelaba el nacimiento del bebé tanto como Meg y ya tenía enmarcada la primera ecografía.

Su hijo, McKettrick «Mac» O'Ballivan, era fuerte y se le esperaba para el cuatro de julio.

Meg se acercó a Brad y lo besó en la cabeza. Él la miró, sonrió y siguió canturreando.

Llamaron a la puerta y Willie ladró pero no se levantó de donde estaba tumbado. Meg fue a abrir y sintió un fuerte impacto al reconocer la cara del desconocido, alguien entre los treinta y los cuarenta.

Tenía el pelo oscuro, lo mismo que los ojos y un ligero parecido a Jesse. Llevaba ropa al estilo del oeste. Se quitó el sombrero y sonrió. Meg recordó la predicción de Angus.

—¿Meg McKettrick? —preguntó mostrando los dientes mientras sonreía.

—Meg O'Ballivan —aclaró ella.

—Me llamo Logan Creed —dijo el vaquero—. Y creo que tú y yo somos primos lejanos.